ヴィクトリア朝怪異譚

ウィルキー・コリンズ　ジョージ・エリオット
メアリ・エリザベス・ブラッドン　マーガレット・オリファント
三馬志伸 編訳

作品社

ヴィクトリア朝怪異譚

目 次

狂気のマンクトン
(1855)
ウィルキー・コリンズ
3

剝がれたベール
(1859)
ジョージ・エリオット
91

クライトン・アビー
(1871)
メアリ・エリザベス・ブラッドン
157

老貴婦人
(1884)
マーガレット・オリファント
203

訳註
306

解題
312

狂気のマンクトン

(1855)

ウィルキー・コリンズ

1

ウィンコット・アビーのマンクトン家は非社交的な一族で、我々の州でははなはだ評判がよろしくなかった。彼らは近隣の人々と友好的な交際をすることもなく、私の父と、すぐ近所に住むあるご婦人とその娘を除けば、自分たちの屋敷に人を招き入れることも絶えてなかった。

この一族は確かにみな気位が高かったが、しかし、彼らを近隣の人々から遠ざけていたのはそうした驕慢《きょうまん》さではなく、恐れであった。何世代も前からこの一族は遺伝性の狂気という恐ろしい不幸に祟《たた》られてきたのであり、せわしない周囲の小世界と交われば必ずや自分たちの禍難を露呈してしまうということで、努めてそれを避けてきたのである。かつてこの一族のごく近い血筋の二人の人間が恐ろしい罪を犯したという話が伝わっており、一族の狂気はそこに端を発するというのがもっぱらの噂であった。だが、今その話を繰り返して読者諸氏の心胆を寒からしめるのは無益なことであろう。とにかく、この一族の中では、間歇的《かんけつてき》にほぼあらゆる種類の狂気が発現してきたのであり、中でも最も頻繁に生じた発露の形は偏執狂であった。こうした話、およびこれから語るいくつかの事柄は父から聞き及んだものである。

私が若い頃、アビーに住んでいたマンクトン一族の人間は三人しかいなかった。マンクトン夫妻と、その一人息子で将来家督を継ぐことになっていたアルフレッドである。一族のこの古い家系に属する人間で、当時この三人の他に存命していたのは、マンクトン氏の弟スティーヴンのみであった。この男は未婚で、スコットランドに立派な土地屋敷を所有していた。しかし彼はもっぱら大陸で生活を営み、しかも風評によれば、恥知らずの放蕩者であるということだった。ウィンコットの一家は、近隣の人々と同様に、この肉親ともほとんど交流はなかった。

さて、すでに述べたように、ウィンコット・アビーに招き入れられるという特権を有していたのは、私の父、およびある婦人とその娘だけであった。

父はマンクトン氏とは旧知の間柄で、学生時代を共に過ごした仲だった。そして大学を出てからもたびたび顔を合わせる機会があったようで、二人がウィンコットで親交を続けていたのはごく自然な成り行きであったといえるだろう。しかし、なぜエルムズリー夫人（先に触れたご婦人である）がマンクトン一家と親しい間柄にあったのか、その理由は私にはよくわからない。亡くなった彼女の夫というのがマンクトン夫人の遠縁にあたる人物であったようで、また、私の父は彼女の娘の後見人を務めていた。こうした縁故は確かにある種の敬意を要求する権利にはなり得るが、しかしそれでも、エルムズリー夫人とアビーの住人があれほど親しい間柄にあったことを説明する理由としては少々不充分であるように私には思われた。だが、ともあれ両者が親しい関係にあったのは確かなことであり、そして、両家が絶えず訪問を交わしていたことの一つの結果がじきに形となって現れることになった。マンクトン氏の息子とエルムズリー夫人の娘が恋仲になったのである。

私はこの若いお嬢さんとはあまり会ったことはなかった。当時の彼女について覚えていることといえば、ひ弱な感じの、穏やかで気立てのよい娘さんだったということくらいだが、外見も、そしてどうやら性格も、アルフレッド・マンクトンとは正反対の女性であったという印象である。しかし、それがむしろ二人が惹《ひ》かれ合うことになった一つの理由であったのかもしれない。そして二人の仲はすぐに周囲の気づくところとなったのだが、しかし、どちらの親もそれに異を唱えることはまったくなかった。財産という点を除けば、エルムズリー家とマンクトン家とはほぼ対等の立場にあったのであり、花嫁の側に金がないということなどウィンコットの跡取りにとってはどうでもよいことであったのだ。父親が死亡すれば、アルフレッドは三万ポンドという年収を相続することになっていたのである。

双方の親ともに、二人が今すぐ結婚するのは少々早すぎると考えたものの、二年もすればマンクトン青年は成人に達するので、その折に挙式をするという了解でエイダとアルフレッドが婚約を交わすことには、どちらの側にもまったく異存はなかったのであった。ただしこの件については、両家の親以外に承諾を得る必要のある人物がいた。それはエイダの後見人を務めていた私の父である。かなり前のことになるのだが、この一族を呪う禍《わざわい》の徴候がマンクトン夫人に現れたことがあった。夫人はマンクトン氏の従妹《いとこ》であったのである。「病気」という呼び方をされたその徴候は入念な治療を受けて軽減し、この頃までにはすっかり完治したと伝えられていた。しかし私の父はそんな話に惑わされはしなかった。遺伝性の「病気」の痕跡がどこに潜んでいるのか、父はよく知っていたのであり、それはいつの日にか亡き友の一人娘の子供たちの間で再発現するかもしれなかったのである。そんな可能性を考えただけでも父は恐怖で身震いしたのであり、そしてこの婚約に承諾を与えることをきっぱりと拒絶したのであった。

結果として、アビーの扉とエルムズリー夫人の家の扉は父に対して閉ざされることとなった。こうして親交が中断してからほどない時期にマンクトン夫人が亡くなった。妻を深く愛していたマンクトン氏は葬儀に参列した折にひどい風邪を引いてしまい、それを等閑《なおざり》にしたために、病は肺に居坐ることとなった。そして数ヵ月の後、彼は妻の後を追って墓に入ってしまったのであり、アルフレッドは、かつては僧院であった大きな屋敷とその周囲に広がる広大な土地の主《あるじ》となったのである。

　この時期、不謹慎なことに、エルムズリー夫人はまたしても私の父に娘の婚約を承諾してくれるよう求めてきた。父は前にもましてきっぱりとそれを拒絶した。それから一年以上が経過した。アルフレッドが成年に達する時が足早に近づきつつあった。私は長い休暇を過ごすために大学から家に戻り、そして、マンクトン青年との親交を深めようとの思いで何度か歩み寄りを試みた。しかしその試みははぐらかされてしまった。確かに極めて丁重にではあったが、それでも、こちらから親交の申し出をする気を二度と起こさせない、というやり方ではぐらかされたのである。私はいわば門前払いを喰ったわけであり、普通の状況下であれば多少の屈辱を感じたかもしれなかった。だがその時我が家は本物の厄運に見舞われたのであり、そんな思いはどこかに吹き飛んでしまった。それまでの数ヵ月というもの、父の体の具合がずっと思わしくなかったのであったが、今私が記しているちょうどこの時期に、彼の息子たちは親の死という取り返しのつかない不幸を嘆き悲しまなければならなかったのである。

　この出来事により、エイダの人生は母親の思い通りにできるようになってしまい（亡きエルムズリー氏の遺言状に何らかの誤りか形式上の不備があったためである）、私の父があれほど同意することを拒否していた婚約が直ちに取り交わされるという運びとなった。この事実が公表されるとすぐにエルムズリー夫人の親しい友人たちが祝福に訪れたが、マンクトン一族を祟っている病の噂を聞き知っていた彼らは、祝辞の合間に亡きマンクトン夫人のことを意味ありげにほのめかしたり、その息子の気性を根掘り葉掘り訊ねたりしたのであった。

　こうした丁重な詮議立てに対し、エルムズリー夫人は常に一つの大胆な受け答え方で応対した。彼女はまず、マンクトン家には、友人たちがはっきりとは言いたがらないある噂がつきまとっているのは事実だということを認め、そしてその上で、そうした噂は不埒な中傷であると断じたのである。曰く、悪い血などというものは一族の間からはもう何世代も前に消え去っている。アルフレッドは優しくて思いやりのある青年で、狂気などというものからはほど遠い。学者肌の彼は孤独を愛しているのであり、エイダはそういう彼の好みに共鳴し、私利私欲のない選択をしたのである。娘を人身御供にしようとしているなどということをこれ以上ほのめかしたら、それは母親であるこのわたしを侮辱するも同然で、娘への愛情を疑うなどもってのほかである。このように言われれば誰しも黙らざるを得なくなったのだが、しかし誰も納得はしなかった。エルムズリー夫人というのは利己的で、打算的で、強欲な女で、エイダを玉の輿に乗せようともくろんでいるのであり、そして、自分の娘が州一番のお屋敷の女主人に収まりさえすればあとのことなどどうでもいいという人間なのだ――人々はこう勘繰り始めたのであったが、実際それは真実であったのである。

しかしながら、まるでそれを阻止せんがために何らかの運命が作動しているかのごとく、エルムズリー夫人の人生の一大目標は容易には達成し得なかった。父の死により、この不吉な結婚の行く手を遮る一つの障害が取り除かれたわけなのだが、それも束の間、また新たな障害が立ちはだかることになった。もともとあまり体の強くなかったエイダはこの時期とみに健康を害してしまったのである。方々の医者に診てもらった結果、結婚は延期しなければならず、ミス・エルムズリーはしばらくの間イギリスを去り、暖かい場所で転地療養を行う必要があるということになった。療養先は、私の記憶が正しければ、南フランスであったはずである。かくして、アルフレッドが成人に達する直前にエイダとその母は大陸に向けて旅立っていったのであり、若い二人の結婚は無期延期ということになってしまったのだった。

こういう状況になってアルフレッド・マンクトンはいったいどうするであろうか？　近隣の諸氏はあれこれと憶測を巡らせた。恋人の後を追っていくだろうか？　ヨット遊びにでも耽《ふけ》るだろうか？

それともとうとうあの古き僧院の門を開き、社交の歓楽に溺れることでエイダの不在と結婚の延期のことを忘れようと努めるであろうか？　だが彼はそのいずれもすることはなかった。彼はただ単にウィンコットに留まり続けたのであり、かつての彼の父親と同様、何とも胡散臭《うさんくさ》い奇妙で孤独な生活を送り続けたのである。今や彼はアビーの中で文字通り一人ぼっちであったのであり、話し相手になるような人間は、幼少の頃からアルフレッドの家庭教師を務めていた老司祭のみであった（もっと前に言っておくべきだったが、マンクトン一族はローマ・カトリック教徒であった）。やがて彼は成人に達したが、それを祝うための行事は何一つ行われず、ウィンコットでの内輪の晩餐会すら開かれなかった。近隣の諸家族は、この際かつて父親の人付き合いの悪さに腹を立てたことは水に流し、彼を招待してやろう、と決心した。だがそうした招待はみな丁重に辞退された。礼儀に篤《あつ》い人々は意を決してアビーを訪れたが、名刺を通じるやいなや、丁重にではあったがきっぱりと追い払われてしまった。こうしたことが重なって状況はますます悪化し、ますます不吉な様相を帯びてくることとなった。周囲の人々は、アルフレッド・マンクトン氏の名前が出るとみな一様に意味ありげに首を振り、かの一族を祟る不幸をほのめかし、そしてそれぞれの気性に従って、ある人は不機嫌そうに、ある人は悲しげに、いったいぜんたいあの青年はあの誰もいない古い建物の中で来る日も来る日も何をして時を過ごしているのだろうか、と訝《いぶか》ったのであった。

この疑問に対する正しい答えを見つけ出すのは容易なことではなかった。たとえば、それを司祭に訊ねてもまったく無益であった。彼は至って物静かで丁重な老紳士で、いつでも丁寧に快く質問に答えてくれた。しかし、話を聞いている時にはそれなりの情報を与えてくれているように思えるものの、後になって吟味してみると、彼の返答からははっきりしたことは何も引き出せない、というのがみなの一致した見解であった。女中頭というのは不気味な風体の老婆で、つっけんどんな物腰で人を寄せ付けず、おまけに獰猛《どうもう》で口が重いときているので、怖がって誰も近づこうとはしなかった。屋敷内にいる何人かの使用人はみなこの家での奉公が長く、人前では口をつぐむという習慣が染み着いている者ばかりであった。情報らしきものを入手し得たのは、アビーの食卓に食べ物を提供していた農場の使用人たちからのみであったが、その彼らにしても、いざ人に伝えようとすると、話がひどく曖昧なものになってしまうのであった。

ある者の話によると、「若旦那」は埃《ほこり》っぽい書類を山ほど抱えて図書室の中を歩き回っていたのだという。別の者は、アビーの誰も住んでいないはずの区画で奇妙な物音を耳にし、見上げてみると、アルフレッドが古い窓をこじ開けようとしているのを目にした。それはまるで、長年に亙《わた》って閉ざされていたはずの部屋部屋に光と空気を入れようとしているかのような様子であったのだという。あるいはまた、彼が朽ちかけた塔のてっぺんに危なっかしい様子で佇《たたず》んでいるのを目撃した者もあった。彼らの覚えている限りでは、そんな場所へ人が登ったのは絶えてなかったということであるし、そしてそこは、かつてこの建物を所有していた修道僧の亡霊が棲《す》みついていると信じられていた場所でもあったという。こうした発見や観察が伝えられると、当然のことながら人々は「哀れなマンクトン青年はご先祖様たちがたどった道を歩んでいるのだ」という思いを強くしたのであった。こうした見解をさらに強めることになったのは——別段確たる証拠があったわけではなかったのだが——あの老司祭が禍の元凶に違いない、という確信であった。

さて、これまで語ってきた内容は主に伝聞証拠に基づくものであったが、これから先は、私自身が直接経験した事柄を語ってゆくことになる。

2

アルフレッド・マンクトンが成人に達してから約五ヵ月後、大学を卒業した私は、外国を周遊して少しばかり見聞を広めようと決心した。

私がイギリスを発つ時分、マンクトン青年は依然としてアビーで孤独な生活を送っていた。そして、まだ往生はしていないとしても、一族を呪うあの遺伝性の病気で急速に衰えつつある、というのが衆目の一致するところであった。エルムズリー親子については、噂によれば、エイダは外国での転地療養が功を奏したということで、母と娘はウィンコットの跡取りとの旧交を温めるためにイギリスへの帰途についたということだった。二人の帰国を前に私は旅に立ち、ヨーロッパの半分ほどを行脚《あんぎゃ》して回ったが、事前に行き先を定めることもほとんどないという放浪の旅であった。かくして足の向くままに各地を巡歴した私は、特に目的もなくナポリを訪れたのだが、かの地で私はイギリス大使館に勤務していた学生時代の友人とばったりと出会った。そしてそこからアルフレッド・マンクトンにまつわる尋常一様ではない出来事が始まることとなり、この物語は佳境に入ってゆくことになるのである。

ある日私は、大使館員の友人と一緒にヴィラ・レアーレ[1]の庭園でぶらぶらと時を過ごしていたが、その時我々は一人の若者とすれ違い、その人物は私の友人と会釈を交わした。

その男の思い詰めたような黒い眼《まなこ》、蒼ざめた頬、奇妙に用心深い、不安げな表情を見た私は、かつて見知っていたアルフレッド・マンクトンの顔の特徴に似たところがあるように思い、友人に訊ねてみようとしたところ、彼は問われる前にこちらの求めていた情報を提供してくれた。

「あれはアルフレッド・マンクトンだよ」彼は言った。「彼は君とは同郷のはずだから、面識はあるだろう」

「ああ、確かに多少の面識はあるよ」私は答えた。「僕が最後にウィンコット界隈《かいわい》にいた頃、彼はミス・エルムズリーという女性と婚約を交わしたんだが、もう結婚したんだろうか？」

「いや、まだだ。というより、彼は結婚などすべきではないんだ。彼は一族の他の連中と同じ道をたどってしまった——つまり、もっとあからさまな言い方をすれば、彼は気が狂ってしまったんだ」

「気が狂っただって？　いや、しかし、それを聞いても驚くには当たらないな。故国ではもっぱらの噂だったからね」

「僕は噂から物を言っているんじゃないんだよ。あの男が僕の目の前で、そして何百人という他の人間の目の前で言ったこと、したことを基にして気が狂ったと言っているんだ。君だってそのことは聞いているだろう？」

「いや、僕はここ何ヵ月というもの、ナポリやイギリスからの便りが届かないところにいたものだから……」

「そうか、それじゃあひとつ君に話をしてやるとしよう。それが実に常軌を逸した話なんだがね。アルフレッドにはスティーヴン・マンクトンという叔父さんがいることは君も知っているだろう。さて、しばらく前のことだが、その叔父というのが、ローマの領土内でフランス人を相手に決闘をやり、撃ち殺されてしまった。相手のフランス人（これは無傷であったらしいのだが）、および両者の介添人はばらばらの方角に逃げ去ってしまったということだ。我々はこの決闘のことは何も知らなかったのだが、一月後、マンクトンの介添人が結核を患ってパリで死に、そして、フランスのある新聞が、そ

郵便はがき

料金受取人払郵便

麹町支店承認

8043

差出有効期間
平成30年12月
9日まで

切手を貼らずに
お出しください

102-8790

102

［受取人］
東京都千代田区
飯田橋2－7－4

株式会社 作品社
営業部読者係　行

【書籍ご購入お申し込み欄】

お問い合わせ　作品社営業部
TEL 03(3262)9753／FAX 03(3262)9

小社へ直接ご注文の場合は、このはがきでお申し込み下さい。宅急便でご自宅までお届けいたしま
送料は冊数に関係なく300円（ただしご購入の金額が1500円以上の場合は無料）、手数料は一律2
です。お申し込みから一週間前後で宅配いたします。書籍代金（税込）、送料、手数料は、お届け
お支払い下さい。

書名	定価 円	
書名	定価 円	
書名	定価 円	
お名前	TEL　（　　）	
ご住所 〒		

リガナ
名前

男・女　　　　歳

住所

メール
ドレス

職業

購入図書名

●本書をお求めになった書店名

●ご購読の新聞・雑誌名

●本書を何でお知りになりましたか。

イ　店頭で

ロ　友人・知人の推薦

ハ　広告をみて（　　　　　　　）

ニ　書評・紹介記事をみて（　　　　　　　）

ホ　その他（　　　　　　　）

●本書についてのご感想をお聞かせください。

購入ありがとうございました。このカードによる皆様のご意見は、今後の出版の貴重な資
として生かしていきたいと存じます。また、ご記入いただいたご住所、Eメールアドレス
小社の出版物のご案内をさしあげることがあります。上記以外の目的で、お客様の個人
報を使用することはありません。

の介添人が残した手記を基に、この決闘のことを報じたんだ。手記には決闘の方法と結末が記されていたが、その他の詳細については何も触れられてはいなかった。また、生き残ったフランス人とその介添人の行方も未《いま》だに不明だ。従って、この決闘についてわかっているのは、スティーヴン・マンクトンが撃ち殺されたということだけで、そのこと自体については別段誰も悲しんだりはしていない。とにかくとんでもないやくざ者だったというからね。しかし、彼がいったいどこで死んだのか、そして遺体はどう処理されたのか、それは未だに誰にもわからない謎のままなんだよ」

「しかし、それがアルフレッドとどういう関係があるんだい？」

「まあ、ちょっと辛抱したまえ、今聞かせてあげるから。叔父の死の知らせがイギリスに届くとすぐ、アルフレッドがいったい何をしたと思う？　彼は間近に迫っていたミス・エルムズリーとの挙式を延期して、この恥知らずでろくでなしの叔父が埋められている場所を探しにこのナポリまでやってきたんだよ。そして、亡骸《なきがら》を見つけ出し、一族が眠るウィンコット・アビーの礼拝堂の地下納体堂に埋葬するためにそれを故国に持ち帰ることができるようになるまでは、どんなことがあってもミス・エルムズリーの待つイギリスには戻らないと言い張っているんだ。ここ三ヵ月ほどの間、彼はその気違いじみた目的を達しようと金を湯水のごとく使い、警察をしつこく悩ませ、男性たちの物笑いの種となり、ご婦人方の顰蹙《ひんしゆく》を買ってきたんだ。それでいて未だにその目的達成には一歩も近づいていないのだよ。彼は自分の行動の動機らしきものは誰にも話そうとはせず、いくら嘲笑しても彼にそれをやめさせることはできないし、また理を説いてやめさせることもできないのだ。今しがた彼に会ったろう？　たまたま知っているることなんだが、あれはね、警察長官の役宅へ向かうところだったんだよ、叔父が撃たれた場所を探索するために、ローマの領土へ新たな官吏を派遣してくれるよう頼みにね。そしていいかい、この間中彼は、自分はミス・エルムズリーを熱烈に愛しており、彼女と離れ離れになって淋しくてしかたがないと公言して憚《はばか》らないんだ。考えてもみてくれよ、彼女と離れ離れになっているのは誰に強制されたわけでもなく、自ら進んでやっていることなのであって、しかもその理由というのが、これまでほんの一、二回しか会ったことがなく、しかも一族の面汚しでもあるやくざ者の亡骸を捜すためだというのだからね。かの一族はイギリスでは『狂気のマンクトン家』と呼ばれていたけれど、アルフレッドほどいかれてしまった人間というのもかつてなかったんじゃないかな。実際のところ、この退屈なオペラ・シーズンにあって、彼は恰好の話題の種になっているんだ。もっとも僕としては、イギリスにいるあの哀れな娘のことを思うと、笑うよりも何よりも、まず蔑《さげす》みの念を抑えきれないというのが本音だけれどもね」

「それじゃあ君は、エルムズリー親子のことを知っているのかい？」

「ああ、よく知っているさ。僕の母があの親子とは親しくて、エイダに会ったあとで僕に手紙をくれたんだ。マンクトンのこの常軌を逸した行動で彼女の身内はみなかんかんになってしまい、この結婚は破棄した方がいいと彼女に詰め寄ったのだそうだ。どうやら、彼女さえその気になれば婚約の解消は可能であったらしい。そして、あの浅ましく利己的な母親でさえも、世間体というものもあって、身内の者たちの言うことにとうとう同意せざるを得なくなってしまった。ところが、この純な娘は実に操《みさお》が固く、マンクトンを諦めようとはしないというんだ。あの男の狂気を取り繕い、今回の大陸行きにはちゃんとした理由があるということを彼が内緒で話してくれた、と申し立て、そして、アビーで会った時にはいつだって彼は幸せそうな顔をしてくれたし、結婚すればもっと彼を幸せにできる、と言明しているのだそうだ。要するに、心から彼を愛し、最後まで信じ通す、というわけなんだな。周囲が何を言っても彼女の気持を揺るがすことはできないし、あの男のために自分の人生を擲《なげう》つという覚悟をすっかり固めているようなんだ。きっと彼女は、一生十字架を背負って生きていくことになるのだろうよ」

「いや、そうはならないことを願いたいね。アルフレッドの行動は確かに一見気違いじみているようだが、我々には想像のつかない何かまっとうな理由があるのかもしれないよ。彼は普通の話をする時でも異常な素振りを見せるのかい？」

「いや、全然。口数の少ない男だけれど、何か話をさせれば、その口ぶりは思慮分別をわきまえた教養人といった感じで、この地での彼の一大任務のことにさえ触れなければ、あれほど温厚で節度のある人間も珍しいというくらいだよ。しかし、あのろくでなしの叔父貴のことに一言でも触れてみたまえ、たちどころにマンクトン家の狂気が顔を覗かせることになるんだ。ちょっと前の夜会で、あるご婦人が彼に、叔父上様の亡霊をご覧になったことはございますか、と訊ねたことがあった。もちろん冗談で、だよ。ところが彼は悪魔のような形相でそのご婦人を睨みつけ、そのご質問には、いずれ地獄から舞い戻ってきた折に叔父と一緒にお答えいたしましょう、と返答したんだよ。これを聞いた我々は大笑いしたんだが、当のご婦人は彼の顔つきを見て気を失ってしまい、おかげで、やれ気付け薬だ、やれ担架だと、大騒ぎになってしまったんだ。もしこれがほかの男だったら、妙齢のご婦人を死ぬほど怖がらせたということで、直ちに部屋から叩き出されていたところだろうが、人呼んで『いかれマンクトン』は、ナポリの社交界では特権を有した狂人なんだよ。何しろ彼はイギリス人で、ハンサムだし、年収三万ポンドという金持ちだからね。とにかく彼は、あの謎めいた決闘が行われた場所について何か知っている人間がいるかもしれないということで、あちこちを駆けずり回っているんだ。そのうち君も彼に引き合わされることになるだろうが、そしたらきっと彼は、この件で何か知っていることはないかと君に訊ねることだろう。だが、一通りの返事をしたら、その後はもうその話題には触れない方がいい。もっとも、彼の狂気を確かめたいというのであれば話は別だがね。その場合には、叔父さんのことをちょっと口に出しさえすれば、いやというほど納得がいくはずだよ」

大使館員の友人とこうしたやり取りを交わした一日か二日あと、ある夜会で私はマンクトンと出会った。

私の名前が告げられるのを聞いた彼はさっと顔を紅潮させ、私を部屋の隅まで引っ張っていくと、数年前、親交を深めようというこちらからの歩み寄りに冷ややかに対応したことに言及し、あれは許しがたい忘恩行為であったと言って私の許しを乞うた。彼があまりにも真剣で、かつひどく動揺した様子であったので、私はすっかり度肝を抜かれてしまった。そして次に彼は、友人が言った通り、あの謎めいた決闘が行われた場所について私に質問をし始めた。

この点についての質疑がなされている間、彼の様子に驚くべき変化が生じた。それまでは私の顔に向けられていた彼の視線がふらふらとさまよいだし、はっきりとはわからなかったが、傍《かたわ》らの何の飾りもない壁か、あるいは、その壁と我々の間の虚空のあたりを、じっと、ほとんど獰猛といってもいいような激しさで見つめ始めたのである。私はスペインから海路でナポリにやって来たので、彼の助けにはなれないということを納得させる一番手っ取り早い方法として、手短にその旨を伝えた。彼はそれ以上質問を続けることはしなかった。友人の警告が頭にあった私は、注意深く話題を一般的なものへと向けていった。彼はすぐに私の方に目を戻し、その一角に立っている間、その視線が再び何もない壁、あるいは傍らの虚空へとさまよっていくことはなかった。

自分から話すというよりはこちらの言うことを聞いている方が多かったものの、彼が口を開いた時は、その話しぶりには狂気の徴候など微塵《みじん》も感じられなかった。彼が読書家であったのは明らかで、その読書の範囲は広く、かつ深かった。そして、どんなことが話題になっても、読書から得た学識を実に適切に使って問題を例証したのであり、むやみやたらに自分の知識を押しつけたりすることもなく、また、わざと気取って隠したりすることもなかった。彼の態度はいつも変わることはなく、それ自体が「いかれマンクトン」などという渾名《あだな》に対する抗議であったともいえるだろう。はにかみ屋の彼は至って物静かで、何をするにも落ち着いて穏やかであったので、私としては、ほとんど「女々しい」とさえ言いたくなる時もあったほどであった。この最初の晩、我々は長い間一緒に語り合った。そしてその後もたびたび顔を合わせた我々は、親交を深める機会があれば、それを逃すことは一度としてなかった。彼がこちらに好意を寄せていると感じた私は、ミス・エルムズリーに対する彼の振舞いについて聞き及んだ事柄にもかかわらず、そして、彼の一族の歴史と彼自身の行動がかき立てる拭い難い疑惑にもかかわらず、この「いかれマンクトン」に対して同様の好意を抱き始めたのであった。我々は二人して郊外へ馬で遠乗りに出かけたり、ナポリ湾の海岸沿いに船を走らせたりして、多くの時を過ごした。彼には、私にはどうにも理解し難い二つの奇癖があったのだが、それさえなかったなら、すぐに私は、彼に対してまるで兄弟のような気安さを感じるようになったであろう。

その二つの奇癖のうちの一つは、例の決闘についての質問をした時に彼が見せたあの奇妙な眼差しがその後も折に触れて出現したということで、我々が何を話していようが、どこにいようが、急に彼が私から視線をそらすということがたびたびあったのである。そういう時彼は、ある時はこちら側を、ある時は反対側を、しかしいつでも何もないところへ目を向け、あの獰猛な眼差しでじっと虚空を見つめるのであった。これはいかにも精神病の——あるいは、少なくとも心気症の——症状のごとく思えたので、そのことを彼に問いただす勇気は出ず、いつでも私は気づかないふりをしたのであった。

彼の態度でもう一つ奇妙な点は、ある特定の話題について頑《かたく》なに沈黙を守っていたということで、私と一緒にいる間、彼は一度としてナポリでの用向きに言及したことはなく、また、ミス・エルムズリーのことを話したこともなく、あるいはまた、ウィンコット・アビーでの暮らしについても口にしたことはなかったのである。これについては私自身も不思議に思ったのであるが、同時に、我々が親密に付き合うようになったのを目にした周囲の人々をも驚かせたのであった。彼らは、アルフレッドが自分の秘密をすっかり私に打ち明けたものとばかり思っていたのである。しかし、この謎も、そして、この時点ではまだ私もまったく気づいていなかった他のいくつかの謎も、明らかにされる時が近づきつつあったのだ。

ある晩のこと、ロシアのさる貴族の宮殿で催された大きな舞踏会でマンクトンに出会った。その貴族の名前は当時もどう発音してよいかわからなかったし、今となっては思い出す術《すべ》もないのだが、ともあれ、そこに招かれた私は、舞踏会場や応接間、遊戯室といった賑やかな場所を離れ、宮殿内の片隅にある小さな部屋へとさまよいこんでいった。そこは温室と閨房《けいぼう》を兼ねた部屋で、その晩の催しに合わせ、提灯《ちょうちん》を並べた風流な照明が施されていたが、私が入っていった時、部屋に人影はなかった。明るく穏やかなイタリアの月光を浴びた地中海の眺めはすばらしく、私は窓辺に佇み、舞踏会場からかすかに漂ってくる楽曲に耳を傾けながらぼんやりと外を見つめた。そして遠い故国へ思いを馳せ、後に残してきた親類縁者の顔などを思い浮かべていると、突然自分の名前が静かに呼ばれるのを耳にして私ははっと我に返った。

振り返ると、そこにはマンクトンが立っていた。その顔は蒼ざめて生気がなく、視線は私からそらされ、そして、すでに触れたあの異様な表情がその眼差しに宿っていた。

「今夜の舞踏会、少し早く切り上げてもかまわないかい？」私から目をそらしたまま彼は訊ねた。

「ああ、かまわないけど……」私は言った。「どうかしたのかい？　具合でも悪いのかい？」

「いや……少なくとも、取り立てて言うほどのことじゃない……。君、これから僕の部屋に来てくれるか？」

「ああ、お望みならば今すぐにでも」

「いや、すぐにでは困るんだ。僕の方はすぐに帰宅しなければならないが、君は三十分ほど待ってくれないか。僕の家には来たことはなかったね。でも場所はすぐにわかるよ、すぐ近くだし、住所はこの名刺に書いてあるから……。今夜どうしても君と話をしなければならない……命に関わることなんだ……お願いだ、三十分経ったら来てくれ！」

私が時間を守ることを約束すると彼はすぐに立ち去っていった。

こんな誘われ方をしたのであるから、漠然とした期待を抱きながら私がどれほどじりじりする思いで指定された待ち時間を過ごしたかは容易に想像がつくことと思う。完全に三十分が経過する前に私は舞踏会場を後にした。

階段の踊り場で私は友人の大使館員とばったり出くわした。

「なんだい、もう帰るのか？」彼は言った。

「ああ、実はこれから興味深い探検に出かけるところなんだ。マンクトンの家へ行くんだよ、彼自身から招待を受けてね」

「おいおい、まさか本気なんじゃないだろうね？　満月の晩に『いかれマンクトン』と二人っきりになろうとは、君もそうとう大胆だな」

「いや、どうも彼は具合が悪いらしいんだ。それに僕には、君が思っているほど彼が狂っているとはどうしても思えないんだよ」

「まあ、そのことを議論するのはやめておこう。しかし、いいかい、未だかつて彼の部屋へ招き入れられた者は一人としていないんだ。そこへ来てくれというからには、よほど特別の目的があってのことだろうよ。どうも、君は今晩、生涯忘れることのできない経験をすることになるような気がするよ」

我々は別れた。マンクトンの住む家の中庭の門をノックした時、宮殿の階段で友人が言った言葉が頭に甦《よみがえ》ってきた。その場では笑い飛ばしたのであったが、この時私は、彼の予言が現実のものとなるような気がし始めたのであった。

3

門番に案内されて建物の中に入った私は、マンクトンの部屋の階を教わり、階段を昇っていった。踊り場に面した彼の部屋のドアは少し開いており、こちらの足音が聞こえたのであろう、ノックをする前に、どうぞ入ってくれたまえ、と彼が呼びかけてきた。

部屋に入ると、彼はテーブルの傍らに坐っており、手にしていた数通の手紙を束ねているところだった。私に腰掛けるよう促した彼の顔色は依然として蒼白かったものの、表情はだいぶ落ち着いたものになっていた。来てくれてありがとうと礼を言うと、非常に重要な話があるのだと彼は繰り返し、そこで突然言葉を切った。ひどく困惑した様子で、どう先を続けていいかわからないといった風情であった。何とか気持を楽にさせてやりたいと思った私は、何か困ったことがあるのならぜひ力になりたいし、自分にできることであれば、労を厭《いと》わず時間を惜しまず、どんなことでもするつもりだと彼に請け合った。

私がそう言っている間に彼の視線が私からそれ始めた――ゆっくりと、ほとんど一インチ刻みといった感じでそれていった視線はやがてある地点で止まり、それまで何度も私をぎょっとさせたあの獰猛な眼差しで虚空を凝視した。そして顔全体の表情はかつて見たこともないようなものへと変わってゆき、私の前に坐る彼はまるで人事不省《じんじふせい》の状態に陥ってしまった人間のように見えた。

「いや、ありがとう」弱々しい声で、私に向かってではなく、依然として凝視している方向に向かってゆっくりと彼は言った。「君には力になってもらえると思っていたよ……だが……」

彼は言葉を切った。顔は恐ろしいほど蒼ざめ、額から汗が噴き出してきた。やがて先を続けようとしてひと言ふた言漏らしたが、また言葉に詰まってしまった。ひどく心配になった私は椅子から立ち上がった。サイドテーブルの上に水差しが置かれているのを見て、彼に水を飲ませてやろうと思ったのである。

すると同時に彼も飛び跳ねるように立ち上がった。その瞬間、それまで何度も耳にしてきた彼の正気を疑う人々の声が頭にさっと甦り、思わず私は一、二歩後ずさりした。

「待ってくれ」再び腰を下ろしながら彼は言った。「どうか僕のことは気にしないでくれ。そして、どうか椅子から離れないでいてくれないか。実は、その……もしよければ、話を続ける前に、ちょっとした模様替えをしたいと思うんだが……君、強い光を浴びてもかまわないかい？」

「ああ、別にかまわないけど……」

それまで部屋の照明はテーブルの上に置かれた読書ランプの灯りだけで、私が坐っていた場所は笠によって陰になっていた。

私が答えると彼は立ち上がり、隣の部屋へ入っていった。大きなランプを手に持って戻ってきた彼は、今度は蠟燭《ろうそく》を集め始めた。サイドテーブルから二本、暖炉の棚からさらに二本手に取ると、驚いたことに、それらすべてを私たちのちょうど中間の位置に置き、火をつけようと試みた。しかし手がぶるぶると震えてなかなかうまくいかず、あきらめた彼は私の手助けを受け入れた。四本の蠟燭とランプに火を灯した私は、彼に指示され、読書ランプの笠も外した。こうして集められた灯りを間に置いて再び腰を下ろすと、彼はだいぶ落ち着きを取り戻した様子で、いつもの穏やかな口調で話を始めた。そして私に向かって語りかけている間、言い淀んだりすることは一度としてなかったのである。

「巷《ちまた》では僕についてあれこれとよからぬ噂が流れているようだが、君には、そういう噂を聞いたことがあるかと訊ねるまでもないと思う」彼は言った。「君は確かに聞いているはずだからね。で、今夜わざわざ来てもらったのは、そういう噂を生む原因となった僕の行動について、君にきちんと説明しておきたいと思ったからなんだ。これまで僕は、たった一人の人間にしか自分の秘密を明かしたことはなかった。だが、今僕は、これからそれを君に打ち明けようと思っている。それはある特別な目的があってのことなのだが、それについては話を進めていくうちに追い追い説明してゆきたいと思う。まずは、僕がこうしてイギリスを離れてここに居続けているのはなぜなのか、どんな難題があってそうすることを余儀なくされているのか、そこから話を始める必要があるだろう。僕には君の助言と助力が必要だ。だからすべてを包み隠さず話そうと思っている。しかし、僕の惨めな秘密を思い切って打ち明ける前に、君の忍耐心と友好的な同情の念を試しておきたいと思うのだが、許してくれるだろうか？　君が裏表のない正直な人だということはよくわかっている。それを疑うような真似をするのは何とも気が進まないことだし、最初に会って以来ずっと僕に親切にしてきてくれたのだから、恩知らずと言われてもしかたがないところなのだが……」

私はそんな弁解めいたことは抜きにして先を続けてくれと促した。

「君も知っての通り」彼は話を続けた、「僕がこのナポリにやって来たのは、叔父スティーヴンの亡骸を見つけ出し、一族が眠る墓地に埋葬するために故国に持ち帰る、という目的のためだ。そして、その亡骸を未だに発見できていないということも君は承知のことと思う。なぜそんなことをしようとするのか、普通の人にはとても理解できないことだろうし、正気の沙汰ではないと映るかもしれないが、当面のところ、そういう点は一時棚上げにして、どうかこの新聞記事のインクで囲った部分を読んでみてくれないか。叔父が命を落とすことになったあの決闘については、現在のところ、この記事が唯一の証言といえるものなんだよ。これを読んで、どうしたら一番よいと君が思うか、それをぜひ聞かせてもらいたいんだ」

彼は私に古いフランスの新聞を手渡した。その記事の内容はしっかりと記憶に刻み込まれているので、これほど時間が経った今でも、読者諸氏が知っておく必要のある事実関係については正確にお伝えすることができると思う。

記事はまず、セント・ロー伯爵とイギリス人紳士スティーヴン・マンクトン氏との間で行われた決闘に目下並々ならぬ好奇の目が注がれているということについての論評から始まり、続いて、この決闘が最初から最後までいかに徹底して秘密裏に運ばれたかということが長々と述べ立てられていた。そして記事の書き手は、この件に関係するある手記の存在に言及した上で、この手記を公表することで、この謎めいた果たし合いに関する新たな情報が寄せられることを期待するものである、と述べていた。その手記というのはマンクトン氏の介添人であるムッシュ・フーロンなる人物が遺した書類の中から見つかったということで、彼は決闘の場からパリに戻ってきてじきに急性の肺結核で亡くなったということだった。ただし、この手記は未完に終わっており、読み手が最もその続きを読みたいと思うまさにその箇所でぷっつりと途切れてしまっていた。その理由を突き止めることはできなかったし、また、死者の残した書類を隈《くま》なく捜しても、この極めて重要な問題に関する第二の手記を発見することはできなかったという。

この前置きの後に問題の文書自体が続いていた。

それはマンクトン氏の介添人ムッシュ・フーロンと、セント・ロー伯爵の介添人ムッシュ・ダルヴィルとの間で内密のうちに作成された協定で、この決闘に関するすべての取り決めを記すと謳《うた》われていた。文書の日付は「二月二十二日、ナポリ」となっており、内容は七つか八つの条項から構成されていた。

最初の条項ではこの決闘の元となった諍《いさか》いの原因と成り行きが説明されていたが、どちらの側にとっても実に不名誉な出来事で、その内容をここに改めて書き記す価値はないであろう。二番目の条項では次のようなことが述べられていた。挑まれた側が武器として銃を選び、そして挑んだ側（こちらは剣の達人であった）はそれを受けて、最初の発砲で決着がつくような方法で決闘を行うことを主張した。かくして、致命的な結果が不可避であることを見て取った両者の介添人は、この一件を極秘とすること、そして、決闘の場所については、当事者にさえも事前に知らせることはしないということを決めた。そして、このような過剰とも思える用心は、先だってローマ教皇がイタリアの諸君主に向けて出した声明によってどうしても必要になったのだという旨が付け加えられていた。その声明とは、近年の決闘の横行はまことに目に余るものがあり、今後は決闘を行った者を厳罰に処すことを強く求める、という内容であった。

三番目の条項では、取り決められた決闘の方法が詳述されていた。

まず双方の介添人がその場で拳銃に弾を込め、そして決闘者は三十歩離れた場所に立ち、コイントスで最初に撃つ者を決める。トスに勝った者はあらかじめ示された地点まで十歩進み、銃を発砲する。もし彼が狙いを外したり相手を倒すことができなかったりした場合、もう一方の者は残りの二十歩の距離を好きなだけ進んで撃ってかまわないとする。この取り決めにより、どちらかの一発目の発砲で決着がつくことは確かなものとなった。そして当事者も介添人も、このルールを守ることを誓約した。

四番目の条項は決闘の場所に関するもので、両介添人は、この決闘をナポリの領土の外で行うということに同意したが、ただし、実際の決闘場所については、状況の導くままに身を任すという方策をとることとした、という内容であった。残りの条項は、私が覚えている限りでは、事の発覚を避けるためにとられた様々な手立ての説明に充てられていた。両陣営は別々にナポリを発ち、何度か馬車を乗り換え、ある町で落ち合う――もしそこで落ち合えなかった場合には、ナポリからローマへ向かう街道沿いのとある宿屋で落ち合う、という手筈《てはず》となり、さらに、画帳と絵の具箱、折りたたみ式の腰掛けを携え、スケッチの旅に出た画家を装うということになった。そして、最終的な決闘の場所へは、後でしゃべられると困るので案内人は雇わず、一同のみで徒歩で向かうという了解となった。このような全般的な取り決め、および決闘後に生き残った者たちの逃亡の段取りがこの異様な文書の締め括りとなっており、最後の条項の下に双方の介添人のイニシャルが付されていた。

だが、そのイニシャルのすぐ後に、日付欄が「パリ」となっている手記が続いていた。これは明らかにこの決闘の様子を詳細に記述することを目的とした文章で、筆者は死亡した介添人ムッシュ・フーロンであった。

この手記には前置きが付されており、その趣旨は、事が露見した場合、セント・ロー伯とマンクトン氏の果たし合いを実際に目撃した人間の証言がたいへん重要となると考えられるので、介添人の一人である自分が、決闘は事前の取り決めに従って厳《おごそ》かに行われ、当事者双方ともに勇敢で名誉ある（！）紳士にふさわしい戦いをした旨を証言することを買って出た、というものであった。そしてさらに、関係者に累を及ぼすことのないよう、自分の証言を収めたこの文書は、非常事態になった場合を除いて決して開封してはならないという厳命の下に信頼できる第三者に預けるつもりである、という旨が告げられていた。

この前置きの後、ムッシュ・フーロンは次のように述べていた。決闘は、取り決めの文書が作成されてから二日後に、一行が偶然によって導かれた場所で行われた（場所の名前は伏せられており、その近隣の地名すら言及されていなかった）。二人は事前に取り決められた通りの位置につき、トスに勝ったセント・ロー伯が十歩進んで相手の体を撃ち抜いた。マンクトン氏はすぐには倒れず、六、七歩よろよろと進み出て伯爵目掛けて発砲した。しかし弾は当たらず、そこで力尽きた彼は倒れて息絶えた。この記述に続き、ムッシュ・フーロンはその後の処置について触れていた。彼は手帳から破いた紙にマンクトン氏が死んだ経緯を手短に記し、その紙を死者の外套にピンで留めた。これは、遺体を安全に処置するためにその場で考え出された計画の特異な性格のために必要になったということだった。しかし、その計画とはどういうものなのか、そして遺体はどう処置されたのか、それは明らかにされてはいなかった。というのも、この箇所で手記はぷつんと途切れていたからである。

新聞には補足的な説明が付されていたが、それは単にこの文書が入手された経路を述べたものにすぎず、そして、冒頭でも触れられていたことだが、ムッシュ・フーロンが遺した書類の整理を託された人物たちはこの手記の続きを発見することはできなかった、ということが繰り返し述べられていた。これが私が読んだ記事の内容で、スティーヴン・マンクトン氏の死に関して当時知られていた事実はこれですべてお伝えしたことになる。

新聞をアルフレッドに返した時、彼はひどく動揺した様子で口もきけない状態であったが、身振り手振りでこの記事についての私の見解を聞かせてくれるよう促した。私が置かれた立場は実に辛く痛ましいものであった。用心を怠《おこた》って不用意なことを言えばどんな結果になるかわからなかったし、かといって何も言わないわけにもいかなかったので、態度をはっきりとさせる前にとりあえず彼に注意深く質問をしてみることにした。

「僕の意見を言う前に二、三質問をさせてもらってもかまわないかい？」

彼はじれったそうに頷《うなず》いた。

「ああ、かまわないよ、何でも聞いてくれたまえ」

「君は過去にこの叔父さんとよく会っていたという時期があったのかい？」

「叔父とは二度ばかり会ったことがあるだけで、それもほんの子供の時分だった」

「それじゃあ、叔父さんに個人的な敬意を抱いていたなんてことはなかったんだろうね？」

「敬意だって？　敬意なんてものを感じたとしたらそれこそ汗顔の至りだよ。叔父は行く先々で家名に泥を塗っていたんだから」

「なるほど。ではこう訊ねさせてもらってもいいかな。彼の亡骸を取り戻すことに君がこんなに躍起になっているのには、何か一族としての動機があるのかい？」

「そう、一族としての動機というのもあるかもしれない……でも、どうしてそんなことを？」

「いや、君が警察に捜索を依頼したということを耳にしたものだから、ぜひ知りたいと思ったんだよ、警察のお偉方に詳しい事情を話したのかどうか、ということをね。何しろちょっと他に例を見ない企てだから、よほど強い理由を提示しない限り、警察もまともには動いてくれないだろうからね」

「理由など何も言っていないよ。だが、依頼した仕事に対してきちんと金は出しているんだ。ところがいくら報酬を弾んでも、その見返りとして受けたものは、どこへ行っても不埒《ふらち》極まる無関心だけなのだ。しかし、僕はこの国ではよそ者だし、言葉もよくわからないから、自分ではどうすることもできない……。ここの当局もローマの当局も、一応こちらの要求を承知して捜索するとは請け合ったもの の、形ばかりの探索をするだけで、それ以上は何もしてくれようとはしないのさ。僕はほとんど面と向かって嘲笑され侮辱されているようなものなんだよ」

「なるほど……。それじゃあ、こうは考えられないだろうか――いや、僕は何も当局の怠慢を弁護しようというつもりではないし、僕自身がそう考えているというわけでもないから、その辺は誤解しないでくれたまえよ――つまり、警察は君が本気であるということを疑っているんじゃないだろうかね？」

「本気じゃないだって？」そう叫んだ彼は立ち上がり、私を睨みつけた。目つきは凶暴で、息遣いは荒かった。「そう、君も僕が本気じゃないと思っているんだ。そんなことはないと口では言っていても、君がそう思っているということは僕にはよくわかっている。待ってくれ！　これ以上何か言う前に、君自身の目で確かめてもらうことにしよう。ちょっとこちらへ来てくれたまえ――ほんの一分、ほんの一分でいいんだ」

私は彼の後に続いて居間から寝室へと入っていった。ベッドの傍らには、長さが七フィート以上はあると思われた無地の木製の大きな包装箱が置かれていた。

「蓋を開けて中身を見てくれたまえ」彼は言った。「僕はここで蠟燭をかざしているから」

私は言われた通りに蓋を開けたが、驚いたことに、中には鉛製の棺桶が納められていた。柩《ひつぎ》の蓋にはマンクトン家の紋章が物々しく彫り込まれており、その下には「スティーヴン・マンクトン」という名とその享年、死亡理由が古めかしい字体で刻まれていた。

「僕は叔父の柩まで用意してあるんだよ」私の耳元でアルフレッドが囁《ささや》いた。「これでも本気ではないと思うかい？」

本気というより狂気……私にはそうとしか思えなかったので、返答することもままならなかった。

「どうやら納得してくれたようだね」彼は口早に続けた。「さあ、隣の部屋に戻ろう。これでお互いに腹蔵なく話ができる」

　居間に戻った私は機械的に自分の椅子をテーブルから遠ざけてしまった。次に何を言い何をしたら一番よいのか、それがわからずに心がすっかり混乱した状態にあったので、蠟燭を灯した時に彼が指定した位置を失念してしまっていたのだった。すぐに彼はそのことを私に思い起こさせた。

「テーブルから離れないでくれ」彼の口調は真剣そのものだった。「灯りの前に坐ってくれないか、お願いだ……。どうして僕がこのことにこんなに拘《こだわ》るのか、それはこれから順を追って話すつもりだ。だが、まず君の意見から聞かせてくれないか。不安に苛《さいな》まれ困窮の極みに立たされているこの僕をどうか助けてくれ……君は約束してくれただろう？」

　私は何とか心を落ち着けて考えをまとめ上げようとした。彼を前にして今さら下手なごまかしなど効くはずもなかったし、ここまできて手を引いたりしたならそれこそひどい仕打ちというものだ。もう自分にできるだけのことをするしかない——そう私は心を決めた。

「現在わかっていることは」私は言った、「協定の文書が作成されてから二日後に決闘がナポリの国の外で行われた、ということだ。この事実から、君は当然、場所の捜索はローマの領土内に限定した方がよいと考えただろうね？」

「ああ、もちろんだ。まあ名ばかりのものだろうが、捜索はローマの領土内だけで行われてきた。警察によれば、派遣された警官は決闘が行われた場所を突き止めるため、ナポリとローマを結ぶ街道沿いを徹底的に捜索したということだ（場所を発見した者には僕から巨額の賞金を出すということにもしたんだよ）。それから、決闘者と介添人たちの人相書も頒布《はんぷ》したということだし、また、協定の文書の中で落ち合い場所として言及されている宿屋と町に、警官を一人ずつ残してきて捜索の指揮をとらせているということだ。さらには、外国の当局と連絡を取り、セント・ロー伯爵とムッシュ・デルヴィルの隠れ家を突き止めようとも試みたという。しかし、こうした様々な努力にもかかわらず――まあ、それがほんとうに行われたのであれば、の話だが――これまでのところ何の成果も上がっていないんだよ」

「僕の印象では」少し考えた後に私は言った、「街道沿いやローマの近辺をいくら捜索したところで無駄なのではないかと思う。それから、叔父さんの亡骸を見つけ出すという問題の方だけれども、彼が撃たれた場所所を発見しさえすれば、亡骸の方も自ずと見つかることになるのではないだろうか。というのも、決闘に関わった連中が、逃げながら遺体を遠くに運んだりして発覚の危険を冒すような真似をしたとはとても思えないからだ。となると、我々が探し出す必要のあるのは決闘の場所だけだということになる。さて、ここでちょっと考えてみるとしよう。決闘の一行は二人ずつ組になって別々に出かけてゆき、途中で何度か馬車を乗り替えたということだが、おそらくは遠回りの道を行ったことだろう。問題の宿屋や町に立ち寄ったというのは人目を晦《くら》ますためで、そこから案内人なしでたぶん相当の距離を歩いて現場に向かったと思われる。連中は用心のためにこうした様々な方策をとり（それは間違いないところだ）、しかも旅の期間はたったの二日間だったわけだから、仮に夜明けと共に出発して夜までぶっ通しで行軍を続けたとしても、直線的に進んだ距離はさほどのものではないと見て差し支えないだろう。したがって、決闘はナポリの国境を越えてからそれほど遠くない地点で行われたと考えてよいのではないかと思う。僕が捜査を指揮する警官だったら、山の中の人気《ひとけ》のない場所を求めて国境に沿って西から東へと捜索を進めてゆくね。これが僕の考えだが、どうだろう、少しは役に立ちそうかな？」

「うん、すばらしい考えだ！」頬を紅潮させて彼は叫んだ。「こうなったら一日たりとも無駄にはせずに、早速その計画を実行するとしよう。警察には知らせずに、明日の朝、僕自ら捜索に出発しようと思う。そして、もしよければ君も……」

彼は言葉を切った。顔が急に蒼ざめ、重々しい溜息をつくと、彼の視線はまたしても私からそれていった。虚空を凝視する彼の顔全体にまたあの強張《こわば》った死のような表情が取り憑《つ》いた。

「明日のことを話す前に、君にはまず僕の秘密を話さなければならない」彼は弱々しく続けた。「この期に及んでなおも告白をためらったりしたら、これまで色々と親切にしてきてくれた君に対して合わせる顔がないし、また、君の助力を仰ぐ資格もないというものだ。すべてを聞き終わった時に君が進んで協力を申し出てくれるということが、僕に残された最後の希望なのだから……」

私は彼に、落ち着いて話ができるようになるまで少し時間を置いてはどうかと提案してみた。だが彼は私の言ったことなどほとんど耳に入らない様子であった。ゆっくりと、まるで自分自身と戦っているかのような風情で彼は坐る向きを少し変え、テーブルの上に俯《うつむ》いて手で頭を支えた。彼の目の下には私が部屋に入ってきた時に手にしていた手紙の束が置かれていた。そして私に話をする間、彼はずっとそれを見続けていたのだった。

4

「君は確か僕と同じ州の生まれだったはずだから」彼は言った、「もしかすると、我々の一族に関する古い奇妙な予言のことを耳にしたことがあるんじゃないだろうか？　それは今でもウィンコット・アビーにまつわる言い伝えの中に残っているんだが……」

「うん、そういう予言が存在するという話は聞いたことがあるよ」私は答えた。「正確な文言は知らないけれど、君たちの一族の絶滅を予言するとか、何かそういうような内容ではなかったかい？」

「どれほど調べても」彼は続けた、「その予言が最初になされたのがいつのことなのか、それを突き止めることはできなかった。一族の文書の中にも、その予言の起源に関する記録は見つからないんだ。古い使用人や年老いた領民たちに聞いてみると、彼らもまた父親や祖父からその予言のことを聞かされてきたのだという。我々の一族はヘンリー八世の時代にアビーを引き継いだわけなのだが▼2、それ以前にそこに住んでいた修道僧たちもどうやらその予言のことを知っていたらしい。それというのも、古くから詩の形で伝えられてきたというこの予言の、まさにその詩が僧院の古文書のとあるページに書き記されているのを僕は自分の手で発見したんだよ。まあ、ちょっと詩とは呼べないような代物だけど、とにかくこういう内容なんだ。

宇院乞戸《ウインコット》の地下の墓所にて或《ある》場所が
萬久敦《マンクトン》一族の或者を待ち受くる時
そして其《そ》の輩《やから》　葬らるることも叶はず
独り淋しく大空の下《もと》に横たふる時
果て無き所領を持つ身に生まれれど
僅《わづ》か六尺の土に事欠く時
即ち其れは萬久敦の血が絶へむとする
確たる徴《しるし》となるべきことを知れ
一族郎党その数忽《たちま》ちに減じゆき

一人残されし家長《いへおさ》もまた久しからず
人の目も及ぶ能《あた》はず　日の光も及ぶ能はず
彼《か》の一族この世から消へ去る運命《さだめ》とならむ

「何とも漠然とした予言で、古《いにしえ》の巫女が御託宣を告げているようだね」私は言った。詩を暗誦し終えると、彼はこちらが何か言うのを待ち受けている様子であったのだ。

「漠然としていようと何だろうと、今まさにそれが実現されようとしているんだ」彼は答えた。「今や僕が『一人残されし家長』なんだ……予言が指し示す一族の古い家系の最後の人間が僕なんだよ。そして、スティーヴン・マンクトンの亡骸はウィンコット・アビーの地下の墓所に納められてはいないんだ――待ってくれ、馬鹿げていると言いたいのだろうが、これについてはまだ話すことがあるんだよ。僧院が我が一族のものになる以前、マンクトン家は近くの領主館に住んでいたのだが（その建物は廃墟となり、もうだいぶ昔に姿を消してしまったがね）、その頃からアビーの礼拝堂の地下の墓所が一族の墓であったんだ。そういう遠い昔からこの予言が知られ恐れられていたのかどうか、それは定かではないが、とにかくこれだけは確かなんだ。マンクトン一族の者は、ウィンコットの方で暮らす者も、スコットランドのより小さな所領地の方で暮らす者も、どんな危険を冒しても、どんな代償を支払っても、とにかく全員僧院の地下納体堂に葬られてきた。古の戦乱の時代、外地で倒れた先祖たちの数も少なくはなかったようだが、そうした者たちの亡骸もすべて取り戻され、ウィンコットに持ち帰られたのだという。そのためには莫大《ばくだい》な身請け金を支払うこともしばしばだったというし、命懸けの流血沙汰もあったという。そんなものは迷信だと君は言うかもしれないが、しかしその迷信が現在に至るまで一族の間で途絶えたことは一度もなかったんだ。何世紀にも亙り、一族の死者は連綿とアビーの地下納体堂に葬られ続けてきたのであり、それが途切れたことは一度としてなかったのだ——今までは……。予言の冒頭で言及されている『或場所』とはスティーヴン・マンクトンの埋葬場所なのであり、土をかぶせてくれるよう空しく叫び声を上げているのはまさにこの死者なのだ。連中は叔父を、倒れた場所に埋葬もせずに置き去りにしてきた——僕にはそれがよくわかっている、まるでこの目で見てきたかのようにね」

　私は思わず「おいおい」と声を上げそうになったが、機先を制するように、彼はゆっくりと立ち上がり、虚空を指さした。彼の視線は少し前からまたあらぬ方向にそれていったのだったが、彼が指し示したのはその方向であった。

「君が何を言いたいのかはよくわかっている」彼は厳しい口調で声高に叫んだ。「大昔の迷信深い時代に、無知な人間を怖がらせるために発せられたこんなヘボ詩の予言をまともに信じるとは、それこそ狂気の沙汰だ——君はそう言いたいのだろう。では言おう」（ここで彼は急に囁き声になった）、「なぜこの予言を信じるのか——それは、今この瞬間、スティーヴン・マンクトン本人がそこに佇み、僕の信念を裏付けているからだ」

　目の前に立つ彼の顔に浮かんだ身の毛もよだつような恐怖の表情のせいだったのか、あるいは、今までは彼の狂気に関する噂を完全に信じていたわけではなかったのが、この時突然それが事実であるということを確信せざるを得なくなったためであったからなのか、それはよくわからないのだが、とにかく、彼の言葉を聞いた瞬間に私は血が凍りつくような感覚をおぼえ、そして、言葉を失った私は、彼がなおも指し示していた私のすぐ横の虚空に目を向けることはとてもできそうにないと感じたのであった。

「そこに佇んでいるのは」彼は同じ囁き声で続けた、「頭に何もかぶっていない色黒の男で、一方の手は拳銃を持ったまま体の横にだらりと垂れ下がり、もう一方の手は血まみれのハンカチを口に当てている。顔は死の苦しみで歪《ゆが》んでいるが、その顔には見覚えがあるのだ。まだ子供だった時分、ウィンコットに二度ほどある男がやってきた。その男に両腕で抱え上げられ、僕はひどく怯《おび》えてしまったのだが、その男の顔が、今まさに僕が見ている顔なのだ。その時僕はばあやに、あの人は誰なのかと訊ねたのだが、ばあやは、あれはあなたの叔父上のスティーヴン・マンクトン様ですよ、と教えてくれた。君の横に僕ははっきりと叔父の姿を見ているのだ、まるで彼が生きてそこに立っているかのように……。その大きな黒い目にはぎらぎらした死の光が宿っている。彼が撃たれた瞬間から、ずっと僕はそういう顔をした叔父の姿を見続けてきたのだ。家の中にいようが外にいようが、歩いていようが眠っていようが、昼だろうが夜だろうが、どこへ行っても我々は常に一緒なのだよ！」

この最後の部分のあたりで彼の囁き声はさらに低まり、ほとんど聞き取ることができないほどであった。彼の目が向けられている方向、そしてその表情から、彼は叔父の亡霊に向かって話しかけているのではないかと私は思った。しかし、もしその瞬間に私がその亡霊を見たとしても、目の前で虚空に向かって不明瞭な言葉をぼそぼそと呟《つぶや》いている彼の姿以上に恐ろしい光景ではあり得なかったであろう。ある程度の覚悟はしていた私であったが、この晩の出来事により、私の神経は、こんなに揺さぶられることがあり得るかと思うくらいに揺さぶられてしまっていた。そして、この異様な精神状態にある男のそばにいるということに漠然とした恐怖を感じた私は、思わず立ち上がって一、二歩後ずさりした。

彼は即座にこの動作を見咎《みとが》めた。

「行かないでくれ！　頼む、お願いだから、行かないでくれ！　僕は君を怖がらせてしまったのだろうか……？　僕の言っていることが信じられないのかい？　それとも、光が強すぎて目が痛むのかい？　この眩《まぶ》しい蠟燭の光の前に坐ってくれと頼んだのは、亡霊が放つ光を見るのが耐えられなかったからなんだ……そう、亡霊は絶えず不気味な光を放っているんだよ、君の背後の暗がりから……。お願いだ、行かないでくれ、まだ帰らないでくれ！」

　こう言った彼の顔には何ともいえぬ淋しさと悲嘆の表情が宿っていた。その表情を見ると自然に同情心が湧き上がり、それによって私はいくぶん落ち着きを取り戻した。再び椅子に腰掛けた私は、君が望むだけここにいようと請け合った。

「ありがとう、ほんとうにありがとう！　君はまさに親切と忍耐の権化のような人だ」元の場所へ戻りながら彼は言った。そしてその物腰も元の穏やかな物腰へと戻っていった。「どこへ行こうとも秘かに付きまとう忌まわしい幻影――この憂き身の程を告白することが一番辛かったのだが、それを為し終えたのであるから、残りの話は落ち着いて話すことができるだろうと思う。さて、先ほど言った通り、叔父のスティーヴンは……」彼はさっと顔をそむけ、その名が口をついて出るとテーブルを見下ろした――「叔父のスティーヴンは、僕が子供の頃二度ばかりウィンコットに来たことがあり、そしてその都度僕を怯えさせたのだ。叔父はただ両腕で僕を抱え上げただけで、後で聞いた話によると、彼にしては優しい口調で僕に話しかけたということだ。しかし、どういうわけか僕はひどく怯えてしまった……。もしかすると、叔父の背丈がひどく高く、顔が色黒で、髪も髭《ひげ》も濃く真っ黒だったということに怯えてしまったのかもしれない。子供というのは時としてそういうものに怯えるものだから……。あるいは、叔父の姿を見ただけで、その時は理解できなかった、そして今でも説明することはできない、何か奇妙な影響を受けたのかもしれない……。しかしそれがどうであれ、帰ってしまった後になっても叔父は頻繁に夢に現れて僕を悩ませ続けた……暗いところにいる時に、叔父がそっと近づいてきて僕を両腕で抱え上げるのではないか……僕はいつもそんなことを想像して怯えていたのだ。

僕の面倒を見ていてくれていた使用人たちはこれに感づき、僕が駄々をこねたり言うことを聞かなかったりした時はいつでも叔父のスティーヴンの名を出して僕を脅したんだ。そして大きくなっても、僕はこの不在の身内に対して漠然とした恐れと嫌悪感を抱き続けていたんだよ。父や母が叔父の名を口にした時などは、何か恐ろしいことが叔父の身に起きたのではないか、あるいは、この僕に起ころうとしているのではないか、という不可解な予感めいたものを感じて、僕はいつも聞き耳を立てたものだった。こうした心情に変化が生じたのは両親が亡くなった後だった。それ以前から僕は、我々一族の絶滅を予告したあの予言の出所について強い好奇心をそそられてきたのだが、アビーに一人ぼっちで取り残された時、叔父に対するそうした感情はこの好奇心の中に融合していくようになったんだ……。僕の話についてきてくれているかい？」

「ああ、一言も聞き逃してはいないよ」

「そうか、それじゃあ話を続けるが、僕はある時、書斎のとある古物研究の本の中に、あの予言を綴《つづ》った古い詩の断片が引用されているのを発見したんだ。それは古き時代の遺物として紹介されていたのだが、引用文が記された箇所の反対側のページに古い粗雑な木版画が貼り付けられていた。それは黒髪の男を描いた木版画だったが、その男の顔が、記憶にあったスティーヴン叔父の顔と奇妙なほど似ていたので、僕は心底仰天してしまった。父にそのことを訊ねてみると――それはちょうど父が亡くなる直前のことだったんだ――父はそんな版画のことは何も知らないと答えた。あるいは知らないふりをしたのかもしれない。そして、その後であの予言のことを持ち出すと、父はいらいらした様子で話題を変えてしまった。我が家の老司祭に訊ねても結果は同じだった。そんな版画は叔父上が生まれる何世紀も前に作られたものであり、予言はたわいもないへぼ詩にすぎない――老師はそう言ってまったく取り合ってくれなかった。予言については僕は老師によく議論をふっかけたものだ。我々カトリック教徒は、神の恩寵を受けた者からは奇跡を起こす能力が奪われることはないと信じている。それならば、そういう人間からは予言の能力も奪われることはないと信じてもよいのではないか、という具合にね。だが老師は僕とまともに議論をしようとはせず、ただ、そんなくだらぬ問題にかかずらって時間を無駄にしてはならない、お前はどうも想像力過多のきらいがあり、それは身のためにはならぬから、空想に耽ることは厳に慎まねばならぬ、というようなことを言うのみだった。しかし、このような戒《いまし》めはかえってこっちの好奇心を煽《あお》り立てただけだった。僕はアビーの中の今は誰も住んでいない古い一角を秘かに調べてみようと決心した。そして、あの版画は誰を描いたものなのか、あの予言が最初に発せられ書きとめられたのはいつのことなのか、それを突き止めるために一族の古い文書を渉猟してみようと考えたのだ。君は古い屋敷の長らく使われていなかった部屋部屋で一人きりで時を過ごしたという経験はあるかい？」

「いや。そういう孤独はどうも僕の好みではないよ」

「ああ、探索を始めたあの頃の日々！　僕はもう一度あの頃の生活を送ってみたい！　心誘《いざな》う甘美な不安、奇妙な発見、突飛な空想、ぞくぞくするような恐怖——あの頃の生活にはそうしたものがすべて詰まっていた！　もう百年近くも誰も入ったことのない部屋のドアを押し開く時——空気は澱《よど》み、恐ろしいほどの静寂に支配され、閉ざされた窓とぼろぼろのカーテンを通して不気味な薄明かりが差し込んでいる——そういう部屋の中に最初に足を踏み入れていく時のぞくぞくするような感覚！　どれほど静かに歩みを進めようとも、まるで踏みつける者に対して叫び声を上げるかのように気味悪く軋《きし》む床板！　薄明かりの中を進んでゆくと、まるでこちらに向かって壁から動き出してくるように見える古の武器や兜、そして怪しげな綴れ織！　中に魔物が潜んでいそうな禍々《まがまが》しい飾り棚や鉄の留め金のついた櫃《ひつ》、それらをこじ開け中を覗き込む時のスリル！　そして刻々と夕闇が迫る黄昏時《たそがれどき》に、人気のない場所でそうした物の中に収められていた古文書を読み漁《あさ》る興奮！　その場を去ろうとしても、まるで何かに摑まれているかのように身動きができず、外では風が噎《むせ》ぶような音を立て、夜の帷《とばり》が次第にこの身を包み込み、やがて暗闇の中に閉じ込められてしまうという戦慄！　こうした様を想像してみてくれたまえ！　あの頃の日々がいかに魅力溢れる恐怖と不安の日々であったかが君にもわかることだろう！」

（私はそんな生活は想像する気にもなれなかった。そういう生活を送った人間の成れの果てを今目の前に見ているだけでやりきれない思いであったのだから……）

「さて、そうした僕の調査は何ヵ月も続き、一時中断することもあったが、すぐにまた続行することになった。どの方向に調査を進めても、必ず何かしら発見があり、僕を先へ先へと誘《いざな》っていったのだ。過去の恐ろしい罪の告白、これまで僕を除くいかなる人間の目からも隠され続けてきた邪悪な行為の衝撃的な証拠――そうしたものが次々に明るみに出てきたのだ。こうして発覚した秘密は僧院の特定の場所と関係していることもあり、以来、そうした場所は僕にとって恐ろしい関心の的となった。あるいはまた、絵画室に飾られたとある古い肖像画がかつて恐ろしい罪を犯した人物の絵であると判明したこともあり、それを知ってからというもの、僕はその絵を見るのが怖くなってしまったほどだ。こうした調査の結果があまりに恐ろしいことばかりなので、もうやめようと決心したことも何度かあった。だがその決心を持続させることはできなかった……しばらく時が経つと、先を続けたいという気持ちがどうしようもないほど募《つの》ってゆき、僕はその都度この誘惑に屈してしまうことになったのだ。そしてついに僕は、かつて修道僧たちが所有していた本の中に、予言の全文が白紙のページに書き記されているのを発見したのだ。この最初の成功で気を良くした僕は、一族の記録をさらに遡《さかのぼ》ってみることにした。それまでのところ、あの謎めいた肖像画が誰の絵なのかを突き止めることはできていなかったのだよ。しかし、その絵が叔父スティーヴンと異様に似ていると直感した僕は、彼はこの予言と密接な関わりがあり、そしてこの予言のことを他の誰よりも知っているに違いないという確信を持ったのだ。しかし僕には叔父と連絡を取る伝《つて》もなく、この奇妙な考えが正しいのか間違っているのか、それを確かめる手立てはなかった。だがある日、今現在も僕の目の前に佇むこの恐ろしい証拠が姿を現し、僕の疑念が恒久的に解消されることとなったのだ」

彼はここで間を置き、疑わしげな眼差しで私をじっと見つめた。そして、これまでの話を信じてくれているかと問いただした。私が即座に肯定の返事をすると疑いも氷解したようで、彼はさらに話を続けた。

「二月のある晴れた日の夕方、僕はアビーの西の塔の人気のない部屋に佇み、夕日を眺めていた。そして太陽がまさに沈んでいこうとするその時、僕は何とも説明のできない奇妙な感覚が忍び寄ってくるのをおぼえた。何も見えなくなり、何も聞こえなくなり、何もわからなくなってしまう――そういう自己忘却の状態に突然陥ってしまったのだ。気を失ってしまったわけではない――床に倒れもしなかったし、立っていた場所からわずかでも動いたわけでもなかったのだ。もしそういうことがあり得るとしたら、それは肉体と精神が、死ぬことなしに、一時的に分離したという状態ではなかったかと思う。しかし、その時の僕の状態を口で説明することは到底不可能だ。それを失神とでも、カタレプシーとでも、何と呼ぼうとかまわないが、とにかく、窓際に佇んでいた僕は、心身共に死んだような状態となり、全く意識を失ってしまったんだ。しかし、やがて陽が沈むと意識が戻ってきた。そして目を開けると、目の前にスティーヴン・マンクトンの亡霊がかすかな光を放ちながら佇んでいたのだ。ちょうど今、君の横でそれが佇んでいるように……」

「それは決闘の知らせがイギリスに届く前のことだったのかい？」私は訊ねた。

「知らせがウィンコットに届く二週間前のことだった。ただし、決闘のことを知らされた時も、それがいつ行われたのかということはわからなかった。君に読んでもらったあの文書がフランスの新聞に公表されて初めてそれがわかったのだ。君も覚えていようが、文書の日付は二月二十二日となっており、決闘が行われたのはその二日後であると記されている。僕は亡霊が現れたその日、何月何日のことだったか手帳に書き記しておいた。そしてそれは二月二十四日のことだったんだよ」

こちらが何か言うのを待ち受けるかのように彼は再び間を置いた。しかし、こんな話を聞いた直後に私に何が言えたというのだ？　何を考えられたというのだ？

「初めて亡霊を見た時の最初の恐怖の最中《さなか》にあってでさえ」彼は続けた、「我々の一族に対するあの予言が頭に浮かんできた。そしてそれと共に、目の前にいるこの死霊は我が運命を告げにやってきたのだという確信を抱いた。それでもなお、少し気を取り直すと、自分が見ているものがはたして現実のものなのか、それとも病んだ想像力の産物にすぎないのか、それを確かめてみようと決心した。塔を出ると、亡霊もついてきた。そこで、ちょっとした口実を設け、アビーの客間に明るい照明を施させた。だが亡霊は依然として僕に向き合っていた。庭園に出てみたが、それは澄んだ星空の下に佇んでいた。次の日僕は屋敷を離れ、海辺まで何マイルも歩いていった。しかし背の高い色黒の男は僕について離れようとはしなかった。こうなると、もはや自分の運命に抗《あらが》ってもしかたない、という気持ちになってきた。アビーに戻った僕は、もうじたばたせず、この不幸に身を任そうと決心した。だが事はそう簡単には運ばなかった。僕には自分の命よりもいとおしい希望があったのだ。それは僕の宝物で、それを失ってしまうなどと考えると思わず僕はぞっとしてしまうのだ……。この不吉な亡霊が、僕と僕の唯一の宝物、唯一の希望との間に障害として立ちはだかっている――そう考えると僕はもう耐えられなくなってしまった……。僕が誰のことを言っているのか君にはよくわかっているはずだね。

僕に婚約者がいるということは君も聞いているだろう?」

「ああ、聞いているよ。それに僕は、ミス・エルムズリーとは多少面識があるんだ」

「僕のためにこれまで彼女がどれほどの犠牲を払ってきたか、君には到底わかるまい。そして、これまで僕がどんな思いを抱いてきたか、君には想像もつかないだろう……」彼の声は震え、目には涙が浮かんできた――「しかし、そのことはとてもまともには話せそうにない……アビーでのあの幸せだった日々を思い返すと胸が張り裂けそうになる……。元の話題に戻ろう。これはぜひ言っておかなければならないのだが、いかなる時、いかなる場所でも僕につきまとって離れないこの恐ろしい幻影を僕は誰にも言わずに秘密にしてきた。僕が一族の狂気の血を引いているという忌まわしい噂が広まっているのはよくわかっていたし、下手に告白でもすれば、それを不当に利用されかねないと思ったからだ。亡霊は常に僕に向き合っている。従って、誰かと話をする時は、それはその人物のどちらかの側に佇むことになるんだ。しかし、訓練を積んだ結果、じきに僕は自分がそれを見ているということを人に悟られないようにすることができるようになった――ごく稀な機会を除いては……。君には何度か自分を曝《さら》け出してしまったことがあるかもしれないね。しかし、こうした自制心もエイダを前にしては何の役にも立たなかった……僕たちの結婚式が近づいていたのだ……」

彼は言葉を切り、身震いした。私は彼が落ち着きを取り戻すまで待った。

「考えてもみてくれ」彼は続けた、「婚約者の顔を見るたびに、あの忌まわしい幻影も同時に目に入ってくる……それがどれほど辛いことであったか……。彼女の手を取ると、まるで亡霊の姿を通して握っているような具合になるし、彼女と目を合わせると、天使のような穏やかな顔と歪んだ亡霊の顔とがいつも隣り合わせに並んでいるのだ! それを考えれば、彼女に秘密を曝け出してしまったのも無理からぬことだったと君も思ってくれるだろう。彼女はすべてを話してほしいと熱心に懇願した

――いや、主張したと言った方がいい。僕は乞われるままにすべてを話した。そして、彼女が望むなら婚約を解消してもかまわないと言った……。この別れの言葉を口にした時、僕の頭の中には死という思いがあった――もし彼女と別れた後も生き長らえたなら、自ら命を絶とうという思いが……。彼女はそれに感づいた。そして、あなたの考えていることはわかっています。このわたしの手でそんな考えを永久に追い払ってしまうまで、決してあなたの許《もと》を離れません――そう彼女は言ったのだ。彼女がいなかったなら、僕は今生きてはいなかっただろう……彼女がいなかったなら、こんな異国の地まではるばるやって来ることもなかっただろう……」

「君がナポリにやってきたのはミス・エルムズリーの提案によるものだったというのかい？」驚いた私は訊ねた。

「いや、彼女の話を聞いてここに来ようという気になった、ということなんだ」彼は答えた。「亡霊が死を告げる使者だと信じていた間は、いくら彼女が、たとえ何があろうともあなたを見捨てたりはしない、たとえどんな試練が待ち受けていようとも、わたしはあなたのために、あなたのためだけに生きてゆくのです、と言ってくれたところで何の慰めにもならなかった……むしろそれは苦痛でさえあった……。しかし、後になって、二人でこの亡霊がやってきた目的について話し合った時、まったく違う展望が開けてきたんだ。亡霊は悪い使命ではなく、良い使命をもって現れたのではないか――それが送り込まれてきたのは、僕にとって害になる警告を与えるためではなく、益になる警告を与えるためであったのではないか――そう彼女は言ったのだ。この言葉を聞いて僕の頭に即座に新たな考えが浮かび、新たな生きる希望が湧いてきた。ナポリでの探索は超自然的な認可を与えられている――その時僕はそう信じたし、そして今でもそう信じているのだ。この信念があればこそ今僕はこうして生きていられるのであり、それがなければとても生きてはいられなかっただろう。彼女はそれを嘲笑《あざわら》ったりはしなかった、狂気の沙汰だと蔑んだりはしなかった……。いいかい、よく聞いてくれよ。アビーで僕の前に現れ、それ以来決して僕から離れず、そして今も君の横に佇んでいる亡霊は、我が一族に降りかかろうとしている禍から逃れよと警告しているのだ。そして、その禍を回避したくば、埋められずにいる死者を手厚く葬れと命じているのだ。生きている人間の愛情や利害はこの冥界からの鬼気迫る令達に頭《こうべ》を垂れざるを得ない。幻影は、土をかぶせてくれと叫んでいる屍《しかばね》をきちんと弔うまでは決して僕から離れることはないだろう。僕は帰れない……結婚することもできない……ウィンコットの地下の空所が無事に埋まるまでは……」

ものに憑かれたように語る彼の目は大きく見開かれ、異様な光を放っていた。声は低まり、顔全体が狂信的な興奮でぎらついていた。衝撃を受けた私は深い悲しみをおぼえたが、彼に諫言《かんげん》立てしたり、理を説いたりする気にはなれなかった。幻覚だとか、病んだ想像力だとか、そうしたありきたりな言葉を持ち出してみたところでまったく無益であっただろうし、彼が語った出来事や、その驚くべき偶然の一致を合理的に説明しようなどと試みたとしたら、無益どころか害さえもたらしかねなかったのだ。ミス・エルムズリーについては多くを語らなかった彼だが、そのわずかな言葉からも、他の誰よりも彼を知り愛しているこの哀れな娘が、彼の妄想を最後まであやし続けるということに一縷《いちる》の望みをかけている、という様を見て取ることができた。彼を立ち直らせることができるのは自分しかいない——そう信じ続けている彼女の何とけなげなことか！　訪れることはないかもしれぬ未来の幸せに希望を託し、意を決して彼の病的な妄想に我が身を殉じようとしている彼女の何といじらしいことか！　ミス・エルムズリーのことを深くは知らない私であったが、こうして改めて彼女の置かれた立場を考えてみると、それだけで胸が締めつけられるような思いをしたのである。

「世間では僕のことを『いかれマンクトン』と呼んでいる！」しばらく続いた沈黙を突然破って彼が

叫んだ。「ここでもイギリスでも、エイダと君を除いて誰も彼もが僕は頭がおかしいと思っている。彼女は僕の救世主だった。そして君も僕の救世主になってくれるだろう。ヴィラ・レアーレで散歩していた君に最初に会った時、僕は何となくそんな予感がしたんだ。その後、君に秘密を打ち明けたいという強い願望を僕は抑え続けてきた。だが、今夜舞踏会で君に会った時、もはやそれを抑えることはできなくなってしまった。亡霊が、静かな部屋に一人佇む君のところへ僕を誘《いざな》っていく――そんな風に思えたんだ。決闘が行われた場所の探索について、君の考えをもっと聞かせてくれないか。明日僕が一人で探索に出かけるとしたら、まずどこへ行ったらいいだろう……どこへ……」

先の言葉は出てこなかった。彼の体力は明らかに消耗していた。頭も混乱し始めた様子だった。

「僕はいったい何をしたらいいんだ？　どうもはっきりと思い出せない……君はすべてを心得ている……僕に手を貸してくれるかい？　心労のあまり、僕は自分一人ではどうすることもできなくなってしまったんだ……」

彼は言葉を切り、一人で国境まで行ってもうまくいかないだろうとか、遅れたら致命的になるとかいったことを支離滅裂な口調で呟いた。そして「エイダ」という名を言おうとしたのだが、最初の文字のところで口ごもってしまい、唐突に私から顔を背けるとわっと泣き出してしまった。

この時、彼に対する憐れみの情が私の分別を打ち負かしてしまった。責任というものを深く考えることなしに、私は彼の望むことは何でもしようと約束してしまったのである。彼は即座に立ち上がって私の手を摑んだが、その顔に浮かんだ狂喜の表情を見て、もっと慎重に事を運ぶべきだったと私は後悔した。しかし、言ってしまったことを今さら撤回することはできなかった。次善の策としてなすべきことは、彼を何とか少し落ち着かせ、そしてこの晩はここで暇乞いをし、この一件全体を一人で冷静に吟味してみる、ということであった。

「ああ、わかってる、わかってる」落ち着かせようと試みた私に対し、彼は答えた。「僕のことなら心配はいらないよ。君は協力を約束してくれた。だから僕の方も、たとえどんな状況になろうとも冷静沈着に振舞うことを約束するよ。亡霊にはもうすっかり慣れてしまったから、ごく稀な機会をのぞいてその存在はほとんど気にならないほどなんだ。それに、僕にはこの手紙がある。これはみなエイダがくれたもので、僕にとってはあらゆる心の病を癒やしてくれる万能薬なんだよ。心労のあまり忍耐も限界という状態になると、僕はこの手紙を読んで心を落ち着けることにしているんだ。今晩三十分の猶予をくれと言ったのも、この手紙を読んで冷静に話ができるようにするためだったんだ。君が帰ったらまた読むことにするよ。だからもう一度言うが、僕のことなら心配はいらない。君が手助けしてくれれば必ずうまくいくさ。イギリスに戻ったら、エイダにも君に然るべくお礼を言わせるよ。それから、もしナポリの愚か者どもが僕のことをいかれてるだの何だのと言っても、わざわざ反駁《はんばく》するには及ばないよ。そんなくだらん中傷は、そのうち必ず自らぼろを出すことになるさ」

私は翌朝早くにまた訪れることを約束して彼の許を辞した。

ホテルに戻った私は、あのようなことを見たり聞いたりした後ではとても眠れそうにないと感じた。そこでパイプに火をつけ、窓際に腰を下ろすと（この時穏やかな月明かりを見てどれほどほっとしたことか！）、これから先どうしたら一番よいのかを考えてみることにした。まず第一に、医者や、あるいはイギリスにいるアルフレッドの周囲の者たちに訴えかけるというのは問題外であった。私には彼の頭が理性を失うほど錯乱しているとはどうしても思えなかったし、そうである以上、現状では、心の病を理由として彼が話してくれた秘密を他人に明かしてしまうのはとても許されることではなかった。そして第二に、不注意にもはっきりと協力することを約束してしまった以上、今さら叔父さんの亡骸を見つけ出すことを断念するよう説得してみたところでうまくいくはずがなかったのだ。この二つの結論に達した後、残る大きな問題で私を悩ませたのは、この尋常一様ではない企ての遂行に手を貸していいものかどうか、ということであった。

仮に私の助力を得て彼がマンクトン氏の亡骸を見つけ出すことに成功したらどうなるか？　それをイギリスに持ち帰った後、おそらく彼は結婚することになるだろう。つまり私は、どんなことがあっても阻止することが周囲の人間の義務であるかもしれない結婚を促進させてしまうことになるのだ。それは許されることであろうか？　そこで私は彼の狂気の程度を、あるいは、もっと穏やかに、そして正確に言えば、彼の妄想の程度を考えてみることにした。普通の話をする時には彼は確かに正常だった。いや、今晩の話の中でも、説明の部分では彼の話しぶりは実に明瞭できちんと筋が通っていた。あの亡霊の話について言えば、ごく普通の知性の持ち主だって幽霊につきまとわれていると思い込むのはよくあることだし、それを哲学的な思索を交えて高尚な文体で書き記した者だっているくらいだ。彼の場合、一番の問題は、あの古い予言をすっかり信じ込んでしまっていること、そして、亡霊が現れたのは、それが予告する事態を回避するよう警告するためなのだと信じ込んでしまっていることで、それこそが彼の妄想であったのだ。そして同様に明らかなことは、そうした妄想が、そもそも彼が送っていた孤独な生活によって引き起こされたということである。彼はもともと興奮しやすい質《たち》で、しかも悪い血を受け継いでいることもあり、心の病が発症しやすい状態にあった。そういう下地があるところであのような生活を送っていたために今回のような妄想が生じてしまったのである。

これは治し得るものだろうか？　彼のことを私などよりはるかによく知っているミス・エルムズリーは治るのだと信じているようだ。彼女は間違っていると、そう無造作に決めつける理由や権利がこの私にあるだろうか？　私が同行を拒否したなら、彼は間違いなく一人で出かけてゆくことになるだろう。そしてさんざんへまをやらかし、危ない目に遭うこともあるだろう。その一方で、何もすることがなく、時間をどうにでも使うことのできる身である私はナポリに留まり、彼に探索計画を提案したりしてすっかりこちらを信頼するよう仕向けておきながら、最後になって彼を見捨ててしまうことになるのだ……。こんな具合に私は頭の中でこの問題を何度も何度も繰り返し吟味し続けた――ただし、あくまで実際的な見地のみから検討したのであり、他の視点が入り込んでくることはなかったことを付け加えておきたい。アルフレッドは、マンクトン氏の死の知らせがイギリスに届く前にその亡霊が現れたなどと主張していたが、日頃から幽霊話の類《たぐい》を蔑視していた私は、これはまったくの思い込みにすぎないと固く信じていた。だから、この奇異な探索に同行することを最終的に決心した時も、我が不幸な友の妄想にほんのわずかでも影響を受けたことはなかったのである。もっとも、その頃の私はわくわくするような出来事が無闇に好きだったので、それが私の決断に多少の影響を与えたということはあったかもしれない。だが、ごくまともな自己弁護として言わせてもらえば、マンクトンに対する本物の同情心と、そして、遠く離れたイギリスで、希望を胸に彼の帰りをけなげに待ちわびている哀れな娘の心配を少しでも和《やわ》らげてやりたいという気持ちが、私が心を決めるにあたっての主な要因であったのである。

アルフレッドと二度目の相談をした結果、出発する前に多少の準備をしておく必要があることが判明したのだが、そのために我々の旅の目的がナポリの友人たちに知れ渡ってしまうことになった。みなの驚きが尋常でなかったことは改めて言うまでもなく、会う人会う人一様に、私もマンクトン自身と同様狂ってしまったのではないか、という疑いを露《あらわ》にしたのであった。中には、スティーヴン・マンクトンがいかに恥ずべきやくざ者であったかということを申し立てて私の決心を覆そうとした者まであった――まるでこの私自身が彼の亡骸を捜し出すことに執着しているかのように！　しかし、そんなことを言われても私の心は微塵も動じはしなかったし、それは嘲笑されても同じことだった。私は決心したのであり、そして今でもそれは変わらないのだが、私という人間はかなり頑固であったのだ。

二日間のうちに私はすべての準備を整え、そして、当初の予定よりも数時間早い時刻に旅行用の馬車を戸口の前に回してもらうことにした。イギリス人の知人たちがおもしろがって「お別れの挨拶」に伺いますよ、などと言っていたので、我が友のためにもそれは避けた方が賢明だと判断したのである。というのも、実際に彼は、旅の準備でこちらが少々心配になるほど興奮した状態にあったのである。そして当日の日の出の直後、人っ子一人いない通りを抜けて、我々はこっそりとナポリを発ったのであった。

こうして私は、「いかれマンクトン」と一緒に死んだ決闘者の亡骸を探しにローマの国境地帯に向けて出発したのであったが、それがはたして現実のことなのか、私にはどうもぴんと来なかったし、また、一日たりとも先のことに思いを馳せる気にはなれなかった。この時のこうした私の心境を誰も不思議には思わないであろう。

5

私はあらかじめ、まず手始めに国境にほど近いフォンディという町を我々の捜索の拠点にしようと考えていた。そして、イギリス大使館の協力を得て、しっかりと釘を打った包装箱に収められた鉛の柩を後でその町まで届けてもらうように手配しておいた。また、パスポートの他、我々は国境地帯の主要な町の当局への紹介状も携えていた。その上、探索の道すがら助けが必要になった場合に備え、すぐに人を雇えるだけの充分な資金も用意してあった（これはマンクトンの莫大な財産のおかげである）。こうして色々と事前に手を打っておいたおかげで、我々の行動にはあらゆる便宜が確保されることとなった——もちろんそれはすべて、死んだ決闘者の亡骸を発見できた場合には、ということではあったが。しかし、発見できないという可能性も大いにあり得たわけで、我々の未来の展望は——とりわけ私がこんな重大な責任を負ってしまっただけに——とても浮き浮きするような性質のものではなかった。ぎらぎらと照りつけるイタリアの太陽の下、フォンディまで馬車の旅を続けながら、私は不安に苛まれ、絶望感に襲われることすらあったのである。

我々は二日間の楽な旅程で旅を進めた。マンクトンのことを考えて、強行軍は避け、ゆっくり旅をした方がよいと判断したのだ。

旅の初日、我が連合いはひどく動揺した様子で、私はいささか危惧の念を抱いた。色々な形で、それまで目にしたことがなかったような精神錯乱の徴候を示したのである。しかし、二日目になると、こうして二人して探索に乗り出したという新奇な状況に彼も慣れてきたのであろう、すっかり落ち着いた様子になり、朗らかさも戻ってきた。ただ、一つの点に関しては偏執狂的な傾向が続いていた。死んだ叔父が話題となった時には、相変わらず彼は——あの古い予言を根拠として、そして常に目にしていた、あるいは目にしていると思い込んでいた亡霊の影響のもと——スティーヴン・マンクトンの遺体は、それがどこに横たわっているにせよ、まだ埋葬されずにいるのだ、と言い張るのであった。他の話題においては、彼は進んで、そして実に素直に私の見解に恭順の意を表したのであったが、ことこの話題に関する限り、理屈も説得も受け付けない頑迷さをもって彼はその奇妙な自説に固執するのであった。

三日目に我々はフォンディで休息をとった。柩が納められた包装箱が届いたので、しっかりと鍵のかかる安全な場所へ置き据えておいた。我々はラバを借り受け、この地方を熟知している男を案内人として雇った。この旅の目的については、それを打ち明けるのは、当面は地元の知識人のうちで信頼の置けるごく少数の人々に限っておいた方がよいと私は考えた。そのため、ある点では我々は決闘の一行の例に倣《なら》うことになった。四日目の朝、画帳と絵の具箱を携えた我々は、美しい風景を求めて旅をしている画家にすぎないといった風情で出発したのである。

ローマの国境地帯を北へ向かって数時間進んだ後、我々は、一般の旅行者たちはまず立ち寄ることのない辺鄙《へんぴ》な小村で一休みすることにした。

この地で多少なりとも重要な人物といえる人間は村の司祭だけであった。そこで私はこの司祭にまず聞き込みを行ってみることにし、マンクトンを案内人と共に後に残して一人で出かけていった。イタリア語を流暢に話すことができた私は、極めて丁重に、そして用心深く用向きを持ち出してみたのだが、しかし、こうした苦心も実らず、こちらが話せば話すほど哀れな司祭は当惑し、怯えてしまうのであった。決闘の一行だとか死人だとかいったことを聞いて彼は縮み上がってしまい、ふんふんと頷いていたかと思うとやがてそわそわし始め、天を仰いで哀れっぽく肩をすくめ、早口の遠回しなイタリア語で、いったい何の話なのかさっぱり見当もつかない、と答えるのみであった。これが私の最初の失敗となったわけであるが、情けないことに、マンクトンと案内人の許へ戻りながら私はずいぶんと気落ちしてしまったのであった。

日中の暑さも和らいできた頃、我々は旅を再開した。

村から三マイルほどの地点で、我々が進んでいたでこぼこの田舎道は二股に分かれていた。案内人によれば、右の方の道は山の中を通って六マイルほど先の修道院へ続いているということで、その修道院を越えてさらに先へ進めばすぐにナポリとの国境にたどり着くということであった。そして左の方の道を行けばローマの領土内にさらに深く入り込んでゆくことになり、先には宿泊も可能な小さな町があるということだった。さて、我々がまず探索すべき場所はローマの領土内であったし、そして、仮に探索が不首尾に終わってフォンディに戻ることになったとしても、修道院の方はいつでも行ける距離にあった。それにまた、左の道は、我々が探索に乗り出した地方のうちでも最も広い範囲に亙る地域へと続いており、私は常に大きい方の困難を最初に片付けてしまいたいという質《たち》であった——ということで、我々は雄々しく左の道へ進んでゆくことを決心したのである。この決定によって携わることになった探索は丸一週間続いたのだが、結果は惨澹《さんたん》たるものだった。我々は何一つ発見することができず、探索拠点のフォンディに戻った時には挫折感で打ちひしがれてしまっており、次にどこへ足を向けてよいものかすっかり途方に暮れてしまっていたのだった。

しかし、私はこの失敗自体よりも、それがマンクトンにもたらした影響の方により大きな懸念を抱いた。我々が引き上げ始めるとじきに彼の決意はすっかり瓦解してしまった様子で、まずいらいらして気もそぞろという状態になり、次に黙りこくって塞《ふさ》ぎこんでしまうようになった。そして最後には心身ともに無気力状態に陥り、見守る私は憂慮の念を抑えきれなかった。フォンディに戻った次の日、彼は始終居眠りをするという奇妙な傾向を示すようになり、私は彼の脳に物理的な疾患が生じたのではないかと訝った。その日一日中彼は私とほとんど言葉を交わさず、一度としてはっきりと目覚めているという様子を示すことはなかった。翌朝早くに部屋に行ってみると、彼は前日と同様に押し黙って無気力な状態にあった。我々に同行していた彼の従者の話によると、かつてウィンコットにて父親がまだ元気であった頃にも、一度か二度、精神的な疲弊がこのような肉体的な徴候となって現れたことがあったという。これを聞いていくぶん安心した私は、このフォンディまでやってきた我々の任務に関することに再び考えを向け始めた。

連合いが回復するまでの間、私は一人で探索を続行してみようと考えた。二股の地点から右へ分かれ、修道院へと続いている道の方はまだ未探索であった。そちらの方の探索に出かけたとしても、不在にしてしまうのはせいぜい一晩ですむだろうし、戻ってきた折には、少なくとも、決闘の場所に関する不確かな点がまた一つ解消されたという報告ができる。このように考え、私は決心した。行先についての問いがあった場合のことを考えて友に置手紙を残し、私は再び最初の探索に出た折に休憩をとったあの村に向けて出発した。

修道院まで歩いて行くつもりであったので、道が二股に分かれている地点で案内人にラバを預け、村に戻って私の帰りを待つようにと指示した。

最初の四マイルほどは道は開けた土地をなだらかに登っていったが、その後急に坂が険しくなり、生い茂る藪と果てしなく続く森の中へ深く分け入っていった。やがて時計を見た私はそろそろ目的地に着いてもよい頃だと思ったのだが、視界は相変わらず緑の帷によって四方閉ざされたままで、頭上に木々の枝が覆いかぶさっていたために空を垣間見ることすらできなかった。それでも私は唯一の案内人である険しい小径《こみち》を辛抱強くたどってゆき、そして十分も歩いた頃、突然そこそこに平らで開けた場所に出た。目の前には修道院の建物が佇んでいた。

それは背が低く、暗くて不吉な様相をした建物で、周囲を見渡しても人の気配はまったくなく、生活の兆しも皆無であった。かつては白色であったと思われるチャペルの正面はすっかり緑の縞模様《しまもよう》に覆われてしまっていた。建物を囲んで睨みつけるように聳《そび》えるどっしりとした塀には至るところで裂け目が入り、苔が密生していた。屋根や欄干の裂け目からはひょろ長い雑草が伸びており、その先端ははるか下方まで垂れ下がって、鉄格子のはまった大部屋の窓のあたりで物憂げに揺れていた。入り口の門に面して大きな十字架が立てられており、ぞっとするような等身大の木の人形が釘で打ち付けられていたが、その十字架の根元には一面虫が這いつくばっており、さらに上部に至るまでぬるぬるした緑色に覆われ立ち腐れの様相を呈し、とても正視するに耐えない代物であった。

門の横には壊れた把手のついた呼び鈴が下がっていた。近づいた私は、なぜかはわからぬが、ふとためらった。そしてもう一度修道院を見上げると、建物の裏手に回っていった。次に何をしたらよいか考える時間を稼ぐという意味合いもあったのだが、自分でもよくわからない不可解な好奇心に駆られ、中に入る試みをする前に一通り建物の周囲を見ておきたいという気になったのだ。

修道院の裏手には塀に沿って納屋が建っていた。ひどく不恰好な建物ですでに廃屋と化しており、屋根の大半は崩れ落ち、横の壁にはぎざぎざの形をした穴が開いていた――おそらくはかつて窓であったところなのだろう。このあばら家の後ろには木々が鬱蒼と生い茂っていた。そちらの方に目を向けてみたが、その向こうの土地が隆起しているのか下降しているのか、草地なのか、土に覆われているのか、はたまた岩地であるのか、皆目見当がつかなかった。茨《いばら》、羊歯《しだ》、雑草、そして木々の葉――そうしたものがあらゆるところにはびこっていてそれ以外は何も見えなかったのである。

あたりは重苦しい静けさに支配され、それを破る物音は何ひとつなかった。鬱蒼とした森から鳥のさえずりが立ち昇ることもなく、いかめしい塀の向こう側の庭園から人の話し声が聞こえてくることもなかった。チャペルの塔で時計が鐘を打つこともなく、あばら家で犬が鳴くこともなかった。死んだような静けさがこの場の寂寥感《せきりょうかん》をいっそう際立たせており、この寂しさに私は名状し難い圧迫感をおぼえ始めていた――特に、森というのは日頃からあまり立ち入るのが好きではない場所であっただけに、ひとしおそんな感覚をおぼえたのである。詩人はよく森の生活を詠《うた》い、その牧歌的な幸せを称揚するが、私にとって、森での生活など、山や平原の生活の半分ほどの魅力もなかった。木立の中に立ち入ると、果てしなく続く大空や、遠くに見える穏やかで甘美な地上の風景が無性に恋しくなるのだ。本来自由である空気が繁みの中に閉じ込められてしまうと、その変化に息苦しさを感じずにはいられないし、そして、枝葉を通して薄ぼんやりと差し込むあの奇妙で謎めいた淡い光を見ると、心地よさを感じるどころか背筋が寒くなってしまうのである。私には審美眼というものが欠けているのかもしれないし、草木の美しさを感じ取る力というものが欠如しているのかもしれない。しかし正直に告白すれば、散策の途上森の奥深くに分け入ったりしてしまうと、そこから抜け出た時にはえも言われぬ開放感をおぼえるのだ――出た場所が剝き出しの丘であれ、荒涼たる山腹であれ、殺伐とした山頂であれ、とにかく頭の上に空が見え、目の届く限り景色が広がってさえすれば、どんな場所に出ても私はほっとするのである。

というわけであるから、そうして廃屋と化した納屋のそばに佇んだ時、すぐさま踵《きびす》を返して木立の中から抜け出したいという強い衝動に駆られたとしても、それは無理からぬことだったとご理解いただけるのではないかと思う。そして実際に私は後戻りしかけたのであったが、その時突然この修道院までやって来た用向きのことが頭の中に甦り、私の足は止まった。呼び鈴を鳴らしたところで中に入れてもらえるかどうかわからなかったし、そしてとりわけ、仮に入れてもらえたとしても、ここの住人が私の求めている手掛かりを提供してくれるかどうか、それは大いに疑問であった。しかし、この探索はマンクトンにとっては命懸けの探索であったのであり、協力を約束した以上、あらゆる手立てを尽くすというのが彼に対する私の義務であったのだ。かくして私は、とにかく修道院の正面に引き返して呼び鈴を鳴らしてみようと決心した。

あばら家のぎざぎざの穴が開いた側面を通りかかった時、まったくの偶然であったのだが、私はふと上を見上げ、穴がずいぶん高い位置に開けられていることに気づいた。

立ち止まって眺めていると、この森の空気の息苦しさがさらにいっそう募ってきたかのように感じられた。

私はしばしそこに佇み、首からスカーフを外した。

息苦しさ？　いや、それはそれ以上のものだった。空気は肺に圧迫を加えるというよりは、鼻に不快な刺激を与えていたのだ。何か名状し難いかすかな臭いが漂っている……それまで嗅いだことのないようないやな臭い……。そしてこうして注意を向けてみるとだんだんはっきりしてきたのだが、あばら家に近づけば近づくほど、その臭いの元に近づいていくように思われたのだ。

二度、三度と実験をしてみてこの事実に間違いがないことを確信すると、私の好奇心は抑えがたいものになっていった。周囲には石やレンガの瓦礫《がれき》がごろごろと転がっていたので、それをいくつか拾い集め、穴の下に積み上げた。そしてその上に乗ると、自分がしていることに多少の恥ずかしさを感じながらもあばら家の中を覗いてみた。

中を覗き込んだ瞬間に目に映った恐ろしい光景は、今でもまるで昨日見たばかりのもののように鮮明に私の記憶に焼きついている。そして、こうして時が経過した今となっても、それを書き記そうとするとあの時の戦慄が体中を駆け巡るのである。

最初に受けた印象は、一面薄青色に覆われた長い物体が台の上に横たわっている、というもので、人間の肢体に中途半端な形で似たその物体を見て思わず私はぞっとした。もう一度見直して、どうやらそれが人間であることは間違いないように思われた。先端部では、額と鼻と顎《あご》の部分がベールをかけられたようにぼんやりと突き出ていた——真ん中の部分では、胸の丸みとその下の窪《くぼ》みが窺えた——下部では、盛り上がった膝と不気味に突き出た強張った足……。私は改めてもう一度、さらに注意深く見直した。中は壊れた屋根から薄明かりが射すのみであったが、目が次第に暗がりに慣れてきた。そして、頭から足までの長さから判断して、これは人間の死骸に間違いないと確信を持った。シートが掛けられていたようだったが、台の上で雨曝しになっていたために死体は腐爛《ふらん》してしまい、それを覆う布も今や黴《かび》だらけで、不気味に青ずんだ色合いと化してしまっていた。

この恐ろしい死の光景――墓もなく、澱んだ空気を毒し、それを浮かび上がらせているかすかな光さえも汚染しているかのように思えた忌まわしい人間の残骸――それを私がどれくらいの間凝視し続けていたのかはよくわからない……。しかし今でもよく覚えている――遠くの木々の間でそよ風がそよぎ出したようなかさかさという音がしたこと――その音が私が立っていた場所にゆっくりと近づいてきたこと――納屋の屋根の裂け目から枯葉が眼下の死骸の上に音もなく舞い落ちていったこと――そして、その枯葉が目にしていた光景に及ぼしたわずかな変化によって、はっと活力が呼び覚まされ、心にのしかかっていた緊張が不意にほどけたことを……。私は地面に降りて積み上げた瓦礫の上へ腰を下ろし、顔全体をびっしょりと覆っていた汗を拭った。そんなに汗が出ていたというのはその時になって初めて気づいたことだった。私の神経はすっかり揺さぶられてしまっていた――しかし、予期せぬおぞましい光景を見たということだけでそうなったわけではない。叔父の亡骸を見つけ出すことができたなら、それは埋葬されていない屍であるはずだ――マンクトンのこの言葉が台の上に横たえられた禍々しい物体を見た瞬間に私の頭に浮かび、これは捜し求めていた死者に違いないと直感した……そしてあの古い予言が記憶に甦り、遠くの町で私の帰りを待つ哀れな青年のことが思い起こされ、何かを切望するような奇妙な悲しみ、漠然とした不吉な予感、そして名状し難いおののきが込み上げてきてすっかり迷信的な恐怖の虜《とりこ》となってしまい、判断力も決断力も奪い去られてしまった。そしてようやく我に返った時には、激しい肉体的苦痛を被ったかのように意識が朦朧《もうろう》として弱り果てていたのだった。

私は急いで修道院の入り口に回り、はやる心で呼び鈴を鳴らした。しばらく待っても応答はなく、もう一度鳴らすと、やがてようやく足音が聞こえてきた。

門の中央部のちょうど私の目の前に、長さが数インチほどのスライド・パネルが取り付けられていた。しばらくするとこのパネルが横に押し開けられた。鉄格子のはまった小さな空間を通して鈍い灰色の目がぼんやりと私を見つめ、やがて弱々しいしゃがれ声がこう言った。

「何の御用じゃな？」

「私は旅の者ですが――」

「ここは貧しい所帯じゃて、旅のお方にお見せできるようなものは何もありませんぞ」

「いや、私は見物に来たわけではありません。ちょっとお聞きしたいことがあり、この方ならお答えいただけると思いましたもので……。中へ入れていただけないのなら、少なくとも表に出てきて話を聞いていただけませんか、とても重要なことなのです」

「お一人かな？」

「ええ、一人です」

「女子《おなご》はおらんじゃろうな？」

「おりませんよ」

門の閂《かんぬき》がゆっくりと外され、弱々しく、疑り深そうな、そしてまことにみすぼらしい形《なり》をしたカプチン修道僧が私の前に姿を現した。興奮していた私は前置きなどに時間をかける気にはとてもなれず、すぐに本題に入り、裏手にある納屋の中を覗き込んだ経緯、およびそこで見たものを話した上で、単刀直入に、あれはいったい誰の屍であるのか、そしてどうして埋葬されずに放ってあるのか、と訊ねた。

老僧は私の話を聞きながら涙の滲《にじ》んだ目を疑わしげに瞬《まばた》かせた。彼は磨り減ったブリキ缶の嗅ぎ煙草入れを手にしていたが、こちらの話を聞いている間、彼の指は缶の中にわずかに残っていた煙草の粒をずっとぐるぐると追い回していた。私が話し終えると彼は首を振り、こう言った。

「納屋のあれは確かにひどい光景じゃて。わしがこれまで目にしたものの中でも、間違いなく一番ひどい光景の一つじゃな、あれは」

「光景のことなどどうでもいいのですよ」いらいらしながら私は答えた。「私が知りたいのは、あれは誰なのか、そしてどうして埋められていないのか、ということなんです。どうか教えていただけませんか？」

　修道僧の指はようやく三、四粒の煙草の粒を捕えた。そしてそれをゆっくりと鼻孔まで持ってゆくと、一粒たりとも落とすまいと鼻の下に蓋の開いた缶を宛てがい、享楽的な風情で一、二度深く嗅ぎ込んだ。缶の蓋を閉じると彼は再び私に視線を向け、涙の滲んだ目をさらに疑わしげな様子で瞬かせた。

「そうじゃとも」修道僧は言った、「納屋のあれはひどい光景じゃて――まったくもってひどい光景じゃや！」

　この時ほど心の平静を保つことに困難を感じたことはなかった。しかしながら、喉まで出かかっていた修道僧全般に対する極めて不敬な表現を何とか飲み込んだ私は、この老人の腹立たしい寡黙さを克服すべく、今一度試みてみようと思った。それに当たって運が良かったのは、私自身も嗅ぎ煙草の愛好家であったということで、ポケットにはイギリス製の高級嗅ぎ煙草の詰まった箱が入っていたのである。私はこれを賄賂として差し出すことにした。これが私の最後の手段であった。

「失礼ですが、今しがた拝見したところ、ご老師の缶はもう空のようでしたね」私は言った。「私のものを一つまみいかがですか？」

この申し出はほとんど若者のような機敏さで受け入れられた。修道僧は人の指でこんなにつまめるものかと思えるほどの量をつまむと、一粒もこぼすことなくゆっくりと、半ば目を閉じてそれを嗅ぎ込んだ。そして満足そうに頷きながら、ねぎらうような仕種で私の背中をぽんぽんと叩いた。

「おお、我が息子よ！」僧は言った、「何と甘美な煙草じゃろうか！　おお、我が息子よ、友好的な旅人よ、そなたを愛するこの霊父に、もう一つまみ、もう一つまみだけ恵んでくださらんか！」

「ご老師の缶を満たしてさしあげましょう。私の分はまだたっぷりとありますから」

こちらが言い終わる前に磨り減ったブリキ缶が私の前にさっと差し出された。尊父の手はさらなるねぎらいを込めて私の背中をぽんぽんと叩き、弱々しいしゃがれ声はにわかに雄弁となり、盛んに私を褒めそやし始めた。私は明らかにこの老カプチン僧の弱点を突いたのだった。缶を返しながら私は即座にこの発見を活用した。

「何度も恐縮ですが」私は言った、「ある特別の訳があって、納屋のあのおぞましい光景についてご老師がご存知のことをぜひお聞かせ願いたいのです」

「入られよ」

そう言うと修道僧は私を中に引き入れ、門を閉じた。そして、雑草だらけの菜園に面している芝に覆われた中庭を進んでゆき、細長く天井の低い部屋へと私を導いた。部屋の中には汚らしい飾りテーブルと粗雑な彫刻が施された数脚の長椅子が置かれており、壁には黴の生えた絵が一つ二つ飾ってあった。そこは聖具室だった。

「ここなら誰もおらんじゃて、それに涼しいからのう」老師は言った。部屋は実際じめじめしていて震えてしまうほどだった。「教会もご覧になるかな？　たいへん立派な教会なんじゃ、きちんと手入れをしておればのう。じゃがわしらにはできんのじゃ……呪わしいことじゃ、わしらは貧しゅうて教会の手入れもままならんのじゃ！」

こう言うと彼は首を振り、不器用な手つきで大きな鍵束をいじくりはじめた。

「いえ、教会は結構です」私は言った。「それより、私が知りたいことをお教えいただけるのですか、いただけないのですか？」

「初めから終りまで、すべて――そう、すべてお話しして進ぜよう。何しろ呼び鈴に答えたのはわしじゃて――それがここでのわしの務めじゃからのう」老師は言った。

「いったいぜんたい呼び鈴が納屋の死骸とどういう関係があるのですか？」

「息子よ、まあ聞くのじゃ、今にわかるて。しばらく前のことじゃった……何ヵ月か前の……ああ、嘆かわしいことじゃ、この年になると記憶も定まらん……何ヵ月前のことじゃったかわかり申さん……ああ、嘆かわしや、嘆かわしや、わしはもう老いぼれじゃ！」ここで彼はもう一つまみ煙草を嗅いで自らを慰めた。

「時期のことは結構です」私は言った。「いつのことでもかまわないんです」

「わかり申した」カプチン僧は言った。「話を続け申そう。そう、では数ヵ月前といたすとして……わしらはみなで朝食の席に着いておったのじゃ……粗末な、実に粗末なもんじゃて、我が息子よ、この食事はのう……で、わしらはみなで朝食をとっておったのじゃ。すると、バン！　バン！　と二度聞こえてきおった。『銃声じゃ』とわしは言うたのじゃ。『何を撃っておるのでしょうか』とジェレミー修道士が訊ねおる。『鳥でしょう』とヴィンセント修道士が答えたのじゃ。『ああ、鳥ですか』とジェレミー修道士が言うたのじゃ。『さらに銃声がするようなら、いったい何事なのか、様子を見に行かせよう』と今度は院長が申された。しかしそれ以上は何も聞こえてこなんだ。じゃからわしらは粗末な食事を続けたのじゃ」

「その銃声というのはどこから聞こえてきたのですか？」私は訊ねた。

「建物の裏手の、大きな木が生えておる場所の向こう側にある平地の方からのようじゃった。いい土地なのじゃ、沼や水溜《みずたま》りがなければのう。じゃが、この地域はまことにもってじめじめしておってな……水溜りばかりなのじゃ！」

「で、銃声がした後はどうなったのですか？」

「まあ、慌てるでない、今聞かせて申すて。わしらはまだ朝食を続けておった、みな黙りこくってのう……わしらにどんな話があるというのじゃ、この修道院で？　礼拝と、菜園と、あとは粗末な粗末な食事があるばかりじゃて……。それでじゃ、わしらはみな黙りこくっておった。そこへ突然呼び鈴が鳴ったのじゃ。あんな恐ろしい音で呼び鈴が鳴ったことは未だかつてなかったことじゃて……。わしらは食べ物を——粗末な粗末な食べ物を口にしたまま、飲み込むこともできずに凍り付いてしもうたのじゃ……。『行かれよ』そう院長がわしに向かって申された——『あなたの務めですぞ、門に行かれよ』。わしは勇敢なのじゃ、ライオンのごときカプチン僧なのじゃ……。抜き足差し足で外に出たわしは、待った……そして聞き耳を立てたのじゃ……そして覗き窓を開け、また待った……また聞き耳を立てた……それから外を覗いてみたのじゃ……じゃが何も見えん……何も見えなんだ。わしは勇敢なのじゃ……おびえたりはせん人間なのじゃ。そこで、次にどうしたらよいか考えたのじゃ。わしは門を開けた……。ああ、天にましますわれらが母よ、わしらが戸口にいったい何が転がっておったというのじゃ？　男じゃった……死んでおった……大男じゃった……そなたよりも大きく、わしよりも大きく、この修道院の誰よりも大きい大男じゃった……立派な外套をまとっておった、ボタンをきちんと留めておった……そして黒い目が、じっと、じっと天を見つめておったのじゃ……胸には血が滲んでおった……。わしはどうしたか……一度叫び声を上げた……もう一度叫び声を上げた……それから院長のもとへ駆け戻ったのじゃ！」

ナポリのマンクトンの部屋で読んだあのフランスの新聞の記事――そこに記されていたこの決闘に関する詳細が今まざまざと思い出された。老僧の話の最後の部分を聞いた私は、納屋の中を覗きこんだ時に直感したことはやはり間違いではなかったと確信を持った。

「これまで伺ったお話からしますと」私は言った、「私が納屋で見た屍はどうやらご老師が門の外で発見された死体であったということのようですね。それでは、その死体をどうしてきちんと埋葬されなかったのか、その訳をお教えいただけますか」

「まあ、待たれい、待たれい」カプチン僧は答えた。「院長がわしの叫び声を聞いて外に出てこられたのじゃ。わしらは走った、みなで一緒に門までな。そして大男を抱え上げ、しげしげと眺めたのじゃ。死んでおった！　これと同じく、間違いなく死んでおった（彼は手でテーブルをバンと叩いた）。もう一度見てみると、外套の襟に紙切れがピンで留めてあったのじゃ。ああ、我が息子よ、ぎくりとされたな。わしにはわかっておったぞ、いずれそなたがぎくりとするであろうとな」

私は実際ぎくりとしたのであった。その紙切れとは、介添人の未完の手記の中で手帳から破ったと述べられていたあの紙であるのは間違いなかった。そして手記の記述通りであるなら、そこには死者が命を落とした経緯が記されているはずである。死者の身元を確認する確かな証拠が必要とあらば、ここにその証拠が現れたのだ。

「その紙切れに何が書かれておったと思われよう？」カプチン僧は続けた。「わしらは読んだ、そして身震いしたのじゃ。死人は何と決闘で殺されおったのじゃ……この命知らずの惨めな男は、大罪を犯して死んだのじゃ。そしてこの男の死を見届けた輩は、わしらカプチン修道僧に、神聖なる天の僕《しもべ》、教皇聖下の子弟たるこのわしらに、何とこの男を埋葬せよと要請しおるのじゃ！　何という侮辱！　それを読んでわしらは呻《うめ》いた、顔をそむけ両手を握りしめた、鬚をかきむしった、わしらは、わしらは――」

「ちょっとお待ちください」私は言った。老僧は自分の話にすっかり興奮してしまっており、このままでは口数ばかり多くなって話の方はさっぱり要領を得なくなってしまうと危惧したのである。「ちょっとお待ちください。死人の外套に留めてあった紙切れは保管してあるのでしょうか？　見せていただくわけにはまいりませんか？」

返答しようとしたカプチン僧は突然口をつぐんでしまった。彼の視線は私からそれてゆき、同時に私は背後でドアが静かに開けられ、そして閉じられる音を耳にした。

振り返ると、そこには別の修道僧が立っていた。黒い顎鬚《あごひげ》を生やした長身瘦軀《そうく》の男で、この人物が現れた途端、嗅ぎ煙草を抱えた我が老師は急におとなしくなり、その物腰はいかにも修道士然としたものへと豹変した。この新来者はここの院長なのではないだろうかと私は思った。そしてその推測が正しかったことがすぐに判明した。

「私はこの修道院の院長です」静かな澄んだ声で彼は言った。私の顔を真っ直ぐ見つめるその目は鋭利で冷ややかだった。「お話の後半部分を伺いましたが、死者の外套に留めてあった紙片をどうしてそれほどご覧になりたいのか、その訳をお聞かせいただけますかな？」

話を立ち聞きしていたことを平然と認め、物静かではあったが命令的な質問をするこの院長に私は驚き当惑してしまった。どういう口調で答えたらよいのか見当がつかず、私はしばらくもじもじしていたのだが、それを見た彼はその理由を誤解したようで、老僧に下がるように合図した。慎ましい仕種で灰色の長い顎鬚をさすりながら「甘美な煙草」をこっそり一つまみして自らを慰めた我が尊師は、戸口で深々と頭を下げ、足を引きずりながら部屋を出ていった。

「さて」院長は相変わらず冷ややかな口調で言った、「お答えを伺いましょう」

「では、できるだけ手短にお答えいたしましょう」相手と同じく冷ややかな口調で私は答えた。「私は、この修道院の裏手にある納屋の中に、恐ろしいことに、そしておぞましいことに、死骸が放置されているのを発見しました。その死骸は、地位も財産もあり、そして決闘で命を落とすことになったあるイギリス人の屍であると考えられるのです。私は死者の甥で、唯一の身内でもある人物と一緒に、その亡骸を見つけ出すためにわざわざこの地方へやってきたのです。私が遺体に留められていた紙を見たいと言ったのは、その紙が死者の身元を確認する証拠となると思われたからで、今言った身内の者もそれを見れば得心がいくだろうと思ったからなのです。この答えでご納得いただけましたでしょうか？　そして、その紙を拝見する許可をいただけますでしょうか？」

「そのお答えで納得がいきました。紙片をお見せするのを拒否する理由もありますまい」院長は言った。「しかし、最初に申し上げておくことがあります。死体をご覧になった印象を述べられるにあたり、あなたは『恐ろしいことに』そして『おぞましいことに』という言葉を使われました。修道院の敷地内で見たものについて、そうした不謹慎な表現を用いられるところをみると、どうやらあなたは神聖なるカトリック教会の信者ではないようだ。そうであるなら、あなたには我々が取った処置についての説明を要求する権利はないということになる。しかし、それでも好意として説明してさしあげることにいたしましょう。あの死者は、大罪を犯した上で、罪の許しを受けることなく死にました。これは死体に留められていた紙片からわかったことです。それに加え、彼が教会の敷地で殺されたということを、私たちの目と耳が証明しています。しかもそれは、決闘を禁じた特別の法令に背いてのことであり、教皇聖下ご自身が、自らのご署名の上、その法を犯した者を厳罰に処するようにという声明を世俗の信徒たちに発せられているのです。修道院内の土地は神聖なものです。そして我々カトリック教徒には、我々の教義に帰依せぬ者を、我々の神聖なる戒律を蹂躙《じゅうりん》する者を、そして我らが教皇聖下の敵を、神聖なる土地に埋葬することはできかねるのです。そしてまた、この修道院から一歩でも外に出れば、我々には勝手に葬儀を執り行ったりする権利も権限もありません。仮にそうした権利権限があったとしても、我々は修道僧なのであって、墓掘りではないということ、そして、我々が関与し得る唯一の葬儀は、教会の祈禱と共になされる葬儀であるということを忘れるわけにはゆかないのです。さて、これだけ申せば説明としては充分でしょう。ここでお待ちいただきたい。紙片をお見せいたしましょう」

そう言うと修道院長は、入ってきた時と同様に静かに部屋を出ていった。

この無愛想で辛辣な説明をした人物の態度と言葉遣いに私は少々腹立たしさをおぼえたのだが、しかしそれもほんの束の間で、こちらが説明の内容をよく吟味する間もないうちに院長が紙を手にして戻ってきた。彼はそれを私の前の飾りテーブルの上に置いた。そこには次のようなことが鉛筆で走り書きしてあった。

この紙が留められている遺体は、著名なイギリス人、故スティーヴン・マンクトン氏の亡骸である。彼は勇敢かつ公正に執り行われた決闘にて不幸にも落命した。この決闘に関わった者たちは、袂《たもと》を分かち、直ちに逃亡することで身の安全を確保することを余儀なくされたが故、彼の亡骸はこの修道院の門前に置かれる運びとなった。ここの住人の方々に埋葬を取り計らっていただくためである。この説明書きの書き手は死者の介添人であり、決闘者の命を奪った一撃は、事前に取り決められた申し合わせに厳密に則《のっと》り、正当に発砲されたものであったことを名誉にかけて証言するものである。

F（署名）

「F」というのが、マンクトン氏の介添人で、結核のためにパリで死んだムッシュ・フーロンの頭文字であることはすぐにわかった。

これで亡骸の発見と身元の確認という仕事は完了した。残る作業は、このことをアルフレッドに伝えること、そして納屋から屍を運び出す許可を得るということだけであった。ナポリを発った時には、目的を達成することはとても不可能であるように思えたのであったが、まったくの偶然から、それがこうして実質上成就されることになったわけであり、私は自分の目と耳が信じられないような心持であった。

「この紙に書かれている証言は決定的なものです」紙片を返しながら私は言った。「納屋の屍が我々が捜し求めていた屍であることは疑う余地がありません。そこでお訊ねしたいのですが、亡くなったマンクトン氏の甥が、叔父の亡骸を故国イギリスの一族の墓地に埋葬したいと申し出たとしたら、何か障害となるような事柄があるでしょうか？」

「その甥御さんというのはどこにおられるのです？」院長は訊ねた。

「彼は今フォンディの町で私の帰りを待っているところです」

「甥御さんであるということは証明できますかな？」

「もちろんです。彼は必要な書類はみな携えておりますから、難なく証明できるでしょう」

「では、世俗の当局に甥御さんの要求を納得させることですな。この修道院ではそれに異を唱える者は一人もおりませんでしょう」

私はこの陰険な人物を相手に必要以上の話をしたいとは思わなかった。日は急速に傾きつつあったが、たとえ途中で暗くなってしまおうとも、とにかくフォンディの町まで帰り着くということが先決であった。というわけで、すぐにまた連絡をするという旨を院長に告げると、一礼し、急いで聖具室を後にした。

　門まで行くと、私を外に出すため、ブリキ缶の嗅ぎ煙草入れを手にした我が尊師が待ち受けていた。

「我が息子に神の御加護があらんことを」別れの挨拶として私の肩をぽんぽんと叩きながら老隠修士は言った。「そなたを愛するこの霊父のもとへまたすぐに戻ってくるのじゃぞ。そしてどうかあの甘美な煙草を、またほんの一つまみ、ほんの一つまみだけ分けてくだされ」

6

　私はラバを置いてきた村まで全速力で引き返し、すぐさま鞍をつけ、日が落ちる少し前に無事フォンディに帰還することができた。

　宿屋の階段を昇りながら、どうやってこの発見をアルフレッドに伝えたらよいものか、私は心を決めかねて苦悶の状態にあった。ああいう質の人間だけに、然るべく心の準備をさせておかないと、結果は致命的なものになりかねなかった。彼の部屋のドアを開けた時、私の心は決して定まってはいなかった。そしていざ対面してみると、彼の態度はまったく予期せざるものだったので、しばしの間私はすっかり度を失ってしまった。

　出発した時のあの無気力状態はすっかり影を潜めていた。目は輝きを取り戻し、頬は真っ赤にほてっていた。私が中に入ってゆくと彼はさっと立ち上った。だがこちらの差し出した手を取ろうとはしなかった。

「君は友達甲斐のない男だ」気色ばんで彼は言った。「一人で勝手に探索に出かけるなんてあんまりじゃないか、僕をここに置き去りにして……。君を信頼したのは間違いだったようだな。君もほかの連中と変わりはない」

この時点では最初の驚きも多少収まっていたので、彼の叱罵《しつば》を遮って何とか返答できる状態になっていた。しかし、こういう状態の彼を相手に理を説いたり自己弁護を試みたりしたところでとても通じるものではなかったので、あらゆる危険を覚悟の上で、即座にすべてを打ち明けようと決心した。

「マンクトン、留守にしている間に僕がどれだけ君の役に立つことをしたか、それを知ったら君も多少は態度を改めることになると思うよ。ナポリを発ってここまでやって来た我々だが、その目的が予想以上に早く――」

ほとんど一瞬のうちに彼の頬から赤みが消え去った。私は意識していなかったのだが、こちらの顔の何らかの表情か、あるいは声の何らかの口調かが、神経過敏になっていた彼に、私が当初伝えるつもりでいた以上のことを明かしてしまったのだ。彼の目は私の目をまじまじと見つめ、その手は私の腕を摑んだ。そして熱のこもった囁き声で彼は私にこう言った。

「前置きはいい、すぐに真実を言ってくれ。見つかったのか?」

こうなってはためらっている暇などなかった。私は肯定の返事をした。

「埋葬されていたのかいなかったのか、どっちなんだ?」

こう問いかけた彼の声は急に上ずったものとなり、空いていたもう一方の手も私の腕を摑んだ。

「埋葬されてはいなかったよ」

こちらが言い終わる前に彼の頬がまたさっと紅潮した。私を見つめる目は再びぎらぎらと輝き始め、そして突然彼は勝ち誇ったような笑い声を上げた。それを見た私は喫驚《きっきょう》し、言葉にはできないような衝撃を受けた。

「僕が何と言った？　あの古い予言について、君は今何と言うつもりだ？」彼は叫び、手を私の腕から離した。そして部屋の中を行ったり来たりし始めた。「君は間違っていた――それを認めたまえ。そうさ、無事に叔父を柩に納めたら、ナポリ中の人間にそれを認めさせてやる！」

彼の笑いはますます激しいものになってゆき、静めようとしてもまったく無駄であった。彼の従者と宿屋の亭主が飛んできたが、これはかえって火に油を注ぐようなものだったので、私は二人を部屋の外へ追い返した。ドアを閉めた時、手近にあったテーブルの上に手紙の束が置かれているのが目に入った。我が不幸な友が大切にしていた、そして尽きることない愛情をもって何度も何度も読み返していたというあのミス・エルムズリーからの手紙の束である。ちょうど私がテーブルの横を通りかかった時に彼がこちらに顔を向け、そして手紙が彼の目を引くことになった。私がもたらした報《しら》せはすでに彼の胸中に未来への新たな希望を目覚めさせていたが、この宝物のような忘れ形見を目にした瞬間、その書き手に対する思いが込み上げてきたのであろう、笑いはぴたりと止み、感に堪えないという面持ちとなった。手紙と私とを交互に見つめる彼の表情を見た私は胸を打たれた。そしてテーブルに駆け寄った彼はその前に跪《ひざまず》き、手紙の上に顔を伏せてわっと泣き出した。私はこの新たな感情を遮ることなくほとばしらせておくことにし、何も言わずに部屋を後にした。しばらくして戻ってみると彼は椅子に腰掛けていた。膝の上には手紙の束が置かれており、その中の一通を読んでいるところだった。

私が部屋に入ると彼は立ち上がり、心配そうに私に手を差し伸べたが、表情は篤実そのものといった感じであり、その仕種はまことに穏やかでほとんど女性的といってもよいほどだった。

もうすっかり落ち着いていた彼は私の詳しい報告に耳を傾けた。発見した時に遺体がどんな状態であったかということを除いて、私はすべてを包み隠さず話した。今後の行動については、私は彼にあれをしろこれをしろと指図したりするつもりはなかったのだが、ただ、死骸の移動についてだけはすべて私に任せてほしいとあらかじめ申し入れておいた。そして、柩に納められたのは我々が探していた人物の亡骸に間違いないという私の言葉を信じ、あとはムッシュ・フーロンのメモ書きを見るだけで満足してほしい、とも申し添えておいた。

「何しろ、君の神経は僕ほど図太くはないからね」指図がましいことを言った弁解として私は言った。「同じ理由から、鉛の柩が半田付けされて無事に君の手に渡るまでは手続きはすべて僕が指揮をとる、ということもぜひ了承してほしいんだ。その後は、僕の職権はすべて君に譲り渡すことにするよ」

「いや、君の親切にはお礼の言葉もないほどだよ」彼は答えた。「たとえ兄弟であっても、君のように愛想よく僕の無理な頼みを聞いてくれたり、根気強く手を貸してくれたりすることはできなかっただろう……」

彼は言葉を切ってしばらく物思いに沈み、やがてゆっくりと注意深くミス・エルムズリーからの手紙を束ね始めた。私の背後の何もない壁を突然彼が凝視し出したのはその時であった。顔にはもうすっかりおなじみになっていたあの奇妙な表情が浮かんでいた。実は、ナポリを発って以来、彼がつきまとわれていると信じ込んでいたあの亡霊の話題には努めて触れないようにしてきたのだ。その話を持ち出したところでいたずらに彼を興奮させるだけで、何の利益もなかったからである。しかし、今の彼は落ち着いて冷静であったし、この危険な話題に言及しても激しく動揺するようなことはあるまいと思われたので、私は思い切ってこう切り出してみた。

「亡霊はまだ現れるのかい、ナポリにいた時と同様に？」

彼は私を見て微笑《ほほえ》んだ。

「君には言わなかったかい、どこへ行ってもついてくると？」

彼の視線はまた虚空へとそれてゆき、まるで部屋にいる第三者に話しかけるかのようにそちらの方向に向かって話を続けた。

「僕たちはお別れだ」ゆっくりと静かに彼は言った、「ウィンコットの墓所の空所が埋まった暁には……その後で僕はエイダと一緒にアビーのチャペルの祭壇の前に立つのだ。その時には、彼女と目を合わせても歪んだ顔を見ることはないだろう」

こう言うと彼は手の上に顔をもたせかけ、ため息をつき、そしてあの古い予言をゆっくりと暗唱し始めた。

宇院乞戸の地下の墓所にて或場所が
萬久敦一族の或者を待ち受くる時
そして其の輩　葬らるることも叶はず
独り淋しく大空の下に横たふる時
果て無き所領を持つ身に生まるれど
僅か六尺の土に事欠く時
即ち其れは萬久敦の血が絶へむとする
確たる徴となるべきことを知れ
一族郎党その数忽ちに減じゆき

一人残されし家長もまた久しからず
人の目も及ぶ能はず　日の光も及ぶ能はず
彼の一族この世から消へ去る運命とならむ

最後の行にさしかかったあたりで少々呂律《ろれつ》が回らなくなってきたように思えたので、私は話題を変えさせようと試みた。しかし彼は私の言うことなどおかまいなしに独り言を続けた。「しかし、僕は消え去りはしない。『彼の一族この世から消え去る運命とならむ、か……』彼は繰り返した。「しかし、僕は消え去りはしない。その運命はもうこの僕にはのしかかってはいないのだ。埋められずにいた死者を僕は埋葬する。ウィンコットの空所は埋まるのだ。そうしたら……そうしたら、新しい生活が……エイダとの新しい生活が……」

その名が彼を我に返らせたようだった。旅行用の携帯机を手元に引き寄せ、手紙の束をその前に置いた彼は便箋を一枚取り出した。

「これからエイダに手紙を書くつもりだ」私の方に向き直って彼は言った。「そしてこの発見のことを報せてやるんだ。それを知ったら彼女は喜ぶだろう、この僕以上に……」

この日一日の出来事で疲れ果てていた私はペンを走らせる彼を後にし、床に就いた。しかし、募る不安のためか、あるいはあまりにも疲れ過ぎていたためか、眠ることはできなかった。こうして目覚めたままの状態で、私の思いは自然と修道院での発見のこと、そしてこの発見が導くことになるであろう出来事に向けられていった。そしてこれから先のことを考え続けていると、自分でもなぜだかはわからぬが、次第に気持ちが沈んでゆくのであった。心を苛む漠然とした憂鬱な予感――だがそんなものに苛まれなければならない理由など何ひとつなかったのだ。我が不幸な友があれほど執着していた亡骸の発見は達成された。数日後にはその亡骸は彼の手に渡ることになるだろうし、それを彼はナポリを出航する最初の商船に積み込むことになるだろう。こうして彼の奇妙な気まぐれが成就される運びとなったわけであるから、彼の精神が正常な機能を回復し、ウィンコットでの新しい生活が彼に幸せをもたらすということだって充分にあり得たのであり、少なくとも、そういう期待を抱かせるだけの理由もある程度はあったのである。このような考え自体は確かに私を気落ちさせるような性質のものではなかった。にもかかわらず、その晩を通して、私は前述の不可解で得体の知れない憂鬱な予感に苛まれ続けた――夜の闇の時間を通して、そして、早朝のさわやかな空気を吸うために外に出た時になっても、私の心は晴れることはなかったのである。

一日の始まりと共に当局との交渉も始まり、我々はこの仕事にかかりきりとなった。接する人間接する人間そのすべてによって我々がどれほどの忍耐を強いられることになったか、それはイタリアの役人と交渉を持った経験のある者にしかわからないであろう。じろじろ見つめられ、根掘り葉掘り問いただされ、煙に巻かれ、そして役所を次々とたらい回しにされる――それは、決して申請の内容が特別厄介なものであったり、複雑なものであったりしたからというわけではなく、我々が出向いていった役所のお偉方が、揃いも揃って自分たちの存在感を誇示するということしか頭になく、そのためには、目的に到達するまで考え得る最も遠回りな方法を申請者に強いるということが必要不可欠であったからなのだ。役人相手の初日の経験でうんざりしてしまった私は、こなさざるを得なかった馬鹿馬鹿しい形式的な諸手続きはすべてアルフレッドに一任し、それよりはるかに重要な問題、修道院の納屋に横たわっている死骸をどうやって安全に運び出すか、という問題の方に専心することにした。

私が思いついた最良の方策はローマの知人に手紙を書くということだった。ローマでは教会の重鎮が亡くなるとその亡骸に防腐処置を施すという習慣があり、それを知っていた私は、非常事態に置かれた我々に必要とされる化学薬品の助けが、ローマであれば得られるかもしれないと考えたのである。手紙を書くにあたり、私は、ある遺体を早急に移動する必要があるという旨を述べるに止《とど》め、そして遺体の状態を説明した上で、協力してくれる人物が見つかったなら、こちらとしてはどんな出費も厭わないということを請け合っておいた。しかしここでもまた様々な困難が介入することとなり、またしても無益な形式的手続きの数々をこなすことを余儀なくされたのである。しかし最終的には根気と忍耐、そして金の力が勝利を収めることとなり、必要な仕事を遂行するためにローマから二人の男が派遣されてきたのであった。

物語のこの部分については、わざわざ詳細に立ち入って読者諸氏の胸を悪くさせる必要もないであろうから、腐敗は化学的な処置によって進行を抑えられ、何とか柩に納めることができたということ、そして、イギリスまで不都合なく無事に運搬できる見通しが立ったということを記しておけば充分であろう。無益な遅延と様々な障害で十日に亙る日々を無駄にした後、私はようやく修道院の納屋が空になるのを見届けることとなった。老カプチン僧とは最後の嗅ぎ煙草の儀式――というよりは、嗅ぎ煙草献呈の儀式――を執り行い、そして宿屋の戸口に旅行用の馬車を準備してもらうよう手配した。かくして、出発してから一月も経たぬうちに、我々は、それを聞いたすべての人間から達成不可能と嘲笑われた企てを見事に達成してナポリに凱旋したのである。

ナポリに戻った我々がまずなすべきことは、柩をイギリスまで運ぶ手段を確保するということであった――もちろん海路で、である。そこで、港はどこでもかまわないから、とにかくイギリスに向けてすぐに出航する商船がないかどうか、あちこちに問い合わせてみたのだが、しかし、いずれもはなはだ不満足な結果しか得られなかった。こうなると、亡骸をすぐにイギリスに運ぶ手立ては一つしかなく、それは船を一隻丸ごと雇ってしまうという方法であった。一刻も早く帰ることを切望し、そしてウィンコットの墓所に納めるまでは柩を手元から放すまいと心に決めていたマンクトンは、種類を問わず、今一番早く入手が可能な船を雇うことを即座に決断した。港に停泊していた船のうち、最も早く出港の準備が整えられるという話だったのはシチリアのブリッグ型帆船《はんせん》であった。それを聞いた我が友はすぐにこの船を雇った。そして造船所で一番の腕利きとされる職人たちに早速船の準備に当たらせ、臨時雇いとしては最高の腕を持つとされる船長と乗組員を選び、船の航行を任せることにした。

マンクトンは、私のこれまでの協力に対して改めて熱烈な言葉で感謝の意を表した後、イギリスへの航海にまで同行を頼むつもりはないと言った。しかし、彼が驚いたことに、そして喜んだことに、私は自らの意志で帆船に同乗することを申し出たのである。このナポリで彼に最初に会って以来見聞きしてきた様々な偶然の一致、そしてこれまた偶然から私が成し遂げたあの発見――こうしたことにより、彼にとっての人生の一大目標が、私にとってもすっかり当面の一大目標となっていたのである。もちろん私はこの哀れな男の妄想を共有していたわけではない。しかし、この驚くべき冒険を是非とも最後まで見届けたいという私の熱意は、ウィンコットの墓所に是が非でも柩を納めるのだという彼の執念に匹敵するものがあったといっても過言ではなかったのだ。彼の最後の航海に同行を申し出た時、友情だけではなく、好奇心に駆られたという要素も多分にあったことは認めざるを得ないところなのである。

静かでうららかなある日の午後、我々はイギリスに向けて出航した。

知り合って以来初めてといってもよいくらいマンクトンは上機嫌であった。あらゆる話題について彼は実によくしゃべり、盛んに冗談を飛ばした。そして船酔いを心配して元気が出ないという私をからかっては笑い飛ばした。しかし私は、ほんとうはそんな心配をしていたわけではなかったのだ。それはフォンディの町で苛まれたあの不可解な憂鬱感がぶり返してきたことを隠すための言い訳であった。船旅は万事順調だったたし、船上の人々はみな上機嫌であった。船長は船がすっかり気に入った様子で、イタリア人とマルタ人からなる乗組員も、短い航海に高い報酬が支払われ、しかも船にはたっぷりと食糧が積み込まれているということで大はしゃぎであったのである。重い心持ちだったのはただ私のみであった。このような憂鬱感に襲われる理由などまったく思い当たらなかったのだが、しかしそれは抑えようにも抑え切れないものであったのである。

海に出た最初の晩の、時間もだいぶ晩《おそ》くなってのこと、私はあることを知ることになったのだが、それは私の精神の平衡を回復させるには決して適さない内容の事柄であった。マンクトンは自分の船室におり、その船室の床には柩を納めた包装箱も置かれていた。凪《なぎ》は止んでほとんど凪の状態となっており、私は船の帆が折に触れてマストになびくのを物憂げに眺めていたのだが、その時船長が近づいてきて、操舵手に聞かれないところまで私を引っ張ってゆき、耳元でこう囁いた。

「実は、船員の間で具合の悪いことが起きつつあるのです。日没の直後から連中が急に黙りこくってしまうようになったのをあなたは気づかれましたか？」

それは私も気づいていたので、そう答えた。

「乗組員の中にマルタ人の少年がおりまして」船長は続けた、「なかなか利口な小僧なのですが、少々扱いにくい奴《やつこ》でしてな。それで、その小僧が他の船員たちに、あなたのご友人の船室に置かれた包装箱の中には死体が入っていると言い触らしておったのですよ」

これを聞いて私の心は沈んだ。船乗り、特に外国の船乗りには迷信深い者が多く、その頑迷さを知っていただけに、柩を船に乗せる前に、この包装箱にはマンクトン氏が非常に大切にしている貴重な大理石の彫像が入っていて、目の届かないところに積むのは不安だから自分の船室に置いておきたいと言っている、という話をあらかじめ触れ回っておいたのだ。そのマルタ人の船員は、中身が彫像ではなく人間の死体であるということをどうして知ったのだろうか？　考えているうちにマンクトンの従者が怪しいように思えてきた。彼はイタリア語を流暢に話すし、しかもどうしようもないほどのおしゃべりなのだ。後で問い詰めてみたところ、しゃべってはいないと否定はしていたが、今でも私はその否定を信じる気にはなれない。

「そんな話をどこで聞き齧《かじ》ってきたものかちょっと不思議なのですが、それについては奴《やつ》は何も言おうとはしないのですよ」船長は続けた。「人の秘密を詮索するのは私の仕事ではありませんが、船員たちを船尾にでも集めて、その小僧の言っていることは嘘だとみなの前できちんと言っておいた方がよろしいかと思いますよ、ほんとうに嘘なのかどうかはさて置くとしてね。何しろあの連中は、幽霊だとか何だとか、そういうものを信じ切っている馬鹿者どもですからな。中には、死人と一緒に航海すると知っていたら契約書にサインはしなかった、などと言っている者までおるのですよ。ただぶつぶつ言っているだけというのもおりますが、とにかく、あなたか、あるいはもう一人のご紳士かが、小僧の言っていることをきちんと否定しておかないと、海が荒れたりした場合には厄介なことになりますよ。もしあなたかあなたのお友達が、マルタ人の小僧が言っていることは嘘だと名誉にかけて誓うなら、小僧をマストに吊るして鞭打ちにしてやる。しかし、そうしないのであれば、小僧の話を信じるつもりだ——そう連中は言っておるのですよ」

船長はここで間を置き、こちらの返答を待った。私は何も答えられなかった。この危機的な非常事態にあって、私は絶望感をおぼえた。まったくの偽りを名誉にかけて真実であると誓い、しかもそれによってその少年に罰を受けさせるなどということは一瞬たりとも考えてはならないことだった。しかし、この惨めな板挟み状態から抜け出す手段が他にあるだろうか？　私には何も考えつかなかった。我々のことを考えてくれたことに対して礼を言うと、どうしたらよいか少し時間をかけて考えてみようと思うので、このことは私の友人には言わないでおいてほしい、と私は船長に頼んだ。彼はいかにも不機嫌そうな面持ちで言わないことを約束し、私の許から歩み去った。

朝になったら風が出てくるだろうと期待していたのだが、風は吹かなかった。昼近くになると耐え難いほど蒸し暑くなり、海はまるで鏡のようになめらかであった。船長が風上の方角に心配そうな眼差しを向けるのを私はしばしば目にした。そちらの方に目を向けてみると、遙か遠方に青い空を背にして小さな黒雲がぽつんと浮かんでいるのが見えた。あの雲が風を運んでくれることになるのかと私は訊ねてみた。

「必要以上に運んでくれますよ」しばらくして船長は答えた。そして驚いたことに、帆桁《ほげた》の上にいる船員に帆を巻き上げるように命じたのである。この操作を実行するその様子から、船員たちが今どんな気分でいるのかが手に取るようにわかった。彼らは不機嫌そうな様子でだらだらと作業をし、お互いに何かぶつぶつと言い合っていた。船長は大声で罵《ののし》りながら仕事を急がせたが、その態度から、我々に危険が迫っているのだということを私は確信した。もう一度風上に目を向けてみると、小さな雲は大きな黒い塊《かたまり》へと拡大して不気味に盛り上っており、水平線近くの海の色が変わっていた。

「あっという間に嵐が来るぞ」船長が言った。「下に降りてください。ここにいられると邪魔なだけです」

私は船室に降り、マンクトンに状況を説明した。彼がなおも私が上で見たことについて質問をしていたその時、出し抜けに突風が吹きつけてきた。次の瞬間、真っ二つに裂けてしまうのではないかと思われるほど船全体がぎしぎしと軋み、その後ぐるぐると旋回を始めたように思われた。やがて船板を震わせながら一瞬静かになった。そして最後にすさまじい衝撃が訪れて我々は座席から投げ出され、ばりばりという耳をつんざくような音と共に大量の水が船室に流れ込んできた。我々は半ば溺れたような状態になりながらも何とか甲板へよじ登っていった。船は転覆しかけており、今やマストが海面に触れそうな状態になっていた。

この恐ろしい混乱状態の中では何も見分けがつかず、確かなのは、船はもはや海のなすがままであるということだけであったが、やがて船首の方から一人が声を上げ、残りの乗組員の喧騒はぴたりと静まった。言葉はイタリア語であったが、それが意味する忌まわしい内容はいやでも頭に入ってきた。船体に穴が開き、海水が水車小屋の流水のように船倉に注ぎ込んでいたのである。この新たな緊急事態に際しても船長は冷静さを失うことはなかった。前檣《ぜんしょう》を切り倒すために斧を持ってくるよう叫んだ彼は、何人かの男にこの仕事を手伝うよう指示し、他の者へはポンプで水を汲み出すように命じた。

しかし、こうした命令が発せられるや否や、船員たちは公然と反旗を翻したのである。反乱の首謀者は獰猛な顔で私を睨みつけ、そちらが何をしようとかまわないが、自分たちは死人を抱えたこの呪われた船と一緒に海の藻屑と消えるのは御免だから、ボートで脱出するつもりだ、と宣言した。その間に船員たちが叫び声を上げ、何人かが嘲るような仕種で私の後ろを指差すのが見えた。振り返ってみると、それまで私のすぐ横にいたマンクトンが船室に戻ろうとしていたのである。私はすぐに後を追おうとしたが、甲板上は海水が溢れ混乱状態にあったし、船が傾いていたので手を使わなければ足を動かすこともできず、なかなか前に進めない状態であったので、彼に追いつくことは不可能であった。何とか船室まで到達した時、彼は柩の上にうずくまっていた。船が上下したり前後に揺れたりすると床に溜まった海水が彼の周囲で飛沫《しぶき》を上げた。近づいてゆくと、彼は警告を発するように目を輝かせ、頬を紅潮させた。私は言った。

「もはやこれまでだ、アルフレッド、運命に従うほかはない。あと残されているのは自分の命を救うことのみだ」

「君は君の命を救ったらいい」私に向かって腕を振りながら彼は叫んだ。「君にはまだ未来がある。だが、この柩が沈んでしまったら僕の未来は消滅だ……船が沈んだら我が一族の宿命は成就される……そして僕も船と共に沈むのだ……」

彼が理屈や説得を聞き入れる状態ではないことを見て取った私は再び甲板に昇っていった。横倒しになった船の片側の舷檣《げんしょう》は海に浸かってしまっていたが、船員たちは、船の中央に積まれた長いボートを沈んだ舷檣越しに海に出すため、ロープなどの障害物を断ち切っているところだった。船長は自分の権限を取り戻そうと最後の努力を試みたがそれも空しく、今は黙って船員たちを見つめていた。嵐はすでに峠を越したように思えたので、船に残ってもほんとうにもう見込みはないのかどうか船長に訊ねてみた。船長は、船員たちが自分の命令に従っていれば何とかなったかもしれないが、今となってはもう手の施しようがない、と答えた。マンクトンの従者には沈着な行動は無理だと思ったので、私は船長にできるだけ手短に我が不幸な友が今どういう状態にあるのかを説明し、力を貸してもらえるかどうか訊ねてみた。彼は頷き、我々は一緒に船室へ降りていった。妄想に取り憑かれていたマンクトンが頑迷な抵抗を示したため、我々はやむを得ず最後の手段に訴えざるを得なくなったのだが、それを書き記すのは今となってもたいへんに辛い。我々は彼の両手を縛り上げ、ありったけの力で彼を甲板まで引きずっていったのである。船員たちはちょうどボートを海に出そうとしているところだったが、当初は我々を乗せることを拒絶した。

「この腰抜けどもが！」船長が叫んだ。「我々がまだ死体を抱えているとでもいうのか？　あれは船と共に沈んでゆくのだぞ！　我々がボートに乗ることのどこが怖いというのだ？　お前たちは何を怖がっているのだ？」

この訴えかけは望み通りの効果をもたらした。船員たちは自らを恥じたようで、拒絶を撤回した。ボートが沈みゆく船から離れかけた時、アルフレッドは私の手を振りほどこうとした。しかし私はしっかりと彼を押さえつけ、その後彼がそうした試みを繰り返すことはなかった。船乗りたちがボートを漕いでいる間、私の隣に坐っていた彼はじっと黙ったまま首をうなだれていた。そして船から少し離れた地点で漕ぎ手が一斉に手を止めた時もじっと黙ったままだった。我々は船が沈んでゆくのを見守った。とうとう船が揺れながら波間に沈んでいった時にでさえ彼はじっと黙ったままだった。船はまるで一瞬ためらったかのように少し浮かび上がったが、その後また沈んでゆき、やがて海中に没して二度と浮かび上がることはなかった。

船は沈んでしまった、積荷の死者もろとも……。我々がほとんど奇跡といってもよいような発見をしたあの亡骸――あれほどの用心をして保存してきた亡骸――そして、それを無事に持ち帰るということに二人の人間の愛と希望が摩訶不思議な形で託されていたその亡骸が、もう二度と我々の手の届かないところへ奪い去られてしまったのだ！　船の最後の痕跡が波間に没してゆく時、傍らに坐っていたマンクトンの全身が震えているのが感じられた。そして彼は、悲しげに、何度も何度も「エイダ」という名前を繰り返したのであった。

私は彼の思いを他の話題に向けようとしたが、それは無駄であった。彼は海に向かって手を伸ばし、先ほどまで帆船が浮かんでいた、しかし今は何も残っていない地点を指差した。

「ウィンコットの墓所の空所は永久に空所のままだ……」

そう言うと彼は、一瞬悲しげに、そしてまじまじと私の顔を見つめた。そして顔をそむけた彼は頬杖を突き、その後はもう何も言わなかった。

夜の帷が下りるかなり前に我々は通りかかった一隻の商船によって救助され、その船でスペインのカルタヘナまで運んでもらうことになった。商船に乗っている間中、アルフレッドはずっと俯いたまま顔を上げようとはせず、自分から私に話しかけるということも一度もなかった。しかし、ぼそぼそと支離滅裂な独り言を呟いているところは何度も目にした――あの古い予言をぶつぶつと唱えたり、埋まることはなくなったあのウィンコットの地下の空所のことを口にしたり、そして、イギリスで彼の帰りを待つ哀れな娘の名を、聞いていて痛ましくなるような口調で繰り返したり……こうした様子を見て私はひどく心配になってしまった。だが彼について気掛かりなことはそれだけではなかった。航海も終わりに近づいた頃、彼は異様な症状を示すようになったのだ。急に震え出したかと思うと、今度は熱に浮かされたような状態となり、それを交互に繰り返したので、その時は何も知らなかった私は、これは瘧《おこり》ではないかと思った。しかし、それが誤りであったことをすぐに私は知ることになった。上陸後一日も経たないうちに彼の容態がひどく悪化したので、私はすぐにカルタヘナきっての名医と呼ばれる医者たちを呼び寄せた。これはよくあることだが、初めの一日か二日のうちは、彼の病気の性質について医者たちの見解はなかなか一致しなかった。しかしじきに危険な徴候が現れ始め、医者たちは彼の命が危ないこと、そして病名は脳炎であることを私に告げた。

ショックを受け、深い悲しみをおぼえた私であったが、しかし当初は、新たに課せられたこの責任の下でいったいどうしたらよいものか、すっかり途方に暮れてしまった。色々考えた挙句、最終的に私は、かつてアルフレッドの家庭教師を務め、そして今でもウィンコットに寓居しているはずのあの老司祭に手紙を書こうと決心した。これまでの経緯をすべて書き記した私は、この暗い報せをできるだけ穏やかにミス・エルムズリーに伝えてほしいと老師に依頼し、そして自分は最後までマンクトンの許を離れないつもりだという旨も書き添えておいた。

この手紙を至急便で出し、さらに、イギリス人の医師の力を借りるためにジブラルタルに人を派遣した。私にできることはこれが精一杯で、とにかく人事は尽くしたと思った。あとは天命を待つのみであった。

哀れな友の傍らで気を揉みながら過ごした時間は長く悲しいものだった。そしてその間私は何度もこう自問した――彼の妄想を助長するような真似をしてしまったことがはたして正しかったのかどうか、と。しかし、この件について彼と最初に話をした後で、私はじっくりと考えた末に彼に協力しようと決心したのであり、そして、そう決心した理由を今改めて考え直してみても、それはやはり妥当な理由であったように思えたのだ。ミス・エルムズリーは彼の帰りを待ちわびていた。その彼女の許へ彼を帰らせるには、私が採った方法しか道はなかったのだ。あの難破は誰にも予測不可能な天災で、そのために彼の（そして私の）もくろみが水泡に帰してしまったとしても、それは私の責任ではない。しかし、その災難は現実に起きてしまい、取り返しのつかないことになってしまった……。こうなった以上、今問題なのは、身体的な病から回復した際に、彼の精神の病の方はいったいどう対処したらよいか、ということであった。

彼の精神構造に深く根を下ろす遺伝性の狂気、子供の頃に抱き、そしてその後もそれを克服することはできなかったスティーヴン・マンクトンに対する恐怖心、アビーにて彼が送っていた剣呑《けんのん》な隠遁生活、そしてどこへ行こうがつきまとってくるというあの亡霊の存在を本気で信じ込んでいるその有様――こうしたことを考え合わせると、あの古い予言、その一言一句に対する彼の迷信的な信仰を揺るがすことはとてもできそうにないように私には思われた。予言が真実のものであることを証明しているかのように思える一連の驚くべき偶然の一致――もしそれがこの私に強烈な印象を与えたのだとしたら、ああした気質を持った彼の心にそれが絶対的な確信を植えつけることになったとして何の不思議があろうか？　こちらが理を説き、彼がそれに反駁してきたなら、私はどう応対すればよいのか？　もし彼が「あの予言は一族の最後の人間を言挙《ことあ》げしている。そして僕がその最後の人間なのだ。あの予言はウィンコットの墓地の空所に言及している。そして実際にそういう空所が今この瞬間にそこにはあるのだ。あの予言を典拠として、僕は君にスティーヴン・マンクトンの遺体は埋葬されてはいないと言った。そして君は遺体が埋葬されていないことを発見したのだ」と、このように言ったとしたら、私が「結局のところ、それらはみなただの奇妙な偶然にすぎないよ」と答えたところで、それが何の役に立つだろうか？

前途に横たわる責務――彼が回復した場合にはそれを果たさなければならなかったわけで、そのことを考えれば考えるほど私は気落ちしてしまうのであった。治療に当たっていたイギリス人の医者もさらに私を気落ちさせてしまうばかりだった。彼はこう言った――「脳炎の方は何とか克服できるかもしれませんが、あの患者には昼も夜も頭から離れることのない固着観念のようなものがあるようで、それが彼の理性を錯乱させているのです。あなたかあるいは身内の方がそれを取り除くことができなければ、結果的にそれは死をもたらすことになりますよ」――こうした言葉を聞けば聞くほど私は自分の無力さを痛感してしまうのであり、そして望みのない未来に関する事柄から顔を背けたくなってしまうのであった。

ウィンコットからは返事の手紙が来ることしか期待していなかったので、ある日二人の紳士が訪ねてきたと聞いた時、私は大いに驚き、そして大いに安堵感をおぼえた。そのうちの一人はあの老司祭で、そしてもう一人はエルムズリー夫人の親類の男性であったのである。

二人が到着する直前に脳炎の症状は治まっており、アルフレッドは危険を脱したと宣せられていた。二人は彼を故国司祭もその連れも、患者がいつになったら旅ができるようになるかを知りたがった。二人は彼を故国に連れ帰るためにこのカルタヘナまでやって来たのであり、生まれ故郷の空気が回復に役立つということに、私よりもはるかに大きな期待をかけていたのだった。どういう形で彼をイギリスまで連れて帰るのか、それはたいへん重要な問題だったので、私はまずそのことについて質問をし、納得がいくと、次に思い切ってミス・エルムズリーのことを訊ねてみた。親類の男性の話によると、アルフレッドのことを心配するあまり、心身共に状態は良くないということであった。ただ、アルフレッドが危険な状態にあるということは彼女には伏せておいたそうで、それというのも、事実を言えば、彼女は彼と司祭のスペイン行きに同行を主張しかねなかったからだ。

それから何週間かが過ぎていったが、アルフレッドの回復ははかばかしくなかった。体の方は少しずつ元の力を取り戻しつつあったのだが、この病気が彼の頭に及ぼした影響については変化が見られなかったのだ。

彼が回復の兆しを見せたまさにその最初の日に、脳炎が彼の記憶力に奇妙な影響を及ぼしたということが発覚した。彼は最近の出来事の記憶をすっかり失ってしまっていたのである。ナポリに関すること、私に関すること、イタリアへの旅に関すること——そうした事柄すべてが、不思議なことに、彼の記憶から完全に抜け落ちてしまっていたのだ。最近の出来事の記憶はそれこそ完璧に失われてしまっており、老司祭と従者のことは回復に向かい始めた当初から容易に認識できたのであるが、私が誰であるのかはまったくわからない様子であった——ベッドに近づいた私を物問いたげな覚束ない眼差しで見つめるのみで、私は言いようのない苦痛をおぼえた。そして彼が訊ねたのはミス・エルムズリーとウィンコット・アビーに関することばかりで、話したのは父親がまだ生きていた頃のことばかりであった……

しかし医師たちはこの記憶の喪失を悲観視することはなく、むしろその効用に期待をかけた。これは一時的なものであるかもしれないし、そして何より、これにより、心を平静に保つという、病気の回復には最も重要な条件が図らずも叶えられることになった、というのである。私は彼らの言葉を信じようと努めた——そしていよいよ出発の日がやってきた時、彼を連れ帰るご老体たちと同様、前途に希望を持とうと努めた。だがこの努力は私には荷が重すぎた。もう二度と彼に会うことはないかもしれない——そんな予感で私の心は沈み込んでしまったのであり、やつれた我が友が半ば手を借り、半ば持ち上げられて馬車に乗り込み、故国に向かってゆっくりと運び去られてゆくのを見守りながら、私の目から止めどもなく涙がこぼれ落ちたのだった。

彼はとうとう最後まで私のことを思い出さなかったし、医師たちも、しばらくの間は、できるだけ思い出させないようにした方がよいと私に忠告していた。この忠告がなかったなら、私はイギリスまで彼に随行していったであろう。しかしそれも叶わぬことだったので、私にできることといえば、場所を変えて気分転換をし、それまでの心労によって疲れ果てていた心身の活力の回復を図るということのみであった。スペインの名所旧跡は目新しいものではなかったが、それでも私はそうした場所を再訪し、アルハンブラ宮殿やマドリッドについての記憶を新たにした。一度か二度、東方の諸国行脚をしてみようかと思ったこともあったのだが、昨今の出来事によって私は変わってしまったのであり、旅行熱もすっかり冷めてしまっていた。「郷愁」と呼ばれるあの切ない思いに心を苛まれた私はイギリスに帰る決心をした。

帰国にあたり、私はまずパリに立ち寄った。老司祭との約束で、アルフレッドがウィンコットに戻り次第、私の取引銀行であるパリの銀行宛に手紙をくれることになっていたのである。私が東方へ回った場合にはそちらに転送される手筈になっていたが、転送の必要はないことはすでに知らせてあった。というわけで、パリに到着するなり、ホテルへ行く前に私はまずこの銀行を訪れた。

手紙を手にした瞬間、その黒い縁取りを見てそれが最悪の知らせであることを私は悟った。アルフレッドは死んだのだ。

しかし、一つだけ慰めとなる事柄があった。彼はほとんど幸せそうにといってもよいくらい穏やかに息を引き取ったということで、あの古の予言の内容を成就させることになった運命的な出来事の数々には一切言及することはなかったようなのである。手紙にはこうしたためられてあった。

「帰国した当初、我が教え子はいくばくか元気を回復してゆくように思われました。しかしそれは束の間のことで、じきにまた熱がぶり返してまいりました。その後は緩やかに、日一日と衰弱してゆき、そしてついに最後の旅路に就くことになったのです。この手紙を書くにあたり、エルムズリー嬢は、アルフレッドに対するあなた様のご厚情にはいつまでも深く感謝の念を持ち続けるつもりでおります、それをどうかお伝えくださいと言っておられました。私たちがアルフレッドを連れ帰りました時、彼女はこう言いました、わたくしは妻としてこの方のお帰りをお待ち申しておりました。そして今は、妻として看病にあたらせていただきます、と。彼女は彼の許を離れることはありませんでした。臨終の際には、彼の顔は彼女に向けられ、その手は彼女の手に握られておりました。帰国してから亡くなるまでの間、彼がナポリでの出来事や、あるいは船の難破のことを口にしたことは一度としてありませんでした。これはあなた様にとりましても慰めとなることかと存じます」

この手紙を読んだ三日後に私はウィンコットを訪れ、アルフレッドの最期の日々についての詳細を老司祭から聞いた。彼は自らの希望であの運命的なアビーの墓所に葬られたということで、それを聞いた時、私は何とも説明し難い衝撃を受けた。

老師はその場所へ私を案内してくれた——寒々として陰鬱な地下の納体堂で、サクソン時代の重々しいアーチが低い天井を支えていた。壁の両側に幅の狭い長方形の壁龕《へきがん》が列をなしており、穴の内部で外から見えるのは柩の先端部のみであった。老師がランプを手にそれらの横を通り過ぎてゆくと、其処此処《そここ》で釘や銀の装飾などがちらちらと光を放った。一番奥までたどり着くと彼は立ち止まり、一つの壁龕を指差して言った。

「彼はここに両親に挟まれて眠っております」

その少し先に目を遣ると、深くて暗いトンネルの入り口のようなものが見えた。

「あれはただの空《から》の壁龕ですよ」私の視線に気づいた老師は言った。「スティーヴン・マンクトン氏の亡骸がウィンコットまで運ばれておりましたなら、柩はそこに納められていたことでしょう」

私は思わずぞっとし、恐怖感をおぼえた。今考えると少々恥ずかしいことなのだが、その時はそれは抑え難いものだったのだ。向こう側の入り口のドアは開けたままになっており、そこから日の光が明るく差し込んでいた。私は空の壁龕に背を向け、太陽の光と新鮮な空気を求めて急いでその場を後にした。

墓所から出て林間の芝地を横切ってゆくと、背後から女性の衣装の衣擦《きぬず》れの音が聞こえてきた。振り返ってみると、こちらに歩み寄ってくる黒い喪服に身を包んだ若い女性の姿が目に入った。そのかわいらしい、しかし悲しげな顔と、手を差し出すその物腰を見て、それが誰だか私にはすぐにわかった。

「あなたがいらしたことを伺いましたもので、それでぜひ――」彼女は口ごもった。その唇が震えているのを見て私の心は痛んだ。しかしこちらが何か言う前に彼女は気を取り直し、先を続けた。「ぜひあなたのお手を取り、お礼を申し上げたかったのです、アルフレッドに親切にしてくださいましたことに対して……。そしてまた、あなたがしてくださったことは、すべてやさしいお気持ちから、彼のためによかれと思ってしてくださったことであるということが、わたくしには充分わかっておりますことも、ぜひ申し上げておきたかったのです。あなたはまたすぐに外国へ行かれるのでしょうね。もうお目にかかることもないかもしれませんが、彼がほんとうに困っている時にあなたが親切にしてくださったことは、決して、決して忘れはいたしません。そしてわたくしが生きている限り、この世の他の誰にもましてあなたには感謝の気持ちを持ち続けるつもりでおります」

こう話している間中かすかに震え続けていたその声のえも言われぬ優しさ、その蒼白い顔の美しさ、悲しげな静かな目のあどけない率直さ……私は深く心を動かされ、しばらくはまともに返答することもできず、ただ仕種にて答えることができたのみだった。そして口がきける状態になる前に彼女はもう一度手を差し出し、私の許を去っていった。

その後私は二度と彼女に会うことはなかった。人生の有為転変《ういてんぺん》が私たちを引き離し続けたのだ。彼女のことを最後に耳にしたのはもうだいぶ前のことになるが、その時の話では、彼女は死者に操を立てて続け、アルフレッド・マンクトンのためにエイダ・エルムズリーの名を変えてはいなかったという。

剝がれたベール

(1859)

ジョージ・エリオット

天にましします我らの父よ　我に光は不要なり
同朋相照らす光除きては
我に力は不要なり　人をして成し立たしむる
人類の叡智の蓄へ除きては

1

私の最期が近づきつつある。このところたびたび狭心症の発作に見舞われてきたが、医者の話によれば、通常であれば、我が命がこの先何ヵ月も続く恐れはないという。となれば、特異な心的能力に崇《たた》られてきた私だが、同様に特異な肉体的資質にも崇られている、ということでもない限り、この世で生の重みを背負ってうめき苦しむこともそう長くはないということになる。もしそうはならないとしたら——もし私が、たいていの人々が望み、そしてそのための備えをする年齢まで生き延びる運命にあるとしたら——その時には、妄想的な期待を抱きながらずるずると生き続ける惨めさと、未来を正確に予知する能力を持った惨めさの、どちらがより辛いことなのか、はっきりと知ることになるだろう。今未来を予知する能力と言ったが、それというのも、私には、自分がいつ死ぬのか、臨終の際にはどういうことが起きるのか、すべてわかっているのである。

今日からちょうど一ヵ月後の一八五〇年九月二十日、夜の十時、私はこの書斎のこの椅子に坐っている。何の妄想も抱かず、何の希望も持たず、絶え間のない洞察と絶え間のない予見に疲れ果て、ただただ死を待ち望んでいる。細々としたランプの明かりのもとで暖炉から立ち上《のぼ》る青白い炎を見つめていると、胸部で恐ろしい収縮が始まる。窒息感に襲われる前に、私はかろうじて呼び鈴に手を伸ばし、激しく紐を引く。しかしベルの音には誰も応答しない。理由はわかっている。うちで使っている男女の使用人は恋仲にあるのだが、その直前にけんかをしてしまうのだ。家政婦の方は、その二時間ほど前にかっとして家を飛び出してしまっている。相方のペリーに、身投げをするつもりで飛び出したと思わせようという魂胆なのだ。ペリーもやがて不安になり、彼女を探しに出かけてゆく。洗い場の下女はベンチで眠りこけており、呼び鈴が鳴っても目を覚まさず、応答はしない。呼吸はさらに困難になってゆく。ランプの火はいやな臭いを発して消えてしまう。私は懸命の努力をしてもう一度呼び鈴を摑もうとする。生への激しい執着だ。だが助けはない。私は「未知」を渇望していた。だがその渇望ももはやない。ああ神よ、すべてを知りうんざりする、それで結構です、それを甘受いたしましょう……。息もできぬ断末魔の苦しみ。その一方、大地も、野原も、烏《からす》の森の裾を流れるせせらぎも、雨上がりの新鮮な香りも、寝室に差し込む朝の光も、凍える寒さのあとの暖炉の温もりも、すべてが闇に閉ざされてしまうのか？

闇。闇。苦痛もなく、ただただ闇があるのみ。それでも私はその闇の中を進み続ける。思いは闇の中に留まる。しかし、絶えず前へ進むという意識を持って……

その時が来る前に、まだ体力も残っているこの最後の安楽な時間を利用して、私は自分の奇妙な体験を語っておきたいのだ。これまで私は人に胸襟《きょうきん》を開いて自らを語るということをしたためしがない。他人の同情などというものを当てにする気にはどうしてもなれなかったのだ。しかし、人は誰も死んでしまえばいくばくかの憐れみ、優しさ、慈悲を寄せてもらえる可能性がある。許されざる者というのは生きている者のみなのだ。強い東風がもたらす冷たい雨に対してのごとく、人々が寛大にもなれず、敬意も抱き得ないというのは生きている人間に対してのみなのだ。心臓が鼓動を打っている間に傷つけよ。それが唯一の機会なのだ。涙を浮かべておずおずと哀願の眼差しを向ける――目にそういうことができるうちに、何も答えぬ冷たい視線で凍えさせよ。魂の奥底の聖域への繊細なる伝令役である耳。その耳が、まだ優しい声音を聞き取ることができるうちに、冷たく慇懃に応対をして、あるいは嘲笑混じりのお世辞を言って、あるいは意地悪く無関心を装って滅入《めい》らせてしまえ。創造力豊かな脳が、不当な扱いに歯軋《はぎし》りし、正当な評価を求めてうずうずしている――さあ急げ、無思慮な判断を言い渡し、浅薄な比較をし、ぞんざいな誤伝をしてさらに腐らせてしまえ。心臓はやがて止まってしまう――そうなれば「激しい憤りが心をかきむしることももはやなし」▼1。目もやがて哀願の眼差しを向けることができなくなる。耳も聞こえなくなる。脳もまた、創造力が停止して欲求も消え去ってしまう。その時にこそ慈しみの言葉を存分に投げかけよ。その時にこそ、苦闘、苦役、失敗の足跡を掘り起こして憐れみを投げかけよ。その時にこそ、為し遂げられた仕事に対して然るべき敬意を表明せよ。その時にこそ、情状を酌量して過ちを忘れてやるのだ。

しかしこんな学校の教科書のようなたわいもないことをなぜくどくどと述べ立てるのか？　私にはほとんど無縁のことではないか。私は人が敬意を表してくれるような仕事を後に残すこともないし、生きている間に散々私を傷つけ、その罪滅ぼしに我が墓前でさめざめと涙を流す――そんな親類もありはしないのだ。これまで周囲の者から同情を寄せられたことなどほとんどなかった私だが、これから語る我が生涯の物語を、私の死後もし見ず知らずの人が読んでくれたなら、多少の同情を寄せてくれるかもしれない。しかし、所詮その程度のものにしかすぎないのだ。

今改めて自分の子供時代のことを思い返してみると、その後の人生との対比がなせる業《わざ》であろうか、その頃の私は実際以上に幸せであったように思えてくる。というのも、その当時は、未来を閉ざすカーテンは、ほかの子供たちと同様に、私にとっても透視不可能なものであったからだ。私はほかのみなと同じく現在という時を享受し、明日という日に心地よい漠然とした期待を抱いていた。それに加え、私には優しい母がいてくれた。長くわびしい年月を経た今となっても、母が私を膝に抱き、両腕で私の小さな体を抱え、頰ずりをしてくれた時のことなどを思い起こすと、あの頃の甘美な心持ちのいくぶんかが甦《よみがえ》ってくる。当時私は目を患い、一時期視力が失われていた。そして母は、そんな私を朝から晩まで膝の上に乗せていてくれたのだ。しかしこの比類なき愛情もすぐに私の前から消え去ってしまうことになる。子供心にも、生活が寒々としたものになったように感じられたものだった。その後も馬丁付き添いの乗馬は続いたが、もはや、白いポニーにまたがる私を優しい目が見つめてくれることもなければ、戻ってきた私を嬉しそうに広げられた腕が迎えてくれることもなかった。普通の七、八歳の年頃の子供であれば、仮に私と同じ立場に立たされたとしても、人生のその他の楽しみが依然として残されている以上、私ほど淋しい思いをすることにはならなかったのではないかと思う。とにかく、私が異様に神経過敏な子供であったのは確かなことだ。今でもよく覚えている。厩舎《きゅうしゃ》の舗道に反響する馬の甲高い足音、馬丁たちの響き渡る大声、中庭のアーチ道を走る父の馬車の轟音、それに向かって吠え立てる犬の鳴き声、食事を知らせる銅鑼《どら》の大音響——そういう物音を聞くと、私は決まって戦慄と陶酔とが入り混じった感覚に襲われるのであった。父の家は大規模な兵舎を構えた町の近くにあったので、時おり兵隊たちの規則的な行進の足音を耳にすることがあった。そして私はその音を聞くと震え上がり泣き出してしまうのが常であった。ところが兵隊たちが通り過ぎてしまうと、また戻ってきてほしいという思いに駆られるのである。

父は私のことを変わった子供だと思っていたのではないかと思うし、あまり私を好いていなかったとも思う。ただ、親の義務と見なしていた事柄については、怠《おこた》りなく果たそうと努める人でもあった。しかし父はすでに初老の域に達していたし、私は一人息子ではなかった。私の母は後妻で、父は四十五の年に母と再婚したのであった。父は意志堅固な極めて几帳面な人間で、もともとは銀行家であったのだが、後に土地を手に入れて地主に成り上がり、この接ぎ穂の成功に乗じて、ゆくゆくは州の有力者にならんとの野心を抱いていた。そして、とにかく父は、いつ何時でも変わることがないという人だった。天候によって気分が左右されることもなく、また、ふさぎ込んだりすることもやたらに上機嫌になるということもない――そういう人間の一人であった。私はそういう父に対して強い畏怖の念を抱いていた。そして、父の前に出るといつもびくびくとして神経質になってしまうのであった。そういうこともあってか、私の教育については、父は、兄の場合に採択した路線とは異なった路線をとろうという意を固めたのである。兄は伝統的な教育のコースを歩み、この頃にはすでにイートン校[2]の立派な生徒になっていた。父はこの兄に自分の後を継がせるつもりであったのであり、そのためにはイートンからオックスフォードへという道程がどうしても必要であったのだ。もちろん、コネ作りという目的のためである。父は、上流階級の仲間入りをするにあたって、ローマの諷刺家やギリシャの劇作家の後押しというものを軽視するような人ではなかった。もっとも、父は本質的にはそうした「冥界の大御所たち」を過去の遺物として見くびっていた。ポッターの『アイスキュロス』を拾い読みしたり、フランシスの『ホラティウス』をかじったりして、[3]独自の見識を誇るそれなりの資格は有していたのである。こうした否定的な教育観に加え、父は肯定的な所見も持ち合わせていた。その頃父は鉱山事業に関与していたが、これはそこでの経験を通して得たもので、すなわち、長男でない息子にとっては、科学教育こそがほんとうに有益な鍛錬になる、という考えだった。それにまた、私のように内気で繊細な子供にはパブリック・スクールの荒っぽい気風は向いていない、ということも明らかであったのだ。レザロール氏ははっきりとそう言っていた。このレザロール氏というのは眼鏡をかけた大柄な人物で、ある日私の小さな頭を大きな両手で抱え、何かを探るように、そして訝《いぶか》しむようにあちらこちらを押して回り、そのあと両方の太い親指をこめかみに置いて少し距離をとり、きらきらと輝く眼鏡越しにじっと私を凝視した。結果はどうも不満足なものであったらしく、厳しい表情で眉をひそめ、私の眉毛を両方の親指でなぞりながらこう父に言った。

「不足しているのはこの部分ですよ、ここです。そして」彼は頭の上部に触れて付け加えた、「こちらの部分は過剰ですな。不足部はもっと引き出してやる必要がありますし、過剰部は眠らせておかねばなりません」

私はぶるぶると震えた。それは、自分が非難の対象とされたのだという漠然とした思いからでもあり、また、初めて抱いた憎しみという感情で動揺したためでもあった。そう、まるで商品の値切りの算段をしているかのように私の頭をいじくり回したこの眼鏡の大男を私は憎んだのだ。

後に採用されることになった私の教育のプランにこのレザロール氏がどの程度関与していたのか、今となっては知る由《よし》もない。しかしやがて、家庭教師、博物学、科学、現代外国語、といったものが、私の頭の組織構造の欠陥を矯正するために用意された道具立てであることが明らかになった。私はひどい機械音痴であったので、そちらの方面でたっぷりと絞られることになった。また、分類を覚えることも大の苦手で、そのため、動物学、植物学を系統的に学ぶことがとりわけ必要であるとされた。私が知りたくてうずうずしていたのは人間の行動や感情についてであったのだが、その代わりに、機械力だとか、基本小体だとか、電気や磁気の様々な現象だとかいったものをいやというほど詰め込まれることになった。もっとまともな資質の持ち主であったなら、科学装置を駆使する聡明な師範たちの指導を受けて大いに得るところがあっただろうし、電気や磁気の様々な現象に強い興味を覚えたことであろう。しかし私は、そうした現象の面白さを毎週繰り返し力説されてもさっぱり興味が湧かなかったのだ。教えられたことを覚えられないという点では、私は、古典語学校から放逐されたどんな落第生にも引けをとらなかったのではないかと思う。私は隠れてプルタルコス▼4やシェイクスピア、ドン・キホーテなどを読み、そうやって自分自身にとりとめのない物思いの種を供給していたのだが、一方でわが師は、「学のある人間と無知な人間との違いとは、川がなぜ低い方へ流れてゆくのか、その理由を知っているか知らないかの違いなのです」と言明して憚《はばか》らなかった。だが私はそんな「学」のある人間などになりたいとは思わなかった。川の流れは大好きだったし、小石の間をさらさらと流れていく音に耳を傾けたり、明るい緑の水草を洗っていく様子を眺めたりして何時間でも飽きることはなかった。しかし、川が流れる「理由」などは知りたいとも思わなかった。これほど美しいものが存在するのには正当な理由があるに違いなく、そう確信するだけで私には充分であったのだ。

この頃の私の生活ぶりをこれ以上縷述《るじゅつ》する必要はないだろう。これまで述べてきたことから、私が多感で非実務的な性格の子供であったということ、そして、そういう性格にはまるで不向きな環境で育ったということがおわかりいただけるだろうし、また、そういう環境が私を健全に育成することはあり得なかったということもお察しいただけると思う。十六歳になると、教育課程の仕上げとして私はジュネーブに送られることになったが、この転地は私にとってはとてもありがたいものだった。ジュラ山脈を下っていく時にアルプスの山々を初めて目にしたのだが、沈みかけた太陽を背にしたアルプスの光景は天国への入り口のように見えたものだった。そして、自然の荘厳な美しさに囲まれたジュネーブでの三年間の生活は、まるで最高級のワインを毎日味わっていたかのような高揚した気分の連続であった。少年期からのこのような自然への敏感な感応の様を記すと、私が詩人であったに違いないと思われる方もあるかもしれないが、残念ながら私の巡り合わせはそれほど幸せなものではなかった。詩人というのは、詩を奏でるだけではなく、聞いてくれる耳、応えてくれる魂の存在を信じ、いずれはそれらの許《もと》へ自分の声が届くだろうということを知っている人たちである。しかし、詩人の感性は有していてもそれを奏でる声を持ち合わせていない者もあるのだ。日のあたる土手に佇《たたず》み、真昼の太陽が水面に煌《きら》めくのを眺めて無言の涙を流す。耳障りな声を聞いたり冷たい視線を向けられたりすると心の内で震え上がる。そういうことでしかその感性を発露することができないという者もいるのだ。そして、こうした無言の情念は、同胞たちの中にありながら致命的な魂の孤立をもたらしてしまうことになるのだ。私にとって最も孤独感に襲われることがない瞬間というのは、夕暮れ時、湖の中央に向かってボートを漕ぎ出してゆく時だった。そうした折、空や、赤く輝く山の頂《いただき》や、広々とした青い水が私を取り囲み、慈しむような愛情で私を包んでくれた。それは、母の愛が消え去ってしまって以来、誰も私に寄せてくれたことのなかった愛情であった。私はよくジャン＝ジャック[5]の真似をしたものだった。ボートの中で寝そべり、漂うままにまかせ、ぼんやりと空を見上げる。すると、山の頂から赤い輝きが次々と去ってゆく。それはまるで、あの預言者の火の車[6]が山々を通り過ぎ、光の我が家に帰ってゆくかのようだった。やがて、山々の白い頂が死体のような悲しげな様相を呈してくると、私は岸に戻らなければならなかった。私は行動を厳しく監督されており、夜の外出は許されていなかったのだ。ジュネーブには私と同じくらいの年頃の若者が大勢勉強をしに来ていたが、こういう性向ゆえに、そうした者たちと親しい友達付き合いをするということはほとんどなかった。しかし、そんな私にも一人だけ親友と呼べる友ができた。そして、不思議なことに、この青年は私とはまるで正反対の頭脳の資質の持ち主であったのだ。名は仮にチャールズ・ムニエルと呼んでおく。彼はイギリス人の血をひいており、その苗字もほんとうはイギリス名であるのだが、その名は後に有名になったので、ここではあえて伏せておくことにしたい。彼は孤児だった。そして、情けないほどのわずかな手当てで暮らしを立て、医学を勉強していたが、その方面では特別の才能の持ち主だった。それにしても奇妙なことだ。私のような、観察力もなく探究心にも欠け、瞑想にばかり耽《ふけ》っている多感でうつろな人間が、科学に一番の情熱を燃やす青年に心惹《ひ》かれるとは！　しかし、私たちを結ぶ絆は知的なものではなかった。ある源が私たちを結びつけたのだが、鈍い頭脳と明晰な頭脳、夢想家と実務家とをうまく溶け合わすことのできたその源とは情感の一致であったのだ。チャールズは貧しくて見場もさえず、ジュネーブの悪餓鬼どもに嘲笑《あざわら》われ、客間に迎え入れられることもなかった。理由は異なっていたが、彼も私と同様に孤独であったのだ。身につまされた私は一種の憤りに駆られ、おずおずと彼に歩み寄った。その結果、われわれの間に、お互いの異質な習性が許容しうる限りの友情が芽生えることになったのである。まれにチャールズが休暇を取れるような機会があると、二人して近くのサレーブの山に登ったり、対岸のブベーまでボートを漕いだりした。そうした折、彼は未来に思いを馳せ、自分が思い描いている大胆な実験や発見について滔々《とうとう》と語ったものだったが、私の方では、そうした彼の長談義に夢見心地で耳を傾けているのが常だった。漠然とした意識の中で、彼の話が、青い水やぽっかりと浮かぶ雲、鳥のさえずりや遠くに見える氷河の輝きなどと渾然と混ざり合ってゆくのであった。こちらが心ここにあらずという状態であることは向こうも承知の上だったが、それでもそんなふうに私に話をするのを彼は好んでいた。たとえ相手が犬であっても鳥であっても、好意を示してくれる相手には自分の夢や希望を語りかけたくなる、それが人情というものなのだ。こうした友情の一景をあえて紹介したのは、それが私の後の人生に生じることになる奇妙で恐ろしい出来事に深い関わりを持っているからなのであるが、それについては、これから順を追って語ってゆくことにしたいと思う。

ジュネーブでのこの幸せな日々もやがて終わりを迎えることになった。私は重い病を患ってしまったのだ。闘病の期間の記憶は半ば空白で、苦しんだということだけはぼんやりと覚えているのだが、あとは、折に触れて父が見舞いに来てくれたということが漠然と記憶に残っているくらいである。その後は退屈で単調な療養の日々が続いたが、体力が回復するにつれて馬車で遠出をする機会も増し、そうして生活に変化が生じるようになると、記憶に残っている事柄も次第に多くなってゆく。そしてこれはっきりと覚えている事柄のひとつであるのだが、ある日私がソファーに横になっていると、傍《かたわ》らの父がこう私に言った。

「ラティマー、すっかり回復して旅ができるようになったら、一緒にイギリスに帰ることにしよう。道中はきっと楽しいし、ためになるぞ、ティロル地方やオーストリアを回っていく予定だからな。色々と新しい場所を見ることになるだろう。近隣のフィルモア一家が来ておるし、アルフレッドもバーゼルで合流することになっておる。みなで一緒にウィーンに行き、そのあとプラハにも寄って……」

父は話の途中で人に呼ばれて部屋を出て行ってしまった。一人取り残された私の心には「プラハ」という言葉が残像のように漂ったのだが、それと同時に奇妙な感覚に襲われ、見たこともない不思議な光景が突然目の前に立ち現れてきた。ぎらぎらとした太陽に照りつけられているある都市の光景だった。それは一見して、進行を阻止された過去の時代の夏の日照り、といった印象を与えるもので、その後長い間に亙《わた》って夜露や夕立によってみずみずしさを回復することもなくそのまま残り続けた、という風情であった。年老いて退位を余儀なくされたものの、いまだにぼろぼろになった金襴緞子《きんらんどんす》の王服をまとっている元国王のごとく、過去の記憶をただひたすら無味乾燥に繰り返して生きることを運命づけられた人々――日照りはそうした人々の干からびて色褪せた栄華を焦がしている、そんな様相だった。街全体がからからに乾ききった様子で、そこを流れる広い川はまるで鉄板のようだった。川に架かる果てしない橋の両側には黒ずんだ彫像が並び、うつろな眼差しで通行人を見下ろしていたが、古《いにしえ》の衣装をまとい、聖者の冠をかぶったこれらの彫像こそがこの街の真の住人であり主《あるじ》であって、せわしなく行き交うちっぽけな人々は、この日だけここに群がってきた束の間の訪問者にすぎない――私にはそんなふうに思われた。そう、これらの彫像のような厳《いか》めしい石のごとき者たちが、目前の斜面に林立する赤茶けて腐蝕した住処《すみか》に暮らす萎《しな》びた人々の祖先なのだ。そして、こういう者たちが、高台に平板に伸びている宮殿[8]の磨り減って崩れかかった壮麗さの中でいまだに君主のご機嫌をとっているのであり、あるいはまた、教会の息苦しい空気の中で、恐れや希望に鼓舞されるわけでもなく、ただ堅苦しい慣習に縛られ、永遠に年老いたまま死ぬこともかなわぬという運命に強いられて、毎日毎日砂を噛むような礼拝を行っているのである。それは、夜の休息もなければ朝の新生もない、常に真昼に生きることを運命づけられた人々の姿だった。

その時すさまじい金属音が突然体中を震わせ、部屋の中の場景への意識が再び戻ってきた。薬を運んできたピエールがドアを開けたとき、暖炉の鉄具のひとつが床に落ちたのだった。心臓が激しく鼓動を打っていた。

再び一人になると私は、眠っていたのだろうか、と自問した。あれは夢だったのか？ 見も知らぬ、頭に思い描いたこともない都市の驚くほど鮮明な光景……そう、日光が彩色を施された星型の街灯を透過して舗道に五色の光を落としていた、そんな細部に至るまでくっきりと鮮明であったのだ。プラハの街の絵など見たこともなかったし、私にとってそれは単なる名前でしかなかった。何かその名から連想するものがあったとしても、せいぜいそれは、あやふやな記憶を頼りとした、過去の華々しい帝政や宗教戦争のイメージといったものくらいであったのだ。

夢を見ることはあっても、こんな夢を見たことはかつてなかった。私はよく悪夢に悩まされていたが、それ以外の夢は、まったく支離滅裂なものか、あるいはごく陳腐なものばかりで、それゆえ屈辱を感じることもしばしばであったのだ。それにまた、自分が眠っていたとはどうしても思えなかった。あの時、ちょうど幻灯の融解画[9]で新しい像が現れてくるように、あるいは、日光が朝靄《あさもや》の帷《とばり》を徐々に上げ、風景が次第に鮮明になっていくように、その光景が徐々に視覚に浮かび上がってきたのであり、その感覚は鮮明に覚えていたのだ。さらには、この幻覚が生じ始めたことを意識した時、その一方で、ピエールが父にフィルモア氏の来訪を告げにやって来たこと、そして父が急いで部屋を出て行ったことをも同時に意識していたのだ。そう、やはりあれは夢ではなかったのだ。そうするとこれは――こう考えると喜びで体が震えたが――私の中の詩人としての資質が、これまでは単に何かを求めてやまない不穏な感受性にすぎなかったその資質が、突如として自然発露的創造という形で開花したということであったのであろうか？　ホメロスがトロイの平原を見たのも、ダンテが死者たちの住処を見たのも、ミルトンが悪魔の地上への降下を見たのも[10]、みなこのような具合であったに相違ない。病気が私の体の組織構造に何かうまい按排《あんばい》の変質をもたらしたのだろうか？　神経により確固たる張りを与え、何らかの鈍い障害物を取り去ってくれたのだろうか？　こうした類《たぐい》の病気の効果というものは物の本でよく読んだことがあった――少なくともフィクションではよく出てくることだった。いや、実話を扱う伝記の中でも、ある種の病気が頭に浄化や高揚という影響を与えたという話を読んだことがあった。ノヴァーリス[11]は結核が進行するにつれて霊感が高まってゆくのを感じたのではなかったか？

　こうした至福の物思いにしばし浸っていると、やがて、ひょっとすると自分の意志を行使することによってこれを試してみることができるかもしれない、という考えが頭に浮かんだ。幻影は父がプラハへ行くという話をしている時に生じ始めたのであったが、それがほんとうにプラハの街の光景であったとは一瞬たりとも思わなかった。あれは新たに解放された私の才能が火のごとき勢いで描き出した光景で、色合いはなまくらな記憶が補ったのだろう――そう私は信じたし、また願ったのであった。そこで考えたのが、どこかほかの場所に思いを集中させてみたらどうだろうか、ということである。たとえばヴェニス。私の頭の中ではヴェニスはプラハなどよりはるかに親しみがあったし、ヴェニスのことを念じていれば、もしかすると同じような結果が生じるかもしれない。そう考えた私はヴェニスに思考を集中させた。この街を詠《うた》った詩行を思い起こして想像力に刺激を与え、そして、先の幻影では実際にプラハの街にいたように感じたのであったが、今度はヴェニスの街に実際にいるのだと想像しようと努めてみた。しかし努力はむなしかった。私はただ、故国の自宅の部屋に飾ってあるカナレット▼12の版画に多少の色づけをしたに過ぎなかった。おまけに描き出される光景ははっきりと定まらない虚《うつ》ろなものばかりで、より鮮明なイメージを求めてあてどもなくさまようという感じであった。そして、まず必要な条件を考えてそれを基に意識的に想像をする、ということでもしなければ何も頭に浮かんで来ず、偶発的な形や影などが立ち現れてくることは皆無だった。これはみな実に散文的な努力であって、半時ほど前に経験したあの受動的没我の境とも言うべき状態からはほど遠いものだった。私は落胆した。しかし、霊感とは発作的なものである、ということを思い出した。

それから数日の間、私はわくわくした期待に胸を躍らせ、この新しい才能の再発露の時を待ち受けた。自分が所有する知識の世界へと思いを巡らせ、その中に眠れる才能に再覚醒の震動を送り込むような対象を見出せないか、と期待した。だがだめだった。私の世界は以前同様ぼんやりと霞《かす》んでおり、どきどきするような思いで待ち受けていたものの、あの奇妙な閃光が再び現れることはなかった。

その頃私は毎日のように馬車でドライブをし、また、体力が回復するにつれ、徐々に散歩の距離を延ばしていったのだが、そうした折にはいつも父が同行してくれた。ある日のこと、二人で街にオルゴールを選びに行くということになった。ジュネーブにやって来た富裕なイギリス人は、こうした買い物をすることが半ば義務付けられていたようなものであったのだ。前の晩に父は、翌日の十二時に私を迎えに来ると約束してくれた。銀行家であった父は時間には実に几帳面で、私は約束の時間に遅れないようにといつも気を遣っていた。ところが驚いたことに、この日に限って父は約束の十二時を十五分過ぎても姿を現さなかったのだ。療養中の身である私はほかに何もすることもなく、運動に備えて強壮剤を飲んだのはいいが、その刺激を発散できずにいる、というような状態で、いらいらは募《つの》るばかりであった。

やがてじっと坐って体力を温存したままでいることに耐えられなくなった私は部屋の中を行ったり来たりし始め、ローヌの流れが濃紺の湖から注ぎ出てゆく様を窓から眺めたりした。しかしその間中も、いったい何が父を引き止めているのだろうかとあれこれ考えていたのであった。

その時突然私は父が部屋の中にいることを意識した。しかも父は一人ではなく、ほかに二人の人物が一緒にいたのだ。奇妙極まりない！　人が入ってくる足音などまったく聞こえなかったし、ドアが開くのを見もしなかったのだ。しかしそこに父がおり、そしてその右隣には故郷で近隣に在住のフィルモア夫人が立っていた。もうかれこれ五年も会っていなかったが、この夫人のことはよく覚えていた。ごくありふれた中年の婦人で、絹とカシミアの衣装を身にまとっていた。一方父の左側に立っていた人物は二十歳そこそこの若い女性であった。背が高く、ほっそりとしたしなやかな容姿で、ふさふさとした金髪は巧みに編まれ、カールがほどこされていた。ただこの髪はボリュームがありすぎて、華奢《きゃしゃ》な体つきや小さい造りの顔とは少々不釣合いであるように感じられた。だが最も強い印象を受けたのはその面容で、それは決して少女の面差しではなかった。目鼻立ちは鋭く、唇は薄く、淡いグレーの目は鋭敏でかつ落ち着きがなく、同時に皮肉な表情に満ちていた。そして半ば微笑を浮かべたその目が好奇の眼差しを私に向けた時、私はまるで鋭い風で身を切られたかのような感覚をおぼえた。淡い緑のドレスには緑の葉の模様が描かれており、それはまるで淡い金髪を縁取っているかのように思われ、私は思わず邪悪な水の精▼13を連想した。それというのも、その頃私はドイツの抒情詩▼14にのめり込んでいたからで、この緑の草をまとった、青白い、魔物の目をした女性は、どこかの菅《すげ》に覆われた冷たい流れで生を受けた、年老いた川の愛娘であるかのように思われたのだ。

「ラティマー、遅くなってすまなかったな」父は言った……

しかし、この父の言葉の余韻がまだ耳に残っている間に三人の姿は忽然《こつぜん》と消えてしまい、目の前には、ドアの前に立てられた中国製の色彩豊かな折りたたみ式の衝立《ついたて》があるばかりであった。寒気がして体が震えた。私はよろよろと進み出てソファーに身を投げ出した。あの奇妙な新しい能力が再び発現したのだ……しかしこれは「能力」であるのだろうか？　これはむしろ病気ではないのか……脳の活力を瞬間的に不健全な活動へと集中させ、その反動でほかの正常な状態の時間をより一層不毛なものにしてしまうという、いわば、断続的に起こる一種の譫妄《せんもう》状態ではないのか？——とにかく、自分の目が見たものは非現実的なものであるという意識で頭がふらふらした私は、まるで悪夢から逃れようとするかのように発作的に呼び鈴を摑んで二度ベルを鳴らした。ピエールが驚いた様子で飛んで来た。

「ご気分でも悪いのでございますか？」彼は心配そうに訊ねた。

「もう待ちくたびれてしまったよ、ピエール」酔っていても素面《しらふ》で通そうとしている者のように、私は努めて明瞭に、語勢を強めて言った。「父に何かあったのではないだろうか——いつもは必ず時間を守る人なのに。ちょっとホテル・ベルグ▼[15]まで行って見てきてくれないか」

ピエールはすぐに部屋を出て行った。彼の「かしこまりました」という言葉を聞いて私は少しほっとした。この覚醒状態での何の変哲もないやりとりでだいぶ気分が楽になった私は、さらに心を落ち着けるため、サロンに隣接する自分の寝室に行き、オーデコロンのケースを開けた。そしてビンを手にとって、手際よくコルク栓を抜くという手順をこなし、さわやかな香水を手と額、それに鼻の下に塗った。その香りを嗅ぐと新たな喜びが湧き上がってきた。それというのも、この香りは決して突然の奇妙な狂気の発作によってもたらされたものではなく、ゆっくりとした細かい手作業の積み重ねによって得られたものであったからだ。私はすでに、人間としての通常の存在状態には合致しない性質の持ち主の運命に付随する恐怖のいくぶんかを味わい始めていたのだ。

なおも香りを楽しみながら私はサロンに戻った。しかし部屋は先ほどまでのように空《から》ではなかった。中国製の衝立の前には父がおり、右隣にはフィルモア夫人が立っていた。そして左側にいたのは……ほっそりとした、鋭い顔立ちと鋭い目をした金髪の娘。半ば微笑を浮かべたその目は私に好奇の眼差しを向けていた。

「ラティマー、遅くなってすまなかったな」父は言った……

それ以上は何も聞こえず、それ以上は何も感じなかった。気がついた時、私はソファーに頭を低くして横たわっていた。傍らにはピエールと父がいた。私がすっかり意識を取り戻すと父は部屋を出てゆき、そしてしばらくしてまた戻って来るとこう言った。

「ご婦人たちにおまえの様子を伝えてきた。隣の部屋で待ってくださっておったのだが、今日の買い物遊山は延期した方がよさそうだな」

少し間を置いて父は話を続けた。

「あの若い娘はバーサ・グラントといってな、フィルモア夫人の姪ごさんだ。両親を亡くしてしまい、フィルモアが養女として引き取って、今は一緒に暮らしておる。だから故郷に帰ったらおまえも近所付き合いができるだろう。ことによるともっと近しい間柄になるかもしれんぞ。どうもあの娘とアルフレッドはいい仲にあるようだからな。だがそうなればこの私も満足だ。フィルモアはあの娘をわが子同然に扱い、きちんと将来の備えもしてやる心積もりのようだからな。しかし私もうっかりしておった、フィルモア夫婦とあの子が一緒に暮らしておるということをおまえは知らなかったのだったな」

父は私が彼女を見た瞬間に気を失ってしまったという事実に関してはそれ以上の言及はしなかった。

から。

私としても、その理由を明かす気など毛頭なかった。それを人に説明したところで哀れな異常体質と気味悪がられるのが落ちであったし、ましてや父には絶対に知られたくなかった。そんなことを知ったら、父は、私が正気ではないのではないか、という疑いをずっと持ち続けることになったであろうから。

私は自分の経験のすべてを事細かに述べるつもりはない。この二つの事例を長々と描写したのは、それが私の後の人生においてはっきりと筋道をたどることのできる結末へとつながってゆくことになるからなのだ。

病を患って以後、人との交際は不活発でごく御座なりのものであったため、それまではっきりとはわからなかったのだが、この最後の出来事があってからすぐ後に――その翌日ではなかったかと思うのだが――私は自分の異常な感性の働きにはもうひとつの側面があるということに気づき始めた。それは、他人の頭の中で進行中の精神作用がこちらの頭の中に入り込んでくる、というもので、私がたまたま接触を持った人たちの、最初はこの人物の内面が、次には別の人物の内面が、次々と私の心の中に流れ込んでくるのであり、たいして面白みのない人間の――たとえばフィルモア夫人のような人物の――とりとめのない、つまらない思考や感情が、聴きたくもない下手な音楽や、閉じ込められた虫が立てる騒々しい雑音のように、私の意識の中に無理やり押し入ってくるのである。しかし、この不快な感性が作動するのは断続的で、居合わせた人々の内面が遮断され、休息のひと時が訪れることもあり、そんな折には、沈黙によって疲れた神経が癒されるがごとく、束の間の安堵感を感じるのであった。このわずらわしい洞察も、あの不可思議な幻影の一件がなかったなら、単なる想像力の病んだ活動である、と考えたかもしれなかったが、予測不可能な他人の言葉や行動を現実に予見しただけに、それがほかの人々の実際の精神作用と直結しているのは確かだと判断せざるを得なかった。しかし、どうでもいい人物の取るに足らない内面が押し付けられるだけで充分わずらわしく、うんざりするものであったのに、私と密接な関係にある人々の内面まで見えてくる時には、この付加された心象はいいようのない苦痛と悲しみをもたらすことになるのであった。通常の外からの視点からすると、理性的な話しぶり、優雅な心遣い、気の利いた言い回し、親切な行為といった、おもてに表れた様々な所作が織り合わされてその人の人格というものが編み上げられるものなのだが、それらが顕微鏡的な視覚によってばらばらに切り離され、間に介在する軽薄な意識、抑制されたエゴイズム、あるいは、幼稚性、卑しさ、漠然とした気まぐれな記憶、間に合わせのいいかげんな思考などといったものの混沌としたうごめき——こうしたものが手に取るようにはっきりと見えてくるのであるからたまったものではない。人間の言葉や行為といったものはこのような猥雑な内面から立ち現れてくるものなのであり、所詮それは、発酵した堆肥の山を覆う木の葉のようなものにしかすぎないのだ。

バーゼルにて兄のアルフレッドが我々に合流することとなった。もう二十六になり、ハンサムで自信に満ち溢れたこの兄は、神経質で無能な虚弱児である私とはまったく対照的な人間であった。その頃の私は、一種の半ば女性的な、半ば亡霊的な美しさを有していると見られていたように思う。ジュネーブに雑草のごとく群棲する画家たちが私にモデルになってくれと頼みにやって来たことが何度もあり、そして実際、死にかけた吟遊詩人という想像画のモデルになったこともあったのだ。しかし、私は自分のそうした面立ちや体つきがいやでいやでたまらなかったのであり、これは詩的天分のひとつの条件なのだ、という信念がなかったとしたら、とてもそれを甘受する気にはなれなかっただろう。だがこの束の間の希望的信念ももはや霧散してしまっていた。私の体はただ受動的な苦しみを味わうためのみに形成された組織にすぎず、詩的創造に伴う崇高な労力を耐え忍ぶにはあまりにも弱すぎたのであり、そして、自分の顔が、そうした病的な組織体の象徴であるとしか見えなくなっていたのだ。

アルフレッドと私はそれまでほとんどいつも離れて暮らしてきた。そして、この時私の前に現れた彼は、その立場、容貌からして、私にはまるで見知らぬ人間同然であったのだが、その彼が私に対してまことに友好的な姿勢を示し、いかにも兄らしい態度で接してきたのであった。快活で、自分というものに満足し、張り合う相手がいようなどとは思ってもみず、挫折や逆境などというものは経験したことがない――そういう兄は、表面的にはいかにも親切であった。仮に我々の願望がかち合うことがなかったとしても、そして、私が人間として健全な状態にあり、自らへの自信ゆえに何事にも鷹揚《おうよう》に構え、人の行為を善意に解釈する、ということが可能であったとしても、この兄に対して妬《ねた》みを抱かずに済んだかどうか……自分がそこまで雅量のある気性であったかどうか、それはどうも怪しいところである。仮にそういう状況であったとしても、我々の性格は互いに反目し合うものであったに相違ないと思うのだ。そして実情はどうであったかといえば、数週間もしないうちに、兄は私にとって激しい憎しみの対象となったのである。彼が部屋に入ってきたり、なかんずく、私に話しかけてきたりした時には、私はまるで金属が不快な音を発して軋むのを耳にしたかのように体じゅうが総毛立ってしまうのであった。私の病んだ意識はほかの誰にもまして兄の内面に敏感に反応した。彼のうぬぼれが鼓舞するけちな考え、何かというとすぐに庇護者ぶるその態度、バーサ・グラントは自分に首っ丈なのだという自己満足、そして私に対する半ば憐れむような軽蔑の念――こうしたものを絶えず目の当たりにして私は言いようのない苛立《いらだ》ちをおぼえた。通常、他人のことが気になったりした場合、その人物の口調や言い回し、あるいはちょっとした仕草といった徴候を頼りとしてその内面を推し量ろうとするのであるが、私の場合は、その内面が、何の蔽《おお》いもない剝き出しの錯綜という形で見えてくるのである。

なぜそこまで憎み、なぜそこまで苛立ったのか――それは、向こうは気づいていなかったが、我々の願望がかち合っていたからであり、兄が私の恋敵であったからなのだ。これまで触れずにきたが、交友が深まるにつれて、私はバーサ・グラントに強く心を惹かれるようになった。それというのも、私の周囲の人間の中で、彼女だけが私の不幸な洞察力が及ばない唯一の例外であったからなのである。バーサについてだけははっきりとしたことは何もわからなかった。それゆえ、彼女の表情を見てその意味するところを推測する、ということが可能であったのであり、前もってわからぬがゆえに、真の関心を持って彼女の意見を求める、ということがなし得たのであり、希望や不安を抱きながら彼女の言葉に耳を傾け、彼女の微笑を待ち受ける、ということができたのである。私にとって彼女は、未知の運命という魅力を提供してくれる存在であったのだ。私が彼女に強く心を惹かれることになった主な要因はこの事実にあったのだが、なぜそれが「主な」要因であったのかといえば、理屈から考えれば、バーサの性格ほど、引っ込み思案で、ロマンチックで、情熱的な若者のそれと親近感の薄い女性の性格はあり得なかったように思えるからなのだ。彼女は辛辣で、冷笑的で、想像力に乏しく、若さに似合わぬ皮肉なものの見方をする女性であったのであり、どれほど印象的な光景を目にしても心を動かされることがなく、批判的な態度を崩すことがないという人間だった。そして、私のお気に入りの詩を取り上げてはあれこれと難癖をつけ、中でも、当時私が傾倒していたドイツの抒情詩に対してはとりわけ軽蔑的な姿勢を露《あらわ》にした。彼女に対する私の気持ちはどのようなものであったのか——それはいまだにはっきりと説明をすることはできないのだが、思春期の若者によくあるあこがれ、というようなものとも違っていたのは確かなことだ。というのも、彼女は、私が理想としていた女性であり、私にとって依然として美の典型であり続けた女性である母とは、髪の色に至るまでまるで正反対であったからだ。それに加え、彼女には、偉大なるもの、善なるものへの熱情というものがまったくなかった。この熱情は、彼女が私に対して最も強い支配力をふるっていた最中《さなか》にあってでさえ、人間の資質の中でも至高の要素であると私がみなしていたものであったのである。しかしながら、絶えず共感と支えを渇望している病的に敏感な性質が一旦自己中心的で排他的な性質によって牛耳られてしまうと、もはやどうにも逃れられなくなるのであり、この呪縛ほど完璧な呪縛というのはほかにはあり得ないものなのである。どれほど独立独歩の人といえども、日頃沈黙を守っている人物の見解にはつい一目置くようになってしまうものであり、また、常習的に他人の欠点をあげつらう辛辣な批評家の敬意を勝ち得たりすると、普通以上の勝利感をおぼえてしまうものである。であるならば、情熱的ではあるけれど自分というものに自信がない若者が、皮肉に満ちた女性の顔の奥に閉ざされた秘密を前にして、まるで己の運命を支配する霊験あらたかならぬ神の社《やしろ》に傅《かしず》くがごとく、心踊らせ一日千秋《いちじつせんしゅう》の思いでその開帳を待ちわびたとしても、あながち驚くにはあたらないように思われる。それというのも、若き情熱家には、自分の心を沸き立たせているこの感情が相手の心の中にはまったく存在しない、などということは想像もつかないことであるからなのだ。相手の心の中では、それは今のところ弱々しく、不活発で、眠っているのかもしれない。しかし在ることは確かで、呼び起こすことが可能なのだ――そう彼は考えてしまうのであり、また、時には幸せな幻想を抱き、そうした感情の外面的徴候が見られないがゆえに、より強烈な形で内在するのだ、などと考えたりさえするのである。そして、すでに示唆したとおり、内面が閉ざされ、謎であり続けたというのはバーサただ一人であったがゆえに、私に対する彼女の影響力は極度に高められ、このような若気の至りの妄想をも可能にすることになったのである。それと同時に、別の種類の魅了作用があったのもまた確かなことだ。それは、我々の心理的志向をあざむく身体的な幻惑作用とも言うべきもので、この不可思議な作用により、繊細で優美な女性を好んで描いていた男が、足の大きなそばかすだらけの女丈夫《じょじょうふ》に惚れ込んでしまう、などということもまま起こるのである。

一方バーサ自身も、こちらの幻想を助長し、初々《ういうい》しい慕情をかき立て、彼女の微笑《ほほえ》みへの依存をますます募らせるような、そういう態度を私に示したのであった。おそらく彼女は、最初に会った時に私が気を失ってしまったのは、純粋に自分の容姿が私に強い衝撃を与えたためである、と信じていたに違いない。そして、すべてを知った今となって振り返ってみると、それによって彼女の虚栄心と権力欲は強い満足感をおぼえたに相違ないと思うのだ。どれほど散文的な女性といえども、自分が激しい詩的情熱の対象となっていると知れば悪い気はしないものだ。そして、ロマンスのかけらもない女性ではあったけれど、バーサには謀《はかりごと》を好む性向があり、それゆえ、結婚するつもりである男性の弟が自分に恋焦がれ、自分のために嫉妬心を燃やしている、という状況に強い刺激を感じていたに違いないのだ。もっとも、私の方では、彼女が兄と結婚するつもりである、などということはまったく信じていなかった。確かに兄は実にまめに彼女に心遣いを示していたし、そして、彼も父もこの結婚を既定の路線と考えていたということは重々承知の上ではあったが、しかし、これまでのところ、まだ双方の了解を得た約束らしきものはなかったし、兄の方からはっきりと気持ちを伝えたということもなかったのである。そしてまたバーサの方でも、兄とたわむれ、彼の意図は充分承知であるということを暗示するような態度でその求愛を受け止めてはいたものの、その一方で、微妙な表情や言い回しによって――それは女性特有のたわいもないものばかりであったから、証拠として引用することはできないのだが――絶えず私に、兄はほんとうは密かな嘲笑の対象なのであり、私同様、彼女もまた兄のことをくだらないしゃれ男と思っており、がっかりさせてやったらいい気味だと思っているのだ、ということをそれとなく知らせてくれていたのである。兄の面前では彼女はおおっぴらに私をペット扱いにした。それはまるで、恋人として考えるには私は若すぎるし病弱すぎる、といわんばかりの態度であったが、実際兄は確かに私をそういう目で見ていたのである。しかし、詩文を引用する私を笑いながらなだめすかすように髪をなで、そしてそうされた私がぞくぞくと身震いしている様子を見て、内心彼女は喜んでいたに違いないのだ。そのような愛撫がなされるのはいつも周りに人がいる時だった。というのも、二人きりになると、彼女は私に対してより距離を置くような態度をとったのであり、そして折に触れてちょっとした言葉を漏らしたり、さりげない仕草を示したりして、私のおどおどとした愚かな希望を刺激したりしたのだ。そうなると私の方でも、彼女がほんとうに好きなのは自分なのだ、という気持ちになるのである。そう、彼女が自分の気持ちに素直に従ってはいけない理由などないではないか？　確かに自分は兄ほど恵まれた境遇にはないけれど、一応の財産はあるし、それに年下といったって一歳も違いはしない。彼女の方だって相続人であるわけだし、すぐに丁年を迎え、自分の判断で物事を決めることができるようになるではないか……

かくして私の気持ちは、この限られた領域において希望と不安との間で絶えず揺れ動いていたのだが、それゆえ、彼女と共に過ごす日々が私にとっては甘美な苦痛の毎日となったのである。そして、彼女のあるひとつの意図的な行為がますます私を陶酔の境へと誘《いざな》うこととなった。我々がウィーンに滞在している間に彼女の二十歳の誕生日が訪れ、彼女は装身具が大好きであったので、みなでこの東欧のパリの中でも一流と呼ばれる宝石店に赴《おもむ》き、彼女に宝石のプレゼントをするということになった。私のプレゼントは当然ながら一番値段の安いものであった。それはオパールの指輪で、オパールは私のお気に入りの石だった。なぜなら、オパールというのはまるで魂があるかのように赤らんだり青ざめたりするからである。指輪を彼女に渡した時に私はそのことを伝え、そして、この石は詩的な性質の象徴なのであり、日の光、そして女性の目の光が変わるにつれて色が変わるのだ、と言った。その晩彼女は優雅な身づくろいをして姿を現し、そして、私のプレゼントを除いてほかの人からのプレゼントはすべて目立つように身につけていた。私は彼女の指元を食い入るように見つめたが、そこにオパールの指輪はなかった。その晩はそのことを話す機会はなかったが、翌日、朝食のあとで彼女が一人で窓辺に腰掛けているのを見て、私は言った。

「君は僕のあげたオパールを身につけてはくれないんだね。君が詩的な性質というものを軽蔑している、ということを思い出すべきだったよ。珊瑚《さんご》かトルコ石か、そういう何の反応もしないくすんだ石の方が君は嬉しかったのだろうね」

「私が軽蔑しているですって？」そう言うと彼女はいつも首にかけていた優美な金の鎖を摑み、その先端を胸元から引き上げた。そこには私のプレゼントした指輪がつけられていた。

「これちょっと痛いのよ」と彼女はいつもの胡乱《うろん》な微笑みを浮かべて言った、「こうやって秘密の場所につけておくとね。でもあなたのその詩的な性質とやらが、もっと目立つ場所につけてほしいと願うほどお馬鹿さんであるなら、もう痛さを我慢する必要もないというわけね」

そう言って彼女は指輪を鎖から外し、指にはめ直した。その間中相変わらず微笑んでいたのだが、私の方は頰が熱く火照《ほて》ってしまい、元の場所へつけておいてほしいという懇願を言い出すことはとてもできる状態ではなくなってしまった。

この出来事で私の頭はすっかりのぼせ上がってしまった。そして、その後二日間というもの、バーサが不在の時はいつも自分の部屋に閉じこもり、この場面を思い出しては改めて陶酔に浸り、そして、それが暗示するものに思いを巡らせては甘美な喜びに酔いしれたのであった。

ここで断っておかねばならないが、この二ヵ月間の旅行の間――それは私にとっては、この時経験した喜びと苦痛がまったく目新しいものであり、しかも強烈なものであったがゆえに、まるで長い一生であるかのように思えたのだが――周囲の人物たちの意識への病的な介入は相変わらず私を苦しめ続けていたのである。対象となったのは、ある時は父であり、兄であり、またある時はフィルモア夫人であり、あるいはその夫であり、さらにはドイツ人の案内人であったが、こうした人物たちの意識の流れが私の心に押し寄せ続けていたのであり、私自身の感情や思考は妨げられることはなかったもののの、まるで止むことのない耳鳴りが絶えず鳴り響いているようで、その鬱陶《うっとう》しさは筆舌に尽くしがたいものがあった。それはあたかも、聴覚が異様に研ぎ澄まされており、他人にとっては完全な静寂という状況にありながら、一人だけ耳に大音響が響き渡っている、というような状態であったのだ。そして、このような他人の内面への不本意な侵入によってもたらされるわずらわしさ、嫌悪感の唯一の救いとなったのがバーサの内面の「謎」であり、そして募りゆく彼女への恋慕の情であったのだ。この恋慕の情は、その「謎」ゆえに生じたものではなかったとしても、それによっておおいに煽《あお》り立てられたのは間違いのないことだった。私にとって、彼女の「謎」は荒涼とした「知識」の砂漠の中での唯一のオアシスであったのだ。私は自分のこの病的な状態をうっかり露呈させてしまわぬよう細心の注意を払っていたし、不用意なことを言ったりしたりせぬように充分気をつけていたつもりだったのだが、一度だけ腹立たしい思いに耐えかねて、兄が言おうとしていた言葉を先回りして言ってしまったことがあった。それは、兄が前もって考えておいた気の利いたせりふであった。兄は時々話の途中でわざとつっかえるような真似をすることがあったのだが、その時、兄がある言葉のあとで一瞬間を置いたのにいらいらし、嫉妬心に駆られたこともあって、まるでそれが二人して事前に準備していたせりふであるかのように、思わず兄に代わってその先を続けてしまったのだ。兄は驚いた様子で顔を赤らめ、同時に不快そうな表情を示した。言葉が口をついて出てしまった瞬間、私はしまったと思った。それは自然に続くような言葉ではなく、たやすく予想が立つようなせりふではなかったのだ。そんなせりふを先回りして言ってしまったのだから、自分が異常な人間であるということがばれてしまったのではないか——そして、一種の妖術使いのように思われ、みなから、とりわけバーサから、忌み嫌われてしまうのではないか——そんな思いが頭をよぎった。しかし、私は例によって自意識過剰に陥っていたのだった。他人は私の言動などにたいした注意は払っていなかったのであって、この時もみな、私が横から口を挟んだことについては、神経が衰弱した子供がしでかしたちょっとした無礼な行為なのだから、大目に見てやろう、というくらいにしか見なかったのである。

　現実に関するこの付加された心象がほとんど私から離れることのなかった一方で、バーサに初めて会った折に生じたあの鮮明な予知の幻影は、あれ以後私の前に立ち現れることはなかった。そして私は、例のプラハの幻影も、あの幻影と同じ種類のものであったと判明するのかどうか、それを知りたくて興味津々の思いで待ち受けていた。オパールの指輪の出来事があってから数日後、我々は、すでに何度か訪れていたリヒテンベルク宮殿▼[16]へまた絵を見に出かけることになった。私は絵画を一度に続けてたくさん見るということができない質《たち》だった。というのも、力のある絵を前にすると強く心が動かされてしまい、一、二点見ただけですっかり疲れ果ててしまうのである。その日私は、ジョルジョーネの描いた、ルクレツィア・ボルジアの肖像画▼[17]といわれている残忍な目つきをした女性の絵を見ていた。その狡猾で冷酷な顔の恐ろしいほどの生々しさにすっかり魅了されてしまい、私はずいぶん長い間一人でその絵の前に佇んでいたのだが、やがて、毒気に当てられたような奇妙な感覚をおぼえ始めた。それはあたかも、長時間に亙って有害な香りを吸い込み続け、その影響が出始めた、とでもいうような感じだった。それでも私はその場を離れずにいたかもしれなかったのだが、ちょうどその時同行の仲間たちが戻ってきて私の鑑賞は中断されることになった。兄とフィルモア氏がある肖像画に関する賭けをして、その決着をつけるためにこれからベルヴェデーレ・ギャラリー▼[18]に向かうということであった。私は夢見心地でみなのあとについて行ったが、周囲の出来事にはほとんど無頓着になっており、気がついてみれば、一行はすでに高台にあるギャラリーへと昇っていってしまい、私だけが一人ぽつんと下にとり残されていた。その日はもうそれ以上絵を見られる状態ではなかったので、私は同行を拒んだのだった。賭けの決着がついたら一緒に庭園を散歩しようということになっていたので、私はグランド・テラスの方へ向かった。そこで腰を下ろし、整然とした庭園や、遠くに見える街並み、緑の丘をぼんやりと眺めていたが、近くにいた歩哨がどうも気になってしかたなかった。立ち上がった私は、庭園のもう少し先の方でまた腰を下ろすつもりで幅の広い石段を降りて行った。そして砂利道に達したちょうどその時、誰かの腕が私の腕に滑り込み、華奢な手でそっと手首を摑まれたのを感じた。それと同時に、奇妙な陶酔感で体が麻痺してゆくような感覚に襲われた。ルクレツィア・ボルジアによってもたらされたあの毒気に当てられたような感覚は依然として尾を引いていたのだが、これはその続きか、あるいはそれが頂点に達したかのような感触だった。そして、庭園も、夏の空も、バーサに腕を取られているという意識も、すべて消えてなくなってしまい、突然すっぽりと闇に包まれてしまった。やがてその闇の中から薄暗い暖炉の炎が徐々に現れ始め、自分が家の書斎で父の革張りの椅子に坐っているのだということがわかってきた。暖炉に見覚えがあったのである。両側に備えつけられた薪載せ台、黒い大理石のマントルピース、そしてその上には、瀕死のクレオパトラを描いた白い大理石の円形浮彫り――これらはみな馴染《なじ》みの品々であった。椅子に腰掛けていた私は、救いのない激しい懊悩《おうのう》の虜《とりこ》となっていた。やがて部屋の中が少し明るくなった。バーサが蠟燭《ろうそく》を手に持って部屋に入って来たのである――我が妻となったバーサが……。残忍な目つきをし、白い舞踏会用のドレスは緑の宝石と緑の葉で飾られていた。そして、その内面に渦巻く憎悪に満ちた思考がすべてこちらに伝わってきた……「気違い！　白痴！　さっさと自殺したらどうなの！」……それはまさに地獄のひと時だった。彼女の情け容赦のない心――その不毛な俗物根性、焼けつくような憎しみ――私はこれらすべてを見て取ることができたのであり、そしてそれらは、どうしても吸わざるを得ない空気のように私を包み込んでいたのだ。彼女は蠟燭を手にして私に近寄り、蔑《さげす》みに満ちた微笑みを浮かべて私を見下ろした。彼女の胸には大きなエメラルドのブローチがつけられていた。鋲《びょう》で飾られた蛇のブローチで、目にはダイヤが嵌《は》められていた。私は身震いし、この不毛な魂と卑俗な考えに満ちた女に強い嫌悪感を抱いた。だが私はこの女の前で無力だった——まるで彼女が私の心臓を鷲摑みにし、血の最後の一滴を絞り出すまでその手を離そうとしないかのように……。彼女は私の妻であり、そして私たちはお互いを憎み合っていたのだ。やがて徐々に、暖炉も、薄暗い書斎も、蠟燭の光も消えていった。それはまるで、光の背景の中に溶け込んでいくような感じで、ダイヤの目の緑の蛇のみが網膜に暗い残像として残るだけとなった。そのあと目蓋が震える感触がし、強い日の光が再び私の前に現出した。庭園が目に入り、人の声が聞こえてきた。私はベルヴェデーレ・テラスの石段に腰掛けており、同行の仲間たちに周りを取り囲まれていた。

この忌まわしい幻影によって私の心は千々《ちぢ》に乱れ、数日間寝込んでしまうこととなり、そのため我々のウィーン滞在も予定外に長引いてしまうことになった。あの情景が頭に甦るたびに恐怖で身が震えたが、それが何度も何度も、細部に至るまで正確に甦ってくるのであり、それはまるで、あの場面のすべてが記憶に焼きついてしまったかのようであった。しかし、当座の欲望に囚われた人間は前後の見境をなくしてしまうもので、恐怖に震える一方、バーサが自分のものになるのだと思うと、私は、地獄をも顧みない、気違いじみた喜びを感じもしたのである。それというのも、バーサとの初対面の場面に関するあの幻影が事実を予見したものであったと判明した以上、この最新の忌まわしい未来の断片像が、現実とはまったく関わりのない、単なる病的な妄想であるとはとても思えなかったからだ。この恐ろしい確信に疑問を投げかける術《すべ》があるとしたら、それは一つしかありえず、私はそれに期待を寄せていた——それはすなわち、あのプラハの幻影が虚偽のものであったという発見をする、ということである。そして、我々が次に訪れることになっていたのがプラハであったのだ。

その一方で、再びバーサと顔を合わせるようになると、たちどころに私は以前同様完全に彼女の支配下に置かれてしまうことになったのである。大人の女になったバーサの――私の妻となったバーサの内面を見通したからといって、それがどうだというのだ？「娘」であるバーサは、依然として魅力的な「謎」であり続けたのだ。相変わらず私は、彼女に触れられては震え、彼女がその場に居合わせるだけで魅了され、そして彼女の愛情の証しを求めて身悶《みもだ》えしていたのである。喉の渇きに苦しんでいる時は、毒の心配など吹き飛んでしまうものなのだ。そしてまた、私は相変わらず兄に対しても嫉妬心を抱き続けていたのであり、その庇護者ぶった姿勢に苛立ちをおぼえ続けていたのである。というのも、私のプライドも、病的な洞察力も、相変わらず健在であったのであり、目にゴミが入れば煩《わずら》わしいのと同じく、兄がこちらの気に障るようなことを思うたびに必然的にそれが私の頭に入り込んできて、煩わしい思いをさせられていたのである。「未来」はおぞましい幻影という形で感覚の手の届く範囲内にもたらされはしたものの、それでも依然としてそれが有する影響力は観念の力にすぎず、現在の感情が持つ力――バーサに対する恋慕の情、兄に対する嫉妬と嫌悪の情というものが持つ力とは比肩すべくもなかったのである。

人間が悪魔に魂を売り渡す――これは古くからある話だ。▼19 人間は、それが効力を発するのはずっと先のことだと高を括《くく》り、己の血をもって証文に署名をしてしまう。そして、この先永遠に暗い影を背負って生きていく運命になると知りながら、今の渇きに負けて禁断の杯を飲み干してしまうのだ。「智慧」を得るには近道などないのであり、特許を受けた鉄道路線などないのである。何世紀にも亘って幾多の発明がなされてきたが、魂の歩む道が茨《いばら》の荒野であることは昔と変わりはなく、古《いにしえ》の人々と同じく、現代の我々も、その道を、一人で、足を血だらけにし、助けを求めて噎《むせ》び泣きながら歩んでいかねばならぬのだ。

　私は、どうしたら兄を打ち負かすことができるか、その手立ての考案に日夜腐心していた。というのも、バーサの真情がわからなかっただけに、臆病な私には、彼女に本心を明かすことを余儀なくさせるような行動に出る勇気はどうしても湧いてこなかったのだ。ただ、プラハの幻影が真実のものであったと判明したなら、その勇気でさえも湧いてくるかもしれない、という思いはあった。しかし、幻影の真偽がはっきりとした時の恐ろしさ！　ほっそりとした娘のバーサ――その一挙手一投足を注視し、その手に触れられるだけで天にも昇る心地になったバーサ――そのバーサの後ろには、成熟し、そして、より冷酷な目をし、よりこわばった口元をした大人のバーサが絶えず佇んでいたのだ。その利己的で不毛な魂は、もはや魅惑的な謎ではなく、寸分たがわぬ事実として露になり、知りたくもないのに私の眼前に絶え間なく押し寄せてくる――そういうバーサがいつも後ろに控えていたのだ。

この手記を読んでいる読者よ、私に同情を寄せることは無理な相談であろうか？　私の内部で作動していた二重の心象――決して交わることがなく、同じ色合いに染まることもない二つの平行した流れとして注ぎ込んできていたこの二重の心象を、あなたは想像することができないのだろうか？　しかし、あなたもまた、ある洞察から生じた「予感」が感情と反目し合うという、予感と感情の相剋というものを多少は経験したことがあるはずだと思う。ただ私の場合は、その予感が確信となり、恐怖へと高まっていたということであったのだ。そしてあなたもまた、感情的衝動の力を前にした時、「理屈」というものがいかに無力なものであるか、よくご存知なのではないだろうか。私が見た幻影も、時の経過と共にただの記憶と化してゆき、単なる「理屈」となってしまっていたのだ。それは淡い幻にすぎず、いくら手招きをしてみても、生きた人間、愛する人間にがっちりと手を摑まれている以上、まったく効力はなかったのである。

もっと多くのことを、あるいは、何か違ったことを予見できていたなら――私の熱情に冷水を浴びせかけはしたものの、それを鎮火させるには至らなかったあの忌まわしい幻影の代わりに、あるいは、それと共に、兄の顔を最後に見た瞬間を予見できていたなら、兄に対する敵愾心《てきがいしん》も多少緩和されることになったのではないか――プライドも憎しみも憐れみへと軟化し、こうした隠れた罪の記録もずっと短くなったのではないか。のちになって、悲痛な後悔の念と共に私はこう思った。だが所詮これも後知恵にすぎず、我々はよくこのような言い訳がましいことを考えて自らを正当化しようと試みるものだが、それは虚しいことであるのだ。知ってさえいたなら、あのような利己的な態度は取らなかっただろう――知らなかったばかりに、寛容の精神も、畏敬の念も、同朋愛も、みな発露の機会を得ずに終わってしまったのであり、他人の痛みに対してあのように頑《かたく》なに無関心になってしまっていたのだ――我々は後になってそう自らに言い聞かせようとする。だが、惻隠《そくいん》の情や無我の愛というものは、さんざん利己的な振舞いをしたそのあとになって初めて生じてくるものであるのだ。他人を犠牲にして勝利を得ようと浅ましく画策し、そしてその勝利が突然訪れた時、それが死神の手によって差し出された勝利と知り震え上がることになるのだ。

我々のプラハ到着は夜になってしまったが、私はむしろそれを喜んだ。到着しても半日ほどは街を見ることができないわけで、私にとっては、恐ろしい決定的な瞬間が先延ばしにされた、という恰好になったわけだった。我々はプラハには長く滞在する予定ではなく、すぐにドレスデンへ向かうことになっていたので、翌日の午前中から街に繰り出そうということになった。馬車で街全体を見て回り、道すがら名跡をいくつか訪れ、暑さがひどくならないうちに引き上げてくる、という計画であった。というのも、ちょうどその時は八月で、暑く乾燥した季節であったからだ。ところが翌朝、ご婦人連が身支度に思いのほか手間取ってしまった。礼儀上口にこそ出さなかったものの、父がいらいらしていたのは明らかで、やっと一同が馬車に乗り込んだ時には予定の出発時刻をかなり過ぎてしまっていた。我々は古いユダヤの教会堂を訪れることになっていたのだが、馬車がユダヤ人街に入っていった頃には昼近くになっていた。この平坦で閉ざされた地域にしばらく留まっていれば、みな暑さと疲れで先へ行く気力もなくなり、これまで通って来た街路のほかは何も見ることなく引き返すことになるだろう――そう私は考え、安堵感をおぼえた。そうなれば、また一日猶予の期間が与えられることになる。何かに怯《おび》える人間にとっては、事がはっきりとしない状態というのは、希望という慰めを持ちうる唯一の機会であるものなのだ。しかし、その古い教会堂の中に入り、聖灯の七本の細い蠟燭によってぼんやりと照らされた黒ずんだ穹稜《きゅうりょう》状《じょう》のアーチの下に佇むと、この安堵感も吹き飛んでしまうことになった。ユダヤ人のガイドが旧約聖書を手に取り、我々にヘブライ語で朗読をしてくれたのだが、それを聞きながら私はあることに気づき、身が震え上がってしまった――萎びた灯りに照らし出された、中世ユダヤ教の干からびた遺物であるこの奇妙な建物は、私が見たあの幻影と軌を一にするものであったのだ。より堂々としたアーチと、より大きな蠟燭に囲まれたキリスト教のどす黒い聖者たちには、自分たちよりもっと干からびた「生きながらの死」があるのだと指を差して蔑むことができるという、そういう慰めが必要であったのだ。

私が予期していた通り、ユダヤ人街を後にすると、一行のうちの年配組がもうホテルへ戻りたいと言い出した。これは喜びであったはずなのだが、今やその代わりに、このまま行って直ちに橋を見てみたい、そして、それまで先延ばしにすることを願っていたこの猶予の状態をここで終わらせてしまいたい、という突然の強い衝動に駆られることになったのである。私はいつになくきっぱりとした口調で、馬車から降りて一人で歩いてゆくから、みなは先に帰っていい、と宣告した。父はこれを私のいつもの「詩人の酔狂」にすぎないと思ったようで、暑さの中を一人で歩いたりしたら体に毒だと反対した。私がなおも頑張ると、父は怒った口調で、それなら勝手にするがよい、ただし、シュミット（我々が雇った案内人）を連れて行け、と言った。私はこれに同意し、シュミットと共に橋に向かった。橋の手前には古い大きなアーチの門があった。そしてそこをくぐって橋に出た途端に体が震え始め、真昼の太陽の下でひどい寒気を感じた。しかし私は進み続けた。私はあるものを探していた――それは、あの幻影の中で特に強く印象に残っていたある細部の光景だった。そしてそれはそこにあった――日光が星型の街灯を透過して舗道に五色の光を落としていたのだ……

2

その年の秋が暮れる前、屋敷の庭園ではまだ茶色い葉がぶなの木々に分厚く茂っていた頃、兄とバーサは正式な婚約を交わした。挙式は翌年の早春に執り行われるという了解であった。プラハの橋でのあの瞬間以来、バーサはいつか私の妻になるのだという確信は揺るぎのないものとなっていたが、にもかかわらず、生来の臆病さと自己不信の念ゆえに私は相変わらず萎縮してしまっていたのであり、告白の文句を考えたことも一度ならずあったのだが、それを実際に口に出す勇気はついぞ湧いてはこなかった。私の内面では以前と同じ葛藤が続いていたのだ。すなわち、バーサの口から直《じか》に愛情の証しを得たいという切望と、軽蔑と拒絶の言葉が投げつけられ、腐食性の酸のように私を蝕《むしば》んでしまうのではないかという恐れとの葛藤である。未来の必然的な成り行きを確信していたからといって、それが何だったというのか？　今この時の彼女の眼差しに身を震わせ、今この時の喜びを渇望し、今この時の恐れによって心身が凍結してしまう――私は相変わらずそんなことを繰り返していたのだ。こうして日々は過ぎていったが、バーサの婚約を目の当たりにし、彼女の結婚が話題にされるのを耳にしながら、私はさながら悪夢を見ているということを意識した状態であるかのようだった――これは夢であり、そのうちに消えてなくなってしまうのだということがわかっていながら、夢魔に喉元を締めつけられて息が詰まる思いをするという、そんな状態だったのである。

バーサと顔を合わせる機会は多く、相変わらず彼女はおどけ半分に私を庇護するような態度をとり続けていたが、従前のとおり、それが兄の嫉妬心をかき立てることはなかった。そして彼女と一緒でない時は、昼のうちは日が落ちるまでぶらぶらと散策をしたり、馬で遠乗りをしたりし、そして夜になると本と共に部屋に閉じこもるのが常だった。しかし本はもはや私の注意力を引き付ける力を失ってしまっていた。私の頭の中は自己意識ですっかり充満してしまっていたのであり、自分自身の感情がドラマのような形となって有無を言わさずに頭の中で展開していたのだ。そういう状態では、我々は受難の意識で泣くのではなく、自身の受難を考えて涙を流すものなのだが、私もまた、我が運命の悲哀に思いを巡らせては哀れみの入り混じった苦悶を味わっていたのである。苦痛には極めて敏感でありながら楽しみに感応する神経はほとんど持ち合わせておらず、未来の不幸を考えるあまり現在の喜びを失い、そして、未来の幸せを思っても現在の渇望や恐れがもたらす不穏な感情が静まることはない――それが私の運命であったのだ。私は無言のうちに詩人の生みの苦しみのようなものを味わっていたのだ。言葉を求める甘美な疼《うず》きを感じ、自分の悲しみの表象化を図ろうとするあの苦しみの段階である。

こうして白昼夢に耽ったような意固地な暮らしぶりをしていた私だが、それに対して忠言めいたことを言われることはまったくなかった。父が私をどう思っていたか、私にはよくわかっていた。「こいつはとてもまともな人間にはならん。あてがわれた収入でぶらぶらと無為無策に生きていくしか道はなかろう。こいつに何か仕事をさせようとしても無駄なことだ」――そう父は見ていたのである。

十一月初旬の穏やかな朝のことだった。私は玄関のポーチの外に佇み、年老いてほとんど目が見えなくなってしまっていたニューファンドランド種の老犬シーザーの頭を撫でていた（この犬は私に親しみを寄せてくれる唯一の犬だった。それというのも、犬どもでさえも私を避け、周囲のより幸せな連中に尻尾を振っていたのだ）。そこへ厩《うまや》番《ばん》の男が兄の馬を引いてやってきた。兄はこの馬に乗って狩猟に出かけてゆくことになっていたのである。そして兄自身も玄関先に姿を現した。血色もよく恰《かっ》幅《ぷく》も申し分のないこの兄は自分というものにすっかり満足しきっており、これだけの長所、利点に恵まれながら、それを笠に着て人に横柄な振舞いをすることがないという自分は何と気立てのよい男なのだろう――そんな風に考えては悦に入っていたのである。

「やあ、ラティマー」同情を込めた温かい口調で兄は言った。「おまえも時々は猟犬たちと一緒に走り回ったらいいのだけどなあ。気分がすぐれない時はこれに勝るものはないぞ」

「気分がすぐれないだって！」兄が馬に乗って行ってしまうと私は苦々しい気持ちで思った。「そういう言い回しは、あんたみたいな心が狭く粗雑な性質の輩《やから》が、自分にはどういうことなのか皆目見当がつかないような経験をした時に使う言葉なんだ。しかし、俗世間の実利はあんたみたいな人間の手に渡るのさ。能天気な愚鈍さ、健康的な利己心、温厚な虚栄心――そういったものが幸せを摑む秘訣なんだ」

ここで私ははたと気づくところがあった。利己心といえば、自分の利己心の方が兄のそれよりよっぽど強いではないか。ただ、兄の場合は人生を享受しながらの利己心であったのに対し、私の場合はもがき苦しむ中で生じた利己心であったというだけなのだ。とは考えたものの、自己に満悦したアルフレッドの内面を知り尽くしていただけに、すぐに、この兄に絆めいたものを感じる必要などあるものか、という気になったのであった。疑念や不安、満たされぬ渇望や、繊細な神経ゆえの耐え難いほどの苦しみ――こうしたものが縒《よ》り合わさって私という人間を織りなしていたのだが、兄はそうしたものからは一切解放されていたのだ。この男に憐れみや愛情を抱く必要などさらさらない。そんなものを受けてもこの男は何も感じはしない。ごつごつした岩が、自分を優しく包み込む繊細な白い霧の慈しみをこれっぽっちも感じないのと同じようなものだ。あいつの人生には何の災いも待ち受けてはいない。もしあいつがバーサとは結婚しないというのであれば、それは、もっといいものを見つけることになるからに違いないのだ。

フィルモア氏の屋敷はこちらの敷地の門を出てから半マイルもない距離にあり、兄が別の方向へ出向いていったことがわかった時は、いつでも私はバーサに会うのを目当てにフィルモア邸へ赴いた。そしてその日もまた、後刻、私はこの屋敷へ足を向けた。めったにない偶然だったが、バーサは一人きりで家にいた。そこで我々は外に出て庭園を散策することにした。というのも、バーサは整然と掃きならされた敷地内の砂利道を越えて徒歩で外に出ることは稀であったのだ。今でもよく覚えているが、十一月の低い太陽の光を浴びて彼女の金髪は光り輝き、その姿はまるで優美な妖精のようだった。歩きながら彼女はいつもの調子で私を茶化したりからかったりしたが、そうした戯《ざ》れ言《ごと》を聞くと、甘い気持と不機嫌な心持が相半ばして生じてくるのが常だった。バーサの謎めいた内面が私に向けて示す合図といえば、そうした戯《たわむ》れの姿勢のみであったのだ。そしてこの日は不機嫌な心持ちが優勢であったのかもしれない。兄が去り際に示した庇護者ぶった態度によって嫉妬の入り混じった憎悪の念が再燃し、それを未《いま》だに拭い切れてはいなかったのだ。私は唐突にバーサの言葉を遮り、驚いた彼女に向かって、ほとんど糾問するような口調でこう問いかけた。

「バーサ、どうしてアルフレッドなんかを愛せるの？」

バーサは一瞬びっくりした表情で私を見たが、すぐにまた戯れの笑みを浮かべ、皮肉な口調で答えた。

「あなたはどうしてだと思っているの？」

「そんなこと訊かないでよ」

「おやおや、英邁《えいまい》なる大先生は、結婚相手には愛情を抱いていなければならないと、そう思っているわけなのね？　でもそれじゃあ不愉快極まりないことになってしまうわ。喧嘩は絶えないでしょうし、焼餅は焼くでしょうし……ずいぶんと泥臭い所帯になってしまうことでしょうね。優雅な暮らしをしようと思ったら、相手を静かに軽蔑しているくらいがちょうどいいのよ」

「バーサ、それは君の本心じゃない。どうして君はそんな皮肉めいた作り話で僕を騙《だま》そうとするの？　僕を騙して何が楽しいというの？」

「あなたを騙すのにわざわざ作り話をする必要なんてないわ、タッソーちゃん」[20]（彼女はいつも私をからかってこの名で呼んでいたのだ）。「詩人を騙す一番簡単な方法は真実を言うことだもの」

彼女はこの警句の正当性を試そうとしていたのだ。それにしてもそのやり方は少々大胆で、一瞬あの幻影が――もはやその内面が謎ではなくなっていたあのバーサの幻影が――目の前にいる輝くような娘、その内面が魅力的な謎であるこのおどけた妖精の前に割り込んできてぬっと立ちはだかった。私は思わず身震いをしたか、あるいはほかの何らかの形でこの一瞬のぞっとするような恐怖感を露にしてしまったに違いない。

「タッソー！」私の手首を掴み、顔を覗き込みながら彼女は言った、「あなた、あたしがどれほど冷酷な女であるかわかりかけてきたのね？　何てことかしら、あなたは思ったほどの詩人ではなかったんだわ。あたしの真実の姿を信じることができるわけなのね？」

幻影は消え去り、もはや私の視界を遮ることはなくなった。その華奢な指で私を摑んでいる娘——その妖精のような魅力的な顔で私の顔を覗き込んでいる娘——暖かい息遣いをしているこの目の前の彼女の存在が、まるで一瞬大波のうねりにかき消されてしまったあとで再び聞こえてきたセイレーンの歌声のように、またしても私の感覚と想像力をすっかり虜にしてしまった。彼女は私の心情が気になっているのだ——それを彼女は直接認めることはしなかったであろうが、今のこの行為が、それを暗に示唆しているように私には思えた。何とも甘美な瞬間であった。それはあたかも、自分の年老いた姿を夢見たあとで目を覚まし、現実の若さを再確認したような瞬間であった。私は自分の熱情以外のすべてを忘れ、目を潤《うる》ませてこう言った——

「バーサ、僕たちが結婚したら、最初だけでも僕を愛してくれるかい？　愛してくれるなら、それがごく短い期間であってもかまいはしないよ」

彼女ははっとした表情をして手を離し、後ずさりした。私はとんでもないことを言ってしまったと気がついた。

「ご、ごめんなさい」口がきける状態になるとすぐに私は慌てて弁解した、「自分でも何を言っているのかわからなかったんだ」

「あらまあ、タッソーの狂気の発作がまた表れたというわけね」彼女は静かな口調で答えた。彼女はこちらよりも早く立ち直っていたのだ。「家に帰って頭を冷やした方がいいわ。あたしももう中に入らなくちゃ。陽が沈みかけているわ」

私は彼女の許を去った。自分自身に対して腹が立ってしかたがなかった。うっかり口を滑らせてしまったあの言葉——バーサがそれを冷静に吟味したとしたら、私の異常な心的能力に気づいてしまうことだってあり得るのだ。バーサに感づかれることを最も恐れていたというのに……。それにまた、あんなことを兄の婚約者に言ってしまったのだから、傍《はた》から見ればこれは何とも不埒《ふらち》な行為であることには違いなく、それを恥じる気持ちもあった。私の足取りは重く、庭園には、番小屋のある正面の門からではなく、裏の門から入って行った。屋敷に近づくと、厩舎から飛び出して庭園を全速力で突っ走っていく男の姿が目に入った。屋敷の中で何かあったのだろうか？　いや、大方また父が何か仕事上の用事を権柄《けんぺい》ずくで申しつけ、それであんなに慌てふためいているのだろう。そうは思ったものの、私は別にこれという理由もなく歩調を速め、すぐに屋敷に到着した。そこで何を発見したか、詳しく述べることは差し控えたい。兄が死んだのだ――馬から投げ出され、頭を強打してしまったのである。即死ということだった。

兄の遺体が安置されている部屋へ上がってゆくと、傍らには、強張《こわば》った顔に絶望の表情を浮かべた父が腰掛けていた。家へ戻ってきて以来、私は他の誰にもまして父を避けてきた。私たちの性格はまるで水と油のように反目し合うものであったので、父の内面が見えてしまうことは私にとっては常に大きな苦痛であったのだ。しかしこの時、父に近寄って無言の悲しみのうちにその傍らに佇むと、二人を結びつける、これまでにはなかったような新しい絆の存在を私は感じた。父は営利主義の世の中にあって最も成功を収めた人物の一人であり、感傷におぼれたこともなく、また病に苦しんだこともなかった。父にとってそれまでで一番精神的に辛かった出来事といえば最初の妻の死であった。だが、そのすぐ後で父は私の母と再婚したのだ。そしてこの二度目の妻を失った折には、一週間もしたら平素とまったく変わらぬ父に戻っていたのであり、子供特有の鋭い観察眼で私はそれをしっかりと見ていたのだ。しかし今、ついに悲しみがやってきたのである。それは老齢の悲しみであった。老人は、自分の誇りと希望が打ち砕かれることが何よりも辛いことなのであり、そして、その誇りと希望が狭く凡庸なものであればあるほど、その辛さの度合いも増すものなのである。彼の息子はすぐに結婚するはずだった。そしておそらくは次の国会議員選挙に打って出ることになっただろう。この息子がいたからこそ、父は毎年のように土地を買い足して、自分の地所を完全なものにしようと努めてきたのだ。なぜそれをするのか、その理由もよくわからずに毎年毎年同じことを繰り返して生きていくというのは何とも侘《わび》しいものである。血気盛んな若者の失望の悲劇はしばしば世に喧伝《けんでん》されるが、むしろ世俗的な老人の失望の悲劇の方がより哀れなものであるかもしれないのだ。

父の心の悲しみを見て取ると深い同情の念を禁じ得ず、そしてそれが新たな愛情の芽生えのきっかけとなった。兄の死後一、二ヵ月の間、父は私を奇妙に苦々しい目で見ていたのだが、それでもこの愛情が冷めることはなく、むしろますます募り高まっていったのだった。もし同情によって心が和らぐことがなかったとしたら――そしてこれは父に対して私が抱いた初めての深い同情であったのだが――父の胸の内を看取して私は深く傷ついていたことだろう。というのも、長男の相続権を私へ移転するというのは父にとっては実に気の進まない選択であったのであり、運命に強いられてこの私を重要な存在として厚遇しなければならなくなったということに強い屈辱感を感じていたからである。父が私のことを気にかけ、心配し始めたというのはまことに不承不承であったのだ。それまでずっと等閑《なおざり》にされてきたのに、ある日近親者の死によってより恵まれた地位を得ることになった――そういう経験のある者ならば、私の言わんとするところがおわかりいただけると思う。

しかしながら、こちらが父の意向にこれまでになかったような恭順の姿勢を示したこともあり、そしてまた、憐れみの情から生ずることになった忍耐心をもって父に接したこともあって、私は徐々に父の愛情を呼び起こしていくこととなった。兄と比べればずっと地味な存在である私ではあったが、父はそんな私に何とか兄の代わりを務めさせようと骨を折り、そしてその試みに喜びを感じるようにさえなっていったのだ。こうなってくると、私をバーサと結婚させようという考えが浮かんでくるのは自然な成り行きというもので、父がこの縁組に大いに乗り気であることを私は見て取った。さらに父は、兄の時には意図していなかったことさえも案じ始めていた――父は息子夫婦と一緒に暮らそうという心積もりであったのである。父に対する気持ちが和らいだこの時期は、私にとって幼少期以降では最も幸せな日々となった。そして同時にそれは、バーサを愛しているという幻想に浸りながら、彼女の愛情を切望し、疑い、そしてまた希望を持つということを繰り返していた甘く切ない日々の最後の時期でもあった。兄が死んで以来、彼女は私に対してある種の新しい意識を持ち、一定の距離を置くようになっていた。そして私の方でも、いわば二重の足枷《あしかせ》で拘束されて思うような行動がとれなかった――亡くなった兄への心遣いという足枷と、あの唐突な言葉が彼女に与えた印象についての懸念という足枷である。しかし、こうしてお互いに遠慮し合う形で私たちの間にはさらなる障壁が立ちはだかる恰好になったものの、それはかえって彼女への思いをますます募らせる結果となったのである。奥の院がどれほど空虚なものであっても、それを蔽うベールさえ厚ければ信仰に何ら影響はないのである。希望や疑いを抱き、何かの目的に向かって努力する――我々の魂にとってはそれが活力の源となっているのであり、そうした希望や疑いを維持していくためには、隠された謎、不確かな未来といったものがどうしても必要になってくるのである。したがって、もし明日以降の未来の出来事がすべて明らかであるとしたら、全人類の関心は、今と明日との間の時間に集中的に向けられることになるだろう。人はみな、今日一日の不確かさを息せき切って追い求めることになるだろう。思惑買いができるのは今日だけとなれば、人はみな、残された最後の成功と失望の可能性を追い求めて証券取引所に殺到することだろう。政局についての予言の余地があるのはあと一日だけであるとなれば、人はみな、この残された二十四時間内の危機の有無を予言する政治評論家のご託宣をむさぼることになるだろう。たった一つの命題を除いてほかのあらゆる種類の命題が自明のものばかりであり、しかもその一つの命題も、今のうちは質疑、仮説、議論の対象となり得ても、日が暮れればこれもまた自明のものとなってしまう――そんな状況に置かれた時の人間の心理というものを考えてもらいたい。芸術も、哲学も、文学も、科学も、蓋然性という甘い蜜を有するその一つの命題に蜂のごとく群がることになるだろう。そして、その楽しみも日暮れと共に終わってしまうということで、いっそう目の色を変えてそれに熱中することになるだろう。我々の衝動、我々の精神活動は、将来無に帰するからといって、今の活動を停止してしまうことはないのである。心臓の鼓動や筋肉の疼きが、いずれは止まってしまうからといって、現在の活動をやめてしまうことがないのと同様に。

ほっそりとした金髪娘のバーサ。周囲の他の人物の心が鬱陶しいほど明らかである中で、その今の思考、感情だけは謎であったバーサ。私にとって彼女は、私を夢中にさせるただ一つ残された「未知の今日」であったのであり、日暮れまでは議論の対象となり得るただ一つの仮説命題であったのだ。そして、私の心の中にごく限定された形で残された半信半疑の葛藤、期待と疑念の相克は、この一つの細い経路へと堰《せき》を切ったように流れ出していったのだ。

そしてその彼女は、私を愛しているのだということをすっかり私に信じ込ませてしまった。相変わらず戯れに偉そうな口をきき、私をからかい続けてはいたが、その素振りは、私が彼女にとってなくてはならない存在であり、自分のおどけた専横に唯々諾々《いいだくだく》と従う私がそばにいてくれないと心が休まらないのだ、ということを言外にほのめかすもので、私はしたたかに酔いしれてしまった。女性が我々男性をこんなふうに酔わせるのは造作もないことであるのだ。思わせぶりに口を濁したり、一瞬口をつぐんでおやと思わせたり、あるいはまた、ちょっとすねてみせたりするだけでも、それはまるで我々にとっては効き目の長い麻薬のように作用してしまうのである。彼女が送ってきたほとんど見分けもつかないほどの微妙な合図の数々から、私はこんな幻想を織り成した――彼女は以前から無意識のうちにアルフレッドより私の方が好きだった。けれど、無知でうぶな彼女は、兄のような華々しく颯爽《さっそう》とした男性に賛美され選ばれたのだと思うとすっかりのぼせ上がってしまい、兄を愛していると思い違いをしてしまっていたのだ。私はこんな具合に理屈をつけたのだったが、実際彼女は、まことに優雅な口振りで、自分は虚栄心の強い野心家なのだと自らを嘲笑し、こうした幻想を助長したのであった。しかし、今や私は、容姿という点を除けば、兄が持っていたものほとんどすべてを所有する立場になっていたのである。だが、この事実にあの忌まわしい幻影が啓蒙の光を当てたところで、それが私にとって何の意味を持ったというのだ？ 我々が抱く甘い幻想というものは、それが幻想であるということを意識している場合が大半なのである。役者の衣装が、安ピカ飾りやガラスのかけら、安手の布地でできているとわかっていながら、観客はその派手な色合いについ惑わされてしまう――それと似たようなものなのだ。

私たちはアルフレッドが死んでから十八ヵ月後に結婚した。四月の肌寒い日で、空気は澄み渡り、朝のうちは、陽が射す中で雹《ひょう》が降るという天気だった。そして、淡い緑の葉の飾りをつけた白い絹のドレスを身にまとい、髪も顔も淡い色合いをしたバーサは、まるで朝の精のように美しかった。父も喜んでいた。またこれほど幸せになれるとは本人でさえも思ってもみなかったほどだった。この結婚はきっと私の性格をうまい具合に修正してくれることになるだろうし、そして私を、健全な人々に伍してうまくやっていけるよう、世故《せこ》に通じた実際的な人間に変えてくれることになるだろう――そう父は期待していたのである。それというのも、父は、バーサの如才なさ、明敏さを高く評価していたのであり、そして、私は彼女の尻に敷かれ、彼女の望み通りの男に仕立て上げられるだろう、と確信していたのである。何しろ私はこの時まだ二十一にすぎず、しかも彼女にぞっこん惚れ込んでいたのであるから、父がそんなふうに考えるのも無理もないことであった。かわいそうな父！　私たちが結婚して一年経った後も父はまだこの期待を抱き続けていたし、病気で心身が麻痺してしまった時もその希望は完全に消え去ってはいなかった。こうして父は、失望の憂き目を味わうことをかろうじて免れたのであった。

これから先は、これまでのように私の内面の経験を事細かに述べることはせずに、取り急ぎ話を進めていきたいと思う。一旦気心が知れ合えば、外面的な出来事を語ることで、内面の思考や感情は充分に推し量れるものなのである。

新婚旅行から帰宅後しばらくの間、私たちは社交に明け暮れる日々を送った。豪勢な晩餐会を催したり、ぴかぴかに輝く新品の馬車を乗り回して近隣界をあっと言わせたりしたのだが、それというのも、父は息子が結婚する時期まで自分の富が増大したことを世間に披露するのを差し控えていたのである。同時に、こうした交友が盛んになると、近隣の人々は、新婚の夫であり、分限者《ぶげんしゃ》の跡取りでもあるこの私がいかにも見栄えのしない貧相な男であるのは何とも残念なことだ、というようなことを口々に噂するようになった。私としても、こういう生活はひどく神経を使うものであったし、さらには、会う人会う人の偽善や凡庸さを、外面と内面の両方でかいくぐっていかなければならなかったわけであるから、大願が成就したという陶酔感で感覚が一種の麻痺状態に陥っていたのでなかったなら、とてもまともな状態ではいられなかっただろう。あらゆる富の装置に囲まれ、社交の渦の中で慌ただしく毎日を過ごし、二人きりになれるごくわずかな時間で取り急ぎ愛撫を交わす――今後二人で過ごすことになる長い時間を考えれば、新婚の夫婦がこのような生活を送ることは、ちょうど、これから修道院に入ろうという修練者が、その前に思い切りはめを外した生活の経験をしておくというのと同じようなもので、あまり賢明な将来への準備の仕方とは言い難いのである。

　こうした多事多端で浮ついた数ヵ月の間を通し、バーサの内面は相変わらず私には閉ざされ続けていたのであり、彼女の心情は、口をついて出た言葉や振舞いを通して読むよりほかはなかった。そして、こちらが言ったことしたことが彼女の気に入るかどうかと気を揉んだり、彼女の愛の言葉を待ちわびたり、彼女の微笑を大げさに解釈したりと、極めて人間らしい関心を抱き続けていたのである。だが同時に、私に対する彼女の姿勢が徐々に変わりつつあることにも私は気づいていた。その変化は、時には、私が楽しみにしていた二人だけの散歩や食事を言葉巧みに回避する、というような行動となって表れるにすぎないこともあったが、しかし時には、冷たく見下すような露骨な態度となって表れることもあり、それは、あの婚礼の日に陽射しの中を降り注いだ雹のごとく氷の刃と化し、私の心胆を寒からしめた。私はこうした態度の変化に深く心を痛め、束の間の幸せの日々も終わりに近づきつつあるのだ、と感じて胸が張り裂けるような思いもした。しかしそれでも私はバーサを頼り続けていたのであり、永遠に消え去ってしまうであろう幸せの最後の輝きに期待を寄せていた——夜の帷が迫っているがゆえにより美しい煌めきを放つ残照を待ち望んでいたのである。

　だが、やがてそうした期待や希望が完全に潰《つい》えてしまう時が来た。今でも覚えているが——どうして忘れられようか？——それまではバーサがだんだん私から離れてゆくことに悲しみを感じていたのだが、その時から、その悲しみを思い返すにつれ無性にいとおしく感じられるようになったのである。それはちょうど、手足がすっかり麻痺してしまった者が、そこで感じられた最後の痛みを思い返していとおしさをおぼえるようなものだった。父の最後の闘病生活が終わりを迎えた頃、我々は必然的に社交界からは遠ざかり、二人きりで過ごす時間が多くなった。そしてあれは父が息を引き取ったその晩のことだった。それまでバーサの魂を蔽っていたベールが——同胞の中でただ一人その内面を謎に包み、疑いや期待を抱くことを唯一可能にしてくれていたあのベールが——その晩初めて剝がれることになったのである。ことによると、私が彼女に恋慕の情を抱き始めた時以来、その情熱が、他の強い情念の存在によって完全に隅に追いやられてしまったというのはその時が初めてであったかもしれない。その日私は死の床に臥《ふ》す父をずっと見守っていた。父の魂は使い果たされてしまった命という遺産に最後の未練の眼差しを投げかけ、そして、握りしめていた私の手から最後の愛情の徴《しるし》をかすかに感じ取っていた――そうした様子の一部始終を私は見守っていたのだ。このような究極の苦しみを共有した後では、個人的な愛情問題などは霞んでしまいがちである。死の現場を後にした直後には、生きている人間との個々の絆は、死という共通の運命を担った人類全体を結ぶ大いなる絆の中に埋没してしまったかのように感じられるものなのだ。

バーサの私室で彼女と一緒になった時私はこんな精神状態であった。彼女は長椅子に背をもたせかけて腰掛けていた。ドアに背中を向けており、椅子の背の上ではその首筋を覆っている淡い金髪の大きな巻毛が見え隠れしていた。ドアを閉めた時、突然私は背筋が寒くなって体中が震え出した。そして、何ともいえぬ寂寥感《せきりょうかん》に襲われ、憎しみを受けているという漠然とした感覚をおぼえた。それは漠然とはしていたものの、何かの予感のような強烈な感覚であった。その時自分がどういう様相を呈していたか私にはよくわかっている。というのも、バーサが振り向いてその刺すような視線を私に投げかけた時、彼女の心に映った自分の姿を私は見たのだ。真っ昼間から亡霊に取り囲まれ、木の葉をそよがせもしないわずかな風に身を震わせ、普通の人間が願望の対象とするような事柄にはまったく興味を示さず、ただひたすら月の光を待ちわびている惨めな幽霊男――それが彼女の目に映った私の姿であったのだ。私たちは向かい合い、お互いを測り合った。すべてが明らかになる恐ろしい瞬間が到来していた。闇は美しい光景を隠していたのではなく、ただの平板な盲壁を蔽っていたにすぎなかったのだ。その晩以降、後に続いたうんざりするような年月を通して、この女の魂の狭い部屋の内部は私には隅々まで素通しであった。それまで私は、そこには、表に出ることをはにかんでいる感受性や、機知と相克する繊細な感情が潜《ひそ》んでいると勝手に思い込んでいたのだが、実際には浅薄な術策があるばかりで、まともな感性などどこにも見当たらなかった。私が見たもの――それは、娘時代からそこに漂っていた軽薄な虚栄心が、成長するにつれて、計画的な媚態、利己的な打算へと凝結していった様であり、そして、反感と嫌悪の情が残忍な憎しみへと凝り固まり、ただ憂さ晴らしのためだけに苦痛を与えようともくろんでいる様であった。

それというのも、バーサもまた彼女なりに苦い幻滅を味わっていたのだ。私が彼女に対して激しい詩的恋情を抱いていたがゆえに、彼女は、この分ならこの男は自分の奴隷となるだろう、そして、一旦奴隷となれば、何でも自分の言いなりに動いてくれるだろう、と計算していたのである。想像力に欠けた空疎な人間の本質的な浅はかさで、彼女には、感受性と弱さは似て非なるものだということなど思いも寄らぬことであったのだ。その弱さゆえ、この男は自分の思うままになる――そう当てにしていた彼女だったのだが、実際にはその「弱さ」は御《ぎょ》し難いやっかいな「力」であったことを実感する羽目になったのである。我々の立場は入れ替わったのだ。結婚前、私の想像力は完全に彼女に牛耳られていた。なぜなら、彼女は私にとっては謎であったからだ。私は頭の中で彼女の知られざる内面を勝手に創り上げ、それを本物と思い込んでその前で打ち震えていた。しかし今や、彼女の魂はすっかり露呈されることとなり、私は、否応なしに、その隠された動機を共有し、その言動に先立つ姑息な計算の一部始終に通じることとなったのである。こうなると彼女は無力であった。彼女にできることといえば、私に嫌悪感を抱かせてぞっとさせることくらいで、それを除けば、その手の届く範囲内にあるいかなる道具立てを用いても私の心に細波《さざなみ》を立てることはできなかったのである。世俗的な野心や社交的虚栄心といったものは私にはまったく無縁の代物であったし、あるいは、そうした普通の人間なら泣き所となるような事柄を、彼女の乏しい想像力で考えつく限りあれこれ持ち出して私を苛《さいな》もうと試みても、私の心は微動だにしなかったのだ。私は彼女にはまったく想像もつかないものの影響のもとで生きていたのである。

あんな夫を持ってあの人はほんとうに気の毒だ――世間ではみなそう見ていた。確かにバーサは優雅で華のある女性だった。昼の訪問客にはにこやかに微笑みかけ、夜の舞踏会では異彩を放ち、当意即妙の受け答えをしては才女の名をほしいままにする――こういう女性が、病弱で、漫然としていて、一部では頭がおかしいと取沙汰されている男と連れ添っているのであるから、世間の同情を一身に集めるのも無理からぬことではあった。そして、屋敷の使用人たちでさえも彼女の方に敬意と同情を寄せていたのである。私たちは声を荒立てて言い争いをすることはなかった。二人の疎遠、お互いへの反発は、私たち自身の胸の内に無言のまま秘められていたのである。このように理由が判然としない以上、奥様が始終家を空け、旦那様と一緒にいるのを極力避けようとしている様子であるのを見た使用人たちが、あんなおかしな旦那様なのだから、それももっともなことだ、とバーサの肩を持ったのもあながち不自然なことではなかった。私は使用人たちには親切に接しているつもりだったが、彼らの方では尻込みし、蔑みの入り混じった憐れみの目で私を見たのである。それというのも、この階級の人間は、男も女も、他人を評価する際、人柄を全般的に考えて態度を決めるなどということはほとんどなく、また、その人柄と接した経験に基づいた判断をするということすら稀なのである。彼らの人物評価は貨幣を評価するのと同じで、世間で高く通用しているものをありがたがるのである。

そのうちに私はバーサの生活にはほとんど干渉しなくなったので、私に対する彼女の憎しみがなぜあれほど強烈なものに高じていったのか、訝る向きもあるかもしれない。だが彼女は、こちらがうっかり漏らしてしまった言葉などによって、私に異常な読心能力があるということに感づき始めていたのだ。私が彼女の考えや意図に奇妙に通じていることがままあることに気づいた彼女は、私に対する恐怖心に取り憑《つ》かれ始めたのであり、それは折に触れて挑戦的な態度となって表れることもあった。そして彼女は絶えず思案を巡らせていた。どうしたらこの夢魔を自分の人生から振り払うことができるか――白痴と蔑みつつも、地獄耳の審問官のごとく空恐ろしいところのあるこの男との忌まわしい絆からどうしたら逃れることができるか……。私の傷心は隠しようもなかったので、かなりの間彼女は、私が自ら命を絶ってくれるかもしれないという期待を抱いていた。だが自殺は私の性には合わないことだった。それにまた私は、未知なる力に襟首《えりくび》を押えられている、という考えにすっかり支配されていたので、とても自殺を敢行できようとは思えなかったのである。とにかく私は、自分の運命というものに対してすっかり受身の姿勢になってしまっていたのだ。我が宿望はすでに果ててしまったのであり、「衝動」が「理屈」をねじ伏せるということももはやなくなっていたのである。こうした理由で、私には離婚という手立てを取ろうという気はまったく起きなかった（そうしていたなら、世間には我々の疎遠が明らかになったであろうが）。強い意志で行った行為の結果によって苦しむことになったこの私が、どうして助けを求めて新しい道へ飛び出して行かねばならぬのか？　そういうことは、何か満たすべき願望を持った人間の考えることで、私には願望など何もなかったのだ。バーサと私はますます疎遠になっていった。しかし、富裕な者にとって、結婚したまま別々の生活をするというのはさして難しいことではないのである。

今手短に述べた私たちの生活の様相は、実は何年にも亙って続いていたものだった。あの苦悶の日々――憎悪と罪とがじわじわと募っていったあの生き地獄のような日々が、ほんの数語の言葉で表現し得るとは！　しかし、人はこうして他人の人生というものを要約した媒体を通して判断するのが常なのだ。同胞の経験を手短にまとめ、端正な文章で論評し、自分は賢く徳の高い人間なのだと胸を張る——他人が誘惑に陥った様を気の利いた言い回しで点描し、自分はそうした誘惑に打ち勝ってきたのだと悦に入る。七年にも亙る苦悶の日々——凍えるような失望、激しい心の疼き、不安との甲斐なき格闘、良心の呵責と絶望——そうした辛苦を何一つ経験したこともない人間によってその苦悩の年月が流暢に語られる。我々は機械的に「言葉」を口にする。しかしそれが意味するところは何もわかってはいないのだ。「意味」というものは、血の代償を払い、それが生身に刻み込まれて初めて悟るところとなるのである。

さて、残りの話は急いで片付けてしまおうと思う。私の話に理解を示してくれる者にとっては、もはやこれ以上あれこれと多言を弄する必要はないであろうし、また、理解できない者にとっては、無用の饒舌は煩わしいだけであろうから。

父が亡くなってから数年後のある一月の晩、私は書斎の暖炉の薄明かりの中で椅子に腰掛けていた——かつて父のものであったあの革張りの椅子である。その時蠟燭を手に持ったバーサが戸口に姿を現し、私の方へ歩み寄ってきた。彼女が身に着けていた舞踏会用のドレスには見覚えがあった——緑の宝石で飾られた白いドレスだ。蠟燭の灯りはその宝石を輝かせ、そしてマントルピースの上に置かれた瀕死のクレオパトラの円形浮彫りを照らし出した。どうして外出前にわざわざやって来たのだろうか？　私はいつもその書斎で時を過ごしていたが、そこで彼女と顔を合わせることは久しくないことだった。蠟燭を手にし、蔑みに満ちた残忍な視線を私に注ぎ、使い魔のような蛇を胸元に輝かせている——どうして彼女はそんな姿で私の前に佇んでいるのだ？　ウィーンで見たあの幻影が今こうして現実のものとなったわけで、私は一瞬、これは私の人生の危機を意味するものだと思った。しかし、私の前に佇むバーサの心の中には、目の前に坐っている生きた屍《しかばね》のような男に対する蔑みの念以外は何も見えなかった……「気違い！　白痴！　さっさと自殺したらどうなの！」——これが彼女の考えていることだった。だがやがてその思考はやってきた用向きに戻っていき、彼女は口を開いた。その用事というのは至って平凡な内容のもので、あの幻影とそれに伴う激しい動揺は何とも滑稽な形で尻すぼみに終わったかのように思われた。

「新しいメイドを雇うことになったわ。フレッチャーが結婚するのよ。夫になる男はモールトンで宿屋と農場を持ちたがっているようで、あなたに頼んでみてくれないかということなの。持たせてやってくれないかしら。今約束してちょうだい。フレッチャーの式は明日だから――それに私も急いでいるの」

「わかった、了解したと伝えておいてくれ」私が気のない口調で答えると、バーサはそそくさと書斎から出て行った。

私は新しい人間と顔を合わせるのはいつでも気が進まなかった。とりわけそれが無知な人間で、その内面には瑣末《さまつ》な俗事しか存在せず、こちらの不本意な洞察力を辟易《へきえき》させることが目に見えているという場合はなおさらだった。そして今回の場合、この新しいメイドなる者の到来が、何らかの運命的な意味合いがあるという考えを捨て切れなかったあの場面において告げられたのであるから、私はよりいっそうのたじろぎを禁じ得なかったのだ。このメイドというのは、我が人生の陰鬱なドラマに何らかの関わりを持ってくることになるのではないか――また何か新たな幻影が現れ、この女が悪霊であることを暴露することになるのではないか――私は漠然とそんな不安を感じたのである。そして彼女と実際に顔を合わせた時、この漠然とした不安ははっきりとした嫌悪感に転じることになった。アーチャー夫人というこの新しいメイドは、痩せて背が高く、黒い目をした女性で、そこそこに整ったその顔は、粗野で乾いた本性に自信過剰で厚かましい媚態といういやらしい上塗りをほどこしていた。それだけでこの女を疎《うと》ましく思わせるのには充分であったが、それに加え、初対面の私を見るその胸中には侮《あなど》りの感情が宿っていた。それ以後この新任のメイドの姿を見ることはほとんどなかったが、どうやら彼女はたちどころに女主人のお気に入りとなったようだった。そして七、八ヵ月の時が経過した頃、私はあることに気づき始めた。この女に対して、バーサの心の中に依存と不安の入り混じった感情が生じていたのである。この感情は、記憶の中に残っていたある輪郭の定まらないイメージと関係しているようであったのだが、そのイメージとは、以前バーサの心中にあるのを見て取った彼女の化粧室での夜の情景で、戸棚に何かがしまい込まれるというような場面であった。バーサと何か話をする機会があっても、いつもごく簡単なやりとりで終わってしまうのが常であり、しかも二人きりで話をするということはごく稀になっていたので、彼女の心中のこうしたイメージをよりはっきりと見極めるという機会はほとんどなかった。そして記憶というものは当てにならないもので、過去の出来事を矢継ぎ早にあれこれ思い返すとイメージが凝縮されてしまい、東洋の文字が、それが表す元の事物とはかけ離れた形になってしまったというのと同様に、外界の真実の姿とは似ても似つかないものになってしまうということはままあることなのだ。

それにまた、この一年ほどの間に私の精神の状態にある変化が生じ始め、それが次第にはっきりとしたものになりつつあったのだ。それはつまり、周囲の人間の内面への洞察がだんだんぼやけたものになり、その作動も間歇的《かんけつてき》になってきた、ということで、同時に、私の二重の心象に押し寄せて来る概念も、人との接触にはあまり左右されなくなりつつあったのである。これはどうも、私の中の人間的要素というものが徐々に死につつあったからのようで、その結果として、他人の個人的感情や思惑を察知する器官も徐々に失われつつあったのだ。しかし、この鬱陶しい洞察からの解放と平行して、外的な場景の予知の能力であろうと私が考えていた——そして、その考えは正しかったということが後に判明することになる——機能に新たな発展があったのだ。それはまるで、私と他の人間との関係が徐々に衰微してゆき、そしていわゆる無生物と呼ばれているものとの関係に生気が与えられて新たな息吹が生じつつある、とでもいうような感じだった。世間からますます遠ざかり、そして、私の苦悶も、心が引き裂かれるような激しい苦しみから鈍い慢性的な痛みのようなものへと治まってゆくにつれ、あのプラハの街の光景のような幻影がより頻繁に、より鮮明に現れるようになってきたのである。見も知らない街、砂漠の平原、巨大な廃墟、見たこともない鮮やかな星座が並ぶ夜空、険しい山道、木漏れ日の射す静かな草叢《くさむら》――こうした光景の中に私自身も加わることとなり、そしてどの場面においても、ある一つの存在が――情け容赦のない未知なる存在が――そうした壮大な風景の中にいる私に重くのしかかってくるように感じられたのだ。絶え間のない苦悶ゆえに私の中では宗教的な信仰はすっかり消滅してしまっていた。不幸の極致にある者にとって――人を愛することも、人に愛されることもないという者にとって、信仰を抱き続けるというのはとてもなし得る業ではなく、崇拝するものといえば悪魔しかなくなってしまうものなのである。そして、これらすべてにもまして頻繁に何度も現われた情景は、私の死の情景だった――激痛、窒息感、そして命を手放すまいと甲斐なくもがき続けるあの断末魔の苦しみの場面である。

　七年の年月が経った頃状況はこのような有様だった。この頃には私はもう洞察の能力からは解放されており、自分以外の人間の意識を察知するという異常な才はすっかり影を潜めていた。そして、他人の心の世界に不本意に侵入する代わりに、自身の孤独な将来に常時思いを馳せて日々を送っていた。私のこうした変貌ぶりにバーサは気づいていたようだった。そして驚いたことに、近頃彼女はよく私と一緒に過ごす機会を求め、そして私と会話を交わそうと試みている様子なのであった。もっとも会話といってもそれは、すっかり冷め切った関係の夫婦間でよく見かける、あの、一応親しげではあるがどこかよそよそしいという遣り取りにすぎなかったのではあるが……。とにかく、こうしたバーサの姿勢に私は気怠《けだる》い心持ちで付き合ってやり、また、その胸中にはさしたる関心もなかったので、特に注意して彼女の様子を観察しようという気にはならなかった。しかしそれでも、彼女の物腰や顔の表情などに、どこか興奮して得意になっているようなところがあるのを認めずにはいられなかった。それはまことに微妙な感触で、決して言葉や口調となって表れたというわけではなかったのだが、しかし彼女が、何かを期待しているか、あるいは、期待を持ちつつやきもきしている状態である、ということが何となく感じ取れたのである。だがそれもさほど気になったというわけではなく、むしろ私は、バーサの内面が再び私から閉ざされたということに対する満足感でいっぱいだったのであり、その当座はぼんやりと憂鬱な物思いに浸れるということに喜びに近いものを感じてさえいたのだ。おかげで私は見当違いな返答をしてしまうことがままあり、相手の話を一向に聞いていなかったということをしばしば露呈してしまったのだった。ある日彼女は私がその種の錯誤をしでかした後でこう言ったのだが、その時の表情や微笑みは今でも印象に残っている。

「あたし前はあなたのこと千里眼だと思っていたわ。世の千里眼たちをよく罵倒していたのもそのためだったのでしょう、自分一人ですべてを独占していたかったんだわ。でも今のあなたは十人並み以下のなまくら刀ね」

私は何も答えなかった。最近こうやってしきりに私に近づいてくるのは、彼女の何らかの秘密を私が察知したかどうか、それを探ろうという意図があってのことなのかもしれない――その時私の頭にはこういう考えが浮かんだのだが、私はすぐさまその考えを放り出した。バーサが何をしようと何をたくらもうと私にはどうでもいいことだったのだ。そしてまた、何をもくろんでいるにせよ、それを邪魔立てするつもりなど毛頭なかったのである。私には依然としてまだ生きとし生けるものに対しての憐れみの情というものが残っていたのであり、そしてバーサもまた生けるものであったのだ――不幸の可能性に取り囲まれながら……

ちょうどこの頃のことだが、ある珍しい出来事があって、私は通常の不活発な状態からいくぶん覚醒し、そんなことはもうあり得ないと思っていたのだが、当面の事柄に対して多少の関心を抱き始めたのである。それはチャールズ・ムニエルの訪問であった。彼から「このところ仕事が重なり過労気味なので、イギリスで少し骨休めをしたいと思っている。ついては君とぜひまた会いたい」という旨の手紙があったのだ。ムニエルは今やヨーロッパ中にその名を轟《とどろ》かす存在になっていたのだが、彼の手紙からは、若かりし頃の友情と恩義は決して忘れない、という思いがひしひしと伝わってきた。これは立派な人格とは不可分の心得というものだ。そしてまた私の方でも、彼が来てくれれば、束の間のあいだ幸せだった前世へ戻るといった気分に浸れるかもしれない、という思いがあったのである。

彼はやってきた。私はかつて二人連れ添って出かけた遊山のあの楽しみをできる限り再現してみようと試みた。もっとも、山や氷河や青く広々とした湖があるわけではなかったので、ただの丘陵や小さな池、植林地などで我慢しなければならなかったのではあるが。長い年月で二人ともすっかり様変わりしていた。だがその結果は何という違いであったことか！　ムニエルは今や社交界の寵児《ちようじ》であった。医学のことなど何もわからぬ優雅な女性たちがその話を聞くために彼の周囲に群がり、知識人の仲間入りをしたがっている貴族は彼と面識があることを得意げに吹聴するのであった。こちらの変わり果てた姿にはショックを受けたに違いないと思うのだが、彼は気を遣って驚いたような様子はおくびにも出さなかった。また、現在私がどういう地位境遇にあるのかということを詮索することもなく、その社交の腕前を存分に発揮してこの再会を楽しいものにしようと努めてくれたのである。彼のことを名声だけが取柄の退屈な人物だろうと予期していたバーサは、この訪問者の思わぬ魅力にすっかり感じ入った様子で、その才色を精一杯駆使して彼をもてなした。彼の賞賛を得ようという彼女のもくろみはどうやら功を奏した模様で、ムニエルは彼女に慇懃で好意的な姿勢を示した。そして私はといえば、彼の存在が益するところは極めて大であった。私たちはかつてのように二人して野山を逍遥し、彼は自分の職業上の様々な体験や逸話を滔々と語ってくれたのであったが、彼の話が病気というものの心理学的側面に及んだ時などには、もしこのまま長く滞在してくれたら、我が運命にまつわる秘密をこの男に打ち明ける勇気が出てくるかもしれない、という考えが頭に浮かんだことも一度ならずあった。彼の学問をもってすれば、この私を治療する手立ても見つかるのではないか？　それが無理だとしても、広く温かい彼の心は少なくとも私に理解と同情を示してくれるのではないか？　だがこの考えは折に触れて弱々しく明滅したのみで、はっきりとした願望となる前に消えてしまうのが常であった。また他人の内面に闖入《ちんにゅう》してしまうのではないか、という恐怖心がどうしても抜けきれずにいた私は、不合理ではあったが、本能的に隠蔽の幕を自分の心の周囲に張り巡らせてしまっていたのだ。それは、他人にしてもらいたいと思っている仕草を機械的に自分でしてしまうというのと似たようなものであったのかもしれない。

ムニエルの滞在が終わりに近づいた頃、ある出来事が生じて屋敷の中がいささか騒がしくなった。それというのも、それに対してバーサが尋常とは思えない反応を示したからである。日頃の彼女は至って冷静沈着で、他の女性のようにすぐに取り乱したりすることはまずなく、人を憎む時でさえ抑えた衛生的な憎み方をするという人間であったから、これは少々驚きだった。その出来事とは、彼女のメイドのアーチャー夫人の急病である。これまで言及を控えていたのだが、ムニエルがやってくる少し前にちょっとした異変が起きていた。バーサとこのメイドとの間で何らかの諍《いさか》いが生じたらしいのである。バーサは遠い親類を訪れる用事があり、このメイドも同行したのだったが、そこで何かあったようなのだ。とにかく、その後の二人のただならぬ関係はいやでも私の目につくところとなった。

ある時私は二人の遣り取りを偶然耳にしたのだが、アーチャーの物言いが極めて傲岸不遜《ごうがんふそん》なものだったので、これは即座に首になってもおかしくはないと私は思った。ところがアーチャーは一向に解雇される気配はなく、それどころか、バーサは、この女がたびたび癇癪《かんしゃく》を起こして何かと不自由な思いをしていたに違いないのに、それをじっと我慢している様子であったのだ。こういう事情があったから、このメイドが病気になったことでバーサがひどく心配している様子であるのを見てなおさら私は驚いたのだ。彼女は昼夜を舍《お》かず病人に付きっ切りで、看病の仕事を他の誰にもやらせようとはしなかったのである。折悪しく、我が家の主治医はこの時休暇を取って不在であった。したがって、ちょうどムニエルが屋敷に滞在していてくれたことはまことに好都合であったのである。彼は快く代役を引き受けてくれたが、実際に診察をしてみて、この患者に対して並々ならぬ関心を抱いた模様であった。そこで私は、ある日彼が病室から出てきた後で長い間押し黙ったままでいるのを見て訊ねてみた――

「これはそんなに特殊な病気なのかい？」

「いや」彼は答えた、「腹膜炎の発作だよ。おそらくはもう助からないだろうが、病理学的に見れば、これまで見てきた他の症例とさほど変わるところはない。だが、僕が何を考えているのか、君には話しておこう。僕はあの女性を使ってある実験をやってみたいと思っているんだ、もちろん君の許可がもらえたら、の話だが……。患者には何の害もないし、痛みもない。というのも、この実験は、感覚がなくなり、実質上命が絶えてしまってから行うものだからだ。その実験というのは、心臓の鼓動が止まってからしばらくした後で動脈に輸血を行うというもので、その効果を調べてみたいのだよ。これまでに、この病気で死んだ動物を使って何度も実験を繰り返してきたが、驚くべき結果が出ている。だから、今度はぜひ人間の患者で試してみたいのだ。実験に必要な細いチューブは持ってきた鞄《かばん》の中に入っているし、ほかの道具もすぐに用意ができるだろう。輸血する血は僕自身の血を使おうと思っている——自分で腕から採るつもりだ。あの女性はまず明日まで持たないだろうと思う。そしてできれば君に手を貸してもらいたいんだ。助手がいないと実験はできないし、かといって、地元の人間に頼むのはあまりうまくないと思う。あとでよからぬ噂が広まりかねないからね」

「この件についてバーサには話してみたかい？」私は訊ねた。「というのも、彼女はあのメイドに関してはひどく神経質になっている様子なんだよ。何しろお気に入りのメイドだったから……」

「実を言うと、奥さんには知られたくないんだ。こういう問題に女性が関わるとはなはだ厄介なことになるのが常だし、それに、今回の実験では死んだと思われている人間に驚くような効果をもたらす可能性があるんだ。今夜は二人で不寝《ねず》の番をして待機することにしよう。ある徴候が出たら君を呼び入れるよ。そしてその時になったら何とかして病室から他の人間を追い払うんだ」

この件に関する二人の遣り取りをこれ以上記す必要はないだろう。彼は実験の内容を詳しく説明してくれた。私は思わずぞっとしたが、どんな結果になるのか、その可能性を聞くと、好奇心と畏怖の念が入り混じった感情がかき立てられ、拒絶反応も薄れていった。

準備万端が調《ととの》うと、彼から助手としての仕事の指示を受けた。彼は、アーチャーが明日まで持つことはないと確信していることをバーサには伏せておき、病室を離れて休んだ方がいいと説得した。しかし彼女もなかなか頑固であった。死が迫っているという事実を察知した彼女は、自分への気遣いは無用とばかり、病室を離れることを拒否した。ムニエルと私は書斎で待つことにしたが、彼の方は頻繁に病室に出入りし、容態は予想通りの進行だということをその都度知らせてくれた。一度彼がこんなことを言った。

「あのメイドは、あれほど心配してくれている君の奥さんに対して少なからぬ悪感情を抱いているようなんだが、その理由について君は何か心当たりがあるかい?」

「あの女が発病する前に二人の間で何か誤解があったらしいんだ。だけどどうしてそんなことを?」

「いや、実はね、ここ五、六時間ほどの間——それはつまり、もう回復の見込みはないということを悟ってから、ということだと思うのだが——彼女はしきりに何かを言いたがっているような様子なんだよ。だがもう体が弱っており、言葉を発することはできなくなってしまっている。それで、その代わりということなのだろうが、何やら恐ろしげな意味を込めた眼差しで、絶えず君の奥さんの方を見ているんだ。この病気では、体は弱っていても頭の方は最後まではっきりとしているというのはよくあるケースなんだよ」

「何か悪意を抱いているとしても驚きはしないね」私は言った。「僕はあの女の顔を見るたびに、不信の念と、名状しがたい嫌悪感をおぼえてきたんだ。ただ、妻にはうまく取り入っていたけれどもね」

　彼はその後黙り込んでしまい、何かの考えに没頭した様子でじっと暖炉の炎を見つめていたが、そのうちに再び二階へ上がっていった。今回の様子見はそれまでよりも時間がかかったが、やがて戻ってくると静かに言った。

「さあ、行こう」

　私は彼の後について死が漂う部屋へと向かった。そこの大きなベッドには暗色のカーテンが掛かっており、部屋の中へ入ると、それを背景としてくっきりと浮き彫りにされたバーサの青白い顔が目に入った。私が入ってきたのを見た彼女はびくりとした様子で立ち上がり、一、二歩前へ進み出ると、むっとした表情でムニエルに詰問の眼差しを向けた。しかし彼は相手を制するように片手を上げ、そして瀕死の患者をじっと見つめながら脈を取った。メイドの顔はやつれて蒼ざめていた。額には冷たい汗が浮かび、目蓋は半ば閉じられていて大きな黒い瞳はほとんど隠れてしまっていた。一、二分するとムニエルはバーサが立っていたベッドの反対側へ回り、いつもの穏やかな態度で、患者の世話は我々に任せてほしいと丁重に要請した。万全を尽くします。お気持ちはお察しいたしますが、彼女はもうそばに誰がいるかもわからないような状態なのですよ――そう言われた彼女は少しためらったが、そういうことならこの際しかたがないか、と思っているような様子だった。そして彼の言葉の裏付けを求めるかのように臨終間近の病人の蒼ざめた顔に目をやったが、その時、閉じられていた目蓋が一瞬開かれ、虚ろな視線がバーサの方へ向けられたように思われた。バーサの体に震えが走り、彼女は枕もとの元の場所へ戻っていった。それは、部屋を出て行くつもりはないということを暗黙のうちに宣言する行動だった。

目蓋はその後開かれることはなかった。一度私は瀕死の患者を見つめるバーサに目をやった。彼女は豪華な化粧着を身にまとい、豊かな金髪はレースの帽子で半分ほど覆われていた。その出《い》で立《た》ちはいつもながら優雅なもので、当世の上流社会の雅《みやび》な暮らしぶりを描き出そうと思ったらこれ以上のモデルはないと思えるほどの艶《あで》やかな姿だった。だがその顔は……かつて私にはどうしてこの顔が人の子の顔と見えたのか――どうしてこれが、無邪気な子供の頃の思い出を持ち、悲しみも傷つきもし、慈しまれることが必要な女の顔と見えたのか？　この時の彼女の顔は鋭利な刃物のように青光りし、食い入るように見つめるその目は無慈悲な光彩を放っていた――それはまるで、滅びゆく種族の苦悶を見て楽しんでいる残忍な魔神のごとき様相であった。そして、ついに息が絶える瞬間が訪れ、我々がみな暗黒の帷が完全に下ろされたと感じた時、この冷ややかな顔に一瞬閃光のようなものが走った。バーサとこの女との間にいったいどんな秘密があったのだ？　だが私は、あの忌まわしい洞察力が甦り、二人の愛なき女の間で生じた醜い出来事を突きつけられるのを恐れて彼女から目をそむけた。バーサはこの女の死を待ち受けていた――それは彼女の秘密が封印されることを意味していた――そう私は感じたが、同時に、その秘密が私にとっても封印されたままであり得たことに対して神に感謝したい心持ちであった。

「ご臨終です」

ムニエルが静かに言った。そして彼はバーサの腕を取り、彼女は導かれるままに部屋を出ていった。

これはバーサからの指示であったと思うのだが、その後しばらくして、それまで部屋にいた若い小間使いと交代するために二人の女中がやってきた。彼女たちが中へ入ってきた時、すでにムニエルは枕の上で硬直した細長い首の動脈を切り開いていたので、私は二人を追い返し、呼び鈴を鳴らすまで離れた場所で待機しているようにと命じた。ほんとうに死亡したかどうか先生は疑問を抱いておられるので、これから手術をするところだ――そう私は言った。それからの二十分間、私の頭の中からはムニエルとこの実験以外のことはすべて消え去ってしまった。そしてムニエルもまた実験にすっかり没頭していたので、彼の感覚はそれに関係しない事物に対しては完全に遮断されていただろうと思う。輸血が完了した後、遺体に人工呼吸を施すのが私の役目であったが、しばらくしてムニエルが交代してくれた。そして私はゆっくりと命が蘇《よみがえ》ってくるという驚くべき光景を目にしたのだ。胸が上下に動き始め、呼吸も次第にしっかりとしたものになってゆき、目蓋が震え、その下に魂が戻ってきたかのように見えた。人工呼吸を止めても呼吸は続き、唇が動いた。

ちょうどその時ドアの把手が回される音が耳に入った。女中たちが追い返されたということをバーサはあの二人から聞き及んだのだと思う。そしておそらく彼女は何となく胸騒ぎがしたのであろう、部屋に入ってきた彼女の表情は不安げであった。ベッドの足元まで来た彼女は押し殺した叫び声を上げた。

死んだはずの女の目が大きく見開かれ、二人の視線が合った。女の目には憎悪の表情がありありと浮かんだ。次の瞬間力を振り絞るようにして片手が持ち上げられ、その手がバーサを指差した——もう永久に動くことはないと、そう彼女が思っていた手である。そしてしわがれた声が喘《あえ》ぎながら言葉をほとばしらせた——

「あんたはご主人を毒殺するつもりだったんだ……毒は黒い戸棚にしまってある……あたしが手に入れてやったんだ……なのにあんたはあたしを笑い物にした……陰で嘘八百を言い触らして、あたしを貶《おとし》めようとした……あんたは妬んでいたんだ……どうだい、少しは後悔……してるかい……」

唇はさらに何かを呟《つぶや》き続けたが、もはや聞き取ることはできなかった。やがて声もなくなり、口がわずかに動くのみだった。炎が一瞬ぱっと燃え上がり、それだけいっそう早く消えてしまったのだ。この哀れな女の琴線は憎しみと復讐一色に染まってしまっていた。命の息吹が一瞬戻ってそれを震わせ、そして再び去ってしまった——今度こそ永久に。ああ、何ということだ、生き返るというのはこういうことなのか……生前癒されなかった渇き、言う機会を失ってしまった呪いの言葉、そうした心残りをそのまま抱えて息を吹き返し、やりかけの罪を勇んで為し遂げる……それが生き返るということなのか？

バーサはベッドの足元に蒼ざめて佇んでいた。策を弄することもかなわず、ぶるぶると身を震わせる彼女は無力だった。隠れ家の周囲を足早に燃え広がる炎に取り囲まれてしまった狡猾な動物のように……。ムニエルでさえも茫然としていた。彼にとってもこの時ばかりは命というものが科学の問題ではなくなっていたのだ。そして私はといえば、この出来事もまた我が人生全般と軌を一にするものであるように思われてならなかった。おののきとわななき——それが我が人生の伴侶であったのであり、そしてこの新たな衝撃もまた、古傷が新しい環境で再び疼き出したようなものにすぎなかったのだ。

それ以来、バーサと私は離れ離れとなった。彼女の方は、私たちの財産の半分を所有し、元の場所で暮らしている。私の方は、しばらくの間外国を放浪していたが、やがて死に処《どころ》を求めてこのデボンシャーに居を定めた。バーサは相変わらず世間の賛美と同情を集めているが、それもやむなきことだ。あの魅力的な女を相手にしてこの私にどんな申し立てができたというのだ？　何しろ、私以外の男性であったら誰とでも幸せになれる可能性はあったのだから……。あの臨終の間での出来事に関しては、ムニエル以外に目撃者はいなかった。そしてムニエルは、私との約束で、生きている間ずっと口を閉ざし続けていたのだ。

外国を放浪中、あてのない旅に疲れた時などは気に入った場所で休息をとった。そしてそうした折、しばらく滞在していると、人々の顔もだんだん見慣れたものになってゆき、そういう人々に何となく愛着を感じ始めたということも一度か二度あった。しかし、そうすると決まってあの忌まわしい洞察の能力が甦り始めるのであり、私は恐怖に駆られて逃げ出してしまうのが常であった。そして追われるように逃げ出した私は、大地と空という動くカーテンによって見え隠れするあの「未知なる存在」とずっと共に暮らし続けてきたのだ。しかしやがて病魔に襲われた私は、今のこの住処に安息の場を求めることを余儀なくされ、そして同時に、使用人たちの世話になることをも余儀なくされてしまった。するとあの洞察の呪いが、あの二重の心象の呪いが完全に甦り、以後私から去ることはなくなった。連中の狭い料簡、そのわずかばかりの敬意、その半ばうんざりしたような憐れみの情――それを私はすべて知っているのである。

今日は一八五〇年九月二十日だ。今記したこの日付は、長年見慣れた銘文のように、もうすっかりお馴染みのものとなっている。この机の上のこのページにそれが記されているのを私は数限りなく見てきた、私の断末魔の情景が立ち現れるたびに……

クライトン・アビー

(1871)

メアリ・エリザベス・ブラッドン

わたしが幼少期から娘時代を過ごした地方では、クライトン一族といえば名家中の名家として声望を轟《とどろ》かせ、代々の当主スクワイア・クライトン[1]は、イングランド西部のその片田舎では絶大な権力を誇っていた。クライトン・アビーはスティーヴン王の時代からこの一族が所有し[2]、元の僧房のうち、風情ある古い翼や、中庭を取り囲む回廊付きの建物などが、よい保存状態で今でも残っている。屋敷のそうした一角では建物の造りは低くて薄暗く、いささか陰鬱な雰囲気が漂っているのは事実である。だが、めったに使われることがなかったとはいえ、住むのに何ら問題はなかったのであり、アビーに客が押し寄せて来る大きな行事の折などには大いに活用されたのであった。

屋敷の中心部はエリザベス女王の治世[3]に建て直され、威風堂々とした宮殿のような偉観を誇っている。南の翼と、八つの細く背の高い窓がある音楽室は、アン女王の時代[4]に付け加えられたものだ。全般的に見て、アビーはたいへん素晴らしいお屋敷で、わたしたちの州でも指折りの豪壮な建物といってよかった。

クライトン教区のすべての土地、およびその境界をはるかに越えて広がる地所も、この大地主が所有していた。教区の教会は屋敷の庭園の敷地内にあり、スクワイアはこの教区の牧師の任命権も有していた。ここの教区の牧師の禄高は確かにそれほどのものではないが、折に触れて、次男坊の次男坊といった、一族の中で財産相続権を持たぬ者に与えてやったり、あるいは、この裕福な一家に仕える教育係に与えてやったりするのには手ごろな職であったのだった。

わたし自身もクライトン一族のひとりで、父は現当主の遠縁にあたり、クライトン教区の牧師を務めていた。父の死で生計の資を失ってしまったわたしは、殺伐とした未知の世界へ飛び出してゆき、人に仕えて生計を立てることを余儀なくされてしまった。これは、クライトン一族の人間としては、実に恐ろしいことであった。

自分の一族の伝統と偏見を顧慮したわたしは、外国で職を探そうと試みた。クライトン家の一迷い子が身を落としたとしても、それが外国においてであれば、自分が属する一族に恥辱をもたらすこともなかろうと思ったからだ。幸いわたしは父から入念な教育を受け、そして、牧師館での静かな生活の中で、当世の女性が身につけておくべき教養をせっせと磨いてきた。そのおかげもあって、幸運にもウィーン在住の身分の高いドイツ人一家に雇ってもらえることになった。そこで住み込みの家庭教師として七年間勤めたわたしは、たっぷりといただいていたお給金の中から相当な額の蓄えを築くことができた。教え子たちが大きくなると、親切な奥様は、サンクト・ペテルベルグでのさらに条件のよい仕事をお世話してくださった。そこでさらに五年勤めたわたしは、役目を終えると、それ以前から徐々に募《つの》ってきていた思い、すなわち、再び故国に戻りたいという思いに身を委ねることにしたのである。

イギリスには肉親と呼べるような人はいなかった。母は父が亡くなる数年前にすでに亡くなっていたし、ただ一人の兄は、遙か遠くのインドの地で文官として勤務していた。しかし、わたしはクライトン一族の人間であり、自分の出自に愛着を抱いていた。それにまた、かつて父と母を敬愛してくれていた親類たちは、きっと私を温かく迎えてくれるだろうという確信があったし、さらに、この休暇をぜひ楽しもうという気にさせてくれたのは、現当主の夫人から届いた愛情のこもった手紙であった。

この夫人は気高く温かい心の持主で、わたしが自活の道を選んだことを全面的に支持してくれ、その後もずっとわたしのことを気にかけていてくれたのである。

ここ最近の手紙では、故国へ戻っても差し支えないと感じたなら、ぜひアビーを訪れ、長い間滞在してもらいたい、ということが必ずといってよいほど書かれていた。

「クリスマスに来ていただけると嬉しいわ」いま記している出来事が起きた年の秋に届いた手紙の中でも、夫人はこう綴《つづ》っている。「大勢の人たちにアビーに集まっていただいて、賑《にぎ》やかにやろうと思っておりますので。エドワードが来春に結婚することになりました。とてもよい縁組だと、父親もたいそう喜んでいます。それで、その婚約者もお客として来てくれることになっているのです。名前はジュリア・トレメインといって、ヘイズウェル近郊にオールド・コートというお屋敷があるのですが、そこのトレメイン一家のお嬢さんなのです。古い一族ですから、あなたも覚えているのではないかしら。彼女にはきょうだいがたくさんいて、お父さまからは遺産はほとんどもらえないようなのですが、伯母という方から相当な財産を遺してもらったのだそうで、この州では立派な女相続人だと思われているようです。もっとも、このことがエドワードの選択に影響を与えたというわけではないのですよ。出会ったのは巡回裁判の開廷期に催された舞踏会でしたけど、そこであの子はすっかり恋に落ちてしまったというのです、いつもの通り、衝動的にね。そして、その後二週間もしないうちに結婚を申し込んだのです。というわけで、これはどちらの側も愛情ゆえの結婚であると、そう願いたいですし、実際にそうなのだと思います」

この後に丁重な招待の言葉が改めて繰り返されており、イギリスに着いたらすぐにアビーにお越しください、そしてお好きなだけこちらにご滞在ください、と、そう認《したた》められていた。

この手紙を読んでわたしの心は決まった。楽しい子供時代を過ごしたあの懐かしい場所を再び見てみたい――こうした思いがあまりに募りすぎて、苦しいほどになっていたのだ。休暇を取っても将来の展望に支障が出る恐れはない時期でもあったので、十二月初旬の荒涼とした天候の中、わたしは故国に向けて出発した。サンクト・ペテルブルグからロンドンまでは長旅であったが、マンソン大佐という人物がわたしに同行してくれた。この人は雇い主であったフリュイドルフ男爵の友人で、男爵はわたしのために、公文書送達吏を務めていたこの大佐を紹介してくださったのだ。

この時わたしはもう三十三になっていた。若さはとうの昔に失せていたし、美貌に恵まれたこともなかった。人生という檜舞台で大立ち回りを演じようなどと勇み立つこともなく、筋金入りのオールドミスとして、その舞台を静かに傍観するという役回りを甘んじて受け入れる心境になっていた。気質的に、こういう受け身の姿勢はわたしの性に合っていたのだ。情炎に身を焦がすことなどついぞなく、単調な仕事とごくたまに味わう素朴な楽しみがわたしの人生のすべてであった。我が生活に潤《うるお》いを与えてくれていた愛しい両親はすでにこの世にはなく、二人を呼び戻す術《すべ》はなかった。この両親亡きあと、わたしが幸せになることはもはや不可能であるように思われた。すべてがくすんだ中間色に染まったわたしの生活は、初秋のどんよりと曇った日のごとく、静かに澱《よど》んでいるのがせいぜいで、穏やかではあるが喜びもないのであった。

澄んだ空に星が輝く夜の九時頃、わたしはアビーに到着した。古《いにしえ》のアビーはまさに絢爛《けんらん》たる様相で、うっすらと降りた霜が、建物正面の長い石段のテラスから前方に広がった芝生の庭を白く染め、南翼の先端の音楽室から北翼の古い部屋部屋の重々しいゴシック様式の窓に至るまで、一様に煌々《こうこう》とした灯りがともっていた。この光景を見て、思わずドイツの伝説に登場する不気味な宮殿を思い起こしたわたしは、すべての灯りが一瞬のうちに消え去り、長く伸びた石造りの正面が突然闇に包まれるのではないか、と、そんな妄想に襲われたのであった。

応対に出た従僕に導かれて玄関ホールに入ってゆくと、正餐室から出てきた老執事がわたしを温かく迎えてくれた。この執事のことはまだほんの子供の頃から見知っていたのだが、流浪の年月を経て十二年ぶりに会ってみても、少しも年を取ったようには見えなかった。そして、親切にも自らの手で荷物を運ぶのを手伝ってくれたのであったが、執事がこんなことをするのは実に異例なことで、彼の下で働く使用人たちはそれが意味するところを充分に感じ取ったのであった。

「サラお嬢様、またあなた様のご麗顔を拝することができましてほんとうに嬉しゅう存じます」外套を脱ぐのに手を貸し、化粧バッグを受け取りながら、この忠実なる僕《しもべ》は言った。「十二年前の牧師館にお暮らしの頃と比べますと、いささかお年を召された感じではございますが、それでもほんとうにお元気そうで、何よりでございます。そして、お嬢様のことでございますから、お会いになれば、きっとみなさまたいそうお喜びになられることでしょう。お嬢様がお出《い》でになることは、奥様が直々にお伝えくださいました。お帽子をお取りいたしましょう、客間へいらっしゃるのにはご不要でしょうから。ただ今お屋敷はお客様でいっぱいでございます。ジェイムズ、マージョラムさんを呼んできてくれないか」

従僕は屋敷の裏手の方へ消えてゆき、やがてマージョラム夫人を伴って再び姿を現した。太やかなこの年配婦人は、執事のトゥルーフォールドと同様に、現当主の父親の時代からアビーに居付きの人物であった。そして同じように温かい歓迎をうけたわたしは、彼女に導かれるままに階段を昇ったり長い廊下を渡っていったりしたが、そのうちにどこをどう歩いているのかさっぱりわからなくなってしまった。

やがて到着した場所はとても居心地のよさそうな部屋だった。綴れ織の掛けられた方形の寝室で、低い天井が太いオークの梁《はり》によって支えられていた。幅広の暖炉では炎が勢いよく燃え立っており、部屋は明るい雰囲気に包まれていたが、造りはだいぶ古そうで、迷信深い人であったなら、お化けが出そうだと思ったかもしれなかった。

だが、幸いにもわたしは至って無風流な人間で、お化けや幽霊といった話題に対しては総じて懐疑的であったのであり、むしろこの部屋の古びた様相がすっかり気に入ってしまったのだった。

「マージョラムさん、ここはスティーヴン王時代の建物ではなくて?」わたしは訊ねた。「なんだか見慣れない感じだわ。この部屋に来たことはこれまで一度もなかったのではないかしら?」

「ええ、おそらくありませんでしょうね。おっしゃるとおり、ここは古い翼棟なのでございますよ。部屋の窓は昔の厩舎《きゅうしゃ》に面しておりましてね、今の旦那様のお爺様の時代には、馬や猟犬を収容する場所であったのでございますよ。その頃のアビーは今よりもさらに立派なお屋敷であったと、そのように伺っております。もうお気づきのことと存じますが、この冬はお客様が大勢お出でtoo でして、こちらの建物の部屋部屋も使わざるを得なくなってしまったのでございます。ですから、淋しい思いをなさることはなかろうかと。お隣の部屋にはクランウィック大佐ご夫妻がいらっしゃいますし、お向かいの青の間にはニューポートご姉妹がいらっしゃいますので」

「マージョラムさん、この場所とても気に入ったわ。スティーヴン王の時代といえば、このアビーがまだ本物の僧院であった時代で、そういう古い時代からあったという部屋で寝られるなんて、ほんとうにわくわくしてしまうわ。この床板は、歴代の修道士たちが跪《ひざまず》いてすり減らしてきたのではないかしら」

老家政婦は、坊さんの時代などにはあまり興味がないという様子で、訝《いぶか》しげに目を剝《む》いた。そして、ちょうど今いろいろと用事を抱えているところなので、これで失礼させていただきたいと申し出た。コーヒーを出さなければならず、自分が手近にいて見ていないと、台所のメイドだけでは当てにならなないというのだ。

「何かご用がございましたら呼び鈴をお鳴らしください、スーザンが参りますので。ここのお嬢様方のお世話はよくやっておりましたので、とても役に立つことと思います。スーザンにあなた様の身の回りのお世話をさせるようにと、奥様から特に申し付けられております」

「まあ、それはご親切に。でもね、マージョラムさん、メイドに手を借りなければならないことなど、月に一遍だってないのよ。わたしは何でも自分でやるのに慣れていますのでね。さあ、行ってコーヒーの準備をなさって。わたしも十分もしたら客間に降りていきますわ。客間には大勢人がいらっしゃるのかしら？」

「はい、ほんとうに大勢の方々が。トレメインのお嬢様もいらっしゃいますし、そのお母様と妹様もいらしております。このご結婚のことは、もちろんもうお聞き及びでいらっしゃいますわよね。ええ、ええ、たいそうお美しい方でして。ただ、少々気位がお高くて、わたくしはちょっと……。でも、トレメイン一族の方々はみなさま気位が高うございますし、それにあの方は女相続人でいらっしゃいますので……。エドワード様はもうすっかり惚れ込んでおしまいになって、ここの地面はあの方が歩かれるのにはふさわしくない地面だと、きっとそんな風にお思いなのでございますよ。わたくしといたしましては、どなたかほかの方をお選びになられた方がよかったのではないかと――つまり、その、もう少し若様のことをお考えくださり、せっかくのご好意を、あのように冷たくぞんざいに受け流されるというようなことがないお方のほうが、と……。もちろん、わたくしのような立場の者がこんなことを申してはならないということは重々承知しております。サラお嬢様だからこそ申し上げたのでございますよ」

お食事は朝食の間《ま》にご用意してございますので、と言い残して慌ただしく彼女は出ていき、一人になったわたしは着替えに取りかかった。

手早く身支度をしながら居心地よさそうな部屋の中を眺め、わたしは感嘆の念に打たれた。過去の時代の地味で重厚な家具に近代の様々な調度品が加わっていたが、その組み合わせが何とも楽しい効果を生み出していたのだ。ルビー色のボヘミアガラスの香水瓶、それに陶製の刷毛皿《はけざら》や指輪立てがどっしりとしたオークの化粧台を彩り、更紗《さらさ》のカバーに覆われた瀟洒《しようしや》な現代風の安楽椅子が暖炉の前に据えられ、磨き上げられた楓《かえで》の優美な書き物机がその近くに置かれていた。そして背後には、綴織が掛けられた壁が古色蒼然と聳《そび》えていたが、この壁の様相はこれまで何百年と変わってはいなかっただろう。

部屋はこのように過去への思いをかき立てるのであったが、それに浸っている時間はなかった。髪はいつものように簡素にまとめ、ダークグレーの絹のドレスを纏《まと》った。このドレスはどのような折にでも着られる地味な略式礼装で、肌理《きめ》の細かい黒いレースの飾りが付されていたが、これは男爵夫人からお下がりとして頂戴したものであった。首には、亡き母の形見である、深紅のリボンに通した大きな金の十字架を掛け、これで支度は完了した。姿見をちらりと見て、自分の外見に野暮ったいところはないことを確信すると、急いで部屋を出て廊下を進んでゆき、階段を下りていった。ホールではトゥルーフォールドがわたしを出迎え、朝食の間に案内してくれた。そこには豪勢な食事が用意されていた。

この日わたしは一日中何も食べてはいなかったのだが、この食事に時間を無駄に費やすことはしなかった。一刻も早く客間に行きたかったのである。そしてちょうど食事を終えた時にドアが開き、クライトン夫人が颯爽《さつそう》と部屋に入ってきた。古風な手編みレースで豊かに飾られたダークグリーンのビロードのドレスに身を包んだ彼女は実に華麗であった。彼女は若いころはたいそうな美人であったが、今でも驚くほどの美貌を保っていた。そしてとりわけその表情が魅力的で、これは目鼻立ちや顔色の美しさよりもずっと稀な特質であり、しかもより心に訴えかけるものがあったのである。

彼女は両腕でわたしを抱き抱え、愛情深くキスをしてくれた。

「サラ、あなたが来たことをたった今聞いたのだけれど」彼女は言った、「もう着いてから三十分も経つというじゃないの。さぞ薄情な女だとお思いになったでしょうね」

「あなたが薄情だなんて、とんでもないわ、ファニー。お客様たちを置いてわたしを迎えに出てくれるなんて思ってもみなかったし、今こうしてわざわざいらしてくれたのも、とっても恐縮しているくらいですわ。形式ばった挨拶などなくとも、あなたのご親切な気持はよーくわかっていますもの」

「いえ、いえ、これは形式の問題ではないのよ。あなたがいらしてくださること、わたくしほんとうに楽しみしていたの。だから、お客さんたちの前であなたと初めて顔を合わせる、などということはしたくはなかったのよ。さあ、もう一度キスをしてちょうだい。はい、ありがとう、いい子だわね。クライトンにようこそ。そして、どうか忘れないでちょうだいね、あなたにお家が必要な時は、いつでもここをあなたのお家だと思っていただいていいのよ」

「まあ、ファニー！　それではあなたは、見ず知らずの人間に雇われて暮らしてきたこのわたしを、一族の名折れだと思ってらっしゃるわけではないのね？」

「名折れですって？　とんでもない。わたくしはあなたの気概と勤勉さをほんとうに尊敬しているのよ。さあ。客間に行きましょう。あなたに会えて娘たちも大喜びするわ」

「わたしこそ。ここを出ていった時、あの子たちはまだほんの子供で、白の短いフロックを着て野原を駆け回っていたけれど、もうすっかり大人になって、きっと美人になったのでしょうね」

「ええ、確かにそこそこかわいらしいけれど、でも、あの子たちの兄にはかなわないわ。エドワードはほんとうに立派な若者になりましたもの。こんなことを言うと親馬鹿だと思われそうだけど、決してそうではないのよ」

「それにミス・トレメインもいらしてるのでしょう?」わたしは言った。「どんな方だか、ぜひ見てみたいわ」

わたしがこの名を口にすると、従姉《いとこ》の顔に微《かす》かに影が差したような気がした。

「ああ、ミス・トレメインね——ええ、あの美麗な容顔にはきっとあなたも驚くと思うわ」

彼女はわたしの手を取ると客間へと案内してくれた。両端に暖炉が据えられた客間はたいへん広く、今宵は煌《きら》びやかに照明が施されていた。二十人ほどの人々が小さなグループを作って散らばっていたが、みな陽気に談笑している様子であった。クライトン夫人は一方の暖炉の方へ真っすぐ進んでいき、わたしも後に続いた。暖炉脇では二人の若い女性が低いソファに腰掛けており、六フィート以上はあろうかという青年がその近くに佇《たたず》み、マントルピースの幅広の石板の上に腕を載せていた。目が黒く、細かく縮れた茶色の髪のこの青年がエドワード・クライトンであることは一目見てわかった。母親にそっくりであるということからだけでも充分察しがつくところであったが、このアビーの跡取り息子がまだイートン校▼5の低学年の生徒であったころ、よくキラキラと目を輝かせてわたしを見上げたもので、その少年の顔をよく覚えていたのである。

だが、私が一番興味を引かれたのはエドワード・クライトンに一番近いところに腰かけていたご婦人で、というのも、このご婦人がミス・トレメインであるのは間違いないと感じたからである。彼女は背が高く、すらっとした体つきであったが、とりわけわたしの目を引いたのは、頭をぐっと反らせた威風堂々とした姿勢であった。そう、確かに彼女は美しかった。それは否定のしようがなかった。我が従姉は、あの美麗な容顔にはきっと驚くでしょう、と言っていたけれど、その言葉通りわたしは驚いた。しかし、完璧に整ったこの眩《まば》ゆいばかりの美貌、くっきりとした鼻立ち、気位の高さが滲《にじ》み出ている小振りの上唇、冷たい青い目、眉墨を引いた眉、そして淡い金色の髪の光輪――これらはみな人を寄せつけぬ雰囲気を醸し出すものばかりであった。ミス・トレメインが人々の賛美の的となることは必然といってよく、それを疑うことはあり得なかったが、しかし、このような女性と恋に落ちる男性があろうとは、わたしには理解できないことであった。

彼女は白のモスリンのドレスを纏っていたが、身につけていた装飾品は煌めくダイヤのロケットだけで、ハート形をしたこのロケットは幅広の黒のリボンで喉元に下げられていた。ふさふさとした豊かな髪は冠状に編まれており、女帝の王冠のごとく、小さな頭を誇らしげに覆っていた。

クライトン夫人はわたしをこの若き貴婦人に紹介してくれた。

「ジュリア、もう一人の親類をご紹介するわ」微笑《ほほえ》みながら彼女は言った、「こちらはミス・サラ・クライトンよ。サンクト・ペテルブルグから戻って来たばかりなの」

「サンクト・ペテルブルグからですって？　まあ、何と恐ろしい長旅でしょう！　ミス・クライトン、ご機嫌よろしゅう。そのような遠くからはるばるお出でになるとは、ほんとうに勇敢でいらっしゃるのね。旅はお一人で？」

「いえ、ロンドンまでは連れがおりまして、とてもご親切な方でした。ロンドンからこちらまでは一人で参りました」

若き貴婦人はいささかもの憂げな様子でわたしに手を差し出した。そして、冷たい眼差しが頭のてっぺんから足の先に至るまでもの珍しそうにしげしげとこちらを見回したが、その顔つきからは、彼女が内心、「冴えないおばさんだこと」と思ったことが手に取るようにわかった。

だが、この時わたしには彼女のことを考える時間はあまりなかった。エドワード・クライトンが突然わたしの両手を取り、熱烈に歓迎の意を表してくれたのだ。その愛情溢れる物腰に、わたしは思わず「心の底から涙が湧き上がって」▼6くるような感覚をおぼえたものである。

　青い縮緬《ちりめん》のドレスを着た二人のかわいらしい娘が部屋の別々の場所から駆け寄って来て、きゃっきゃとはしゃぎながら、口々に「サラお姉さま」と挨拶をしてくれた。そして三人はわたしを取り囲み、あれを覚えていますか、これを忘れてはいないでしょうね、と攻め立て、野原での取っ組み合いや牧師館の果樹園で催された慈善学校のお茶会のこと、ホーズリー渓谷へのピクニックやチョーウェル・コモンに植物や昆虫を採集に行ったことなど、三人の子供時代の、そしてわたしの娘時代の様々な楽しみ事が次から次へと話題になった。この矢継ぎ早の問答が続いている間、ミス・トレメインは、蔑《さげす》んだ眼差しをあえて隠そうともせずにわたしたちの様子を眺めていた。

「あなたにそんな純朴な一面があったとは思いもしませんでしたわ」やがて彼女は言った。「どうぞ、想い出話をお続けになって。子供のころの思い出というのはほんとうに楽しいものですものね」

「あなたに興味を持ってもらおうとは思っていませんよ」エドワードは答えたが、恋する男にしては少々辛辣すぎるように思える口調であった。「こういう田舎のちょっとした楽しみ事をあなたがいかに軽蔑していらっしゃるか、僕にはよくわかっていますからね。それにしても、あなたにも子供時代というものがあったのでしょうか？　あったとしても、蝶々を追っかけたなんてことは金輪際なかったのでしょうね」

　彼女が口を挟んだおかげで、わたしたちの昔話はどういうわけか立ち消えになってしまった。エドワードは苛立《いらだ》った様子で、少年時代の楽しい思い出も、あの蔑むような冷たい顔を前にするとどこかへ吹き飛んでしまったらしかった。ジュリア・トレメインの隣にはピンクのドレスを着たお嬢さんが坐っていたのだが、その女性がソファから立つと、エドワードは空いた場所に滑り込み、残りの時間はずっと婚約者の相手を続けたのだった。彼女に話しかけている彼の顔は明るく表情豊かで、そういう彼を時折ちらりと覗き見たわたしは、彼にはまったくふさわしくないように思えるあの女性のいったいどこに魅力を感じているのだろうか、と訝らずにはいられなかった。

北翼の自室に引き上げて来た時にはすでに真夜中になっていたが、温かい歓迎を受けたわたしは幸せいっぱいの気分であった。翌朝は早い時間に目が覚めた――というのも、久しい以前から早起きが習慣になっていたのだ――そして、窓に掛けられたダマスク織のカーテンを開けると、外の景色を見渡した。

目に入ったのは厩舎であった。広い中庭が厩《うまや》や犬舎の閉ざされた扉に囲まれており、低くどっしりとした灰色の石造りのそれらの屋舎には、ところどころ、蔦《つた》が這《は》ったり苔がむしたりしていて、その古びた佇まいは不気味な雰囲気を漂わせていた。この厩舎は長い間使われていなかったに違いないと、そうわたしは思った。今使われている厩舎は屋敷の反対側の、音楽室の裏手にあって、その赤煉瓦の立派な屋舎の並びは、アビーを背面から眺めた時にはひときわ目立つ一画となっていた。

現当主の祖父が猟犬隊を有していたということはわたしもよく聞かされていたし、その猟犬たちが、祖父の死後すぐに売り払われたということもまた耳にしていた。我が従兄《いとこ》である現スクワイア・クライトンが、ご先祖様のよき例に倣《なら》ってはどうか、と促されたことも一度ならずあったという話である。それというのも、この地方では狐狩りが盛んであったにもかかわらず、アビーの周囲二十マイル四方には肝心の猟犬隊を所有する者が皆無であったからだ。

しかし、アビーの現当主ジョージ・クライトンは狩猟家ではなく、むしろ、狩猟というものを密かに恐れていたのである。というのも、この館の跡取り息子が猟場で若き命を落とした、ということが一度ならずあったというのだ。我が一族は、莫大な富を有して繁栄してきたものの、全体的に見ると決して運に恵まれてきたというわけではなく、長男が然るべく跡を継いだという例は必ずしも多くはなかったのだ。何らかの形で――そして多くは自然ではない形で――死が相続人たちの命を奪ってきたのである。一族のこの暗い歴史に思いを馳せた時、わたしはよく、従姉のファニーが、愛する一人息子の行末について病的な予感のようなものに苛《さいな》まれたりすることはないのだろうか、と訝ったりしたものだった。

クライトン・アビーには亡霊が出没したりすることはないのか？　こういう大きなお屋敷にはそうした話は付き物で、それがなければこうした古い城館の威厳もいささか損なわれてしまうではないか――と、そんな風に思われる向きもあるかもしれないが、答えはイエスで、ごく稀にではあったが、アビーの敷地内でそうした亡霊らしきものが目撃された、というような噂をわたしも耳にしたことがあった。だが、その亡霊なるものがどういう姿《すがたかたち》形をしていたのか、ということを突き止めるまでには至らなかった。

この件についてわたしが問い質《ただ》してみた人々は、自分たちは何も見ていないと即答するのが常であった。中には、昔からの言い伝えのようなものを聞いたことがある、と言う者もあったが、おそらくそれは馬鹿げた伝説の類《たぐい》で、いちいち吟味するまでもないものなのだろう。一度だけ、このことを従兄のジョージに訊ねてみたことがあったのだが、そういう馬鹿げたことは二度と口にしないでくれ、と一喝されてしまった。

その十二月は陽気に過ぎていった。古い館はほんとうに愉快な人々でいっぱいで、日の短い冬の一日は賑やかな楽しみ事が途切れることなく続いた。わたしにとって、イギリスの古いカントリーハウスでの和気藹々《わきあいあい》とした暮らしは絶え間のない悦楽であり、自分が縁者たちに囲まれていると感じるのは尽きることのない喜びであった。自分がこれほど幸せになれようとは、ついぞ思ってもみないことであった。

エドワードとは多くの時間を一緒に過ごしていたが、どうやら彼は、自分に気に入ってもらいたければ、わたしに対して慇懃に振舞わなければならない、ということをミス・トレメインに理解させたようなのだ。実際、彼女がわたしに愛想よくしようと努めていたのは確かであった。そしてわたしは気づいた。気位が高く尊大な性分で、それを隠そうとすることもほとんどない彼女ではあったが、ほんとうは恋人を喜ばせたいと心から願っていたのである。

この時期の二人は蜜月期にあるとは言い難かった。始終口論をしていたようで、エドワードの妹のソフィーとアグネスがその詳細を逐一わたしに報告してくれた。それは二つの誇り高い精神が覇権を賭けて相見《あいまみ》えた戦いであった。だが、エドワードの誇りはより高尚な種類の誇りで、卑しい真似やさもしい根性はことごとく蔑んでいた。これは高潔な人となりに決して不似合いではない立派な誇りであったといえるだろう。わたしには、彼はほんとうに人間的に素晴らしい人物であるように見えた。そして彼の母親が息子を褒め称えるのをいくら聞いても飽くことはなかった。ファニーもそれを察していたようで、わたしに対してはまるでほんとうの妹のように何でも話してくれたのであった。

「あなたも薄々感じていたでしょうけれど、ジュリア・トレメインのことは、どうしても自分が願っているほどには好きになれないのよ」ある日彼女はわたしに言った。「でも、息子が結婚するということはとても喜んでいるのよ。主人の家系は運に恵まれた家系ではなかったということは、あなたもご存じでしょう。これまで過去何世代にも亙《わた》って、一族の長男は野放図《のほうず》な人が多くて、不幸な死に方をした人も少なくはないの。だから、エドワードが子供の頃は、いったいこの子の行末はどうなるものかと、そんな心配をして辛い思いをしたことが何度もあったのよ。でも、ありがたいことに、あの子はこれまではこちらの望み通りに育ってくれたわ。親に心配をかけるようなことはほんとうに一度もありませんでしたもの。でもね、それでもわたしくしはあの子の結婚を喜んでいるの。クライトン一族の跡取りで若くして亡くなった方々はみな未婚だったのよ。ジョージ二世の時代▼7のヒュー・クライトンは決闘で命を落としたし、その三十年後、ジョン・クライトンは猟場で背骨を折って死んでしまったの。セオドアはイートン校の同級生に誤って撃たれてしまったし、ジャスパーの場合は、四十年ほど前に、乗っていたヨットが地中海に沈んでしまって……。ほんとうに恐ろしい歴史だわ、あなたもそう思うでしょう、サラ？　でも、結婚さえしてくれたら、うちの息子は無事でいられると、そう感じることができるような気がするのよ。いわば、一族を崇《たた》ってきた呪いの呪縛から逃れられるってことね。だって、結婚すれば、自分の命をもっと大事にしなくてはならない理由ができるのですもの」

　わたしはクライトン夫人に同意した。しかし、エドワードがあの冷たい美貌のジュリア以外の女性を選んでくれたなら、と願わずにはいられなかった。あのような連れ合いと将来幸せに暮らせるとはとても思えなかったのだ。

　やがてクリスマスがやって来た。昔ながらの本物のイギリスのクリスマスだ。外は氷点下で雪が積もり、屋敷の中は暖かく、陽気なお祭り騒ぎに満ちていた。日中は庭園の大池でスケートをしたり、凍結した街道で橇滑《そりすべ》りをしたりして楽しみ、夜になると、内輪の演劇会や謎々遊び、素人コンサートなどで場が盛り上がった。驚いたことに、ミス・トレメインはこうした晩の楽しみ事に積極的に参加することを拒《こば》み、年配の方々に混じって傍観者でいることの方を好んだのであった。その物腰には、まるでこうした催しはすべて自分の楽しみのために企画されたのだ、と言わんばかりの女王様然とした雰囲気が漂っており、艶《あで》やかな姿でじっと坐っていることが自分の使命である、と考えているかのような風情であった。どうやら彼女には、腕前をひけらかしたいなどという願望は皆無のようで、その強烈な気位の高さには、虚栄心の入り込む余地などまったくない様子であった。しかし、わたしは知っていた、彼女がその気になれば、音楽では傑出したパフォーマンスを見せることができるのだということを。それというのも、以前クライトン夫人の居間で、彼女の歌と演奏を聴いたことがあったからで、その場には、わたしのほかはエドワードとその妹たちしかいなかったが、歌もピアノもたいへん素晴らしく、そのどちらにおいても彼女が他のどのお客にも負けない技量の持ち主であることは明らかであったのだ。

娘たちとわたしは、教区の貧しい人々へのクライトン夫人からの贈り物をどっさりと積んだ小型の荷馬車に乗って、朝な夕なコテッジからコテッジへと回り、実に楽しい日々を送っていた。毛布や石炭などを公的に配給したりする仕組みこそなかったものの、教区民が必要としているものは、地味ではあるがたいへん友好的な形で供給されていたのだ。アグネスとソフィーは、よく働く勤勉なメイドや教区牧師の娘、それにもう一人か二人の若いお嬢さん方らの手を借りて、ここ三ヵ月ほどは、小屋住農の子供たちのために、かわいくて暖かいフロックや丈夫な下着などをせっせと作っていた。そのおかげで、クリスマスの朝には、教区のすべての子供たちが真新しい服に身を包むことができたのであった。クライトン夫人はどの家に何が必要なのかを驚くほど的確に把握していたのであり、わたしたちの荷馬車が届けて回った様々な品物の包みには、アビーの女主人直筆の宛名がしっかりと記されていたのであった。

こうした行脚《あんぎや》ではエドワードが御者を務めてくれることもあったが、彼は教区の人々の間ではたいへんな人気者であった。誰に対しても陽気に愛想よく語りかけるので、その気さくな態度にみなたちどころに心を許してしまうのである。教区民の名前や親族関係などを忘れたことはなかったし、それぞれの家で何に不自由しているか、誰の具合が悪いか、などということもしっかりと覚えており、相手の好みの煙草の包みをさっとコートのポケットから差し出してやるのであった。そして始終冗談を飛ばしていたが、取り立てて気の利いたものではないそうした冗談に、狭苦しい部屋の中でみなが大笑いするのであった。

こうした様子を冷ややかに眺めていたのはミス・トレメインで、彼女はこの楽しい仕事に決して加わろうとはしなかった。

「わたくしは貧しい人たちが好きではないのです」彼女は言った。「こんな言い方をするとずいぶんひどく聞こえるかもしれませんが、自分の悪いところはさっさと認めてしまった方がよいでしょうからね。わたくしはああいう人たちとはうまくやってゆけないのです。でもそれは向こうも同じなのでしょう。わたくしは人に好かれるタイプではないのですわ。それに、あの人たちの狭くて息が詰まりそうな家に入るのは耐えられません。あのむっとするような臭いを嗅ぐと吐き気を催してしまうのです。そもそも、わざわざ訪ねて行くことに何の意味があるというのでしょう。お追従を言い、おべっかを使う偽善者を生み出すだけではありませんか。必要なものがあるなら、毛布でも、石炭でも、食べ物でも、お金でも、ワインでも、とにかくそうしたものを紙に書いて提出させ、誰か信頼できる使用人に届けさせれば済むことではありませんか。そうすれば、一方では媚び諂《へつら》う必要もなくなり、他方ではいらぬ辛抱をする必要もなくなるというものですわ」

「しかしね、ジュリア、この種のことを行っている人々が、みな辛抱してやっているというわけではないのだよ」怒りで顔を紅潮させながらエドワードは答えた。「自分たちが与えてあげる喜びを分かち合いたいという人が――生活に疲れた哀れな顔が突然の喜びでぱっと輝くのを見たいという人が――民百姓に、自分たちと領主様たちの間にも、コテッジとお屋敷との間にも、友好的な絆があるのだと感じさせたいと思っている人が、世の中にはいるものなのだよ。うちの母がいい例だ。君がそれほど面倒だと思っているこの仕事も、母にとっては尽きることのない楽しみであるのだよ。しかし、君がアビーの女主人になったら、すっかり様子が変わってしまうのだろうね」

「まだ女主人にはなっていませんわ」彼女は答えた。「それに、時間ならまだたっぷりとありますから、わたくしがその地位にはふさわしくないとお思いであるなら、どうぞわたくしたちのこと考え直してくださいまし。わたくしとあなたのお母様とではずいぶん違いがあるようですけど、それを隠すつもりはありませんわ。持ってもいない美徳を偽るよりはずっとましでございましょうから」

その後エドワードは、ミス・トレメインのことは放置して、ほとんど毎日のようにわたしたちの荷馬車の御者を買って出るようになった。それまでにもよく口論をしていた二人であったが、あのやり取り以降、二人の関係はますます疎遠になってしまったように思う。

ミス・トレメインは橇滑りもスケートもせず、ビリヤードを嗜《たしな》むこともなかった。当世では「奔放な」女性というのはずいぶんと増えたものだが、彼女はそうした女性たちとははっきりと一線を画していた。昼の間中、ずっと彼女は客間の張り出し窓のところに腰掛け、妹のローラの手を借りながら、ベルリンウールとビーズを材料に衝立《ついたて》の図案を刺繍していた。このローラというのは彼女にとっての一種の奴隷であり、性格的にぱっとしたところがなく、独創的な見解を披露することもなく、その容姿は姉の冴えない模造品といったところであった。

お屋敷にこれほどお客がなかったなら、エドワード・クライトンとその婚約者の仲違いはより目立っていたことだろう。しかし、屋敷中人がいっぱいで、しかもみな自分たちの楽しみ事で頭がいっぱいという状態であったから、ほとんど誰もそのことに気づいていなかったのではないかと思う。公の場では、我が若様はミス・トレメインに対してよく気を遣い、表向きは献身的な姿勢を示していたのであり、実情を知っていたのはわたしと彼の妹たちだけであったのだ。

このお嬢様が慈善活動にあれほど否定的な姿勢を示していただけに、その彼女がある日わたしを手招きし、小さなお財布をこちらに手渡した時にはたいそう驚いた。中にはソヴリン金貨▼8が二十枚詰まっていたのだ。

「ミス・クライトン、今日これを小屋住農のみなさんに配っていただけるとたいへんありがたいのですが」彼女は言った。「わたくしだって、何か差し上げたいと思っているのですよ。ただ、あの人たちと話をするというのはどうしても気が進まなくて……。届けて回る役回りはあなたのような方がうってつけですわ。ですが、お願いですから、このことは誰にもおっしゃらないでくださいまし」

「でも、エドワードには言ってもよいのでしょう」わたしは言った。彼にはぜひ、自分の許嫁《いいなずけ》が決して見かけほど薄情な人物ではなかったということを知らせてやりたかったのだ。

「いいえ、とりわけあの人には言わないでほしいのです」熱を込めて彼女は言った。「あなたもご承知の通り、この問題に関してはわたくしたちの考えは違っておりますから、わたくしがお金を出したということを知れば、きっとあの人は、自分の機嫌を取ろうとしてそんなことをしたのだろうと、そう思うことでしょう。ですから、ミス・クライトン、どうか何も言わないでおいてください」

わたしは承知した。そして慎重に立ち回り、誰にも知られないように金貨を配布した。

こうしてクリスマスがやってきて、そして去っていった。この特別な記念日の翌日は、アビーの一家やそのお客たちにとってはまことに静かな一日であったが、屋敷の使用人たちにとっては一大イベントの日であった。晩に、近隣の貧しい借地農たちもすべて招いた毎年恒例の舞踏会が開催されるのである。この日はそれまでの寒気が一気に緩み、すっかり雨降りの一日となった。天候によって気分が左右されやすい人々にとってはこういう日は気が滅入るものだが、まさにわたしがそうで、アビーにやってきて以来、初めて心がどんよりと沈み込んでしまったのだった。

だが、ほかの誰もそんな影響を受けた様子はなかった。年配のご婦人方は客間の暖炉の周囲に大きな半円を描くようにして団座し、陽気なお嬢さん方と元気の良い青年たちはもう一方の暖炉の前で賑やかにおしゃべりをしていた。撞球室からは球がぶつかる音や楽しそうな笑い声が始終聞こえてきた。わたしは深い窓の一つに腰掛け、カーテンで半ば身を隠しながら本を読んでいた。ロンドンからは毎月本が箱詰めになって届くのだが、読んでいたのはそのうちの一冊であった。

しかし、お屋敷の中のこのような明るく陽気な場景とは対照的に、外の景色は実に陰鬱《いんうつ》であった。雪化粧をした森と白い谷、そして波打つ雪の丘陵という銀世界は姿を消し、濡れた枯草の黒っぽい広がりやその背後の葉の落ちた木々に、陰気な雨がしとしとと降り注いでいた。橇の鐘の陽気な音色が周囲を活気づけることもなく、すべてが暗く静まり返っていた。

エドワード・クライトンはビリヤードゲームには加わってはおらず、客間の中を、不機嫌かつ落ち着かない様子で端から端まで行ったり来たりしていた。

「ありがたいことに、ようやく寒気が緩んでくれた!」わたしが坐っていた窓の前で立ち止まって彼は叫んだ。彼はわたしの存在には気づいておらず、独り言をいったのであった。愛想の良い受け答えは期待できそうになかったが、わたしは思い切って話しかけてみた。

「寒気の中の雪景色よりもこんな天気のほうが良いだなんて、何て悪趣味なんでしょう」わたしは言った。「この庭園だって、昨日はあれほど魅惑的で、まるで妖精の国のようでしたのに、今日の有様を御覧なさいな!」

「ああ、そりゃあ芸術的な観点からすれば、雪の方がいいでしょうよ。今日の景色は、確かにまるで暗澹《あんたん》とした沼地のようだ。でもね、僕は狩猟のことを考えているのですよ。雪が降り積もっていたのでは狩りはできませんからね。この先しばらくは暖かい日が続きそうですよ」

「でも、エドワード、あなたまさか狩りに出かけてゆこうというのではないのでしょう?」

「いえいえ、まさにそのつもりですよ、サラ姉さん。ずいぶん怯《おび》えた顔をなさっていますけれどね」

「でも、このあたりには猟犬隊を所有する人がいないのだと思っていたけれど……」

「ええ、確かに近隣にはいませんが、しかし、二十五マイルほど先に、デールバラ猟犬隊という、この地方でも有数の猟犬隊が存在するのですよ」

「それであなたは、たった一日狩りをするために、二十五マイルもの距離を出かけてゆこうとおっしゃるの?」

「その楽しみのためならば、四十マイルだろうが五十マイルだろうが、いや、百マイルだって喜んで出かけていきますよ。ただし、今回は一日だけではないのです。サー・フランシス・ウィチャリーのお屋敷に——いえね、ご子息のフランク・ウィチャリーとは、クライストチャーチ▼9で無二の親友同士だったのですよ——それで、卿のお屋敷に三、四日滞在することになっているのです。実は、今日出発するはずだったのですが、さすがにこんな雨の中を出かける気にはなれませんでしてね。しかし、天の水門が開いて新たな洪水が押し寄せるということになったとしても、明日にはどうしても出発しなければなりません」

「まあ、何て向こう見ずな!」わたしは叫んだ。「でも、ミス・トレメインはこうやっておいてきぼりを食らうことについて、いったい何とおっしゃるかしら?」わたしは声を低くして訊ねた。

「さあ、あちらのお好きなことをおっしゃればよいのです。仮に僕が今狐狩りの本場に身を置いていて、猟犬たちが天まで届くほど吠え立てていたとしても、あの人がその気になれば、僕に狩りのことなど忘れさせることだってできたのですよ」

「なるほど、そういうこと……。狩猟の話は前からの約束ではなかったのね……」

「ええ、そうなのです。ここのところ、ここにいるのにすっかり飽きてしまいましてね。それで、フランクに手紙を書いて、ウィチャリー館に二、三日お邪魔させてほしいと申し入れたのです。折り返しぜひとも来たまえという返事が届きまして、今週末まであちらに滞在することになったという次第です」

「新年の舞踏会のことを忘れてはいないでしょうね？」

「ええ、もちろんです。忘れたりしたら母が心を痛めるでしょうし、お客さんたちにも礼を失することになりますからね。どんなことがあろうとも、一日までには戻ってきますよ」

どんなことがあろうとも……軽い調子で言われた言葉であったが、この言葉を悲痛な思いで思い出す時がやがて来ることになっていたのだ。

「お母様は、あなたが狩りに出かけて行くだけで心を痛められるのではないかしら」わたしは言った。

「あなただってご存知でしょう、お母様もお父様も、狩猟というものをどれほど嫌っていらっしゃるかを」

「父について言えば、まことにカントリー・ジェントルマンらしからぬ嫌悪の情だと思いますね。しかし、父というのはとにかく本の虫ですから、書斎の外ではほとんど楽しみがないのですよ。そう、確かに両親ともに狩猟を嫌ってはいますが、それはまあ観念上のことでしてね。僕が乗馬の名手であり、ウィチャリー程度の狭いフィールドでは僕を落馬させるなどとてもできない相談だということは、よくわかっているはずです。サラ姉さん、どうか気を揉まないでください。父にも母にも心配をかけるようなことは一切いたしませんから」

「ご自分の馬を連れていくおつもりなの？」

「それはもちろんですよ。自分の馬を持っている者は他人の馬などに乗りたがらないものです。ペッパーボックスとドゥルーイッドを連れていきますよ」

「ペッパーボックスは癖のある馬だと、そう妹さんたちが言っているのを聞いたことがありますわ」

「妹たちは、馬のことを羊のようにおとなしくあるべきだと思っているので困るのですよ。素晴らしい馬というのはね、素晴らしい女性と同様、多少わがままなところがあるものなのです。ミス・トレメインがそのよい例でしょう」

「わたしはミス・トレメインの味方をいたしますわ。今回の喧嘩については、あなたの方に非があるとわたしは思っていますよ」

「おや、そうですか。でもね、サラ姉さん、どちらが悪いかは別として、ジュリアの方で折れてこない限りは、僕たちの仲は決して元通りにはなりませんよ」

「狩猟から戻ってきた暁には、もっと気持ちが和《やわ》らいでいることでしょう」わたしは答えた。「それはつまり、どうしても行くと言い張るのならば、ということですけど。でも、やはり考え直してほしいわ。ね、きっと考え直してくれるわよね？」

「いいえ、サラ姉さん、考え直すなどということは金輪際あり得ません。僕の心は運命のごとく固く定まっているのですよ」

　そう言うと彼は、陽気な狩りの歌か何かを口ずさみながら立ち去っていった。その日の午後、クライトン夫人と二人きりになった折に、このウィチャリー行きのことが話題となった。

「エドワードはすっかり行く気になっているようだわね」残念そうに彼女は言った。「主人もわたくしも、子供に無理強いをするような真似は決してするまいとずっと心掛けてきました。あの子はとてもいい息子ですから、あの子の楽しみを邪魔するようなことはしたくはないのです。狩猟については、うちの主人が、危険なものとして病的な嫌い方をしているのはあなたもよくご存知でしょう。そしてわたくしにも、やはり同じようにひどく神経質なところがあるのかもしれません。それでもわたくしたちは、あの子があれほど打ち込んでいる楽しみ事ですから、それにとやかく口出ししたことはなかったのです。そしてこれまでは、ありがたいことに、あの子もかすり傷ひとつ負ったことはなかったのです。でもね、あなた、あの子が週に四日も家を空けてレスター州の狩猟に出かけている折などは、ほんとうに生きた心地がしなかったものなのよ」

「彼は乗馬は得意なのでしょう？」

「ええ、それは上手らしいのです。この近隣の狩猟家たちの間では大変な評判を得ているくらいですからね。あの子がここの当主になったら、きっと猟犬隊を復活させて、曾祖父メレディス・クライトンの古き時代を甦《よみがえ》らせることになるのでしょうね」

「ねえ、ファニー、その頃の猟犬隊は、今わたしが寝室として使わせてもらっている部屋の下にあった厩舎に収容されていたのではなくって？」

「ええ、まあ……」クライトン夫人は重々しい口調で答えた。その顔に急に暗い影が差し、わたしは驚いた。

　この日わたしはいつもより早く自室に引き上げた。晩餐は七時で、そのための着替えをする前にまだたっぷり一時間ほど時間があった。当初はこの時間を手紙を書くことに充てようと思っていたのだが、部屋に到着してみるとなんだか何もする気になれず、机に向かう代わりに暖炉の前の低い安楽椅子に腰掛け、物思いに沈んでいった。

　どのくらいの間そうしていたのか、確《しか》とはわからない。考え事をしながらも半ばうとうととし、断片的な瞑想と時折垣間見る夢が混ざり合っていたのだが、そんな時、耳慣れない物音でわたしははっと目が覚めた。

それは狩人が鳴らす角笛の音だった。低く物悲しい音調で、彼方の方から響いてくるこの世のものとは思えないような奇妙な音色であった。わたしは『魔弾の射手』[10]の音楽のことを思い出した。だが、ウェーバーが生み出したどのような気味の悪いメロディーといえども、わたしの耳に聞こえてきたこの単調な音色ほど面妖なものではなかっただろう。

立ち上がったわたしは、この不気味な音色に耳を傾けながらその場に立ち竦《すく》んでしまった。すでにだいぶ暗くなっており、暖炉の火も消えかけていたので、部屋の中は陰に覆われていた。なおも笛の音に聴き入っていると、目の前の壁に突然光が仄《ほの》めいた。笛の音と同様にこの世の物とは思えないような光で、天からも地からもこのような光が放たれたことはかつてなかったことだろう。

わたしは窓辺に駆け寄った。この不思議な燐光は窓から差し込んで反対側の壁に当たっていたからだ。開け放たれた門から赤ジャケットの男たちを乗せた馬が次々と中庭に入ってきており、一団の前には鞭に煽《あお》られた猟犬が群がっていた。この光景は冬の薄暮の中、一人の男が手にしていた角灯の不気味な明かりでぼんやりと照らし出されていた。綴れ織のかかった壁を仄めかせていたのはこの角灯の明かりであったのだ。厩舎の扉が次々と開けられ、狩人と馬丁たちが馬から降り立ち、猟犬たちは犬小屋へと駆られていき、使用人たちが行ったり来たりと走り回っていた。そして募る夕闇の中、あの角灯の奇妙な明かりが、ここと思えばまたあちらと、あたり一帯を彷徨《さまよ》いながら仄めいていた。だが、馬の蹄《ひづめ》の音も、人の声も、猟犬の吠え声も、まったく聞こえてこなかった。あの彼方から漂ってきた角笛の音色が止んで以来、不気味な沈黙は破られることがなかったのである。

わたしは静かに窓辺に佇み、眼下の中庭で人や動物の一団が音もなく散っていく様をじっと眺めていた。彼らの散開の仕方に特に超自然的なところがあったというわけではなく、虚空にすっと消えたりすることもなかった。馬たちは一頭ずつそれぞれの馬房に連れていかれたのであり、狩猟服の男たちはひとりひとり門から出ていったのであり、馬丁たちも三々五々立ち去っていったのである。まったく音がしなかったということを除けば、わたしが見た光景は実に自然な光景であったのだ。だから、もし屋敷の中で見知らぬ人を見かけたりしたなら、ああ、あの人々はやはり実在の人間であったのだ、厩舎は実際に馬や犬でいっぱいなのだ、と思ったかもしれないほどだったのである。

だがわたしは知っていた、あの中庭とそこに並ぶ屋舎は半世紀以上も使われていなかったということを。とすると、長い間見捨てられていたあの中庭にいきなり大勢が押し寄せ、厩舎が馬でいっぱいになったということなのか？　そんなことがあり得るのだろうか？

近隣の狩猟の一隊がこの悪天に難儀して、ここに雨宿りしに来たのだろうか？　それはあり得ることだとわたしは思った。わたしは幽霊だとかお化けだとかいった類のものは一切信じない人間で、自分が見たものが亡霊であったなどと信じるよりは、たとえわずかでも可能性のあることの方を信じたいと思う質《たち》である。しかし、あの無声無音、あの不気味な角笛の音色、そしてあの角灯のこの世の物とは思えない燐光……。迷信に囚われることなどほとんどないわたしであったが、この時ばかりは額に冷たい汗が浮かび、手足がぶるぶると震えてしまったのであった。

しばらくの間、わたしは彫像のように窓辺に佇み、人気《ひとけ》のなくなった中庭をぼんやりと見つめていた。やがてはっと我に返ったわたしは、この謎を何とか解き明かしたいという気持ちで、使用人たちの区画に続く裏階段を静かに駆け下りていった。昔の経験から、マージョラム夫人の部屋への行き方はわかっていた。わたしが足を向けたのはその彼女の部屋で、今しがた自分が見たものの意味をこの女中頭に訊ねてみるつもりであったのである。このことを一家の誰かに話す前に、クライトン・アビーの秘密に通暁した者の意見を聞いておいた方がよいだろうと、無意識のうちにそう私は感じていたのだ。

　厨房や使用人の大部屋の前を通りかかると、あちこちから陽気な話し声や笑い声が聞こえてきた。従僕たちもメイドたちも、晩の祝祭に向けて自分たちの部屋を飾り付けるのに大忙しであったのだ。開いた扉の前を通ると、柊《ひいらぎ》や月桂樹の花輪や、蔦や樅《もみ》の花綱などに最後の仕上げを施している最中で、どちらの部屋のテーブルにもお茶がたっぷりと用意されていた。女中頭の部屋は長い通路の一番奥の人目につかない場所にあった。茶褐色のオークで板張りされた風情ある古部屋で、そこに並んだ大きな戸棚は、子供の頃のわたしには、瓶詰の果物やらお菓子やらの宝物が無尽蔵に蓄えられた貯蔵庫のように映ったものだった。日陰になったこの部屋には旧式の大きな暖炉が備え付けられており、薔薇やラヴェンダーの花瓶で炉端が飾られる夏の季節はひんやりとして涼しく、薪が一日中勢いよく燃え上がる冬の季節はとても暖かかった。

　わたしはドアを静かに開け中に入った。グレーの波紋柄絹布《けんぷ》のフォーマルドレスに身を包み、まるで薔薇園のような帽子を被っていたマージョラム夫人は、燃え盛る暖炉の脇の背の高い安楽椅子でうたた寝をしていた。わたしが近づいてゆくと目を開け、一瞬困惑したような表情でこちらを見つめた。

「おや、まあ、サラお嬢様ではありませんか」彼女は叫んだ。「どうなさいました、そんなに蒼い顔をなさって？　暖炉の明かりだけでもそれとわかるくらいですわ。今蠟燭《ろうそく》を灯しますから、気付け薬を持ってきて差し上げましょう。どうぞこの椅子にお掛けになって。まあ、体中ぶるぶると震えていらっしゃるじゃありませんか！」

　有無をいわさずわたしを肘掛椅子に押し込んだ彼女は、テーブルの上に置かれていた二本の蠟燭に火を灯した。わたしは事情を説明しようとしたのだが、唇はかさかさに乾き、初めのうちは思うように声が出てこなかった。

「マージョラムさん、気付け薬はいいから」ようやくわたしは言った。「別に具合が悪いわけではないの。ちょっとぎょっとするようなことがあって、それだけなのよ。ここへ伺ったのは、そのぎょっとしたことについて、あなたが何かご存知ではないかと思ったものだから……」

「まあ、いったい何があったのでございますか、サラお嬢様？」

「あなたにも聞こえたのではないかしら。笛の音よ、狩人の角笛の音――つい今しがた聞こえたでしょう？」

「角笛ですって？　い、いいえ、サラお嬢様。どうしてまたそんな突飛なことを……」

マージョラム夫人の赤ら顔からさっと血の気が引き、今や彼女は、このわたしと同様に真っ蒼になってしまった。

「突飛なことではないの」わたしは言った。「確かに笛の音を聞いたし、あの人たちの姿も見たのです。狩猟の一隊が北翼の中庭に雨宿りにやってきたのよ、猟犬と馬と、紳士の一団と使用人たちが……」

「サラお嬢様、いったいどんな人たちでございましたか？」妙な声音で女中頭が訊ねた。

「それがはっきりしないのよ。赤いジャケットを着ていたのは確かだけど、それ以外はよく見えなかったの。ああ、そういえば、角灯の明かりで一人の人物の姿はちらりと見えたわ。背が高くて、髪と頬髯《ほおひげ》はグレーで、猫背だったわ。それと、ウェストの短い、襟がばかに高いジャケットを着ていて――何だか百年くらい前の服みたいだったけど……」

「せ、先々代の旦那様だわ……」マージョラム夫人は声を潜《ひそ》めて呟《つぶや》いた。そしてわたしに向き直ると、明るくきっぱりとした口調でこう言った。「サラお嬢様、きっと夢を見ていらしたのですよ、ええ、ええ、そうに違いありません。暖炉の前の椅子に腰かけてうとうとなさり、夢をご覧になったという、ただそれだけのことでございますよ」

「いいえ、マージョラムさん、夢ではありません。角笛の音で目が覚めたのですから。それで窓辺に立って、猟犬や狩猟家たちが入ってくるのをこの目で見たのです」

「でもね、サラお嬢様、北翼の中庭への門はこの四十年ほど閉ざされたままで、屋敷の中からしかあそこには入れないのでございますよ」

「その門は、今晩あの一隊を入れるために開けられたのかもしれないじゃないの」わたしは言った。

「いいえ、それはあり得ません。あの門を開ける唯一の鍵は、あちらの戸棚の中にしまってあるのですから」部屋の隅を指差しながら女中頭は言った。

「でもわたしは確かに見たの、あの人たちは中庭に入ってきたのよ。馬と猟犬は今この瞬間もあそこの厩舎と犬小屋に収容されているはずだわ。いいわ、マージョラムさん、あなたがほんとうのことを話してくれないというのであれば、クライトンさんか、ファニーか、あるいはエドワードのところに行って、すべてを話してくるわ」

わたしはある意図を持ってこう言ったのだが、その効き目は覿面《てきめん》だった。

「ああ、いけません、サラお嬢様、どうかそれだけはおやめください。奥様や旦那様には一言もいってはなりません」

「どうして？」

「なぜなら、お嬢様がご覧になったものは、このお屋敷に必ず不幸と悲しみをもたらすものであるからなのです。お嬢様は死者をご覧になったのです」

「まあ、いったいどういうことなの？」われ知らず戦《おのの》いてしまったわたしは喘《あえ》ぐようにして訊ねた。

「お嬢様もお聞きになられたことがあろうかと存じますが、このアビーでは、折に触れてあるものが目撃されてまいりました。幸いにも、それが出没するのはほんとうに何十年も時を隔ててのことでして、幸いと申しますのは、それが出たあとには必ず不幸が訪れるからなのでございますよ」

「え、ええ、確かにそういうことを……」わたしは気忙《きぜわ》しげに答えた。「でも、ここに出没するというそれがいったい何なのかは、誰も教えてはくれませんでした」

「ああ、それはそうでございましょう。知っている者はその秘密をしっかりと守ってまいりましたから……。でも、お嬢様は今日それをみなご覧になられたわけですから、これ以上隠し立てしても意味はございませんね。お嬢様がご覧になられたのは先々代のご当主、メレディス・クライトン様なのでございます。そのご長男という方は、十二月のある日、狩猟場で落馬されて命を落とされました。ご遺体はその晩お屋敷に運び込まれたのですが、お父上様とその他の方々は、その一時間ほど前に無事ご帰宅されておりました。ご老公は狩猟場でご子息の姿が見えなくなったことに気づかれたそうですが、ジョン坊ちゃまは狩りに飽きてしまい、先に帰ったのだろうと思われたということです。坊ちゃまを発見したのは近所の作男で、お可哀そうに、背骨を折って溝の中に横たわっていたそうで、フェンスを飛び損ねて深手を負った馬が隣に倒れていたということです。その日以来、ご老公はすっかり意気消沈されてしまい、あれほどお好きでした狩猟をぷっつりとお止めになってしまったそうで、猟犬や馬は売り払われ、それ以降、北の中庭は伽藍洞《がらんどう》になってしまったということです」

「この種のものが前に目撃されてからどれくらい経つのかしら？　かなり昔のこと？」

「それはもうずいぶん昔のことでございますよ。わたくしがまだほんの小娘の頃でございましたから。冬のことでした――そうです、まさに今夜がその日でございますよ――そしてメレディス様のご子息のご命日でもあったのです。ちょうど今のように、お屋敷はお客様でいっぱいでございました。その折、今お嬢様がお使いのお部屋に、元気のいいオックスフォードの学生さんが滞在されておりましてね。そのお方が、例の狩猟の一団が中庭に入ってくるのを目撃されたのです。そして、こともあろうに、窓を大きく開け放たれて、一同に向かってあらん限りの大声で雄叫《おたけ》びを上げられたというのです。その方は前日に到着されたばかりで、この界隈《かいわい》のことは何もご存知ではなかったのですね。というわけで、晩餐の席でその方は、あの狩りの面々はどこにおられるのか、翌日ぜひ自分もアビーの一団に同行させていただきたい、などと宣《のたま》わったというのです。今の旦那様のお父様の時代のことでしたが、テーブルの上座にいらした大奥様は、これを聞かれて真っ蒼になられてしまわれたそうです。さもありなんというところでございましょうか。そして、それから一週間も経たぬうちに、ご主人様が亡くなられてしまったのです。卒中で倒れられて、それっきりでございました」

「何という恐ろしい偶然の一致でしょう」わたしは言った。「でも、ほんとうに単なる偶然の一致にすぎないのかも……」

「でも、ほかにも似たような話があるのでございますよ。いずれも信頼できる者から聞いた話なのですが、みなある一つのことを裏書きしているのです。ご老公とその一団の出現は、この屋敷に死者が出る前触れだということを……」

「信じられないわ！」わたしは叫んだ。「そういうこと、わたしはどうしても信じられないの。エドワードはこのことを知っているのかしら？」

「いいえ、お嬢様。旦那様も奥様も、若様には絶対に知られないよう気を配っておいででしたから」

「たとえ知ったとしても、しっかりした人ですから、たいして気にすることはないでしょうけれど……」

「でも、サラお嬢様、今日ご覧になったことを、旦那様にも奥様にもどうかおっしゃらないでくださいまし」この忠実なる老婢は哀願した。「お知りになれば、きっと思い煩《わずら》われることでしょうから……。それに、もしこのお屋敷に禍《わざわい》が訪れることになっているとするなら、人の力ではどうすることもできませんので……」

「禍だなんて、そんな馬鹿な！」わたしは答えた。「亡霊だの前触れだのと、わたしはそういうことは一切信じません。自分が死者の亡霊を見たなどと信じるくらいなら、夢を見ていたのだと思った方がまだましです。そう、わたしは窓辺に佇んで、目を開けながら夢を見ていたのです」

マージョラム夫人は溜息をつき、何も言わなかった。彼女はこの幻の狩猟家のことを固く信じていたのだ。

晩餐のための着替えをしにわたしは自室に戻った。自分が見たものをいかに合理的に説明しようとしてみても、その影響を振り払うことはできなかった。ほかのことは何も考えられなかった。来るべき禍に対する病的な恐怖心が、まるで本物の重荷のように、心にずっしりとのしかかってくるのであった。

下に降りてゆくと、客間には陽気な面々が顔を揃えており、食事の席でもおしゃべりと笑い声が絶えることはなかった。だが、従姉のファニーの表情にはいつもの朗らかさがないように感じられた。息子のウィチャリー往訪のことを考えているに違いないと、そうわたしは思った。

すると突然、わたしの胸に恐怖が押し寄せてきた。夕方に見たあの幻影が、彼の――この家の跡取りであり、唯一の息子であるエドワードの身に迫っている危険の前兆であったとしたら……そう考えると背筋が凍りついてしまった。しかし、次の瞬間、わたしは自分の弱さを恥じ、自らを蔑んだ。

「年老いた使用人がこの手の話を信じてしまうのは無理もないことかもしれない」わたしは自分に言い聞かせた。「でも、この自分まで――しっかりとした教育を受け、広く世の中を見てきたこの自分までそんな迷信にかぶれてしまうとは、馬鹿もいいところだ……」

しかし、このあとわたしは、エドワードのウィチャリー行きを阻止する手立ては何かないものかとあれこれ頭を悩ませ始めたのである。もちろん、わたしが何を言ったところで効き目があるはずもなく、彼の気を変えさせるどころか、出発を一時間遅らせることさえできはしないだろうということはよくわかっていた。しかし、ミス・トレメインならば……もし彼女があの気位の高さをかなぐり捨てて、やさしく懇願さえしてくれたなら、彼を説きつけることもできるかもしれない……。そう考えたわたしは、その晩のうちに彼女に訴えかけてみようと決心した。

お屋敷はその晩中たいへん賑やかであった。使用人とその客たちは大広間でダンスを踊り、一方わたしたちは、上の柱廊に席を設けたり、小さなグループを作って階段に腰掛けたりして彼らの遊興を見物していた。このような陣構えは男女が戯れるのにうってつけの状況であったと思うし、若い人たちはこの機会を大いに活用していたのではないかと思う。ただ、例外もあった。エドワード・クライトンとその婚約者は、その晩ずっとお互いを避けるようにしていたのだ。

下の広間でみなが賑やかにやっている一方、わたしはミス・トレメインを捕まえ、踊り場の奥にある朝顔口のステンドグラスの窓のところへ彼女を連れ込んだ。そこには幅広のオーク材の腰掛が設《しつら》えてあったのだ。そこに並んで腰を下すと、わたしは、誰にも言わないという約束のもと、夕方目撃したあの光景と、そのあとのマージョラム夫人とのやり取りを彼女に話して聞かせた。

「おや、まあ、ミス・クライトン」墨を引いた眉を上げ、軽蔑の色を露《あらわ》にしながら彼女は叫んだ。「あなたはまさか、亡霊だとか前兆だとか、老婆の世迷い言だとか、そんな馬鹿げたものを本気で信じていらっしゃるわけではないのでしょうね」

「ミス・トレメイン、こんなこと、わたしだって信じたくはないのです」真剣な口調でわたしは答えた。「でも、夕方わたしが見たものは、人知では計り知れないものであったのです。そして、その時以来、どうにも不安でならず、それがエドワードのウィチャリー行きと何らかの形で関連があるのではないかと思わずにはいられなくなってしまったのです。もしわたしに彼の出発を阻止する力があるなら、どんな代償を支払ってでもそうするところなのですが、あいにくわたしにはその力がありません。それができるのはあなただけなのです。お願いですから、あなたの影響力を行使してくださいまし。あの子がデールバラ猟犬隊を連れて猟場を走り回るのをなんとしても止めさせてほしいのです」

「あなたはこのわたくしに、あの人にめそめそと取り縋《すが》るような屈辱的な真似をさせようというのですか？　わたくしに対してああいう態度を取り続けてきたあの人に？」

「確かに彼は、あなたのことをずいぶん蔑《ないがし》ろにしてきたと思います。でも、ミス・トレメイン、彼のことがお好きなのでしょう？　あなたは誇り高い人だから、自分の気持ちを表には出さないけれど、わたしにはわかりますわ、あなたが彼を愛していらっしゃるということが。ですからお願いです、彼を説得してください、命を危険にさらすような真似はさせないでください。あなたがひと言いってくだされば、その危険は防げるのです」

「あの人がわたくしのために狩りを諦めてくれるとはとても思えません」彼女は答えた。「それに、拒否でもされたらこちらの面目が丸潰れになるではありませんか。わたくしを辱《はずかし》める機会を与えるなど、まっぴら御免です。そもそも、あなたの心配はまったくのナンセンスですわ。狩猟など誰でもやっていることでしょう。わたしくしの兄弟などは、冬場になれば週四回は狩りに出ておりますけれど、誰一人として怪我すらしたこともありませんわ」

こう言われても、わたしとしては簡単に引き下がるわけにはいかなかった。この気位の高い意固地な娘を相手に、とにかくわたしは粘れるだけ粘ってみた。だがすべてが徒労に終わってしまった。エドワード・クライトンに頭を下げるなどという屈辱的な真似は絶対にするつもりはない――この姿勢を決して彼女は崩すことがなかったのだ。相手は自分を疎《うと》んずるという道を選んだ。向こうがそのつもりならば、こちらだって負けてはいない。彼がいなくとも平気だというところを見せつけてやるつもりだ。自分がクライトン・アビーを去るとき、二人は赤の他人として別れることになるだろう……

こうしてその晩は御開きとなった。翌日の朝食の席で、エドワードが夜明けとともにウィチャリーに向けて発ったという話を聞いた。彼の不在により、わたしたちのサークルにぽっかりと穴があいたような感じになった。少なくともわたしにとってはそうだった。だが、もう一人そう感じている人がいたように思う。ミス・トレメインだ。強いていつもより陽気に振舞おうとし、彼女らしからぬ態度でみなに愛嬌を振りまいていたものの、その誇り高き美貌はひどく蒼ざめていた。

エドワードが発って以来、日々の経過はゆっくりとしたものになったかのようだった。心には漠然とした不安感が重しのようにのしかかり、いくら振り払おうとしても振り払うことはできなかった。お屋敷は依然として楽しい人々でいっぱいであったが、エドワードがいなくなってみると、ひどく侘《わび》しく退屈な場所になってしまったように感じられ、今まで彼が坐っていた場所には空洞ができてしまったかのように思われた――そこには別の人が坐り、長いディナー・テーブルのどちらの側にも空いた席はなかったのではあったが……。お気楽な若者たちは相変わらず撞球室に笑いを響かせ、おきゃんな娘たちはこれまでどおり戯れの恋を楽しみ、跡取り息子の不在など微塵《みじん》も気にしていない様子であった。だが、わたしにとってはすべてが変わってしまった。病的な妄想にすっかり取り憑《つ》かれ、女中頭の言葉を絶えず頭の中で繰り返していた――わたしが見た亡霊は、クライトン一族に死と悲しみをもたらす前兆である、というあの言葉を……

妹のソフィーとアグネスも、お客たちと同様、兄の身を案ずる様子はまったくなかった。二人とも新年の舞踏会のことで頭がいっぱいであったのだ。この舞踏会は一大行事で、近隣五十マイル四方の名家は漏れなく参加が予定されていた。アビーは隅々に至るまで遠来の客で埋め尽くされることになるであろうし、入りきれぬ人々は、近所の上級借地農の家などに収容されることになっていた。であるから、この行事を司《つかさど》るのは並大抵の仕事ではなく、クライトン夫人は、女中頭と相談し、料理人からの言伝《ことづて》を受け、花飾りのことで園丁長と打ち合わせをするなど、屋敷の内外を日々走り回っていた。準備のためのどんな細かいことでも館の女主人の了解を得ることが必要であったのだ。こうした仕事に加え、今滞在している客たちとの応接もこなさなければならず、まさに大忙しであった我が従姉ファニーは、母親として内心の不安がどれほどのものであったにせよ、表向きは、息子のことでくよくよと心配している暇などほとんどなかったのである。アビーの主《あるじ》はといえば、相変わらず書斎に閉じこもったきりで、所領地の差配人と打ち合わせをすると称してギリシャ語の文献を読み耽《ふけ》っていたので、その心情を推し量るのは容易ではなかったが、一度、たった一度だけ、彼が息子のことを口にするのを耳にしたことがあった。その時の口振りでは、息子の帰宅を切に願っている様子ではあった。

　娘たちはウィッグモア・ストリート▼11のフランス人デザイナーの店で舞踏会用のドレスを新調し、そして、この大イベントが近づくにつれて婦人服の入った大きな包みが次々と届き始め、それぞれの寝室や化粧室では、閉ざされたドアのもと、女性たちによる品評会や試着会が終日《ひねもす》繰り広げられることになった。かくして、頭の中では始終あの漠然とした暗い予感が渦巻いていたものの、わたしにはあちらこちらからお呼びがかかり、ピンクのドレスに鈴蘭は合うか、とか、浅黄色のシルクと林檎の花の組み合わせはどうか、などといったことについて、次から次へと意見を求められたのである。

　わたしにはそれまでの時間が途轍もなく長く感じられたのであったが、やがてようやく新年の朝を迎えることになった。明るく澄んだ朝で、春の陽光といってもいいような光が葉の落ちた木々の景色を照らし出していた。前の晩に過ぎ行く年をにこやかに送り出した一同は、この日朝食の席で改めて顔を合わせることとなり、広いダイニングルームでは新年の祝辞と挨拶が行き交った。しかし、エドワードはまだ戻っておらず、わたしはひどく淋しい心持ちであった。この日に限って多少の同情の念に駆られたわたしはジュリア・トレメインの傍《かたわ》らに寄り添った。ここ数日の間彼女を観察する機会は数多くあり、その頬が日増しに蒼ざめてゆくのを目の当たりにしてきたのだが、この日の彼女の目は重くどんよりと澱んでおり、眠れぬ夜を過ごしたことを雄弁に物語っていた。そう、彼女は不幸であったのだ。誇り高く頑《かたく》ななこの佳人が悲痛な思いで苦しんでいたのだ。

「今日は戻ってくると思いますよ」まだ手付かずの朝食の前に静かに堂々と腰を下す彼女にわたしはこう小声で囁《ささや》きかけた。

「戻るって、どなたが？」冷たくよそよそしい表情でわたしに向き直りながら彼女は言った。

「エドワードですよ。舞踏会には必ず戻ると約束をしておりましたでしょう」

「クライトンさんのご動向などわたくしは存じません」これ以上はないと思われるほどの尊大な口調で彼女は言った。「でも、今夜戻って来られるのはもちろん至極当然のことでしょう。今ここに滞在している面々をどれほどぞんざいに扱われようとも、さすがに州のお歴々をすっぽかすわけには参りませんでしょうからね」

「でも、ミス・トレメイン、今ここにいる方々の中に、彼がほかの誰よりも大切に思っている人がいるのではないかと思いますけど」何とかこの高慢ちきな娘をなだめようとしてわたしは答えた。

「さあ、どうですか。でもどうしてあの方のご帰宅のことをそう気になさるのですか？　もちろん戻っていらっしゃいますよ。戻らない理由などないではありませんか」

いつにない口調でそうまくし立てた彼女は、探るような鋭い眼差しでわたしの顔を覗き込んだ。彼女らしからぬこの所作はわたしの胸に響いた。内面の憂苦がひしひしと伝わってきたのだ。

「ええ、不安を感じたりする合理的な理由は確かに何もありません」わたしは言った。「でも、先日わたしが申し上げたことを覚えていらっしゃるでしょう。あの事でずっとわたしは心を悩ませ続けてきたのです。もし彼が無事に戻ってきてくれれば、どれほどほっとすることか……」

「ミス・クライトン、そんなことでくよくよとお悩みになるとは、何ともお気の毒なことですこと」

彼女が言ったのはそれだけだった。しかし、朝食の後、客間に赴《おもむ》いてみると、彼女はある窓の前に陣取っていた。その窓は、アビーの正面に通じている曲がりくねった長い馬車道を見晴らすことができる窓であった。そこからならば、屋敷に近づいてくる人間を見逃す恐れはなく、彼女はそこに一日中坐り続けていた。ほかの人々が多かれ少なかれ晩の準備に追われていた中で――あるいは、追われる恰好をしていた中で――彼女だけは、頭痛を理由にその窓の前から動こうとはしなかった。部屋に戻って休んだらどうかと母親に促されても頑として聞き入れようとはせず、本を手にじっと坐り続けていたのだ。

「そんな調子では今夜何もできなくなってしまいますよ」トレメイン夫人は怒ったような口調で言った。「ここのところずっと顔色が悪かったけれど、今日はまるで幽霊みたいに蒼白い顔をしているじゃないの」

彼女が待ち受けているのが彼であることはわたしにはよくわかっていた。しかし、昼が過ぎ、やがて夕方になっても彼は来なかった。わたしは心から彼女を憐れんだ。

夕食の時間はいつもより早く、食事の後は、愛好家たちがビリヤードを一ゲームか二ゲーム楽しみ、一方で、会場となる部屋部屋の検分が行われた。それぞれの部屋は蠟燭のみで煌びやかに照明が施されており、異国の植物の香りが漂っていた。それが済むと、後の長い幕間《まくあい》の時間は身支度の秘儀に費やされることになる。洗濯屋から届いたペティコート類を抱えたメイドたちが右往左往し、鏝《こて》をあてた髪から漂う仄かな香りが通路に充満した。十時になると、楽団がバイオリンの調律を始め、美しく着飾った美男美女がオークの階段をゆっくりと降りてゆき、外では車輪の音が響き渡り、次々に到着する名士たちの名前が声高に告げられていった。

この晩の祝祭については多言を弄する必要はないだろう。舞踏会というのはみな似たり寄ったりなのであって、何の屈託もなく、目の前の楽しみに丸ごと身を委ねることができる人々にとっては素晴らしい成功であっただろうし、豪華で魅惑的な一夜であったことだろう。だが、心に重くのしかかる心配事を抱えた者にとっては、それは派手に着飾った一団のぼんやりとした絵図にしかすぎず、色と形がただ動き回るだけの無味乾燥な万華鏡でしかなかったのだ。

音楽は流れていたが、わたしには何のメロディーも聞こえてはこず、目の前の眩い光景にも何の魅力も感じることはなかった。こうしてどんどん時は経っていった。やがて夜食も終わり、踊り手たちは、最も興が乗るとされる最終の踊りを楽しむ時間となった。しかし、エドワード・クライトンはまだ姿を現してはいなかった。

人々は口々に彼のことを訊ね、クライトン夫人はあちらこちらで息子の不在を詫びて回っていた。わたしは彼女が気の毒でならなかった。客たちとにこやかに応対し、どんな話題でも朗らかに会話を交わしてはいたものの、息子が未《いま》だに帰ってこないということで内心どれほど気を揉んでいたか、わたしには痛いほどわかっていたのだ。一度、彼女が少しの間一人で坐っていたことがあったが、その時わたしは見たのである、ダンスを眺めている彼女の顔から微笑みが消え、苦悩の表情が浮かび上がってくるのを。わたしは思いきって近寄っていったが、その時彼女がわたしに向けた表情を決して忘れることはないだろう。

「サラ、エドワードがまだ……」声を潜めて彼女は言った。「何かあったに違いないわ!」

わたしは何とか彼女を慰めようとしたが、自身の心も憂いに沈んでゆき、人を慰められるような状態ではなかった。

ジュリア・トレメインは幕開けで少し踊ったが、それはあくまでも体裁を保つためであり、婚約者の不在で落ち込んでいる、などと誰にも思わせないようにするためであったのだと思う。実際、最初の二回か三回ほど踊った後、疲れてしまったといって、年配のご婦人方の席の中へ引っ込んでしまったのである。だが、ひどく蒼ざめてはいたものの、白の薄絹のドレスを身に纏い、袖をふくよかに膨らませ、ダイヤをあしらった蔦の葉の頭飾りで淡い金髪を覆った彼女の姿はまことに艶やかであった。

夜も更《ふ》けてゆき、踊り手たちが最後のワルツを踊っていたその時、ふと部屋の奥の入口に目を向けたわたしはどきりとした。一人の男が帽子を手にそこに立っていたのだが、彼が着ていたのは夜会服ではなかったのだ。蒼白く心配そうな顔をしたその男は遠慮がちに部屋の中を覗き込んでいた。わたしは咄嗟《とっさ》に何かあったのではないかと思ったが、次の瞬間男はいなくなっており、それっきり姿を見せることはなかった。

わたしは従姉のファニーに寄り添い、会場となった部屋部屋がすっかり空になるまで居残った。ソフィーとアギーでさえもすでにそれぞれの部屋に引き上げていた。二人の新品のドレスも、一晩の精力的なダンスによってすっかりよれよれになってしまっていた。長い一続きの部屋部屋の中にはクライトン夫妻とわたししか残っておらず、飾られていた花々も萎《しお》れ、列をなす蠟燭も、壁から突き出た銀の燭台の上でひとつまたひとつと消えていった。

「今晩はまずまずの成功でしたね」心配そうに夫に目をやりながらファニーは言った。夫君の方は、伸びをしながら大いに安堵した様子で欠伸《あくび》をしていた。

「そう、確かにまずまずの成功だったな。だが、エドワードの奴め、姿を見せぬとは、とんだ無作法をしでかしてくれたものだ。今どきの若い者は、自分のことしか考えておらん。きっと今日ウィチャリーで何か特別楽しいことでもあって、こっちへ来る気にはなれんかったのであろう」

「でも、約束を破るなんてあの子らしくありませんわ」クライトン夫人は答えた。「フレデリック、あなた心配ではありませんの？　何か事故でもあったのではないか、とか……」

「どんな事故があったというのだね？　ネッドはこの州でも指折りの馬の乗り手だぞ。事故など起きようはずがない」

「具合が悪いのかもしれませんわ」

「いいや、あいつに限ってそんなことがあるものか。まるでヘラクレスのような男だからな。それに、もしほんとうに具合が悪くなったのであれば――まあ、そんなことはあり得んのだが――ウィチャリーから報《しら》せが来たはずだ」

そう言い終わるか終わらないかのうちに、老執事のトゥルーフォールドが主人の傍らにやって来て佇んだ。たいへん厳粛な表情をしていた。

「その、旦那様にお会いになりたいという方が参っておりまして……」小声で彼は言った。「二人きりで、とのご希望でございます」

小声ではあったが、その言葉はファニーにもわたしにも聞こえていた。

「ウィチャリーから来た人なのね！」彼女は叫んだ。「じゃあ、ここにお通しして」

「しかし、奥様、その人物は、旦那様だけにお会いになりたいと、強くご所望でして……。旦那様、書斎にお通ししてよろしゅうございますか？　まだ灯りは落としておりませんので」

「ああ、やっぱりウィチャリーから来た人なのだわ」我が従姉はわたしの手首を摑みながら言った。その手は氷のように冷たかった。

「ねえ、サラ、わたくしが言った通りでしょう？　息子に何かあったのだわ。トゥルーフォールド、ぜひともその人をここに連れてきてちょうだい」

夫には従順で、使用人には優しいという日頃の彼女にあって、この命令口調は尋常ではなかった。

「トゥルーフォールド、家内の言うとおりにしておくれ」クライトン氏は言った。「どんな悪い報せであるにせよ、とにかく二人で一緒に聞くことにしよう」

彼は腕を妻の腰に回した。二人とも顔面蒼白で、石のように体を強張《こわば》らせながら来るべき衝撃を待ち受けた。

先ほど入口に佇んでいたあの男が入ってきた。ウィチャリー教会の副牧師であり、サー・フランシス・ウィチャリーの屋敷での儀式を司る役目も担っているという、謹厳な中年の聖職者であった。彼は伝えなければならないことを思いやり深く伝え、信仰と類似の経験に基づき、こうした際には定番となっている慰めの言葉をかけた。だがその言葉も心遣いも虚しかった。衝撃は衝撃に変わりはなく、言葉による慰めはその痛みをほんのわずかでも軽くすることはできなかったのである。

晴れ渡った新年のこの日、ウィチャリーでは障害物競走が行われた。もちろんアマチュアの大会で、参加したのは上流の紳士ばかりであったが、エドワード・クライトンも声をかけられた。クライトンに帰るのは、レースが終わってからでも充分間に合うさ、と説得され、結局愛馬ペッパーボックスに乗ってレースに参加することになった。彼の馬は楽々と先頭を走っていたのだが、最後の障害で事件が起きた。それは二重のフェンスになっていて、向こう側に水溜りがあるという障害だったが、ペッパーボックスはこのフェンスを跳び損ない、水溜《みずたま》りに頭から突っ込んでしまった。騎手はコース脇の生垣を越えてその向こうの野原まで振り飛ばされ、そこにはたまたま石の地ならし機が置かれていた。エドワード・クライトンはこの地ならし機にまともに激突し、頭を強打してしまった。これが事の顚《てん》末《まつ》であった。副牧師がこの惨事の模様を語っている間、わたしは突然はっとして周囲を見回した。話し手の少し後ろにジュリア・トレメインが立っていた。彼女は最初から話を聞いていたのだ。悲鳴を上げることもなく、気を失うこともなく、身動きもせずに静かに佇み、最後までじっと聞き耳を立てていたのであった。

その晩のその後のことはよく覚えていない。みな魂を抜かれたような状態になってしまったのだ。そのうちに馬車が用意され、クライトン夫妻は死んだ息子と対面するためにウィチャリーに向けて発って行った。エドワードはサー・フランシスの屋敷に運ばれる途中で息を引き取ったのだという。わたしはジュリア・トレメインに付き添うようにして彼女の部屋まで同行し、冬の夜がゆっくりと明けていく間、二人して眠れぬ時間を過ごした。辛い夜明けだった。

＊

語るべきことはもうほとんどない。心は打ちひしがれても人生は続いてゆく。クライトン・アビーには寂寞《せきばく》とした傷心の日々が訪れた。館の主は書斎に引き籠もり、外界との接触を断って、世捨て人同然の暮らしを送るようになった。ジュリア・トレメインは、あの日以来、一切笑わなくなってしまったという。今でも独り身で、今でも父親の屋敷で暮らしている彼女は、自分と同等の立場の人々に対しては相変わらず居丈高でよそよそしいが、近隣の貧しい人々に対しては実に優しく親切で、まさに天使のような存在であるのだという。そう、かつては貧民の巣窟には耐えられないと言っていた傲慢な娘が、今や、僧衣こそ纏ってはいないものの、慈悲深き修道女といってもよい人間となっていたのだ。一つの大きな悲しみが一人の女性の人生を変えてしまったのである。

アビーへの出入りは相変わらず歓迎されていたこともあり、あの新年の悪夢の晩以来、従姉のファニーと会う機会はたびたびあった。そして彼女が、大きなお屋敷の女主人として機嫌よく淡々と義務をこなし、孫たちに微笑みかける姿を目の当たりにしてきた。しかし、生きる原動力はすでに失われていたのであり、彼女にとって、この地上での栄光はもう過去のものとなってしまっていたのだった。この世界が提供する種々の楽しみを見つめる目は穏やかではあったが、そこには真の悦びはなく、大きな悲しみの影がその目を永遠の闇に包んでしまったのである。

老貴婦人
(1884)

マーガレット・オリファント

1

その貴婦人はたいへん年老いていた。だから死を覚悟するのはたいへん困難なことであった。

このように書くと、たいていの人ならば、何を言っているのか、老齢に達した人々は死に近づいているわけなのだから、この不可避の出来事に対して心の準備をするものなのではないか、と言うだろうし、それが普通の考え方であることは筆者としても充分承知の上である。だが、多くの場合、これがそうではないのである。われわれはみな未知の世界からやって来て未知の世界へと帰ってゆく。若いうちは、その未知の世界からやって来てまだ間もないので、死というものが、悲劇的なものというよりは物哀しいものと映る。万人の心を打つ出来事であるには違いないのだが、若き英雄が死に直面すると、多くの場合、勇気をもってにこやかにそれを受け入れるものなのである。これが中年の域に入り、重荷を背負わされ、様々な嵐をかい潜《くぐ》ってゆかなければならなくなると、行く手前方に半開きになっているドアを押し開けたくなる衝動に駆られることがまま生ずる。そのドアの向こう側に行けば、あらゆる苦痛からの解放が待っているのではないか——いや、ほかに何も得られなくとも、少なくとも安らぎだけは得られるのではないかと、そんな気になるものなのだ。ところが、この二つの段階を経て老齢に達すると、長い習慣、習性から、この問題をまったく別の見地から見るようになるのである。この段階に達すると、その日常は、激しく荒っぽいものとはすっかり縁が切れてしまう。心を張り裂くような強烈な感情もなくなり、死につながりかねない極度の疲弊をもたらすような重労働をすることもなくなる。あるのはただ穏やかな暮らしだけで、老いた者にとっては、適度な安楽と適度な楽しみをもたらしてくれるこの穏やかな暮らしだけで充分なのだ。そして、こうした暮らしにすっかり慣れてしまうと、それが終わらなければならない理由などどこにもないように思えてくるものなのである。歓喜や懊悩《おうのう》といった激しい感情には必ず終わりが来る。しかし、穏やかな規則と穏やかな習慣という枠組みで支えられた平穏な暮らし――このただの穏やかな暮らしがどうして終わらなければならないのか？　魂がこの隠居状態に入り、そこに安住することになると、死ぬのはたいへん困難になる。死の必然性というものを受け入れるのが困難となり、死という概念に身を馴らしてゆくのが困難となる。そして、それを為し遂げる気にはどうしてもなれなくなってしまうのだ。

この物語の主人公となる女性もこの立場にあった。彼女は、人が人生の中で経験し得ることを、ほとんどすべて経験してきた。若かりし頃は美しく、その美貌がもたらす恩恵をことごとく享受してきた。周囲の諂《へつら》いに酔いしれ、男性の心を射止めては勝利感を味わった。その一方で、嫉妬心で気が狂わんばかりになったこともしばしばで、自分の時代が終わったことを自覚せざるを得なくなった時には痛切な敗北感を味わった。とはいえ、彼女は悪い女であったわけではなく、また、不実な女でも、不親切な女でもなかった。彼女はただ、そうした人生の様々な段階を全身全霊で生きてきただけなのであり、そして、人生というものの不変の慣わしに従って、喜びも味わい、苦しみも味わってきたというだけなのである。そうした激しい喜怒哀楽の日々の中で、何をやってもうまくいかず、嬉しいはずの事柄が何の満足ももたらさないという時も多々あり、そんな折には、広大な宇宙に向かって叫びを上げ、死んでしまいたいと願ったことも稀ではなかった。人生の高台に上り詰めたこともあれば、艱難辛苦《かんなんしんく》を耐え忍んだこともあった。貧しい時もあれば、豊かな時もあった。勝ったり負けたりを何百回となく繰り返し、饗宴の席に着いたこともあれば、死の床に跪《ひざまず》いたこともあり、最愛の人の葬儀に参列したこともあった。そして、もはや気力も尽き果て、これ以上耐えること能《あた》わずとして、天にましします主よ、我を解放し賜え、この苦悩を終わらせ賜え、と切願したことが、ほんとうに何度あったことか……。だが彼女はそのすべてを耐え抜いた。耐え抜いて生き延びた。そして今や、激しい感情はすべて過去のものとなり、その魂はもはや勝ち誇ることもなければ悲嘆に暮れることもなかった。快適で安楽な暮らしがあればもうそれでよかった。暖かい陽射しと暖炉のぬくもり、そしてほどよく美しい住まい、それ以外に望むものはもはや何もなかった。――それはつまり、ほかに望むものはほとんどなかった、ということであって、毎日決まった時間に同じ手順で何か役に立つことをしたり、相手の感情を巧みに「反照」させてみたりと、自分の機能を行使し、同胞に関心を寄せ、彼らに親切を施すという「善い行い」がまだ自分にはできるのだということを心地よく自覚すること――そして、書物や周囲の人々からほどよい知的な刺激を受けること、こうしたことさえできれば、あとはほかに求めるものなどなかった、ということである。彼女は昔のことを何ひとつ忘れていなかった。美貌がもたらした数々の興奮や喜びはもちろんのこと、恋も悲しみも、若き日々に味わった贅沢三昧も忘れてはいなかった。最初の子供が墓に納められたあの陰鬱な日も忘れてはいなかったし、あれが英雄の母親だと人々に指差された、あの輝かしい人生の絶頂期も忘れてはいなかった。こうした事柄は、心の中の秘密の部屋に飾られた絵のようなもので、黄昏時《たそがれどき》の炉端や、うららかな午後のひと時など、気だるさと心地よい物思いが世界中に行き渡っているように思えてくる静かなひと時に、いつでも立ち返ることのできる大切な思い出であったのだ。そうした折には彼女がかすかな噎《むせ》び泣きを漏らすこともあった。それは、死の床の記憶によって呼び起こされたものであったかもしれないし、あるいはまた、栄光の記憶によって呼び起こされたものであったかもしれなかった。ともあれ、好きな時に思いのままに振り返ることができる数々の絵を有していたのだから、彼女が退屈感をおぼえたことなどはついぞなく、これまでの人生の様々な場面の中で躍動する自分の姿を見ては、その自分に感情移入していたのである。苦難に陥った自分に同情することもあれば、その逆もあった。あれほどかわいらしく、あれほど幸せで、あれほど惨めであった自分――人生というものが提供し得るすべてのことを経験してきたこの自分という女性を、時には是認し、時には批判して眺めていたのである。振り返ってみれば、その「すべて」というのがいかに多様なものであったことか……幾多の道はあまりに険しく、それらすべてをどうやって生き延びてこられたのか、不思議でならなかった。あまりにも恐ろしい煩《はん》悶《もん》ゆえに、心臓はもはや鼓動を打てないのではないかと思えたことも数知れなかった。それでも心臓はそのたびごとに立ち直り、鼓動を打ち続けてきたのであった。

しかし、そうした過去の思い出に浸る以外にも、彼女には穏やかな楽しみ事がたくさんあった。彼女が住むきれいな家には、自分のような女性にはふさわしいと感じていた優美な環境を形成する様々なものが溢れていた。柔らかい椅子やソファ、ほどよい暖かさや明るさを提供してくれる暖炉や蠟燭《ろうそく》――そうしたものの美しさ自体が彼女に喜びをもたらしていた。天気が良い時などは、乗り心地の良いゆったりとした馬車で出かけることもあったし、芝生の敷かれたきれいな庭園もあったので、家にいたい時には、そこをちょっと散策したり、木陰に腰を降ろしてひと時を過ごしたりすることもあった。本は豊富に有していたし、新聞もいろいろと取り揃えていた。自ら活動的な世界へ飛び込んでゆく気はもはやなかったものの、そうした世界を間接的に味わう手立てだけは確保しておきたいと思っていた。郵便物は定期的に届けられていたが、痛ましい思いをさせられる手紙というのはほとんどなかった。人に対する強い思いというものはもはや枯れ果ててしまっていたので、苦痛をかき立てられることもなかったのだ。だから悲しい知らせがあっても、同情こそすれ、身につまされるような思いをすることはなかった。気の毒には思っても、他人の不幸が彼女の心を揺り動かすことはなかったのである。一方、楽しい思いをさせてくれる手紙は多かった。何か話題を提供してくれるような手紙、物思いの種を提供してくれるような手紙はみな楽しい手紙だった。そういう手紙を受け取ると、実際には自分には関係なくとも、まるで我がことのように夢中になった。その一件がうまくいけば大いに彼女を喜ばせることになったし、たとえうまくいかなくとも彼女に実害はなかったのだった。定期的に届けられるこうした手紙や新聞、それに書物はみな楽しみのための道具立てであった。彼女が階下に降りてくる時間はいつも決まっていた。別に決まった時間に降りてこなければならない理由などなかったのだが、彼女はこの習慣をまるで人生の中で一番重要な事柄であるかのように守り続けていた。そして毎日同じ杯数のお茶を飲み、決まった量の上質のワインを飲んだ。食事の時間も時計仕掛けのように正確で、遅すぎることもなく、早すぎることもなかった。彼女の場合、その生活全体がビロードの上をなめらかに滑ってゆくかのごとき趣《おもむき》で、揺れたり軋《きし》んだりすることもなければ立ち往生してしまうこともなかった。その生活は非の打ちどころがなく、快適で、そして親切心で満ち溢れていた。不機嫌であったり刺々《とげとげ》しかったりすることなどついぞない彼女であったので、人は彼女を老齢の見本と讃えた。そもそも、彼女が不機嫌になったり刺々しくなったりしなければならない理由などどこにあっただろうか？　親切である方が彼女にはずっと似つかわしかったのだ。実際彼女は誰に対しても親切で、彼女の周囲では笑顔が絶えたことはなかった。貧しい人々の間では何の不平不満もなく、使用人たちも居心地良く過ごしていた。彼女の家には一人、身分がもっと近い人物も同居していた。普段の話し相手となり、名代《みょうだい》も務めてくれていたこの女性もまたたいへん居心地良く過ごしていた。

　年の頃は二十《はたち》ほどのこの少女は彼女の遠縁にあたり、▼1何でもまたいとこの子供とかで、本来であれば、これほどの世話になる権利などどこにもない、という立場の女性であった。普通であれば思い出しもしないほどの遠い血筋であったが、レイディ・メアリは自分の名づけ子であるこの娘を子供の頃に引き取り、手元に置いて大切に育てた。老人の規則正しい生活は子供にはよいお手本になるし、自分にはたいした個性などないのだから、着実な日常の進行の中で、それが悪い影響を与えることなどあり得ないと、そう彼女は確信していた。この子の名前もメアリといったので、ずっと彼女はリトル・メアリと呼ばれてきた。実際以前は小さかったし、背丈という点では今でも決して大きい方ではなかった。レイディ・メアリの家の中にはかわいらしいものが溢れていたが、中でも最も目に心地よい眺めの一つがこの少女であったのであり、きれいなお屋敷の中で手厚く保護された彼女は、この上なく平和で楽しい暮らしを送っていた。しかし、この恵まれた環境の中でもし何か不満らしきものがあったとすれば、それはその日常があまりに平穏過ぎる、ということで、彼女がよく読む小説では、ヒロインはみな、ほかの家を訪問したり、外の世界の冒険へ乗り出して行ったりしていたが、彼女の方は、家を離れることはめったになく、冒険など経験したこともなかったのである。だが、まだ彼女は気づいてはいなかったが、彼女にはこれよりはるかに深刻な問題があったのだ。それは、彼女には自分の財産というものはなく、彼女一人の力では何も行うことができない、ということであった。これまでずっと何不自由のない暮らしをしてきた彼女は、そういう生活にすっかり慣れてしまっていたので、貧しい暮らしを強いられたとしたらたいそう骨身にこたえることになったであろうが、レイディ・メアリは八十を超えていながら、未《いま》だに遺言書を作成していなかったのである。この先も遺言書を作らなかったとしたら、彼女の全財産はより近い血筋の人物の手に渡ってしまうことになるのだ。その場合、相続の権利を有する人物は何人かあった。そのうちの一人は彼女の孫にあたる人物であったが、この人物はすでにたいそう裕福であったので、彼女の遺産など大海に落とした一滴の雫のごとき価値しか持たなかっただろう。あるいは、彼女の娘の末裔にも相続の権利があった。もうだいぶ前に亡くなっていたこの娘というのはオーストリア人と結婚したのであり、したがってその孫に当たる世代はみな外国生まれで外国姓であったのだが、彼女もほとんど知らないこの曾孫の世代の誰かに遺産が渡る可能性があったのだった。という訳で、彼女がリトル・メアリに遺産を残してやるというのは自然の情からしても当然のことであったのであり、しかもそれは、誰をも傷つけることにはならなかったのである。彼女自身、よくそう言っていた。しかし彼女は、まだ急ぐことはないから、といってそれをみな先延ばしにしていたのであった。自分が死ぬなんてことはあり得ないのだから、遺言書などを作る理由も必要もないではないか。自分が生きている間は、リトル・メアリの生活以上に確かで幸せで平穏なものはないのだし、自分が死ななければならない理由などないのだから……。もしかすると、このようにはっきりと言葉にしたことはなかったかもしれないが、彼女の微笑《ほほえ》みが、あるいは、この先の可能性について示唆されるたびに、それを一笑に付すその態度が、言葉以上に雄弁にそれを物語っていたのであった。彼女は決して遺言書を作ることに対して迷信的な怖れを抱いていたわけではなかった。この件について彼女にもの申す人物といえば、医者か、教区牧師か、顧問弁護士くらいしかなかったが、その三人が折に触れてこの問題に触れると、彼女はにこにこしながら、ええ、ええ、わかっていますよ、そのうちに作らなきゃならないでしょうね、と答えるのであった。

「これは実に簡単なことなのですよ」弁護士は言ったものだった。「手間などかかりません。私にすべてお任せいただければよいのです。必要なのは署名だけでして、署名ならあなたも毎日なさっていらっしゃるでしょう」

「いいえ、わたしは手間のことなどを言っているのではないのですよ」彼女は言った。

「それに、遺言書をお作りになれば、何の心配もなくなりますし、もっと大事なことを自由に考えることができるようになるのですよ」と牧師。

「でも、今だって何の心配事もありませんわ」彼女は答えた。

すると医師があからさまにこう言った、「それに、遺言書を作成したからといって、一時間たりとも死が早まるというわけではないのですよ」

「死ですって！」レイディ・メアリは驚いて叫んだ。やがてにこやかに微笑みながらこう付け加えた、「まさかあなたは、それが怖くてわたくしが尻込みしているなどと思ってらっしゃる訳ではないでしょうね」

三人の紳士は困り果ててしまい、いったいどうしたらよいものかとお互いに相談し合った。彼女は自分のことしか考えない人間なのだ――そう彼らは考えた。冷たい心の持主で、必ず来るとわかっていることにでさえまともに向き合おうとはしないのだ……。確かに彼女はまともに向き合おうとはしなかった。だがそれは心が冷たかったからではなく、生きていることにすっかり慣れてしまっていたからなのだ。幾多の禍《わざわい》を生き抜いてきて、これほどまで長く生きてきた。彼女の周囲ではすべてが快適に整えられていた――ちょっとした生活の習慣が、まるで何事もそれに干渉することができぬがごとく、しっかりと確立されていた。毎朝メイドが部屋に入って来てカーテンを開け、暖炉に心地よい火を熾《おこ》し、その日のお天気の報告をする。そして真っ白な布が敷かれ、ピカピカに磨かれた陶器と輝く銀の食器が載せられた盆が運び込まれ、それと共に、菫《すみれ》や薔薇などの季節の花の花束や、念入りにインクを乾かした新聞や手紙などが届けられる。一日がこういう手順以外の形で始まるなどということはとうてい考えられないことだった。細部に至るまですべてが完璧で、毎日朝がやって来るのと同様にいつも変わりなく、規則正しいものであったのだ。これが終わりを迎えるなどということはあり得ないことのように思われた。そして、階下に降りてくると、テーブルの上には彼女のために揃えられたものが整然と並べられていた。決められた時間に行う手仕事の道具や、お八つに食するちょっとした軽食などで、後者については、並べられるものは毎日微妙に異なってはいたが、十一時や三時といった時間に何かを食べるという事実には決して変わりはなかった。このようにして支えられ持続されていた平和な暮らしであるから、その暮らしを営んでいた本人が止めたいと思ったとしても、その枠組み自体が止めることを拒《こば》んだことであろう。この機構全体が止まってしまう時間が必ずやって来る、などということを考えるのは（ほとんど）不可能であったのだ。彼女は薄情な人間であったわけではなく、また、宗教心の薄い人間でもなかった。それどころか、彼女は善良な女性であったのであり、これまでの人生の様々な折に、上に立つ者の心得というものを教え込まれてきた。しかし、他の種類の熱情を実行に移す機会がもはや過ぎ去ってしまったのと同様に、この心得を実行に移す機会も過ぎ去ってしまったかのように思われた。ただ単に生きているという事実だけで彼女にはもう充分であったのだ。もちろん、ちょっとしたお勤めのようなものもないわけではなかったが、それらは心地よい疲労感をもたらすことになったので、それはそれで結構なことであったのだった。一方、強い疲労をもたらすようなことはしてはならない、というのは周囲のすべての人々から彼女に課された義務となっていた。「あまり頭を使われない方がよろしいですよ」と医者でさえ言うのであった、「お若い時分にもう充分頭を使ってこられたのですからね」。そして彼女は至って落ち着いた心持ちでこれを受け入れたのであった。確かに彼女は若い時分にはあれこれ考え、感じ、そして行動してきた。だがその種のことはもうすべて過ぎてしまったことであったのであり、今さら齷齪《あくせく》する必要などどこにもなかったのだ、暖かく保護された快適な日々が毎日続いてゆくのだから……。外の世界では、確かに人が死ぬこともあった。だがそれは大概が若い人たちであった。重病に陥ったり、突然感染症に罹《かか》ってしまったり、事故に遭ってしまったり、ということで、そうしたケースでは、もっと注意をしていれば死ななくとも済んだはずだ、と見る向きもあったかもしれないのだが、彼女からしてみれば、それらの死はみな極めて自然なことのように思われた。彼女と同世代というのはたいへん数は少なかったが、その数少ない同世代の人々は、彼女と同じようにして生き続けていた。八十五にもなると、七十以下の人々はみな若者なのであり、同世代で生きている人というのはまことに稀であったのだ。

だが彼女は、この遺言書の問題で、あの例の紳士たちによっていささか煩《わずら》わしい思いをさせられることになった。実をいうと、かつてまだ活動的な暮らしを送っていた時分、彼女は一度ならず遺言書を作成したことがあったのである。ところが、彼女が財産を遺そうとした人物たちはみな先に死んでしまった。そして、彼らより長生きしてしまったが故、向こうの財産を逆に彼女が相続することになってしまったのであり、それはそれでたいへん辛いことでもあった。さて、ある日のこと、弁護士がことのほか執拗に食い下がったことがあった。遺言書を作成せずに死んでしまった人物たちの実例を持ち出し、そのために、この先苦労をせずに済むようにと切に願っていたまさにその人々を貧苦の生活に貶《おとし》めることになった、というような話を懇々と説き続けたのであった。ファーニヴァル氏としても、レイディ・メアリに対し、「このままあなたが亡くなったら、あなたの名付け子がそうなってしまうのですよ」といった具合に面と向かってあけすけに言うことはさすがにできなかったのだったが、その代わりとして、次から次へと実際にあった悲しい話を語ったのであった。

「人はみなこれをたいへん厄介なことだと思っているようですが」彼は言った、「実際は何でもないのですよ。世の中でこんな簡単なことはないくらいです。昨今では形式的なことについてはうるさく言わなくなりましたからなあ。遺言者の意図さえはっきりさせておけば、もうそれでよいのでして——まあ、我々弁護士にとっては、そこからが大変なのではありますがね」

「そうですわねえ」レイディ・メアリは言った、「でも、『遺言者』などというふうに呼ばれるのはあまり愉快なことではないかもしれませんね。考えてみればずいぶん仰々しい呼び名で、何だかピンときませんもの」

「そうですかな……」ファーニヴァル氏は言った。彼にはユーモアのセンスはなかった。

「でも、そんなに簡単だとおっしゃるのであれば」彼女は続けた、「自分一人でも作れますわよねえ」

「確かに、ご自分でお作りになる方もいらっしゃいますが、お勧めはできませんな」弁護士は言った。

「私がそう言うのは当然だと、そうおっしゃるかもしれませんがね。ともあれ、自分で作ろうという場合は、できる限り簡明なものにすること、それが肝要です。不動産は誰それに、動産は誰それに、これこれの株券は誰それに、宝石類は誰それに、といった具合ですな。行間を読む、などということができないようにするため、文言は少なければ少ないほどよいでしょう。それから、署名は二人の証人によって認証してもらう必要がありますが、ただし、この証人は利害関係をもった人物であってはなりません。それはつまり、その文書によって何かを遺贈される、という立場の人物は証人にはなれない、ということです」

　レイディ・メアリは微笑みながら、もう結構というような仕草で片手を上げた。それは依然として象牙のように優美な手であった。歳をとって少し黄ばんではいたが実に上品で、血管がかすかに浮き立っており、指先は相変わらずピンク色であった。「おやおや」彼女は言った、「わたくしが法律家の真似事をするとでもお思いなのかしら。いえいえ、どうぞご心配なく。そういうことはみんなあなたにやっていただきますよ」

「ええ、お申し付けくだされば いつでも――ほんとうにいつでも結構ですよ。こういうことは早く片付けておくに越したことはありませんからな。どうでしょう、何なら今、内容のご指示をうかがいましょうか？」

　レイディ・メアリは笑って言った、「仕事にかけてはあなたはいつだって抜け目がありませんからね。お父さんがよく言ってましたよ、ロバートはどんな機会も逃しはしない奴だ、とね」

「確かに」独特の表情を浮かべて彼は言った、「私は小銭稼ぎに勤《いそ》しんでまいりました。お金というものは、せっせと稼げばおのずと貯まってくるものなのですよ」

「ええ、ええ、そうでしょうとも」レイディ・メアリは言った。それから彼女はリトル・メアリに命じ、読みかけの本を持ってこさせた。その中に、ファーニヴァル氏にぜひ読んでもらいたい一節があるというのだ。「まあ、ただの小説の中の話ではありますけどね。でもひどい話なんですのよ。ぜひあなたのご意見をお聞かせいただきたいわ」

彼は丁重な、たいへん丁重な対応を余儀なくされた。実物の貴婦人と相対したら、無礼な真似などできようはずがなかったのだ。それに加え、彼女は老齢でもあったので、なおさら丁重な応対を要求する権利を有していたのである。しかし、その小説に描かれた状況を吟味し、そして必要以上に熱っぽく、これは確かに法の方がひどすぎる、ということを彼女に得心させようとする一方で、にこにこしながら聴いている彼女と、いつも傍《かたわ》らに控えている少女のあどけない愛らしさを見比べながら、この善良なる紳士の心はいつになく苛立《いらだ》っていた。そして帰りの道すがら、彼は心の中でさんざん毒づいた。

「そのうちに死んでしまう……」苦々しい思いで彼は言った、「誰も予期していない時にぽっくり逝ってしまうのだ。そして哀れなあの子は路頭に迷うことになる……」

今すぐ引き返してあの年老いた華奢《きやしや》な両肩をぐいっと摑み、その場で署名捺印させてやりたい――何度もそういう衝動に駆られた彼であったが、しかし、いざ面と向かえば、そういう苛立ちは抑えざるを得なくなるということも彼にはよくわかっていた。結局、いつものように丁重に、ごく丁重に言葉を紡《つむ》ぎ、彼女に無理強いはできないこの義務について、あれこれ遠まわしにほのめかすことぐらいしかできないのだ。そして、いくらほのめかしたところで、向こうがその気にならなければ無駄だということも彼にはよくわかっていた。老人というのは自分が持つ影響力を妙に手放したがらないものだ、とはよく耳にすることだが、彼女の場合もそうなのだろうか……あるいは、これもよくあることなのだが、死に対する恐怖心から、あえて死というものに向き合おうとはしない、ということなのか……。かくして彼は、もともと何もありはしないところへ無理やり意図や動機を押しつける、という傍観者が陥りやすい誤りに陥ってしまったのであり、親切心の塊《かたまり》のようなレイディ・メアリをつかまえて、この老婆は自分が育ててきた娘の将来を意図的に危険に晒《さら》そうとしている、と思い込んでしまったのであった。しかし、確かに熱烈な愛情をもって愛していたとか、心配で心配でならないと気を揉んでいた、という訳でこそなかったものの、彼女はこの娘を優しく慈しむような眼差しで育ててきたというのは確かなことであったのであり、ファーニヴァル氏の憶測ほど事実からかけ離れたものはなかったのであった。

その晩のレイディ・メアリはいたって機嫌がよく、書き物用の帳面を開き、必要もないのに燃え盛った暖炉の脇に腰かけ、眠くなるのを待ち受けていた。彼女のメイドはあらゆる点で恵まれた境遇にあるといえたのだが、唯一厄介であったのがこの夜のお世話であった。レイディ・メアリは夜がだいぶ更《ふ》けても眠くならないということがままあったのだ。老人にはよくあることだったが、彼女の睡眠時間は短かった。たっぷりと綿を詰めた暖かい化粧着に身を包んでいたが、この衣装、そしてレース飾りのついた平織り綿布の帽子の下にきちんとまとめられた白髪は、かつての美しさの名残（それは何を着ても垣間見えたのであったが）をとりわけ引き立たせていた。この晩の彼女は、さあ寝ましょうという最後の時になって急に気が変わり、メイドのジャーヴィスに、その前に手紙を一、二通書くと告げたのであった。そしてその言葉通り手紙を書いたのだが、まだ眠くならなかった。その時、昼間ファーニヴァル氏と交わした会話が頭の中にちらちらと甦《よみがえ》ってきた。彼女は思った――あの人が大事にしているという小銭稼ぎを取り上げてしまったらさぞ愉快でしょうね……でも、それよりもっと愉快なのは、今度彼がまたあの遺言書の話題を持ち出してきたら、扇で腕をポンと叩いて、「ああ、その件でしたらもう何か月も前に片が付いておりますわ」と言ってやることだわ。彼女は笑い出し、新しい紙を一枚取り出した。このちょっとした悪戯《いたずら》に彼女はすっかり乗り気になっていたのだった。

「ねえジャーヴィス、わたしたちのほかに、誰かまだ起きているかしら」彼女はメイドに訊ねた。ジャーヴィスはちょっとためらった後、ブラウンさんなら起きているのではないかと思います、地下の貯蔵室をチェックして目録を作ると言っておりましたから、と答えた。ジャーヴィスの口数の多さに女主人にはピンと来るものがあった。

「あなたをいつまでもここに引きとめておいてはお楽しみの邪魔をしてしまうことになりそうだわね」彼女は上機嫌で言った。ミス・ジャーヴィスとミスタ・ブラウンが婚約していることは周知の事実であったのだ。そして、二人はただ女主人の死を待っているだけだというのもまた周知の事実であった（知らなかったのは当の女主人だけで、彼女はそんなこととは露ほども気づいていなかった）。二人は彼女が亡くなったらジャーミン・ストリートで下宿屋を始め、一旗揚げようという算段であったのだ。

「じゃあ、行ってブラウンを連れてきてちょうだい」レイディ・メアリは言った。「ちょっとした事務的な書類を作らなくてはならなくて、あなた方に証人になってもらいたいのよ」こう言いながら、これでファーニヴァルさんを出し抜けるわ、と考え、思わず彼女の口から笑みがこぼれた。ジャーヴィスが慌てて出てゆくと、「遺言者メアリ・×××は以下の通り遺言す」と口真似で言ってみた。彼女はこの二人の忠実なる使用人に充分なお金を遺してやるつもりであった。だが、遺言書に利害関係のある人物は証人にはなれない、ということを思い出した。「でもどうでもよいことだわ」彼女は陽気に言った。「必要とあらば、メアリがちゃんと手配してくれるでしょうから」

　ということで、早速彼女はかわいらしい古風な字体で遺言書を書き上げた。それは彼女が若い頃に流行《はや》っていた角ばって尖った書体で、多少震えてはいたが、今でもはっきりと読み取れる字体であった。「文言は少なければ少ないほどよい」というファーニヴァル氏の助言に従い、全財産をメアリに遺贈するという旨を手短に認《したた》め、さらに、あの証人の資格について彼が言ったことを受けて、「メアリは使用人たちのために然るべく手配をすること」という文言を付け加えた。使用した用紙はレイディ・メアリが愛用していた大きな便箋であったので、片面だけで事足りた。ジャーヴィスが連れてきたブラウンは、寝室という厳《おごそ》かな場所に多少恐れ戦《おのの》いてはいたものの、女主人の蜘蛛が這うような文字の下に、しっかりとした手つきで自らの大きな署名を書き加えた。便箋は折り畳んであったので、二人とも内容を見ることはできなかった。

「さあ、わたくしも休むことにいたしましょう」ブラウンが部屋を出てゆくとレイディ・メアリは言った。「ジャーヴィス、あなたも下がって結構よ」

「ありがとうございます、奥方様」

「でもこんな時間に求愛をするのはいただけないわね」

「いえ、決してそのようなことは……」すまなそうな、がっかりしたような口調でジャーヴィスは答えた。

「昼間話せばよいことでしょう」

「いえ、あの、その、別に話すことなど何も……」メイドは言った。「わたくしたちは噂話をするような人間ではございませんので――その、わたくしも、ブラウンさんも……」

　レイディ・メアリは笑った。やがて蠟燭が消されてゆき、暖炉の炎が部屋の中で心地よく揺らめいた。季節は秋で、まだ暖かく、暖炉に火が灯されるのは「お客様のため」であり、そして、部屋を明るい感じに保っておくためであった。炎の影が壁の上に揺らめくのを眺めるのが好きだったのだ。そして、特上の柔らかい寝具に包まれた彼女は目を閉じた。依然として美しいその頭を載せている羽毛の枕と同様に、生活そのものが、あらゆる隙間を暖かく塞《ふさ》ぎ、彼女を柔らかく包みこんでいたのであった。

その晩彼女がそのまま死んでいてくれたなら！　あの重大な意味を持った便箋は、その前に書いた手紙と一緒に書き物机の上に無造作に置きっ放しになっていた。この老貴婦人からその麗しく穏やかな日々を取り上げてしまいたいなどと思う者はこの世に一人としていなかった。ブラウンとジャーヴィスにしても、時折少々じれったくなることはあったものの、きっと幾ばくかのものを遺してもらえるだろうし、当面のところはよい勤め口なのだから、といってお互いを慰め合っていたのであり、そのほかの人々も、レイディ・メアリにはぜひ永遠に生き続けてもらいたいという思いであったのだ。しかし、もし彼女がその晩に死んでしまっていたなら、すべてが驚くほどうまく収まったであろうし、彼女自身も含め、どれほど多くの人が、どれほど多くの労苦と苦痛を味わわずにすんだことであろうか！

だが、当然のことながら、その晩に死んでしまうことなどあり得なかった。翌日、下に降りて行こうとしていたレイディ・メアリは、ジャーヴィスに手紙を手渡そうとして、その横に置き忘れたままにしてあった便箋に気づいた。もうすっかり忘れてしまっていたのであったが、改めてそれを見た彼女は微笑んだ。手紙を受け取ったジャーヴィスが下へ降りてゆくと、彼女は便箋を畳み、封筒に入れた。そして、この悪戯の仕上げとしてどこかへ仕舞っておこう、と思い、周囲を見回した。部屋の中に、秘密の引出しのついたイタリア製の飾り簞笥があった。その引出しは少々開けにくく、秘密を知らない者が開けるのはほとんど不可能に近かった。レイディ・メアリはあたりを見渡し、にこりと微笑み、しばしためらった後、部屋を横切ってこの秘密の引出しの中に封筒を収めた。ジャーヴィスが戻ってきた時彼女はまだ簞笥の前でごそごそやっていたが、その時、あるいはそれ以降も、ジャーヴィスの頭の中では、自分が署名したあの書類と、老貴婦人の玩具《おもちゃ》の一つであるこの古い飾り簞笥との間には何の結び付きも存在しなかった。いつになく動き回ったため肩からずれ落ちてしまっていたショールを整えると、ジャーヴィスは、本やお気に入りのクッションなどの身の回りのものを手に取り、下に降りてゆくためにレイディ・メアリに腕を差し出した。階下では、リトル・メアリが椅子をきちんとした角度に整え、テーブルの上には様々な品々を並べ、彼女を待ち受けていた。テーブルの傍らに微笑んで佇《たたず》む彼女はこの部屋の中で最もかわいらしいオブジェであり、そこに溢れる穏やかな贅沢品の頂点をなす存在となっていた。一方彼女にとって、この教母は天佑ともいうべき存在であった。

しかし、それにつけても、かえすがえすも残念なことであった、その晩彼女が死んでしまわなかったのは……

2

その後も生活は何の変わりもなく続いた。あの快適な館で生活が変わることなどあり得なかった。そこの住人のうちの一番年若い者でさえ、今がいったい何年の何月なのか、あるいは今日がいったい何日であるのか、判然としなくなることがよくあったのであり、レイディ・メアリに至っては、年月や月日などないも同然であった。これは彼女のちょっとした欠陥の一つといえるもので、彼女の頭がレース飾りで覆われているのと同様に、彼女の記憶も霧に覆われていた。時の経過というものについては彼女にはまったく記憶がなかった。ある一日と別の一日との間に違いなどなかったのだ。確かに日曜日という日はあった。それが時の経過の穏やかな尺度になっていたのは事実であったが、彼女は微笑みながら言ったものだった、「でも毎日が日曜日みたいなものだわ、あっという間に巡って来るのだから……」

かくして時は穏やかな翼に乗って物音も立てずに飛び去ってゆき、後には何の痕跡も残しはしなかった。もちろん、彼女といえども人並みに具合が悪くなることもあったのだが、実際にはその頻度は人並み以下であったといってよかった。何しろ、思い悩むようなことなど何もなく、その平穏な日々をかき乱すようなものも皆無であったのだから……。それでも、それほどの用心にもかかわらず、一つの部屋から別の部屋へ移ってゆく折などに寒気をおぼえ、ちょっとした風邪を引いてしまったりする、などということもないわけではなかった。ともあれ、過去数世代が輩出してきた傑士たちをことごとく直接見知っていたこの老婦人――現代という時代が始まる以前に起きた、今の世の著名な政治家たちが生まれる以前に起きた大事件のことを、まるで昨日のことのように鮮明に覚えているこの老婦人は、いわば時代の生き証人として人々の間で珍重されるようになっていたのであった。あの年になってもいささかも衰えたところがない――頭は相変わらず明晰で、知性も活発であり、何でも読むし、何にでも関心を持つし、おまけにあの老齢であの美貌を保っている――人々は口々にそう言って感嘆したのであった。周囲の人々、とりわけ、その行く手から茨を取り除き、彼女が生き長らえることに寄与していると感じていた人々は、レイディ・メアリのことをたいへん誇りに思っていたし、ことによると、彼女自身も、少しばかり、ほんの少しばかり、自分のことを誇りに思っていたのかもしれず、その様子は実に魅力的で微笑ましいものであった。その長寿は自分があるからこそと自負する医師にとって、彼女はまさに勲章のような存在であったのであり、この先百まで生きるのはもちろんのこと、己の卓越した治療の技術と彼女の強健な体質をもってすれば、死という問題を解決したも同然で、永久に生き続けることだって夢ではない、などとさえ思い始めていた彼は、かつてはあれほど気を揉んでいたあの遺言書の問題について、もうどうでもよい、というような気になっていたのであった。「だって意味ないでしょう」彼は言うのだった、「どうせ我々より長生きするのだから……」そして教区牧師も、この見解にこそ与《くみ》しなかったものの、自分が教え得ることなど何でも心得ていたこの老婦人には強い畏敬の念を抱いていたのであり、義務云々などという陳腐なことを言ったりするのは厚顔というもので、そもそも、これこれの問題を考えてみてはどうか、などと指図するのは不遜そのものだと思っていたのであった。この件について諫言《かんげん》を差し控えずにいた唯一の人物はファーニヴァル氏だけであった。老人の陰に隠れてひっそりと美しく愛らしく花を咲かせている若きメアリに対する懸念はいささかも減じてはいなかったのである。しかし、飾り箪笥の秘密の引出しに仕舞ったあの書類のことが頭にあったこの老嬢は、彼の繰り出すいかなる攻め手にも屈することはなかった。もともとこれは、彼女にとってはただのジョークにすぎず、いつの日かこれでこの先生にひと泡吹かせ、向こうが思っているほど自分は馬鹿ではないのだということを思い知らせてやろう、というのが当初の心積もりであった。その様を思い描くと彼女は楽しくてたまらず、思わず笑みがこぼれてしまうのであった。そのうち然るべき時が来たら彼を呼び出し、法の手続きで仰々しく武装したこの弁護士にあの紙切れを突き付け、思い切り笑い飛ばしてやろうという、そんな算段であった。しかし、奇妙なことに、あの紙切れの存在ゆえに、彼女には笑うことすら次第にどうでもよいことになっていった。何だかひどく面倒なことのように感じられたのだ。いつになるにせよ、とにかくあの書類を発見したら彼はさぞ驚くだろう。それを考えると愉快ではあったが、しかしその時にはただにこりと微笑みかけて、それで終わりにするつもりであったのだった。

ところが、初冬のある日、レイディ・メアリが馬車でドライブに出かけた折に、急に風向きが変わるという出来事が生じた。少なくとも、風向きが変わったというのはみなの一致した見解であった。彼女が出発した時、風は暖かい南風であった。しかし風の方向がなぜか心地悪く転換し始め、戻ってきた時には強い北東の風に変わっていた。そして馬車から降りる際に彼女は風邪を引いてしまったのである。ジャーヴィスが言うには、これは御者の責任であった。レイディ・メアリがちょうど降りようとした時、御者は馬が一歩前に進むのを許してしまい、それを止めるのに手間取っている間、踏み段に立ったままの彼女は寒風に晒されてしまったというのである。一方、従僕が言うには、これはジャーヴィスの責任であった。彼女は奥方様をうまく降ろして差し上げることができず、あるいは、風が変わっていたのに気づいていながら、ショールを肩に掛けて差し上げることすらしなかった、というのである。こういう場合、必ず誰かの不注意であるとか、あるいは、まったく予期せぬ出来事というものが関わってくるものなのである。レイディ・メアリは病気というものにあまり慣れていなかったということもあり、いつもの気品は影を潜《ひそ》めてしまうことになった。当初は、みな些細なことに大騒ぎしすぎだと、いささか苛々した様子であった。しかしその後、熱が出て芳《かんば》しくない状態が続くことになり、医師の往診を唯一の慰めとして心待ちにするようになった。そしてさらに、たいへん苦しい晩を過ごすことになった。うとうととしては夢を見、そして目が覚め、そしてまた夢を見た。生活すべてが夢と化してしまったかのように思われ、何も見分けることができない奇妙な混乱に包み込まれているような心持ちであった。一度ふと目が覚めたような気がしてあたりを見回してみると、ベッドを人が取り囲んでおり、蠟燭を手にした医師が（こんな夜中になぜ先生がいるのだろうか？）彼女の手を取り脈を測っていた。傍らにいたリトル・メアリは泣いていた――何でこの子は泣いているのだろうか？ そしてジャーヴィスはとても心配そうな様子で何かをグラスに注いでいた。そのほかの顔は、夢の中から現れたとしか思えないような顔だった。こういう人たちが自分の寝室に集まっているなどということはおよそあり得ないことであったのだ。しかもみな、熱っぽく輝く光輪のようなものに覆われ、厳粛かつ謎めいた重々しさを纏《まと》っていた。彼女には理解できなかったこの奇妙な光景は暗闇の中から突然現れ出たように思われ、そしてその後、同じようにして突然また消え去ってしまったのであった。

3

目覚めた時には朝になっていた。そして目を覚ましてまず感じたのは、具合がずっとよくなっている、ということだった。喉が詰まるような感覚はすっかりなくなっていたし、咳も出ず、息苦しいこともなかった。しかし、どうもまだ夢を見ているのでは、というような気がしてならなかった。というのも、誰かが彼女のことを「メアリ」と呼んでいたのである。彼女のことをクリスチャンネームで呼びうる人々はみなすでにとうの昔に亡くなっていた。だからこれは夢に違いないと、そう彼女は思ったのだ。だが、じきにまたそれが繰り返された――「メアリ、さあ、メアリ、起きなさい！ やることは山ほどあるのですよ」……

彼女は当惑した。今までのことはすべてが夢だったのであろうか……あの長い、長い年月……大人になり、母親になり、幾多の苦労を重ね、幾多の喜びも得て、やがて年老いていった……あれがみな夢だったのか……。確かに彼女はよく夢に没頭する少女だった。だからほかの部分が夢であったというのはあり得ることのように思われたのだが、しかし、年老いてからのことが夢であるはずはないと、そう彼女は思った。しかし、そのあとで改めて考え直してみて、夢だったのはあの声であったに違いない、と思い、彼女は微笑んだ。それというのも、普通であればジャーヴィスが来てカーテンを開け、暖炉に火を熾さなければ起きられるはずがないのだし、そのジャーヴィスはまだ来ていなかったのだ。ジャーヴィスは夜更かしをしたのかもしれない……昨晩のあの真夜中の光景のことを思い起こした彼女は、その中にジャーヴィスの姿があったことも思い出した。あんな時間まで起きていたのだから、寝坊しても無理はないわ……。それにしても、あの「起きなさい！」と自分に呼びかけたのは誰だったのか……。まだ母親の傍らに佇む少女の頃から貴婦人としての扱いを受けてきた彼女が、そのような呼ばれ方をしたことはついぞないことだった。「メアリ、さあ、メアリ！」……実に奇妙な夢だった。しかし、それにもまして奇妙だったのはその後に起きたことだった。やがて彼女はそれ以上じっとしていられず、ジャーヴィスのことなど考えずに起き上がり、部屋を出ていったのだが、すると突然、せわしなく動き回る一団の人々の中に飛び込んでゆくことになったのだ。当初はこのような人々がそこにいることにたいそう驚いたのであったが、じきにこの連中が何をしているのかがひどく気になり始め、驚きよりも、彼らの活動に対する好奇心の方が強くなった。一方、彼らの方では彼女の出現に一向に驚いた様子はなく、普通であればそうするのが自然であったであろうが、立ち止まって状況を説明してくれる、という者も誰ひとりいなかった。だが彼女はこれを冷静に受け止めた。どこへ行っても深く敬われ、丁重に扱われることに慣れていた彼女は、ことによると幾分驚いたかもしれなかったが、すぐに、実にすぐに、それにも慣れてしまった。すると、先ほど聞いた言葉をまた誰かが繰り返した――「もう起きる時間ですよ、やることは山ほどあるのですから」「やるって、このわたくしが？」そう言って彼女は、これまで幾多の人々の心を奪ってきたあの魅力的な微笑みを浮かべて周囲を見回した。「申し訳ありませんが」彼女は言った、「わたくしはあまりお役には立てませんことよ。昔ならいざ知らず、何せ今ではこの歳ですからねえ」「いえ、いえ、あなたはちっとも歳など取っていませんよ」誰かが言った、「ちゃんと働けますとも」「歳を取っていないですって？」レイディ・メアリは我知らずいささかむっとした。「わたくしもお世辞を言われるのが決していやだという訳ではありませんが」威厳たっぷりに彼女は言った、「でも、少しは理をわきまえていただきませんと……わたくしのような者を捕まえて、今さら若いの何だのと言われましても――」

ここで彼女は言葉を切った。自分が杖もつかず、誰の腕も借りずに自由気ままに立ったり歩いたりしていることに初めて気がついて驚いたのであった。そして同時に、自分がいる場所は、つい今しがた入ってきた隣の部屋ではなく、宮殿の画廊のような大きな空間へと広がっていたことにも気がついた。しかし、この発見が彼女の心を動揺させることはなく、また、ほんの束の間驚いただけで、それ以外にそのことに気を取られることはなかった。

「いえ、その、実は、なんだかずいぶん元気になったような気がしたものですから……」

「その通りね、メアリ。今までこんなに元気だったことはなかったのではないかしら」

「わたくしをメアリと呼ぶのはどなたです？　もう久しくその名で呼ばれたことはありませんことよ。若い頃の友人たちはもうみな亡くなってしまいましたから。でも、ともあれ、あなたのおっしゃる通りのようですわね。昨晩ドクターは、ひどく容態が悪いと思っていらしたようですけど。わたくしだって、あのまま寝つけなければ不安になったかもしれませんわ……」

「じゃあ、起きたら元気になっていたのですか？」

「ええ、すっかり。不思議ですけど、でも事実ですわ。それにしても、あなたはわたくしのことをずいぶんよくご存じのようですけれど……」

「ええ、あなたのことはすべて知っていますよ。あなたはとても楽しい人生を送られてきましたね。ご自分でも、これ以上ない人生だったと、そう思っていらっしゃるのではありませんか。歳を取ってからも楽しかったし……」

「あら、それではあなたはわたくしが歳を取っているとお認めになるのね？」レイディ・メアリは微笑んで言った。

「あなたはもはや老人ではありませんし、貴婦人でもないのです。自分の身に何が起きたのか、おわかりにはならないのですか？　こんな大きな変化が起きれば普通は気がつくものなのですけど……」

「ええ、確かに急に元気になりましたわ。体力も驚くほど回復したし……。どうも、それと気づかずに家を出てきてしまったようですわね、世話をしてくれる人たちも近くに見当たりませんし……。なんだか、長い夢からようやく目覚めたというような心持ちがしますわ。それとも……」訝《いぶか》しげな表情で彼女は言った、「今までの人生はすべてが夢で、わたくしはまだほんの小娘にすぎないのかしら……」これは馬鹿げた考えで、彼女は思わず笑ってしまった。「でも、とにかく、とても元気になりましたよ」

　彼女はまだほんとうの状況がわかっていなかった。ということで、周囲にいた人々の中で、彼女にも見覚えがあったある一人の人物が、明らかに状況を説明してあげようというつもりで彼女の方に近づいてきた。この男の顔を見た彼女ははっとし、手を差し延べてこう言った、「まあ、あなたがここに？　いずれにせよお会いできて嬉しいですわ。ええ、ええ、ほんとうに嬉しいんですのよ、何しろほんの数日前のことでしたもの、あなたのことを伺ったのは……その、亡くなられたということを……」

自分で口にしたこの最後の言葉には、どこか彼女を不安な心持ちにさせるものがあった。といっても、彼女は決して死を恐れる人間ではなかったし、それどころか、これまで彼女は死というものに対して常に大いなる関心を抱いてきたのであり、この問題に関する論考にはいつでも並々ならぬ興味を持って耳を傾けてきたのであった。ところが今、それはぞくっとするような奇妙な感覚を彼女に与えたのである。どうにも理解しがたいことであった。まさかこの自分が迷信的な恐怖心などを……

「いや、ご賢察の通りですよ」彼は言った、「その通りなんです。言葉というものは虚偽の意味を持つことがままあるものですが、その言葉もまさにそうなんでしてね。そういう虚偽の意味というのは、つまりは、我々には理解できない事柄に対する単なる象徴のようなものでしかないのですよ。でもあなたは今、それが何を意味するのかおわかりになりましたでしょう」

隠す必要もないのではっきりと言うと、これは彼女にとってたいへんな衝撃であった。実をいえば、彼女はこの目新しい状況を大いに楽しんでいたのだ。自分の寝室から、何の手間もかからず、しかも嬉しいことに、いつになく元気潑剌《はつらつ》とした状態で、あれほどすんなりと入りこんできたこの世界……。しかし、あの寝室にはもう戻ることはできず、また、これまでは頼りとしてきた周囲の人々だが、彼らの世話を受けることももはやないのだ、とはたと気づいた時、彼女は愕然として言葉を失った。死んだ？　このわたしが、自ら直々《じきじき》に死んでしまっただなんて、そんなことがあり得るのか……。人は誰でも死ぬのだということは彼女にもわかっていた。しかし……。死というのは厳かなものなのであり、しっかりと心の準備をして厳粛な気持ちで待ち受けるものなのではないか……それなのに……

「あなたは、このわたくしも……」そう言った彼女は少し口籠もり、それから、「驚きましたわ……」

と付け加えた。心の中にある苦悩を抱えていたのだが、しかし、それが苦悩のすべてではなかった。「もしそうであるならば、こうして終わってよかったですわ。人はみなこのことについて大騒ぎをいたしますけれど、これだけのことであるならば……」

「いえいえ、これだけのことではありませんよ」彼女の友人は言った。「これから先試練が待ち受けているのですよ、あまり楽しくない試練がね。あなたはご自分の人生を振り返ることになるのです。その中で、やり損ねたこと、もっと良くできたかもしれなかったこと、それらすべてを反省することになるのです」

「そんなこと言ったって、完璧な人などありはしませんよ」レイディ・メアリはむっとして言った。自分自身を責めることに躊躇はない人でも、他人から責められるのは面白くないものなのだ。

「ご案内しましょう」彼はそれ以上の説明はせずに、彼女の手を取って導いていった。周囲の人々は自分たち自身のことで忙しく、彼女のことをほとんど気にかけていない様子であった。彼女もまた、彼らが従事している事柄にはさほど注意を払ってはいなかった。しかし、目が合えばみなにこやかな顔をしたし、彼女もまた、連帯感のような意識をもって笑みを返した。もっとも、彼女はもともと親切な人であったのであり、手に余る仕事を抱えているように見える人に行き合った時などは、立ち止まって手を貸そうとしたことも一度ならずあった。だが彼女の案内人はそれを許さなかった。彼女はまた、道すがら彼にあれこれ訊いてみようとしたのだが、これもまたさっぱり埒が明かなかった。

「この変わり様には混乱しますわ」彼女は言った。「判断する基準がないのですもの。多少は知っておきたいですわ――その、ここにいる人たちのことや――その、生活の様式など……」

「当面はやることがたくさんありますからね」彼は言った、「そんなことに頭を悩ませている暇はないですよ」

こう言われると当然のことながら不安な心持ちが湧き上がってきた。

「ここは、その……」いささか恐る恐る彼女は言った、「わたくしたちが天国と呼び慣らわしてきた場所ではありませんわよね？」

「その言葉は場所のことではなくて」彼は言った、「状態のことを言っているのですよ」

「でも、そういう状態が存在し得る場所はあるはずでございましょう」彼女はこの種の議論をするのが好きだったが、まだこういう議論ができるのだとわかって勢いづいてきた。「少なくとも、地獄ではないことは明らかですわね」きびきびとした口調で彼女は言ったが、これは彼女の特徴の一つでもあった。「そうすると、煉獄かしら……先ほどあなたは、試練云々とおっしゃっていましたわよね？」

「言葉なんていうものは入れ替えが可能なもんでしてね」彼は言った。「ある人にとってはこれこれこういう意味であるという言葉が、別の人には全然違う意味になる、ということだってあるんですよ」

　これはいかにも昔の彼を思わせる言い回しであったので、愉快な気持ちを抑えきれずに彼女は笑った。

「あなたはいつでもそういうご託宣のようなことをおっしゃるのが好きでしたわよね」彼女は言った。ただ、もし彼が以前に彼女にこんなことを言ったとしたら、彼女としても、同じように面白がりはしただろうが、それをこうあけすけに口にすることはなかっただろう、と感じていた。しかし、彼の方は気を悪くした様子はまったくなかった。そのうち、彼女の思いは違う方向へと向かっていった。どういうわけだかわからないが、北国の古い挽歌の一節が頭に浮かんできて、思わず彼女はそれを口ずさんでいた。

靴下と靴はしっかり身に着くべし
さもなくば風が身を切り骨を切る▼2

連れの男がこれを聞いていたようなので彼女は訊ねた、「これほんとうかしら？」彼は小さく首を振った。「何だかありきたりですな」彼は言った、「別に言うまでもないでしょうがね。靴下と靴というのは、まあ、それはそれで結構なことですけど、それだけでは心の状態までは充分にはわかりませんね」

レイディ・メアリには、靴下と靴に関する限り、自分はしっかりと用意しているから、どんなでこぼこ道でも足が切れることはないだろうと思い、安堵感をおぼえた。だが、このような楽しい物思いに浸っている余裕はなかった。じきに彼女は大きな建物の中に連れられてゆき、無数にある部屋のうちの一つに通され、そこに一人取り残されたのである。

4

ドアが開き、もう外に出てもよいのだと彼女は感じた。どれほど長い間彼女がそこにいたのか、そして、そこで何があったのか、それは誰にもわからない。とにかく、外に出た時、彼女の心は——こんな言い方をしてよければ——「ヒリヒリ」「ずきずき」と痛み、人生最後のあの行為の記憶が耐え難い重みとしてのしかかっていた。そう、あまりに耐え難いことであったので、それ以前のすべてのこと――次々に湧き上がってきた昔の過ちや過去の光景などは、ほかのものとは違ってまだ終わってはいないこの傷の刺すような痛みの中ですべて忘れ去られてしまったのだった。あの部屋の中では、誰も彼女を告発したわけではなかったし、「審判者」の前に有罪の証拠が並べ立てられたわけでもなかった。彼女を断罪したのは、どんな罪をも見逃すことなくすべてを覚えていた彼女自身であったのだった。だが、あの老いらくの最後の戯《たわむ》れのことを思い起こし、自分が育ててきたあの娘の将来を玩具にしてしまい、何の理由もなく、ただ馬鹿げた悪戯のために彼女を過酷な運命に置き去りにしてしまったのだということを初めて悟った時、彼女の心は恐ろしさと痛切な悔恨とではちきれそうになった。そして、この突き刺すような疼《うず》きを心に抱えたまま彼女は外に出なければならなかったのであったが、それについて慰めの言葉らしきものをかけられることは一切なく、ただ悲しげで同情に満ちた視線を投げかけられただけで、それが一層骨身に応えた。彼女は追い出されるようにして外に出てきたのだが、決してそれは外部からの影響を受けたわけではなく、自身の惨めな心情に駆り立てられてのことであった。

「手紙を書いて、説明しよう」彼女は自分に言った、「――いえ、自分で行ってこよう――」

彼女は言葉を切った。もう行くことも手紙を書くこともできないのだ……自分が後にしてきた世界との交信はすべて断たれてしまったのだ……。しかしすべて断たれたのであろうか？　後に残してきた人々にメッセージを送る手立ては残されていないのか？　彼女は通りかかった最初の人を呼び止め、哀れっぽくこう話しかけた。

「教えてくださいな、あなたはわたくしよりここに長くいらっしゃるようですから――ここから手紙か言伝《ことづて》を送る手立てはないものでしょうか。たったひと言でもよいのですが……」

「どこへですか？」こう言って男は立ち止まった。相手が話を聞いてくれそうな様子であったので、まだ何か方策が残されているということもあり得るように思えてきた。

「イングランドなのですが……」世界のどの地域かと訊ねられたと思い、彼女は答えた。

「ああ」そう言って男は首を振った、「それはちょっと無理ですね……」

「でも、ある状況を正すためなんです、決して悪気があったわけではなくて、まったくの不注意から生じてしまったある状況を……」そう、決して、決して（彼女は繰り返した）悪気があったわけではないのだ！「ああ、何か、何か手立てがあるはずです。後生ですから、どうぞその手立てを見つける術《すべ》をお教えいただけませんでしょうか……」

この苦悩の様相を見た男は大いに心を動かされた。「私はここではただの新参者でして」彼は言った、「思い違いをしているのかもしれません。もっとちゃんとした人に訊いてみてはいかがでしょうか。でも——」彼は悲しげに首を振った、「誰でもたいていそう思っているのではないでしょうか。つまり、たとえひと言でもいいから、後に残してきた人々に言伝を送りたいと……そうできたらどんなに……」

「ああ」レイディ・メアリは叫んだ、「でもそれは、ただ愛するが故のことでございましょう。ですが、わたくしの場合は正義のため、憐れみのためなのです、ここにやって来る前にしでかしてしまったひどい過ちを正すためなのです……」

「たいへんお気の毒です」そう男は言ったが、もう一度首を振ると歩き去ってしまった。より慎重になった彼女は、今度はこの場所のことをよく知っていそうな人物に声をかけた。たいへん謹厳そうなこの人物は、自分は役人の一人であり、何か知りたいことがあればお教えいたしましょう、と答えた。しかし、彼女が事情を話すと、彼もまた首を振った。

「それが無理だとは申しません」彼は言った。「うまくいった例もないわけではないのですが、ごく稀に、ということでしてね。確かに試みる人は多いのですよ。それを禁じる法はありませんから。ただ、覚悟は必要です。たいへん辛い思いをすることになりますし、ほとんどが失敗に終わることになりますので……」

「まあ、そんな……。でも、うまくいった例もあるとおっしゃいましたよね。こんなに切なる思いに駆られることなど、ほかの人ではあり得ないほどなのです。もう、自分の持っているものは、何だって——ええ、すべてを投げ出してもかまいませんわ——」

相手は微笑んだが、それはたいへん重々しい微笑みで、憐れみに満ちた微笑みだった。

「どうやらお忘れになっていらっしゃるようですな」彼は言った、「あなたは投げ出すものなど何もお持ちではないのですよ。それに、もしお持ちだとしても、そんなものは、ここでは誰にとっても何の価値もないものなのです」

彼女はもはやひ弱な年寄りではなかったが、しかし、女性であることに変わりはなく、何もかもが思い通りにはならないこの恐ろしい状況に思わず泣き出してしまった。しかし、彼女は屈するつもりはなかった。彼女は叫んだ、「ここにだって、昔の誼《よしみ》で手を貸してあげようという人が必ずいるはずです。若い頃わたくしを愛してくれた方はたくさんおりました。ここにだって、それを忘れていない人がきっといるはずです。ああ、あなたがおっしゃりたいことはわかっておりますわ。そんなことを言ったって、あなたは長生きしてそういう昔の人たちのことはみんな忘れてしまったのだから、向こうだってあなたのことを覚えている義理はないと、そうおっしゃりたいのでしょう」

ここで誰かが彼女の腕に触れた。振り返ってみると、すぐ近くに一人の男性が立っていたが、それはまさに彼女が忘れてしまっていた人たちの一人であった。しげしげと眺めてみても、ぼんやりとした記憶しか甦ってこなかった。周囲にはほかに何人かの人々が集まってきていたが、彼女の苦悩の様子を見てみな悲しげな顔をしていた。腕に触れたのは彼ら一同の代弁者であった。

「あなたのためならば」彼は言った、「われわれは喜んで何でもするつもりです」

周囲の人々はみな溜息をつき、彼女を取り囲んでこう付け加えた。

「でも、これればかりは不可能なのです――不可能なのですよ」

凝然として一同を見回した彼女は、徐々に彼らの顔を思い出した。みな、人々の魂を結び付けずにはいられない、あの悲しみと同情に溢れた表情をしていた。ところで、不可能という言葉は、彼女のそれまでの人生ではほとんど存在しないと言われてきた言葉であった。何でも思う通りに変えることができ、自分の意向は何でも瞬時に伝わるという世界からやってきた彼女が、盲壁に周囲を塞がれ、たったひと言もそこを通り抜けることができない、という状況に置かれたことは、言葉にはできないほど恐ろしいことであった。彼女は哀れな表情で彼らを見つめた。無力ゆえのその苦悩は人の心を打つものがあった。彼女は叫んだ、

「いったい何が不可能だというのですか？　間違いを正すために、ひと言、たったひと言を送ることが不可能だというのですか？　ああ、わかっています」両手を挙げながら彼女は言った、「わかっていますとも、慰めのメッセージを送ってはならないのだということは。あなた方を愛する人々は堪《こら》えなければならないのです、わたくしたちみながそうしてきたように――そして慰めは神にお任せしなければならないのです。でも、わたくしの場合はとんでもない過ちを犯してしまったのです！　ああ、みなさん、どうか聞いてください。わたくしは、まだ年若い一人の子供を、将来の備えもなしに置き去りにしてきてしまったのです。誰もその子の助けにはなれません。これはもうどうしようもないことなのでしょうか？　彼女は、そしてこのわたくしも、永遠にこれを堪えなければならないのでしょうか？　この状況を正す手立てはまったくないのでしょうか？　ああ、みなさん、聞いてください。

昨晩わたくしはあちらにいたのです。真夜中にはまだわたくしはあちらにいたのです――そして今朝になったらこちらに来ておりました。だからこちらに来るのはわけないことであるに違いありません、ほんのひと歩きといったところでしょう。それにふた言もあれば事足りるのです――ほんのふた言なのですよ！」

深い同情を示しながら彼らはさらに近寄ってきた。

「来るのは簡単なのです」彼らは言った。「でも戻るのは簡単ではないのですよ」

そして一人が付け加えた、「それに、永遠に、ではありませんから、どうぞご安心ください。彼女もいずれはここに、あるいはもっとよい場所へ、やってくることになるのです。その時には、あなたにはまるでそれがほんの一日であったかのように感じられることでしょう」

「でもあの子にはそうではありませんわ」レイディ・メアリは叫んだ、「あの子には長い年月になるのです、長い長い悲しみと苦難の日々になるのです。そしてあの子は、わたくしが彼女のことを何も考えていなかったと思うことでしょう。そして実際にその通りであるのです」悔悟者はそう言って悲痛な涙をさめざめと流した。

あまりに恐ろしいことだったので、みな押し黙ったままひと言も発しなかった。ただ一人、かつて彼女を愛していた男が、彼女の腕に触れてこう言った、「我々はみなそのためにここに来るのです。これは我々を清める炎なのです。そしてようやく我々は、自分がしたことのありのままの姿を見ることになり、その惨《むご》さを実感することになるのです。ですがもう我々には償うことはできないのです」

彼女は思い出した。この男は、合法的な愛情をすべて蔑《ないがし》ろにし、彼女のために、彼を信頼するすべての人々を悲しませたという人物であったのだ。この男が背負った重荷を悲しんだ彼女は、束の間自身の重荷を忘れたのであった。

この時になってあの役人の一人と称していた人物が前に進み出てきた。他の人物たちがあまりに彼女の周りに密集したので、彼ははじき出された恰好になっていたのだった。そして彼は言った、「誰もあなたのメッセージを運んでゆくことはできません。それは許されていないのです。しかし、まだ可能性は残されています。あなた自身が行くのであれば許可が得られるかもしれないのです。これまでにもそういう例はありました、成功した者は多くはないのですが……。しかし、もしあなたがお望みなら――」

これを聞いた彼女は震え出した。そして、どうして行ってくれる人が見つからないのか、その理由もはっきりとわかった。このような企てこそは考え得る限り最も恐ろしいものであることは明らかで、彼女自身も強い生理的な嫌悪感をおぼえたのであった。苦しそうな哀願の眼差しを役人に向ける彼女を、ほかの者たちはみな憐れみ、何とか慰めようとした。

「立派な大義のためであるならば」役人は言った、「許可を拒まれることはないでしょう」

それを聞いたみなは一斉に口を開き、彼女を思い止《とど》まらせようとした。

「もうすでに」彼らは叫んだ、「生きていたあなたのことは忘れ去られているのですよ。彼らにとってあなたは死んだ人間なのです。あなたの姿を見たりしたら彼らは怯《おび》えるだけですよ。ああ、どうぞ戻らないでください！　どうか待つことに甘んじてください、待つことに――ほんの少しの間だけなのですよ。人の命などはかないものです、ほんの束の間現れて、すぐに消え去ってしまうのです。その娘さんだって、ここに来ればおわかりになりますよ――いや、もっと良いところへ行くかもしれませんが……」

もっと良いところ、と言ってみな溜息をついた。微笑んだ者もいたが、彼らは自分がそこに近づいているのだと感じていたのかもしれなかった。

レイディ・メアリはみなの言葉を聞いてはいたが、目はこの可能性を示唆してくれた人物に向けられたままだった。彼女の頭に、これまで耳にしてきた何十、何百という戻ってきた者たちの話が甦った。しかし、その中で、彼らが歓迎されたという話、喜びをもって迎えられたという話、愛する者を慰めたという話は一つとして聞いたことがなかった。ああ、そうではないのだ！ 彼らが戻ってきた家は「呪われた家」となってしまうのだ。彼らが出没するといわれた部屋部屋は閉め切られ、家は打ち捨てられてしまい、彼らが最も愛していた人々が彼らを恐れ、逃げ出してしまうのだ。そう、彼らは卑俗な怪奇物語となり、最貧民たちからも笑われ、かつ恐れられる存在となってしまうのだ。追放された哀れな魂たち！ 誰も耳を傾けてくれないが故に、彼らは去り難く、ぐずぐずと居坐ることを余儀なくされてしまうのだ。レイディ・メアリは身震いし、後悔と切望の気持ちもさることながら、ぞっとするような恐怖に取りつかれてしまうのだった。慰めを求めて仲間たちを見渡したが、どこにも慰めは見出せなかった。

「どうか行かないで」彼らは言った、「行かないでください。私たちもあなたと同様に耐え忍んできたのです。すべてが明らかになるまで待つのですよ」

「すべては必ず明らかにされるのです」別の者が言った、「待つのはほんのひと時なのですよ」

彼女はみなの顔を見回し、権限を持つあの人物に視線を戻した。彼は言った。

「うまくいくことはごく稀ですし、あなたの悔悛の過程を遅らせてしまうことにもなるのです。ともあれ、これは特例措置であり、益よりも害をもたらすことにもなりかねません。しかし、もし目的が正当で高邁《こうまい》なものであるならば、許可は与えられ、あなたは行くことができるでしょう」

これを聞いて彼女の義侠心がむくむくと頭を擡《もた》げてきた。見捨てられたあの子のことを思い、あの子を取り巻く味方のない暗黒の世界のことを考え、あの子が楽しい子供時代を過ごしてきたあの家が閉ざされてしまう様を思い浮かべた。きっとあの子は、自分が人からも神からも見捨てられたかのように思うに違いない……。レイディ・メアリは権限を持つ男に向き直り、こう言った。

「もし今日お会いしたあのお方が祝福を授けてくださるのであれば、わたくしは参ります――」

みなは彼女の周りに群がり、泣きながら彼女の手に口づけをした。

「はい、確かにあのお方は祝福を与えることを拒まれはしないでしょう」彼らは言った、「でも苦難の道になりますよ。そしてあなたはまだまだか弱くていらっしゃる。あの恐ろしい苦難にどう立ち向かおうというのですか？　あのお方は誰にも、この暗くて恐ろしい道を行ってみよ、などと申しつけられることはないのですよ」

「でもわたくしは行ってみます」レイディ・メアリは言った。

5

レイディ・メアリが垣間見たあの晩の光景は、熱のせいでかなり誇張されたものだったのであり、そして、彼女が思ったほど瞬間的なものでもなかった。彼女は医師が自分の手首を取っているのを見て、こんな夜中にこんなところで何をしているのだろうかと訝ったのであったが、確かに彼は、この時彼女の臨終を告げているところであった。だが、その前からずっと容態は悪かったのであり、彼女の最期をみな涙を流しながら見守っていたのであった。そしてそのあと、屋敷の中では、彼女の名付け子であるリトル・メアリが知らないところで驚くような騒動が持ち上がった。彼女は遺言書は残さなかったのか？　自分の死後のことについて、簡単な指示でも言伝でも何でもよいから、何か後に残していったものはなかったのか？　彼女が病に伏して以来、危篤状態に陥ってからもずっと面会を切望し続けてきたファーニヴァル氏は、断固として「ノー」と言い張った。遺言書はついに作成しなかったし、身辺整理の類《たぐい》のことは一切口にしたことがなかった――苦々しい口調で、ほとんど悔し泣きせんばかりの口ぶりでそう彼は言った。教区牧師の方はより希望的な観測を披露した。あれほど思いやりのあるお人が、そんなことをなさるはずがない。よく調べてみれば、手紙かメモか、何かそうした遺志を表した類のものが必ず見つかるはずだ。周りの者は、お元気そうだ、お健《すこ》やかそうだとおべっかを言ってはいたが、本人は、自分はこの先長くはないのだということを充分に承知していたに相違ない――そう彼は主張した。医師はこの最後の見解には与しなかった。彼は言った。人は自分の体について思いもよらぬ見方をしていることがままあり、その胸の内は測り知ることができないほどで、レイディ・メアリの場合も、信じ難いことのように思えるが、九十に近い歳でありながら、まるで十七の娘のように、死というものをまったく意識していなかったということだって充分にあり得るのだ、と。それでも、どこかにメモのようなものを残しておいたのではないか、というのが彼の見解であった。

この三人の紳士は善後処置の前面に立っていた。レイディ・メアリには諸事の整理を買って出ようという縁者はなかったのだ。孫息子の伯爵は外国におり、本件に関与し得る人物は彼のお抱えの弁護士たちしかいなかった。しかし、雇い主の利益になることならどんなことでも見逃さないという彼らの信条には反するものの、レイディ・メアリの遺産など彼らにとっては些事にすぎず、それにまた、彼らは事情を何も知らなかった。リトル・メアリのことも、老貴婦人の風変わりな人となりについても、何一つ知らなかったのだ。というわけで、生前の彼女と関わりの深かった医師と牧師、そして顧問弁護士であるファーニヴァル氏が実質的にすべての処理を担当したのであった。同時に、彼らの細君もまた嘴《くちばし》を挟んできた。いや、正確にいえば、そうすることのできる唯一の細君である牧師の奥方が、ということなのだが、慈善心に富んだこの夫人は悲しみに暮れるリトル・メアリの許《もと》を訪れ、あの沈鬱な屋敷から彼女を連れ出したのである。レイディ・メアリはおそらく遺言書は作成していない——そうなるとあの哀れな娘は一文無しになってしまう——それをよく心得ていた牧師夫人は躊躇なく行動に出たのであった。人はよくこの世の無情さを喧伝する。他人に縋《すが》って生きてきた者がこうした状況で路頭に迷ってしまうと、冷たい世間は見向きもしなくなるものだと、そう人は説く。だが、それは違う。実際のところ、このような窮状が生じれば、必ずといっていいほど多大な親切と深い同情が寄せられるものなのである。例の三人の紳士はずっとメアリのことを気にかけてきた。三人とも老婦人から何がしかの遺産を分けてもらおうなどと期待したことはなかったし、自分たちの利益などは端《はな》から度外視していた。彼らが考えていたのはこの娘のことだったのであり、あらゆるものを吟味し、老婦人の生前の習慣や行為を徹底的に調べ上げている今も、彼らが考えていたのは彼女のことだった。だが、ファーニヴァル氏の見解はすでに定まっていた。レイディ・メアリが遺言書を作っていないことは彼にはわかっていたのだ。何しろあれほど何度も作成を勧めたのだから。今こうして書物机を調べ、すべての引出しを引っ張り出しながらも、結局何も出てこないということを彼は確信していたのである。イタリア製のあの飾り箪笥の引出しからは、シフォンやら古いレースやらリボンやらと、細々《こまごま》とした装飾品のようなものが山ほど出てきた。だが秘密の引出しがあろうとは誰も思ってもみなかった。仮に誰かが思いついたとしても、これ以上にあり得ない場所というのもなかったのだ。もし彼女が遺言書を作っていたなら、それを隠さなければならない理由などあるはずもなかったのだから。だが、もちろん誰もこんな具合に考えはしなかった。秘密の隠し場所があろうなどとは誰も夢にも思わなかったのである。一方、このような捜索が行われていたことは、メアリ自身の与《あず》り知らぬことであった。自分がどのような状況に「置き去りに」されたのか、彼女はまったく知らなかったのである。とはいえ、当初の深い悲しみが治まると、徐々に彼女は心に不安な思いを抱き始めた。牧師様が自分に何か話をなさるのではないか、あるいは、ファーニヴァルさんが自分を呼び出し、今後のことについて指示をなさるのではないか、などと思い始めたのである。牧師夫人はしばらくはここにいるようにと、そう言ってくれた。だが、周囲で気を揉んでいる人々は始終この話をし、彼女のためにはどうしたら一番良いのかと相談していたのであったが、当の本人にどう話をしたらよいのか、未だに結論は出ていなかった。ありのままの現実を伝えるのはあまりに酷だと、みなそう思っていたのである。

さて、医師は独り者で妻はなかったが、息子の身を案じる母親がいた。そしてこの母親は、哀れなこの娘を虐《しいた》げるつもりなど毛頭なかったものの、それでも、彼女がどこかに片付いてくれて、息子の行く手からいなくなってくれれば、と切に願っていたのである。確かに医師はもう四十になるし、メアリはほんの十八ではあったのだが、しかし、だから何だというのか？　この手の縁組などそれこそ日常茶飯事ではないか。それに彼はこの子に対してたいそう親身になっていたので、母親としては、いったいどうなることかと、それこそ気が気でなかったのである。とにかくああいう子だから、誰かが手を差し延べてくれたらすぐに飛びついてしまうに違いない――彼女はそう信じて疑わなかったのだが、それも無理からぬことであったのであり、じりじりと時が進む中、この件について牧師の奥方と話し合ったことも一度や二度ではなかった。

「あの子をずっとここに置いておくわけにもいきませんでしょう」彼女は言った。「あの子だっていずれは自分の置かれた境遇を知らなければならないわけだし、自活の道を探さなければならないということだって、きちんとわきまえておかなくては……」

「まあ！」牧師夫人は言った、「でも、いったいどうやって言ったらいいというの？　あの子を見ているとほんとうに辛くてたまらないわ。何しろ、これまで何不自由のない暮らしをしてきたというのに、突然一文無しになってしまったのですもの……。うちにいてくれるのは、わたしとしては、とってもありがたいのよ。とにかくあんなにかわいらしい子だし、子供たちにも親切だし……。これで誰かいい人さえ現れてくれたら――」

医師の母親は震えた。「いい人が現れる」というのはまさに彼女が恐れていたことだったのだ。

「でもそれは当てにできることではないでしょう」彼女は言った。「それに、同情から結婚するというのは、お金目当てに結婚するというのと似たり寄ったりで、決していいことではないわ。ねえ、ボウヤーさん、メアリは思ったよりしっかりした子ですよ。もっとあの子のことを信頼してあげなくては。そりゃあ、最初は落ち込むだろうとは思うけれど、でも一旦実情を知れば、あの子ならきちんと対処できるはずだわ、そういうものを持っている子ですよ」

「まあ、だって、まだほんの十八の小娘ですよ、しかもこれまで何の苦労も知らずに育ってきたのですから、そんな子にいったい何ができるというのですか。それにしても、嫌なことはあんまり言いたくはないのだけれど、レイディ・メアリはいったいどういうおつもりだったのかしらねえ。将来の面倒を見るつもりがないのであれば、どうしてあの子を引き取って育てたりしたのかしら……。あのお方、ほんとうは性根の悪い人であったに違いないわ」

「まあ、そんなことを言うものじゃないわ。息子もよく言ってるのだけれど、あのお方だって、そのうちになさるおつもりだったのよ――」

「そのうちって、あなた、いったいあの方はいくつまで生きるおつもりだったのでしょうかしら！」

「そうだわねえ」医師の母親は言った、「年寄りというのは、どんなに年が行っていても、案外自分自身ではそうは感じていないものだから……」

彼女自身もこの「年寄り組」に属していたのであり、まだ三十を超えたばかりで、「若者組」の一員であるボウヤー夫人とはだいぶ立場が異なっていた。だからレイディ・メアリについてはいろいろと庇《かば》ってやりたいという心持ちではあったのだが、しかし、自分が置かれたほんとうの立場というものを知らせぬまま、あの哀れな娘をいつまでもここに置いておくというのは――そして特に、男性たちの目につくところに置いておくというのは、よいことではないように彼女には思えた。男というのは、分別盛りの年になっても馬鹿な真似をしでかすものであるし、ましてや十八の娘が絡んでいるとなると、分別を働かせろと言っても土台無理な相談であるのだ。

「伯爵が何かしてくださるとよいのだけど……」彼女は付け加えた。「自分の御祖母様《おばあさま》がどれほどあの子を可愛がっていたかを知ったら、そしてあのお方の遺志を慮《おもんぱか》ったら、当然何がしかのことはすべきだと思いますよ。ちょっとしたお手当てを支給するとか、それくらいのことはやって然るべきではないかしら。もちろん、私たちみんながレイディ・メアリになさってほしいと願っていた措置に比べればたいしたものではないかもしれないけれど、それでも生活の糧にはなるでしょうからね。ファーニヴァルさんもそういう旨の手紙を書き送ったはずですわ」

「しーっ」と言って牧師夫人が口に指を立てた。実のところ、背をドアに向けて立っていた相手のご婦人に対し、少し前から彼女は身振り手振りで合図を送っていたのだった。この会話が進行している間にメアリが部屋に入って来たのである。彼女は話の内容にはまったく無関心であったものの、レイディ・メアリやら、伯爵やら、ファーニヴァルさんやら、といった名前はいやでも耳に入って来た。伯爵は誰に生活の糧となる手当てを支給すべきだというのだろうか？　レイディ・メアリがすべきだった措置とは何なのだろうか？　ファーニヴァルさんは誰のことで手紙を書いたのだろうか？　牧師夫人の針仕事の手伝いをするために腰を下ろした時、今しがた耳にした言葉について彼女が何も考えずにいられるはずもなかった。もちろん、当初は漠然と思いを巡らせただけで、それらが何を意味するのかはわからなかったのだが、やがて彼女ははっとして、これには何か意味があるに違いないと気づいた。誰かのことを――ひょっとすると、自分が知っている人のことを言っているのかもしれない……。娘の指先から針がこぼれ、縫っていたエプロンドレスが床にずり落ちた。誰かのこと……？　そうだ、自分のことだ、自分のことに違いない！　あの深刻そうな話し振り……二人が話していたのはまさにこの自分のことであったのだ……そういえば……

彼女は思い出し始めた。これまでにも、同じように深刻そうな会話の場面を見かけたことが何度もあった。そしていつも、彼女が部屋に入っていくとその会話は止《や》んでしまい、憐れみの眼差しが彼女に向けられるのであった。その時は、みなが憐れんでくれるのは自分が大切な名付け親を亡くしたからだ、と無邪気に思っていたのであり、周囲の人たちの優しさをとてもありがたく感じていたのであった。しかし今や、すべてに別の意味が付されることになった。ボウヤー夫人は話を続けながらお客をドアまで送っていったのだが、戻って来た彼女の顔つきはたいへん重々しいものだった。しかしメアリと目が合うと彼女は微笑み、朗らかに言った、

「まあ、すてきなエプロンドレスを作ってくれてありがとう。きっと子供たちも、まるで自分ではないような気がするでしょうね。こんなにきれいなものを着たことはありませんもの」

「ボウヤーさん！」娘は叫んだ、「わたし気づいたことがあるのです。ああ、どうかおっしゃってくださいまし、あなたはわたしを憐れんで引き取ってくださったのでしょう？　わたしには、その――将来への備えというものがないのでしょう？　ファーニヴァルさんが手紙を書かれたというのは

――」

メアリは言葉を続けることができなかった。容易に想像できようが、彼女にはまことに辛いことであったのだ。

「まあ、あなた、いったい何を言っているの？」牧師夫人は叫んだ。「憐れみというのは――その、愛情と同じものだと思うの。少なくとも、コリント前書の十三章にはそう書かれているわ。だから、あなたがここにいるのは愛情ゆえなのですよ、ね、あなたもそう言いたいのでしょう？」

そう言うと彼女は娘を抱きしめてキスをし、涙を流した。女性ならば必然であった。

「ああ、あなたにはもう察しがついてしまったようだから、こうなったらはっきりと言った方がよさそうね。レイディ・メアリは――何故だかはわからないし、あの方を責めたくはないのだけれど――遺言書を遺されなかったのよ。それで、だから、これまで何不自由なく育てられてきたというのに、今のあなたには一文のお金もないということになってしまったのよ」ここで牧師夫人はメアリを強く抱きしめ、もう一度キスをした。「だから私たちは、なおさらあなたのことが愛《いと》おしいの――なおさら、なんてことがあり得るならば、の話だけど……」

若い娘が生まれて初めて災厄というものに遭遇した時、慰めてくれる優しい肩に頭をもたせかけながら、何と多くの考えがその頭をよぎってゆくものであることか！　彼女は決して恩知らずであったわけでもなく、また、感覚が麻痺していたわけでもない。だが、ボウヤー夫人が彼女を抱きしめさめざめと泣いていた間、メアリ自身は涙を流さず、ただひたすら考えていた――様々な光景が瞬時のうちに次々と押し寄せ、まったく新しい世界が瞬時のうちに現出するという騒乱状態ゆえに、苦痛をおぼえる間もなく、むしろ支えとなる力が集結されてゆくのであった。すぐに彼女は親切な庇護者から身を離した。涙のない目は爛々《らんらん》と輝き、顔は上気していた。落胆した様子はまったくなく、感傷に浸る気配もいささかもなかったが、優しい庇護者の手を握りしめる力はその華奢な指からは考えられないほど力強いものだった。

「こういうお話はよく本の中に出てきますけど」かすかではあったが力強い微笑みを浮かべながら彼女は言った、「でも、現実にも起こり得ることなのですね……」

「ああ、そうなの、現実の世界でも起こり過ぎるほど起こるものなのよ。だけど、どうして人はこんなひどいことができるものなのかしら……自分が愛する人の幸せというものを、どうしてこうまでも蔑ろにできるものなのかしら……」

　ここでメアリは庇護者の手をさらに強く、痛くなるほど握りしめて叫んだ、

「いいえ、ひどいことなんかなさっていません、蔑ろになさったわけでもないのです。わたし聞きたくありません、その――」

「ええ、ええ、そう思うのはいかにもあなたらしいわ――私もそう思ってましたよ、あなたならきっとそんなふうに思うだろうとね。だからこのことについてはもう何も言いますまい。ああ、でもメアリ、もしあのお方が今このことをお考えになったら――」

「いいえ、いいえ、考えてほしくなどありません――考えることなどできないと、そう願いたいですわ」庇護者の手をさらに激しく握りしめながら彼女は叫んだ。

「おや、何かしら？」ボウヤー夫人は振り返りながら言った、「隣の部屋に誰かいるのかしら……。でも、確かにそうだわね、今思い出したりしたらとても成仏できませんものね。さあ、メアリ、涙をお拭きなさい。もうこのことは考えないようにしたほうがいいわ。でも変ね、隣の部屋に確かに誰かいるわ。さあ、さあ、私たちのためにも、そんな悲しそうな顔はしないで――」

「悲しそうですって？」メアリは叫んで立ち上がった。「わたしは悲しくなんかありません」

　そう言いながら彼女も振り返り、紅潮した勇敢な顔をドアに向けた。だがそこには誰もいなかった。隣の小部屋でお客がとぐろを巻いているのはよくあることだが、そういうわけでもなさそうだった。

「誰かが入って来たように思ったのだけれど……」牧師夫人は言った。「メアリ、あなたは何も聞こえなかった？　すっかり動揺してしまったから、そのせいなのかもしれないけれど、でも確かに誰かが入って来た物音がしたわ」

「誰もいませんわ」メアリは言った。これほど急激に世界を一変させることになった災厄——その衝撃の最中《さなか》にあって彼女は至って冷静であった。泣く気にもわめく気にもならなかった。頭にピリッとした苦痛が走ったが、それはまた興奮でもあったのであり、まるで強い刺激剤を一度に投与されたかのごとき感触であった。彼女は付け加えた。

「よろしければ、ちょっと外に出たいのですが……この新しい状況に頭を慣らしたくて……」

「あら、そう、じゃあ、すぐに帽子を取ってくるわ——」

「いえ、どうか……。決して悪気があるわけではありません。でも一人で考えたいのです、一人で……」こう叫んだメアリは足早に部屋を後にした。一方ボウヤー夫人は改めて隣の部屋を検分し、メイドを呼んで訪ねてきた人があったかどうか問い質《ただ》した。メイドは誰も来なかったと答えたが、それでも夫人は首を振った。

「呼び鈴も押さずにずかずか入り込んでくる人がよくいるけれど、きっとそういう人の誰かに違いないわ……」彼女は一人ごちた。「これだから田舎暮らしは困るのよね。ブラント夫人か、ソファイア・ブラックバーンか、あるいは副牧師あたりか……まあ、そういうことをしそうな人は何人もいるけど、私が泣いているのを聞いてこっそり出ていってしまったのね……。でもこれが泣かずにいられるかしら？　しかしまあ、誰であったにしろ、いったいどこまで聞いていたのかしらねえ……」

6

季節は冬で、地面には雪が積もっていた。

レイディ・メアリは家に帰る道を歩いていた。村の中を通り抜けてゆく道である。あたりは冬の晩を描いた絵によくあるような、いかにもクリスマス時に子供たちが喜びそうな絵を思わせる光景を呈していた。うっすらと積もった雪は屋根の輪郭を浮かび上がらせ、道端を白く染めていた。黄昏時の薄闇の中、軒を連ねたコテッジの窓には赤々とした明かりが灯り、男たちは仕事を終えて帰宅の途につき始めていた。帽子と襟巻に包《くる》まった子供たちは、立ち入りを禁じられていた池や丘の斜面からこっそりと家へ戻ってゆく。そして遠くにはお屋敷の木々が黒々と佇み、夜の到来を告げていた。彼女は奇妙な喜びを感じた。まるで子供が感じるような単純な喜びで、誰かにこの胸いっぱいの気持ちを伝えたいという欲求に駆られた。足取りも軽やかな彼女は帰宅途中の一人の男に追いつくと、微笑みながら声をかけ、どうか怖がらないでほしいと言った。しかし男は顔を上げようともせず、話しかけられたことに気づかずに重い足取りでとぼとぼと歩き続けた。彼女は仰天した。しかしやがて、そう、こういう連中はどうも鈍感でいつもぼんやりしているし、それにだいぶ暗くなってきたから、と自分に言い聞かせ、足早に彼を追い抜いて先へ進んでいった。歩きながら吐く男の息は白く、その重々しい足取りは凍《い》てつく夜に響き渡った。彼女自身の吐く息は目に見えず、足取りの音も聞こえず、それに気づいた彼女は一瞬喜びと苦痛の入り混じった感覚をおぼえた。寒さを感じることもなく、黄昏時にもかかわらず真昼のようにはっきりものが見えたし、疲労感も倦怠感もなかった。しかし彼女は奇妙で切ない心持ちになった。久しぶりに故郷に帰って来た者が、残してきた者たちはどうなっているかと不安に駆られるような、そんな心境であった。村の入口付近の一軒の家の戸口に子供たちの帰りを待っている母親が立っていた。自分のことをよく知っている女だったので、立ち止まった彼女は朗らかに「こんばんは」と声をかけてみた。年を取る前のまだ元気な時分にはよくこうして声をかけたものだったのだ。そしてまた、これはちょっとした実験でもあった。キャサリンは悲鳴を上げるかもしれないし、ことによると逃げ出そうとするかもしれない――でも、聞きなれたこの声を聞いて、傍《そば》に立っているのは幽霊ではなくあの親切な奥方様だと気づけばきっと安心するだろう――そう彼女は思っていた。しかし声をかけられてもキャサリンは何の応答もせず、振り向きすらしなかった。レイディ・メアリは自分を認めてもらいたいという切ない願望をますます募《つの》らせながら辛抱強く傍らに佇み続けた。女の腕に恐る恐る手を置いてみたが、子供たちのことしか考えていなかった彼女は彼らの名前を呼び、薄暗がりの中で目を凝らし続けた。「大丈夫よ、無事に帰ってくるわ」キャサリンの腕を握りしめて彼女は言った。だが女は身動き一つせず、無反応だった。彼女は通りかかった近所のおかみさんに子供たちを見かけなかったかと訊ね、薄闇の中で二人は立ち話を始めたが、二人の間に佇んでいる第三者にはまったく気づかない様子だった。二人を見比べたレイディ・メアリは茫然として立ち竦《すく》んだ。まさかこんなことがあろうとは思ってもみなかったし、未だに信じられない思いだった。さらに熱を込めて二人の名前を呼び、注意を引くために袖を引っ張りさえした。こうして、まるで大人の仲間入りをしたがっている子供のように、いじけながらも何とか二人の気を引こうとしてみたのだが、両人とも振り向きもせずに話を続けるのであった。やがて近所のおかみさんは立ち去り、キャサリンも家へ戻っていった。ほかのみなが暖かい家へ帰ってゆく中、一人寒空の下に取り残されるのは何とも辛いことではあるけれど、人の輪に入れてもらえず、話しかけても聞いてもらえず、姿すら認めてもらえずにただただ茫然と佇む、というのはそれに輪をかけて辛いことであった。みな怯えるのではないか――そう思っていた彼女であったが、怯えてしまったのは彼らではなかった。もはやこの世の人間ではなくなった貴婦人は恐慌状態に陥った。地上に戻って来た彼女は、しっかりとした足取りで軽やかに歩けることを、そして、それまでは困難だったことを易々と行えることを知り、喜びを感じていたほどであったのだが、ほんの数分で幻想は破れ、自分はもはやこの世の人間ではないのだということを改めて思い知ったのであった。慣れ親しんだ景色でありながら、もはや自分の居場所がなくなってしまった世界――もし永遠にこの世界を徘徊することになってしまったのだとしたら……自分を見ることができず、声を聞くこともできず、存在すら認識できない人々に向かって、自分を見てくれるように、声をかけてくれるようにと訴え続けなければならなくなってしまったのだとしたら……。彼女は恐怖に襲われた――筆舌に尽くしがたい、ぞっとするような恐怖であった。まるで迷子になった子供のように、彼女は夜の闇へ飛び出してゆきたいという衝動に駆られた。どうやって探したらよいかは皆目わからなかったが、とにかく、ここへ来るために潜ったあのドアを見つけ出し、両手で思いっきり叩いて元の場所に戻してくれるように懇願したかったのだ。広大な宇宙の中で道を失ってしまった彼女はあたりを見回した。話しかけてくれる人は誰もおらず、慰めてくれる人もなかった。もうこの世では完全に部外者となってしまったのだった。地元の人々が、ゆっくりとした足取りで、一人また一人とぶらぶらと通り過ぎてゆく。他所者《よそもの》がいれば好奇の目で見られるこの場所にあって、誰も彼女に目を向けようとはしなかった。彼女は自分がこの世の中に存在したことがなかったかのような感覚をおぼえた。

やがて彼女は自身の屋敷に行き着いた。

すべてが閉ざされ、静まり返っていた。かつては照明できらきらと輝いていた建物の正面も、今や明かりが灯っている窓は一つもなかった。この様子を見ていくぶん彼女はほっとした心持ちになった。自分がいなくなったことで屋敷も変わってしまったということを示しているかのように思えたからだ。黙ったまま彼女は中へ入っていった。彼女にとっては暗闇も昼間同然であったのであり、閉め切られた部屋部屋も開いているも同然であった。外的な障害はその歩みを何ら妨げることはなかったのである。階下にはまだ人の気配があり、女中頭の部屋の暖炉の周囲には使用人たちが心地よさそうに集まっていた。生きた人間のような切ない思いで明かりと暖かさに引き付けられた彼女は、かつて自分が生活を送っていた静かな部屋部屋ではなく、まずこちらの方へ歩みを向けた。女中頭のプレンティス夫人の娘が訪ねてきていて、その他数人の女たちがテーブルを囲んでいた。そのうちの一人はレイディ・メアリのメイドであったあのジャーヴィスであった。女たちの輪の外の二つの椅子の上に置かれた揺り籠の中ではプレンティス夫人の娘の赤ん坊が眠っていた。ジャーヴィスは針仕事をしながらしきりに愚痴をこぼしていた。その言葉には噎び泣きが混じっていた。

「まさかまたお勤めをしなければならないなんて思ってもみませんでしたわ」彼女は言った、「ブラウンも私も、何かを始める元手が入るとすっかり思い込んでいたんです。何しろ彼は二十年もここにいたんだし……プレンティスさん、それはあなたも同じでしょう。それにこのわたしだって、昼も夜も、あれだけ精一杯尽くしてきたというのに……」

「奥方様が何か遺してくださるなんて、わたしはそれほど期待はしていませんでしたよ」プレンティス夫人は言った。

「まあ、ママったら、そんなこと言って……。いつも言ってたじゃないの、奥様が亡くなられたら、って――」

「ええ、そうよ、みんなそう言ってたのよ」ジャーヴィスが言った。「あのお方がどうしてこんなことをなさったのか、わたしにはさっぱりわからないわ。あんなにご親切なお方だったのに……まあ、表向きはそうは見えないけれど……」

「よくそういう人がいるのだけど、あのお方はね、周りにいる人間に暗い顔をされるのがお嫌いだったのよ」女中頭は言った、「だから、わたしたちに気前よく振舞ってくださったというのも、ご自分が居心地悪い思いをしないようにするためだったのであって、ただそれだけのことだったのよ」

「まあ、奥方様に対して何ということを！」ジャーヴィスは言った。「あのお方の悪口は聞きたくありませんわ。そりゃあわたしだって、確かにとってもがっかりはしましたけれど……」

「でも、あなたやわたしなど——いえ、ほかの誰だって問題にはなりませんよ」プレンティス夫人は叫んだ、「あのかわいそうな方に比べたらね。なにしろあの方は、わたしたちのように生活のために働くなんてことはできないのだし、この先身寄りでもない人たちの慈悲に縋ってゆかなければならないのだから……。わたしだって、奥方様がミス・メアリに対してさえきちんとしたことをなさっていれば、ほかのことについては大目に見てさしあげましたよ。あなたはそのうちに勤め口が、しかもいい勤め口が見つかるでしょうし、わたしだって、このお屋敷を借りることになった新しいご家族が、きっとそのまま置いてくださることになるでしょう。でもあの方はどうなるのでしょう、あんなにかわいらしいのに、一ペニーのお金もなく、一人の身内もなく、面倒を見てくれる人もないなんて……。ああ、ご自分のことしかお考えにならない薄情なお方、あの世で思いっきり後悔なされればよいのだわ！」

こう言った女中頭であったが、しかし彼女は、切ない顔で目を大きく見開き、訴えかけるように両手を差し出し、その一言一句に胸を抉《えぐ》られるような思いをしながら佇んでいたのがいったい誰であったのか、まったく気づいていなかった。無駄であるとは知りつつも、レイディ・メアリは自分を抑えることができず、彼女たちに向かってこう叫んだ、

「お願い、お願いです、どうかお慈悲を！　わたくしはあなた方が思っているほど惨い女ではないのです！」

この必死の訴えかけは空気を劈《つんざ》き天にも届くかと思われるほど悲痛なものであった。そして、ことによるとほんとうに天に届いたかもしれなかったのだが、しかし、人間界に波及することはなかった。そこでは彼女はあくまでも他所者であったのだ。女主人があの悲痛な叫びを上げた時、ジャーヴィスは縫物をしていたのだが、その手が震えることもなく、また、真っすぐな縫い目がほんのわずかでも逸《そ》れてしまうこともなかった。唯一かすかに異変らしきものを感じた様子であったのは若き母親であった。

「しっ！」赤ん坊に目を向けながら彼女は言った。「坊やが起きてしまったのかしら……」

しかし赤ん坊はそれ以上音を立てなかったので、彼女もまた針仕事に戻っていった。テーブルを囲んだ一同は、頭を手元にかがめながら話を続けた。かつてこの屋敷のすべての部屋がそうだったように、この部屋の中も明るく暖かく、たいへん居心地がよかった。暖炉の炎の暖かい光が壁に踊る中、女たちは朗らかな口調で話を続けた。レイディ・メアリは一人輪の外にぽつんと佇み、切ない顔つきで一同を眺めていた。深い屈辱に沈んでいた彼女は、もしこの時この女たちに気づいてもらえたなら、往時に女王に目をかけてもらったよりも嬉しい思いをしたことだろう。

「でも坊やはいったいどうしたのかしら」そう言った母親は急いで立ち上がった。

この世の存在ではないレイディ・メアリが一人寂しく脇へ退き、揺り籠のこの小公子を覗きこんだのは、決して、生きている者なら誰でもいいから自分を認めてほしい、などという卑屈な思いからだ

ったわけではない。この世の存在ではなくなったものの、彼女は依然として女であったのであり、その腕の中で子供たちを育ててきたのである。幼子の上に優しく身をかがめたのは穏やかな自然の情に駆られてのことで、決して不純な動機からではなかった。しかし赤ん坊は彼女を見た――まさかそんなことが？　彼女の方に顔を向けた赤ん坊は小さな手を振り、女性の心を引き付けずにはいられないあの何とも言えないかわいらしい声で笑ったのだった。レイディ・メアリの全身にぞくぞくするような喜びが走った。こんな感覚をおぼえたのは実に久方ぶりであった。赤ん坊に両手を差し出そうとしたが、母親が小さなベッドからさっと取り上げてしまった。ところが驚いたことに、赤ん坊はほかの者たちに背を向け、無邪気な様子で彼女の方に手を伸ばしたのである。

「何だか誰かのところへ行きたがっているみたいだわ」母親が叫んだ。「まあ、見てちょうだい、この子はいったい全体誰のことを見ているのかしら？」

「そっちには誰もいませんよ、誰もね。おお、よしよし、いい子だね。ほら、おまえも見えるだろう、そっちには誰もいないんだよ」祖母は言った。

「まあ、この子ったら、あたしたちには見えないものが見えるんだわ！」若き母親は叫んだ。「父親に何かあったのかしら……それとも、この子がどこかへ連れ去られてしまうのでは！」そう言った彼女は突然感情を高ぶらせて赤ん坊を抱きしめた。ほかの二人は彼女に駆け寄った。母親は理を説いてなだめようとし、ジャーヴィスは詩で慰めようとした――「きっと天使が囁《ささや》いたのよ、ほら、歌にもあるじゃないの」

ああ、女たちには聞こえなかったが、そこに佇むもう一人の人物の胸中の痛みや、いかばかりであったことか！　彼女には不思議でならなかった、この胸の内の愛情と苦痛、いつくしみと悲しみが、どうしてすべて覆い隠されてしまっているのか――この女たちを包む空気は透明であるのに、どうしてその空気が自分の姿を覆い隠してしまうのか……。彼女は手を差し出し、声をかけ、自分が誰であるのかを告げてみた。だが誰もそれに気づかなかった。ただ、暖炉の脇で火にあたっていた子犬のフィドーだけが立ち上がった。そして彼女を見るとじりじりと後ずさりし、壁際でうずくまり、折に触れて問い質すような声で吠え立てた。犬には彼女の姿が見えたのだ。これは彼女に屈辱感を与えることになったが、同時に多少の喜びももたらした。興奮のあまり全身をぶるぶると震わせながら彼女はこの小さな人の輪から離れていった。赤ん坊は自分に気づいてくれた。犬も気づいてくれた。ああ、しかし、そんな手助けしかない状況で、どうやって目的を果たしたらよいというのか……

彼女はかつての自分の寝室へ昇っていった。目にいっぱいの涙を溜め、口元では哀愁を帯びた笑みが小刻みに震えていた。赤ん坊があれほど自分に信を置いてくれたことに深く心を打たれていたのだった。

「神はまだわたしを見放してはいないのだわ……」彼女は自分に言い聞かせた。

かつてはあれほど暖かく輝いていた部屋は夜の静寂《しじま》に暗くひっそりと佇んでいた。しかし明かりは必要なかった。彼女にとって闇は闇ではなかったのだ。しばし周囲を見回した彼女は、このかつての生活の場がいかに今の自分からは遠い存在となってしまったかを思い、不思議な感覚をおぼえた。しかし、それを目にしても苦痛を感じることはなく、ただ、こうしたたわいもない生活の要素にあれほど誇りを感じていた自分のおめでたさに苦笑を洩らしただけであった。彼女は壁を背にして置かれたイタリア製の小さな飾り簞笥へ歩み寄った。少なくとも今ならやりたいことができるはず――人間の無知覚という見えない壁も、ここでは妨げにならないはずだ――そう彼女は思った。しかし、またしても彼女は挫折を味わうことになった。磨き上げられた木の表面を手探りしながら象嵌細工《ぞうがんざいく》や細やかな彫刻といったおなじみの美しい装飾を眺めると、それらはまるで、自分の視覚の中にのみ存在する幻燈画の一部のごとく、ゆらゆらと揺らめいた。だが滑らかな木の表面は彼女の手を拒んだのだ。一歩後ずさりして改めて眺めてみると、四角い箪笥はいつものように、部屋を彩る装飾品としてどっしりとした存在感を示しながら佇んでいた。彼女は両手を差し延べた。昔の職人が魂を込めて造り上げたこの逸品――その波打つ輪郭を指でたどろうと思えばできたであろうが、しかし、見ることができ、触れることはできても、あの引出しの把手を、あの凝った象牙細工のつまみを、そしてあの秘密の隠し場所を閉ざしている扉を実際に手に取ることはついぞできなかった。自分の手も同然に慣れ親しんだものを――目の前にあって、その形状すべてを見てとることができて、震え出した指で触ることだってできるものを――それを摑もうとして何度も何度も試みながら、いったいどれほどの時間を費やしたことか、それは彼女にもわからなかった。しかし、彼女にとって時間は普通の人間の場合のような重みを持つものではなかった。現世の人間のように疲れたりすることはなく、休息やら気分転換やらを必要とすることもなかったのである。しかし、そのうちとうとう頭がふらふらし始め、気力も萎《な》えてしまった。冷たい絶望が彼女の魂を襲った。そうすると、自分は何もできないということなのか……人の助けを借りることもできず、すっかり若返ったこの心身を駆使しても、結局何もできないのか……。彼女は箪笥の足元の床にへたり込んだ。老いさらばえた晩年の慰めとなってきたこの古い玩具――こんな玩具に自分は他人の運命を託してしまった……馬鹿な気紛れを起こして、こんな玩具で罪を犯してしまった……そう、罪を犯してしまったのだ！　そして彼女は奇妙な幻想に襲われた。後にしてきたあの地の仲間たちに取り囲まれ、深い憐れみの表情を目に浮かべた一同に、「無理なのです、無理なのですよ」と言われているような気がしたのだ。そして「あのお方」の顔も浮かんできた――「あのお方」は、ここへ戻る許可はくださったものの、自然の摂理に反することをしようとしている自分に励ましの言葉は何一つかけてくださらなかった……。そして彼女の胸に、今すぐ飛んで帰りたいという思いが込み上げてきた――仲間たちがいる、自分に定められたあの場所へ……。迷子になった子供は哀れだ、筋道立てて考えることができず、どこから助けが来るのか見当もつかない。しかし、迷子になった魂はもっと哀れだ、あの世から引き返して来たものの、もはや現世の存在ではなく、元の場所へ戻る術《すべ》も知らず、迎えを当てにすることもできないのだから……。この世からあの世へ旅立った折には何の辛さもなかった。しかし、新たな力が備わった今になって、彼女の魂は死の辛さを身にしみて感じることになった。今の住処《すみか》を捨てて舞い戻ってきたものの、かつて暮らしていた世界にはもはや彼女の居場所はなかったのである……

7

牧師館の優しい友人を後にしたメアリは外に出て長い間彷徨《さまよ》い歩いた。あまりに強い衝撃を受けたが故に身体の感覚はなくなり、抑え難い興奮が頭の中で渦巻いていた。当初彼女は死の影のごとき深い闇に覆われた虚脱状態に陥っていたが、やがて徐々にその状態から脱すると、自分が置かれている状況がどのようなものか、だんだんはっきりしてくるようになり、そして、そうなって初めてまともにものを考えることができるようになったのであった。それまで彼女は自分の境遇というものをじっくりと考えてみたことはなく、レイディ・メアリが亡くなったら自分はどうなるのか、ということすら問うてみたことがなかった。この老貴婦人自身と同様に、レイディ・メアリが死ぬなどということはあり得ないと思っていたのである。何不自由なく育ち、骨身に沁《し》みるような辛い経験をしたこともないという娘は、こういう問題にはなかなか頭が回らないものだが、彼女もまた何かを期待するなどということはまったくなく、遺産などというものは考えたことすらなかった。だから正当な相続人として伯爵の名を耳にしても別段驚くことはなかったし、あるいは、それまでずっと暮らしてきた屋敷との訣別を感じても、特に慌てふためくようなこともなかった。しかし、徐々にではあったが、彼女の中に、自分は今人生の岐路に立っているのだという意識が芽生え始めていたのであり、遠からぬうちに、自分がこの先どうなるのかを知らされることになる、という予感を感じ始めていたのであった。もっとも、自分から問いかけをするほどの切迫感があったわけではなかったのだが、しかしそれでも、これまで通りにはいかなくなるのだ、という思いは脳裏に去来し始めていた。使用人たちは、レイディ・メアリが何も遺してくれなかったということについて不平不満を漏らしていたが、それを耳にしたメアリは憤りをおぼえた。結婚して宿屋を始めるという目論見が外れ、もっとお金が貯まるまで待つことを余儀なくされたジャーヴィスは、あれだけ尽くしてきたのに、この先まだ奉公を続けなければならないなんて、とこぼしながら涙を流した。皮肉屋の女中頭、プレンティス夫人は、使用人たちに対するレイディ・メアリの親切は一種の洗練された利己主義であったと講釈を垂れた。抑えた口調で罵《ののし》りの言葉を発していたブラウンは、僭越ながら、自分とメアリ様は「仲間同士」と申してもよろしゅうございましょう、などと言い立てた。こうしたもの言いに強い憤りを感じたメアリは、自分が彼らと「仲間同士」であると感じているなどとは思われないよう、言葉や態度には充分気をつけるように心掛けた。とはいえ、彼女は漠然とした不安を感じていたのであり、それ故はっきりしたことを知りたいと思ってはいたのだが、しかし、自分が何をすべきか、ということを考えるところまでには至っていなかった。いずれにしても、誰かにきちんと説明してもらう前にそんなことを考えるのは、今は亡き恩人に対する一種の侮辱であるかのように思えたのである。しかし、この件がほかの人々の目にどう映っているのか、ということを初めて意識するようになった今、同時に彼女は、それが自分にとってはどういう意味を持つことになるのか、という問題をも意識するようになった。すべてが変わり、新たな生活、新たな世界が始まることになるのか……いや、それだけではなく、今までの世界から切り離され、自分が慈しみ、大切に思ってきたものすべてを投げ出さなければならなくなるのか……

こうした考えは彼女の頭の中を吹雪のように吹き荒れた。レイディ・メアリが亡くなってからしばしの時が経過していた。季節は冬から春へと移ろい始め、雪は止み、寒さも和《やわ》らいできていた。そして他の変化も生じていた。お屋敷は貸しに出され、借り手の一家は一週間ほど前に越してきていたのだ。この他所者の闖入《ちんにゅう》はメアリの心に深い傷を与えることになったが、しかし周囲の者はみな、「すべての手配が済む」までのしばらくの間、お屋敷は貸しに出しておいた方がよいのだ、と口を揃えて彼女に説いたのであった。すべての手配が済んだら、事情もまた変わってくるだろうから……。牧師夫人は、「そうなったら、何でも好きなことができるようになる」とは言わなかったが、しかし、好きなことをするための何がしかの手立ては得ることになるだろう、という趣旨のことを遠回しにほのめかしたのであった。そして、メアリが、「わたしの好きにできるのなら、二度とお屋敷を貸しに出したりはしません」と言うと、この親切な夫人は、声を震わせながら「ええ、まあ、そうだわねえ」と言って話題を逸らしてしまった。今、こうしたやりとりがすべてメアリの心の中に甦ってきた。みな自分に言うのを恐れていたのだ――あの娘にはとても耐えられないのではないか……あまりにも重大で、あまりにも過酷で、と……。身ぐるみ剥がれ、一文無しになってしまう――わたしのためにファーニヴァルさんが伯爵に陳情し、斯《か》く斯《か》く然々《しかじか》の事情なのだと説明する……こうしたことすべてが、これからは自分一人で頑張ってゆかなければならないのだということを暗にほのめかしているようで、穏やかな暮らししか知らなかったメアリには耐え難いことだった。しかし彼女は思った――自分のためにに手紙を書いてもらい、情けをかけてくれるよう頼み込んでもらうだなんて……そんなことは絶対にご免だわ……。彼女は森を抜けて、それほど広くはない庭園の周辺に来ていた。そして、このなつかしい場所まで来たからには、お屋敷を見ずに引き返す気にはなれなかった。それまで彼女はお屋敷に近づく勇気が出なかったのであったが、熱に浮かされたような状態にあった今の彼女にとって、喜怒哀楽をかき立てられることはむしろ歓迎すべきことであったのであり、ほとんどわくわくするような心持ちで並木道を進んでいった。そしてそれは、勇気と活力を自分自身に対して証明しようとする試みでもあった。ほかにいろいろと新しいことをやらなければならないのだから、こういうこともやってみなければ……。

場面はちょうどまた夕暮れ時にさしかかる頃合いで、この薄暗さは彼女にとっては都合がよかった。誰にも見られずにお屋敷に行き、見知らぬ明かりが灯された窓を見上げ、往時を偲《しの》びたかった――カーテンの向こう側に腰掛けたレイディ・メアリ、平和と優しさだけが支配していたお屋敷の中……。正面に並ぶ窓にはすべて明かりが灯っていた。暖炉の炎とランプの明かりに照らし出されたその様子はたくさんの人々が暮らす所帯を物語っていた。自分のことで頭がいっぱいで、目も涙で霞んでいたのであろう、メアリは目の前の物もよく見えないほどだったが、その時突然玄関のドアが開いて、一人の婦人が飛び出してきた。

「わたしが自分で行ってきます」その女性は動揺した口調で背後にいるらしき人物に向かって言った。

「笑いものになるだけだよ」と中から声が聞こえてきた。このやりとりがそこに居合わせた若き娘を覚醒させることになった。いささか好奇心をかき立てられた彼女は、不安も入り混じった心持ちで屋敷から出てきた女性を見た。そしてこの女性の方も、暗闇に佇むメアリの姿を認め、はっと驚いて立ち止まった。

「誰?」震える声で彼女は叫んだ、「ここでいったい何をしているのです?」

メアリは一、二歩進み出て言った。「すみません、勝手に入り込んでしまって……ただ、立ち入りが禁止されているとは知りませんでしたもので……」他所者がここへの立ち入りを禁止にするだなんて! メアリの唇に震えた笑みのようなものが浮かんだ。

「いえいえ、立入禁止というわけではないんですのよ」婦人は言った、「ただ、ちょっと取込み中でして……。あなたはもしかしたらあのお嬢さんですの——あの、例の——ひどい目に遭われたとかいう……」

「わたしはレイディ・メアリの名付け子です」娘は言った。「ずっとここで暮らしていたのです」

「まあ、そうでしたか。いえね、あなたのことはすっかり伺っておりますよ」婦人は叫んだ。この屋敷を借りた一家はただ金持ちというだけで、ほかに取柄はなかった。だから牧師館でも、あるいは周囲のほかのどの家でも、この一家のことが話題になった時はみな、わざわざ挨拶に行く必要もないような人たちでよかった、レイディ・メアリのお屋敷に見知らぬ人を訪ねていく気になどなれませんもの、などと言って胸をなでおろしたのであった。そしてメアリもまた、自分のこんな話が——しかも、自分自身はたった今聞いたばかりであるというこの話が、こんな人たちの口の端に上っていたのかと思うと、強い憤りを禁じ得なかった。しかし、この婦人そのものは親切そうな人物であった。そして、憂いと当惑の表情を浮かべ、急いでいる様子だったが、このまま通り過ぎるわけにもいかない、といった感じで立ち止まったのであった。

「でもよくまたやって来て、眺めたりできたものですわね」衝動に駆られたように彼女は言った、「あんなことがあったというのに……」

「わたし、その、思ってもみませんでしたわ」メアリは言った、「ここに来てはいけないなどとは……」

「いえ、いえ、そうじゃないんです」相手は焦れったそうに叫んだ、「まさかわたしがそんなことを言うはずがないでしょう。わたしが言いたかったのは、つまり、その、あんなひどい、薄情な扱いを受けたあとで――聞くところによれば、将来の備えは何もなしで、一文無しになってしまったそうじゃありませんか――」

「わたしはあなたを存じ上げません」俄《にわ》かに感情を露《あらわ》にしてメアリは叫んだ、「見も知らぬ人が、いったい何の権利があってわたしの個人的な問題に口を挟まれるのでしょうか」

婦人はしばし黙って彼女を見つめた後、一挙に言葉をほとばしらせた。

「ええ、確かにおっしゃる通りです――でも、わたしが出しゃばりだというのなら、あなただって失礼じゃありませんか。わたしには確かにあなたの個人的な事柄に口を挟む権利はないかもしれません。でも、噂を耳にして、あなたという人がお気の毒になったからこそ、こんなことを申し上げているんですよ」

メアリはこういう物言いには弱かった。つっけんどんな言い方をしてしまったことに顔を赤らめながら、彼女は言った、

「申し訳ありません、あなたのご親切なお気持ち、よくわかっておりますわ」

「まあ、それはそれで逆の方へ少し行き過ぎではないかしら。だって、あなた、わかるもわからないも、わたしの顔すらよく見えないでしょうに。でもとにかく、わたしはこれでも親切なつもりですし、あなたのことを、とてもお気の毒に思っているんです。そして、あなたはひどい扱いを受けたと、そうわたしは思ってはいますけど、人にそういうことを言わせないというあなたの姿勢はとっても気に

入りましたわ。ところでね、わたしが今どこへ行こうとしていたか、あなたおわかりになる？　牧師館へ行こうとしていたんですよ――あなたは今、そこに住んでいらっしゃるのでしたわよねえ。それで、牧師様か、奥様か、あなたか、あるいはみなさんがご一緒に、わたしのためにお力になっていただけないかと思っていたのです」

「ああ、それでしたら、きっとボウヤー夫人は……」

「きっと」とは言ったものの、メアリは口ほどに自信を持っていたわけではなかった。

「いえいえ、安請け合いはしない方がいいかもしれませんよ。あの方がわたしのところに挨拶にいらっしゃるおつもりがないということはよくわかっているのです、何しろうちの主人はシティ▼3の人間ですからね。ですから、それはどうぞご随意で結構なんです、わたし自身もシティの人たちはあまり好きではありませんもの。でもね、わたしの方で用事がある時は、そんなに畏《かしこ》まる必要もございませんでしょう。それでね、ひとつ教えてほしいことがあるんですの――笑わないでくださいね、わたしは決して迷信深い人間ではないつもりなんですけど、でも――とにかく、どうか教えてください、あなたの時代に、何か騒ぎだとか、得体のしれないものだとか、その――いえね、実は、幽霊なんていう言葉は使いたくないんです。だって、もしそういうものがほんとうにいるとしたらずいぶん失礼な呼び名だし、いないのであれば、そんな言葉を濫用しては品位に関わるというものでしょう。でも、わたしが言いたいことはおわかりでしょう。あなたの時代に、何かそういうことがありませんでしたか？」

　あなたの時代に！　哀れなメアリには、自分の時代が終わってしまったという認識はほとんどなかったのであり、それをこんな形で藪から棒に目の前に突き付けられても、とても認める気にはなれなかった。しかし彼女はこのように湧き上がってくる反抗心を抑えつけ、幾分高慢な口調ではあったものの、自分に強いてこう答えた、「そういう話は聞いたことがありません。わたしたちの屋敷には迷信も幽霊も存在しません」

こういう人たちは幽霊だの何だのという俗っぽい話が大好きなのだ、と彼女は思った。そして、何だか自分の家が冒瀆されたような気がした。しかしターナー夫人は（それが彼女の名前だった）、娘が予期したような反応は示さず、ひどく重々しい顔つきで彼女を見ながら、「そうなると、いよいよこれは深刻だわ」と言ったが、それはまるで自分に言い聞かせるような口調であった。しばし間を置いた後、彼女はこう付け加えた。

「実はね、こういうことなんですの。家《うち》には小さい子がいて、一番下の娘なんですけど、夫がとても可愛がっていましてねえ。自分で言うのも何ですけど、わたしから見ても、とっても可愛いんですのよ。あなた、子供はお好きかしら？　そう、それなら、きっとあなたもそう思うに違いないわ。めそめそすることもないし、かといって、生意気なことを言って大人を困らせたりすることもないんですのよ。それでね、このコニーっていう子が、ここに引っ越してきて以来ずっと、屋敷の中をお婆さんが歩き回っているのを見たと言ってるんですの」

「お婆さんですって？」思わず笑みを浮かべながらメアリは言った。

「ええ、そうなんです。わたしも最初は笑っていたんですのよ。それで言ったんです、それはきっとプレンティスさんか、あるいは通いの掃除のおばさんあたりじゃないかしら、それともひょっとしたら、以前ここへよく来ていた村のお婆さんか誰かが、またぶらりとやって来たのではないかしら、ってね。だけどあの子は怒り出してしまってね。そんな人たちじゃない、ちゃんとしたお方様だと言い張って、わたしに物を言わさないんですのよ。それでわたしたちも、この屋敷に借り手がついたということを知らずに、下見にやって来た人でもあったのかしら、とも思ったのですけど、でも、どう見たってもう人が住んでいる家ですもの、そんな風に見に来る人などいるわけがありませんものね。それで、お医者様にも診てもらったんです。そしたら先生は、この子は鬱病であるに違いない、もしかするとこの場所が合わないのかもしれないから、他所へ移した方がいい、と、そうおっしゃったんです。でも、父親が目の中に入れても痛くないというほど可愛がっている子ですもの、他所へ移すなんてことともできませんわ。それに、もしどこかへ連れて行くのであれば、もちろんわたしも一緒に行かなければならないでしょうから、そうしたら、わたしのいないこの屋敷はいったいどうなってしまうのでしょう。まあ、そういうわけで、わたしたちはほんとうに心配しているんです。今日の午後だって、またその人を見たと言って、泣き出してしまったんですよ。その人がとても悲しそうな顔をしていたからなんだそうです。それでわたしは帽子をかぶって、牧師館へ出かけていこうとしていたんです、あなたやあなたのお友達に相談しようと思ってね。ボウヤー夫人はシティの人間を軽蔑してらっしゃるのかもしれませんけど――わたしはそんなこと気にしませんけどね――でも、あの方だって人の親ですから、母親であるわたしの気持ちはわかってもらえると思いますわ」悲痛な口調でこう叫んだ夫人は涙が滲《にじ》んだ目を両手で覆った。

「ええ、ええ、もちろんですとも！　きっとこれからはきちんと交際してくださいますわ。わたしたち存じ上げなかったのです、あなたが――」メアリは「――どんなにいい人か」と言いかけて慌てて口を噤《つぐ》んだ。横柄な言い種だと思ったのだが、哀れなターナー夫人は存外喜んだかもしれなかった。やがて彼女は首を振って、こう付け加えた。

「でも、わたしたちに何ができるでしょうか？　お婆さんの話など、わたしは聞いたことがありませんし、これまでそういったことは――このお屋敷のことならわたしは何でも知っています。プレンティスに訊いてみてください、ここで起きたことはすべて知っているんです。そのわたしが保証しますけど、そういうことが起きたことは一切ありません、ええ、ほんとうにないんです。ですから、もしかすると――」ここでまたメアリは言葉を切った。シティから来た新しい一家が、一緒に自分たちの亡霊を連れてきたのかもしれない、などというのはあまりに馬鹿げた考えであると思ったからだ。

「ミス・ヴィヴィアン」ターナー夫人は言った、「中へ入って子供と話してみてくれませんか？」

こう言われてメアリはいささか躊躇をおぼえた。

「中へ入ったことはないのです――その――葬儀の日以来……」彼女は言った。

心優しき夫人はなだめるようにそっと手を肩に置いて言った。

「そのお方がお好きだったのね――あんな仕打ちを受けていながら……」

「まあ、よくもそんなことを！　あの方はわたしをわが子同然に育ててくださったのです。いいえ、ほんとうの母親以上によくしてくださったのです。あのようなお方はほかにいらっしゃいません！」

メアリは叫んだ。

「でも一ペニーも遺してはくださらなかったのでしょう。それなのにその方のことをそんな風に思ってらっしゃるなんて、あなたはいい人なのね。何しろ一ペニーも――その、あなたはこれからどうなさるおつもりなの？　わたし、あなたのこと、とても他人とは思えないのよ。あなたはわたしのこと、見ず知らずの人間だとお思いでしょうけど、わたしの方は、何だか母親みたいにあなたのことが気になるの。いえね、これはただの好奇心ではないのよ。人のところにずっと厄介になっているわけにもいかないでしょう、だから、どうするおつもりなのかなと思って……」

身近な人よりも赤の他人の方が言いやすい、ということがままあるものだが、牧師館を飛び出してきた時、まさに彼女はそう感じたのであった。ここを出てゆき、自活の道を探らなければならないと、そう思ってはいたのだが、それをどう牧師夫人に言い出したらよいか、彼女にはわからなかった。とはいえ、ここでいきなりそんな話をするのも妙な具合であった。メアリにもプライドというものがあったのである。

「いつまでも人の厚意に甘えてばかりいるつもりはありません」少々気色ばんでそう言ったが、寄る辺のない身であることを思い起こした彼女は声を和らげた。「何かしなければならないとは思っているのですが、自分に何ができるのか、よくわからないのです……」涙ぐみながらそう言った彼女はかすかに震えていた。

「わたし、あなたのことはよく聞いているの」新来者は言った。「だから、これは藪から棒に聞こえるかもしれませんけど、決してそうではないのよ。今すぐ中に入って、ぜひコニーに会ってくださいな。わたしが言うのも変だけど、あの子、とってもおもしろい子なんです、話を聞いていると楽しくなることがよくあるの。ねえ、あなた、あの子の家庭教師になってくださらないかしら。といっても、何かを教えるという必要はないの。そういうことじゃなくて、あなたならあの子を救ってくれることができると思うのよ、ミス・ヴィヴィアン。それにあなたは淑女としても申し分ありませんから、ほかの子たちのいいお手本にもなるし……。さあ、くよくよ考えていないで、わたしと一緒にいらっしゃいな。条件はあなたのお望み通りにするつもりですし、とにかく淑女として待遇させていただくわ。ああ、どうか母親としてのわたしの気持ちを考えてくださいな、そして来て――コニーのところへ来てちょうだい！　あなたならあの子を救ってくれる、これはまさに天啓だわ。さあ、どうぞ、戻ってきてください、わたしと一緒に」

これはメアリにとっても天啓であるように思えた。ずっと自分の家として暮らしてきた屋敷の敷居を跨《また》ぎ、その中に部外者として入っていった時、人には言えないほどの辛い思いをした彼女であったが、しかし、それは自活への道であったのだ。もしこの話がなければ、懇願しては諌《いさ》められるということを際限なく繰り返す羽目になったであろうが、それを免れることができる——言ってみれば、これは恐ろしい具合に傾いてしまった天秤を、できる限りまっすぐな状態に直す、ということであるのだ。これでもう伯爵に手紙を書く必要もなくなるし、人の情けに縋ることもなくなる——ほかのどんなことでもそれよりはましなはずだ……しかもこれは真っ当な仕事であり、人助けでもあるのだから……

8

「コニー、このお姉さんにお話ししてごらん」母親は言った。しかしコニーはなかなか話そうとはしなかった。とても恥ずかしがり屋な彼女は、最初は母親に寄り縋り、そのたっぷりとしたドレスの中に顔を埋めてしまったものだったが、そのうちにメアリの声にすっかり魅了されたようで、彼女のそばに寄ってきて、つい先ほどまではターナー夫人に縋りついていたというのに、今度はメアリに縋りつくようになった。ただ、それでも自分の秘密をすぐには話そうとしなかったのである。一家のほかの面々もみなメアリに好意を寄せた。上の娘たちは彼女を取り囲んで恭《うやうや》しく眺め、母親の方も、「ヴィヴィアンさんをお手本にするのですよ」と娘たちに申しつけたのであった。こうしてみな畏敬の念を込めて心から慇懃に接してくれたので、目新しい環境もあって、このような形で自分の家に戻るという当初の惨めな気持ちも彼女の若い心の中ですぐに薄れてゆくことになった。この件はもちろんボウヤー夫人に知らせなければならなかったが、仕事の申し出があり、すぐにそれを受けた方がよいと思った、と書くのはある意味で嬉しいことでもあった。そして、「どうぞお怒りになられませぬよう。きっとおわかりいただけることと存じます」と結んだ彼女は、改めてこの奇妙な新しい生活の舞台の方に心を向けた。

純朴で飾り気がなく、いささかがさつではあるが、心の温かいこの大人数の一家の習慣はレイディ・メアリの優雅で古風な部屋部屋の様子を一変させてしまっており、もはやとても同じ場所であるとは思えないほどであった。彼らと共に食べ物がたっぷりと載ったテーブルに着いて、賑々《にぎにぎ》しい話し声に取り囲まれると、何だかすべてが目新しいものに思えてくるのであり、ほかのいかなる方法によっても、家主が消え去った家の悲しい思い出がこれほど完全に霧散してしまうことはあり得なかっただろう。食事が終わったあと、ターナー夫人は彼女を脇へ連れてゆき、以前使っていた部屋はどの部屋なのかと訊ねた。ぜひその部屋を「何事もなかったように」そのまま使ってほしい、というのである。

「ああ、どうかあの部屋はご勘弁ください」メアリは叫んだ、「あまりにも多くのことがありましたので……」

だがこの親切な女性には、それはお上品な潔癖症であるとしか思えず、そんなものに囚われない方がよいと説いた。メアリが使っていたのは名付け親の部屋からドア一枚で隔てられていた隣の部屋で、今コニーが一人の姉と一緒に使っているのがレイディ・メアリの部屋であったということが判明すると、ターナー夫人の眼には、すべてが完璧に取り合わされた、まさに天の配剤であるかのように見えたのであった。メアリの能力や才覚に対する夫人の盲目的な信頼は、ほかの状況下であったら微笑ましく思えたかもしれなかったが、しかし、かつての部屋を「何事もなかったように」また使う羽目になったメアリには何かを微笑ましく思うような心のゆとりはなかった。炉端に腰を下ろした彼女は、静かな瞑想に耽《ふけ》りながら夜半まで苦悩の時を過ごした。恩人の最期の日々に思いを巡らせ、現状をつまびらかに眺めた彼女は、自分が歩み始めた道がいかに孤独なものであるかを痛感し、そして、この時になって初めて、これからは、他人の意向や都合に左右される人生を送っていかなければならないのだということをはっきりと悟ることになったのだった。一文無しの自分に門戸を開いてくれたのは親切なご婦人であった。だが親切もそこまでで、どれほど辛くとも、悲しい思い出が詰まったこの部屋から逃れる術はメアリにはなかった。しかし、こうしたことに不平不満を漏らしてはならなかった。この屋敷の女主人には、その思いやりに対してただただ感謝するのみでなければならないのであり、親切がかえって仇《あだ》となるということもままあることではあるが、その気持ちに対しては感謝しなければならないのだ、と彼女は自分に言い聞かせたのであった。

部屋は暖かく、明かりもたっぷりと灯されていた。窓の外は穏やかな夜の静寂《しじま》に包まれていた。部屋の置物や、子供時代の彼女を喜ばせた様々な装飾品には一切手がつけられておらず、暖炉の上にはレイディ・メアリの大きな写真が飾られていた。これはかつて王立美術協会に所属する画家が描いた絵を写したもので、美貌の盛りにあった彼女が描かれていたが、幸いなことに、晩年の彼女にはあまり似ていなかったので、幸せな時代の名残としてずっとそこに飾られてきた、というだけで、それを見ても特別な感情をかき立てられることはなかった。それに、あの姿を思い出すのに絵など必要ではなかったのである。ドアの向こう側からは小さな物音が聞こえてきたが、彼女には、それが恩人であり、母親であり、庇護者でもあったあのお方の立てた物音としか聞こえないのであった。感極まった彼女はそうした呼び名を列挙し、そして、四方から寄せられるレイディ・メアリに対する誹謗中傷ゆえに、その博愛を受けて育った彼女はさらに熱烈な信奉者となり擁護者となったのであった。たとえどんな遺産と引き換えであっても、レイディ・メアリに落ち度があったなどということを絶対に彼女は認めはしなかっただろう。自分を慈しみ育ててくれたあの方が、安らかな老後を過ごしている最中《さなか》、自らその気になる前に、別れだの最期だのということに頭を向けることを無理強いされるくらいなら、この自分などどんなに貧しい境遇に落ちてもかまわない――そうメアリは感じたのであった。

突然このような辛い状況に置かれることになったら誰しもそう思ったであろうが、彼女もまた、今夜はとても眠ることはできないだろうと思ったのであり、そして実際、この降って湧いたような出来事をあれこれと考えながら、一時間以上も寝つけずに涙を流していたのであった。しかしやがて、依然としてそうした物思いで頭がいっぱいな状態で、知らず知らずのうちに彼女は眠りに落ちていった。そしてそこで見た夢は果てしがなく、混乱していて、切望と絶望が入り混じっていた。レイディ・メアリが開いたドアから静かに自分に呼びかける声を何度も何度も聞いたような気がしたのだが、しかしドアは実際には閉まっていたのであり、今隣の部屋にいる姉妹によってしっかりと鍵を掛けられていたのであった。一度彼女はレイディ・メアリが枕元にやってきて、涙をほとばしらせながら真剣な眼差しで自分を見下ろしているという夢を見た。眠りながらメアリはこの恩人に、いかに自分が彼女のことを愛しているか、そして、彼女のしたことはすべて正しいことだったと思っており、自分には何の不満もないのだ、ということを伝えようとした。しかし、まるで悪夢によって金縛りになってしまったかのようで、動くことも話すこともできず、また、彼女が泣いている姿を見るのはあまりに辛いので、涙を拭うために手を伸ばそうとするのだが、それも叶わなかった。こうしてもがいているうちにやがて目が覚めて、後に残ったのは、泣いている恩人を慰めることができなかったという惨めな意識だけであった。月明かりが窓から差し込んでおり、部屋の半分は冷たい光で溢れていたが、四隅には黒い影が宿っていた。夢の印象があまりに強烈だったので、メアリは、夢の中で名付け親が立っていた場所に思わず目を向けた。もちろんそこには誰もいなかった。だが意識が戻り、それと共に、痛ましい記憶や、自分の境遇は一変してしまったのだという思いが押し寄せ、過去と現在が惨めな対照となって浮き上がってくると、眠気はいっぺんに吹っ飛んでしまった。こうして断続的な眠りからはっきりとした覚醒の状態に移行した彼女であったが、そのまま横になっていると、誰かが部屋の中にいるという謎めいた感覚が徐々に芽生えてきた。この感覚は何とも名状しがたいことに微妙な感覚で、何の姿も見えず、何の物音も聞こえてはこなかったのだが、それでも、誰かがいると彼女は感じたのであった。

しばらく彼女は横たわったまま息を殺し、何か動きがないか、あるいは息遣いのようなものがないか、と聞き耳を立てた。怖いわけではなかったが、部屋にいるのは自分一人ではないという確信があった。やがて彼女は枕の上に身を起こし、低い声で訊ねた、「誰？　誰かいるの？」

返答はなく、何の物音も聞こえてこなかった。しかし誰かがいるという確信はますます強くなっていった。心臓がドキドキし始め、頭に血がのぼっていった。自分自身が立てる音が頭の中でがんがんと響くので、そうした鼓動や脈拍以外には何も聞こえないように思われた。だが、怖がっていた訳ではなかったのだ。しかし、そのうちにこの圧迫感に耐えられなくなってきた彼女は、立ち上がって蠟燭に火を灯し、見慣れた部屋の中を探して回った。だが誰かが潜んでいた形跡は何も見つからなかった。家具はみないつもの場所に置かれたままであったし、人が隠れられるような場所はどこにもなかった。納得のいった彼女は、これはみなただの空想にすぎなかったのだと自分に言いきかせ、ベッドに戻ろうとしたが、その時隣の部屋に通じているドアが静かにノックされ、彼女ははっとした。そして上の子の声が聞こえてきた。

「ミス・ヴィヴィアン、どうかされましたか？　何かをご覧になったのですか？」

メアリの頭の中で怒りと蔑みと屈辱とが入り混じった新たな感情が渦巻いた。もし何か見たのだとしても、それがこの他所者たちに何の関係があるというのか——そう思った彼女はこう返答した。

「いいえ、何も見ていません。見るはずがないでしょう」その口調は我知らず居丈高になっていた。

「いえ、あの、その……また亡霊が出たのではないかと……ああ、どうかお怒りにならないで。実は、このドアが開いたのを聞いたような気がしたんです……でも鍵はちゃんと閉まっていますわ……。ああ、馬鹿げているのかもしれませんけど、ミス・ヴィヴィアン、わたしとっても怖くて……」

「さあ、もうベッドにお戻りなさい」メアリは言った、「いないのですよ——その、亡霊などというものは……。わたしはまだ起きています。いえね、手紙を書かなければならないの……。ドアの下にこちらの明かりが見えるでしょう」

「ああ、ありがとうございます！」娘は叫んだ。

彼女は思い出した。眠れない晩に、レイディ・メアリのドアの下にほのかに明かりが輝いているのが見えた時、どれほど心強く思ったことか……。そして今、こんな侘しい境遇にある自分が、この無邪気な慰めを他人に与えることができると思うと、メアリの顔は自然にほころんだ。しかし、腰を下ろし、孤独と寒さ、闇と沈黙をひしひしと感じると、今度は涙がこみ上げてくるのであった。月は雲の陰に隠れてしまっていた。地上には自分が手にしているこのちっぽけな蠟燭以外に明かりがなくなってしまったかのように思われた。しかしそれでも、このわずかな明かりが他人の心の支えになっているのだ——そう思うと、涙の中でまた微笑みが浮かんでくるのであった。やがて心と胸の内の動揺も治まり、彼女もまた眠りに落ちていった。

翌日彼女は、今この屋敷の中で広まりつつあった風説をすっかり聴くことになった。ことの始まりは、一家がここに越してきた日の晩に、コニーが階段を昇ってゆく老婦人の姿を見て、あの人は誰かと訊ねたことだったという。彼女がこの話を聴いた場には医師も同席していた。コニーを診察しにやってきた彼は、そこにメアリがいたことに滑稽なほどの驚きを示し、そして、彼女がこの話を聴くことには大いに難色を示した。

「こんなことでミス・ヴィヴィアンを煩わせる必要などありませんよ」ほとんど不躾《ぶしつけ》といってもよいような口調で彼は言った。だがターナー夫人はあまり察しが良い方ではなかった。

「まあ、コニーのことでお力添えいただくために、せっかくミス・ヴィヴィアンが来てくださったというのに！」善良な夫人は叫んだ。「もちろん聴いていただかなければなりませんわ、先生。さもなければ、この方だって、どうしてよいかわからないじゃありませんか」

「ねえ、ミス・メアリ、それはほんとうですか、あなたがここで——ここで働くことになったというのは——ほんとうにここで？」

「どうしてここではいけないんですの？」精一杯の微笑みを浮かべながらメアリは言った。「先生、わたくしはコニーの家庭教師になりましたの」

医師は抑えた唸《うな》り声を上げた。それは男性にとっては涙の役割を果たすものであった。そして椅子から飛び上がった彼はぎゅっと手を握りしめたが、この握りしめた拳《こぶし》は亡くなった女性の不心得に向けられたものであった。こんなことになったのはみなあの人の所為《せい》であったのだ。母親が案じていたように、これまで彼が、この孤児《みなしご》と結婚して、相手が望もうと望むまいと、住む家を提供してやろう、などということを考えたことがあったとしたら、疑いなく彼は今その計画を実行に移していたことだろう。だが、生憎《あいにく》そんなことを考えたことがなかった医師は、ただ自分のやるせない気持ちを表情と仕草で表すことしかできなかった。

「牧師に言ってやります。ファーニヴァルにも会わなくては。こんなことは断じて許されませんよ」彼は叫んだ。

「まあ、先生は、わたしがこの人をいじめるとでもお思いなのですか?」ターナー夫人は叫んだ。「この人に訊いてみてくださいい、彼女はちゃんとわかっていますよ、そんなことは決してないのだということをね。そりゃあ、わたしたちは上流の人間ではないかもしれませんよ、先生。でもね、親切という点では、決してほかの人たちに引けを取ることはありません。それははっきりと申し上げておきますわ。この家の中で、彼女に意地悪をするような者は一人もおりません。みんな彼女に憧れて、お手本にしたいと思っているのです。本物の淑女が傍にいてくれるというのは、娘たちにとってはかけがえのないことなのです。それに彼女だって、誰かに面倒を見てもらって、可愛がってもらわなければならないのだし、それに住むところも――」

これ以上聞いていられなくなったメアリは慌てて立ち上がり、この新しい庇護者の手を取ってキスをした。感謝の気持ちもあったのだが、口を噤ませるためでもあった。放っておけば、さらに聞くに堪えないようなことを言い出しかねなかったのだ。

「いいえ、あなたこそ本物の淑女ですわ」メアリは叫んだ(そう、いささか察しが悪い御仁《ごじん》ではあったが、そんなことは問題ではなかったのだ。実際、ターナー夫人よりはるかに威厳ある立場の人々の中にも――ほかの点では非の打ちどころのない振舞いをする人々の中にも、察しの悪い人というのはままいるものなのである)。

「まあ、あなた、わたしはそんな……」善良な夫人は叫んだ。嬉しい衝撃のあまり目には涙が浮かんでいた。

そして話が始まった。コニーはその老婦人が階段を昇ってゆくのを見たが、この屋敷の誰かだと思い、別段不審には思わなかった。その女性は今コニーが使っている部屋へ入っていったというが、しばらくして、子供からその話を聞いた母親が一緒にその部屋へ行ってみると、そこには誰もいなかった。ただ、その部屋にはもう一つドアがあったので、特に騒ぎにはならなかった。その後コニーはその同じ婦人を何度か見かけ、一度などは面と向かって顔を合わせたことがあった。でもちっとも怖くはなかったという。白髪で濃い色の目をしたきれいなお婆さんで、少し悲しそうな顔をしていたが、コニーが立ち止まって見つめるとにっこりと微笑んだ。怒った様子は全くなく、むしろ嬉しそうで、話しかけたそうにも見えたという。それがコニーの話のすべてであった。コニーの前では、幽霊云々ということは誰も口にしなかった。すでにこの話をみな聴いていた医師は、ことさら、さてそれはどの老婆だろうか、などと訝るふりをしていたのであった。ほかにいろいろと重要な問題を抱えていたメアリは、それまでは、このコニーの見たという亡霊のことなどはまともに考えてはいなかった。だが、今彼女はこの話に聞き耳を立てていた。それは、この話そのものに興味を引かれたから、というよりは、いつも味方になってくれる医師が、この話を聞かせたくなさそうな素振りを示したからであった。そんなふうにされると逆に興味をかき立てられるというのが人の常である。医師が難色を示したがゆえに、次第に彼女はコニーの話に引き込まれていったのであった。

「よしよし、わかったよ、コニーちゃん」彼は言った。「それはきっとあのマーチソンさんのところのおばさんたちの誰かだよ。あの人たちはご近所のあら探しをするのが大好きだからね。きっと君がおいたをしている現場を見つけて、私に言いつけようとしたんだよ」

「違う、違うわ」コニーは叫んだ。「何でそんな意地悪なこと言うの？　あの人は言いつけたりするような人じゃないわ！　それに、そもそも、あたしのことなんかどうでもいいんだもの。あの人はね、何かなくしちゃったものを探しているみたいだったわ——何だかはわからないけれど——それでね、あたしを見たら、ただにこっとしただけなの。それからね、着てるものだって全然違うのよ。よくある上着だとか、帽子だとか、そんなのじゃあなくて、とっても綺麗な白い肩掛けをかけて、長ーいドレスを着ていてね、それが歩くと後ろになびくのよ。あら、いやだ、ママのみたいにガサガサ音を立てたりしないのよ、何だかまるで水が流れるみたいなんだから。ああ、そうそう、頭にはレースの飾りが付けてあって、ここのところで結んであったわ」顎の下に手を置きながらコニーは言った。「大きな結び目がとってもきれいなのよ」

話を聴きながらメアリは徐々に腰を上げていった。最初は少しはっとし、顔を上げ、そして立ち上がった。その顔からは血の気が失せていき、目は普段の二倍ほども大きく見開かれた。医師は彼女を見はしなかったが、手を伸ばして腕をぎゅっと摑んだ。

「それは、どこかで見た絵のような恰好なんでしょう」彼は言った。

「あら、違うわ、あんなきれいなお顔の絵、見たことないもの」とコニー。

「先生、どうしてそんなことを訊いてらっしゃるのです？　おわかりになりませんか、この子が見たのは――」

「ミス・メアリ、どうかお黙りください。馬鹿げたことですよ、これは。さあ、お嬢ちゃん、教えてごらん。そのお婆さんというのは、去年のクリスマス号に載っていた、良い子にあげる玩具を持ったお婆さんの絵とそっくりだったんじゃないかい？」

「ああ！」そう言ったコニーは少し間を置いた。「ええ、覚えてるわ、とってもきれいな絵だったわ。ママがね、子供部屋に貼ってくれたの。でも、あたしが見たのは違うわ、もっとずっときれいな人だったわ。それにね、あたしに向かってにっこりした時のほかは、何だかとってもすまなそうなお顔をしていたわ。髪の毛はね、こんな風に上げてあったわ」そう言いながらコニーは自分の明るい色の髪の房を持ち上げた。

「先生、わたしもう耐えられません」

「おやおや、いけませんなあ、これはただの妄想なのですよ。この子は絵を見たのです。ターナーさん、お嬢さんを外で遊ばせた方がよいですよ。コニーちゃん、お兄ちゃんと一緒に森の中を駈けておいで。あとで薬を届けてあげるからね。全然苦くないから大丈夫だよ。もうお婆さんのお話はおしまいにしよう。さあ、ミス・ヴィヴィアン、どうか理をわきまえてください。私はこういう症例は何度も見てきているのですよ。この子はある絵を見て、その絵が彼女の想像力を虜《とりこ》にしてしまったのです。日頃から健康状態はあまりよくはなく、それでいて想像力は実に豊かなんです。きっとプレンティスから何か聞いたのでしょう、もっとも彼女の方は覚えてはいないでしょうけどね。それでこの始末ですよ。でもまあ、キニーネを飲めば、もう幻を見ることもなくなるでしょう」

「先生、どうしてわたしにそんなことをおっしゃるのです？　わたしの顔をちゃんと見てください。いいえ、とてもまともにはご覧になれませんわね。先生だってわかっていらっしゃるくせに！　ああ、でもどうしてわたしでなく、この子に見えるのかしら？」

「それですよ」たどたどしく笑いながら彼は言った。「それが、これが妄想であるということの何よりの証拠ですよ。もしそれが何か実体のあるものだとしたら、いったいどうして、あなたではなく、赤の他人であるこの子供に見えるというのですか？」

　ターナー夫人は訝るような眼差しで二人を見比べた。「それでは、あなた方にはわかっていらっしゃるのですか？」彼女は言った。「それが誰であるのか、わかっていらっしゃるのですね？　先生、先生、これはコニーが身体が弱いからなのでしょうか？　何かの前触れなのでしょうか？　それとも――」

「ああ、お願いです、もう勘弁してください、頭がおかしくなりそうだ！　ああなのか、こうなのか、と詮索したって意味がないのですよ。この子は普通の状態ではなく、そしてある絵を見てすっかり心を奪われてしまい、それで見たと思い込んでしまったのです――とにかく薬を届けさせますから」彼は叫んで立ち上がった、「それを飲めば、この騒ぎも収まりますよ」

「先生、お待ちになって。教えてください、わたしはいったいどうしたらよいのでしょうか――もしあのお方が何かを探していらっしゃるのだとしたら……ああ、先生、考えてもみてください、もしあのお方が不幸せで、安らかに眠ることができないのだとしたら……」

「ミス・メアリ、お願いです、どうか理をわきまえてください！　あなたにはこの話を聴かせるべきではなかったんだ……」

「先生、どうかお考えください、わたしたちに何かできることがあるかどうか……ああ、どうかわたしをここに残して行ってしまわないで、そしてどうか教えてください。もしかしたら、探している物が何なのか突き止めることができるかもしれませんわ」

「突き止めるだの何だのということに私は関わるつもりはありませんよ。これは単なる妄想なのです。二人ともベッドに寝かしつけてください、ターナーさん――みんな寝かしつけてください！　ただでさえ、あれこれ厄介事があるというのに！」

「これはどういうことなのでしょう？」コニーの母親は叫んだ、「これは何かの前触れなのでしょうか？　ああ、どうか教えてください、これは死の前触れなのでしょうか？」

一同がみなこのように感情を露にして取り乱した状態にあったその時、教区牧師とその細君が突然この部屋へ姿を現した。ボウヤー夫人の目はすぐにメアリに向けられたが、礼儀というものをわきまえていた彼女は、まずはこの家の女主人に挨拶をし、息もつけぬ様子のターナー夫人との間で丁重なやり取りが交わされた。それが済むと、新参者たちはおもむろにこの訪問のほんとうの用向きに取りかかった。

「メアリ、いきなりこんな道に踏み出すなんて、あなたいったいどういうおつもりなの？　よりによってこのお屋敷に来るだなんて――しかもこのわたしにひと言の相談もなく」メアリの頬に口づけしながら牧師の妻は言った。改めて観察するまでもなく、この場にいる人々がみな興奮状態にあることをすでに彼女は肌で感じ取っていた。一方牧師殿は、この新しい教区民にまだお辞儀しているところであったが、彼女の方は、この牧師夫妻が自分たちのところへ挨拶に来る気がないことは充分に承知していた。それというのも、ターナー一家は、シティ出の成り上がり者であるという身持ちの悪さに加え、非国教徒▼4でもあったからだ。

「今は何も訊かないでください」狂乱したように牧師夫人の手を握りしめながらメアリは言った。「でも、ほんとうに良い時に来てくださいました。あの子が見たというものの話、ぜひお聴きになってください」

ターナー夫人は気もそぞろという状態ではあったものの、お客を放っておくわけにもゆかず、慌てふためきながら腰掛けを探し始めた。自分の悩み事はひとまず棚上げにし、震えながら、ボウヤー夫人には一番坐り心地のよさそうな椅子を、牧師殿には一番威厳のありそうな椅子を引っ張り出してきた。かくして二人を一座の中に引き入れ、メアリにも腰掛けるように促すと、夫人は自らも静かに腰を下ろした。その心中は、女主人としての気遣いと、母親としての心配が相半ばするという状態であった。メアリはテーブルの傍らに佇み、一同が落ち着くのを待った。新参の二人は、彼女が牧師館を出ていったことを釈明してくれるものと思っていた。少なくとも、品行という問題にはいささかうるさいボウヤー夫人は微《かす》かに身を震わせていた。この行動によってメアリの品位が損なわれることになるのでは、と危惧していたのであった（とはいえ、彼女を責める気にはなれなかったのではあったが）。

「この子は――」唐突にメアリは言った。テーブルの傍らに佇んでいた彼女は、口を開け、真っ青な顔をしており、何かに没頭していてほかのものは何も目に入らないという様子であった。「この子は、ある婦人が階段を昇ってゆくのを何度か目撃したのです。一度は面と向かって顔を合わせ、そのご婦人は彼女に微笑んだのだそうです。でもその人は悲しそうな顔をしていて、この子によれば、何かを探している様子だったというのです。その人は年老いていて、額の上に白髪をまとめ上げ、レースの頭飾りをつけていたそうです。そしてその身なりは――」メアリの声は、短い嗚咽《おえつ》でとぎれとぎれになり始めた、「歩くと柔らかい音を立てる長いドレスを纏い、白い肩掛けをかけ、レースは顎の下で大きな結び目で結んであって――」

「メアリ、メアリ！」すでに立ち上がっていたボウヤー夫人は、喉元にこみ上げる悲しみがほとんど目に見えるような様子の娘の後ろに回り、支えながら話を止《や》めさせようとした。「メアリ、メアリ！」彼女は叫んだ、「ああ、あなた、いったい何を考えているの？　フランシス！　先生！　この子を止《と》めて、止めてちょうだい――」

「どうして止めるのです？」動揺してやはり立ち上がったターナー夫人が言った。「ああ、これはやっぱり前触れです、前触れなのです、だってそれを見たのはうちの子なんですから、うちのコニーなんですから――」

「みなさん、聴いてください」絞り出すようにメアリは言った、「みなさん、もうおわかりなのでしよう――それがいったい誰なのかを……あの子は見たのです、あの小さな子が――」

一同はお互いに顔を見合わせ、仰天した眼差しを交わし合った。

「まあ、まあ、みなさん」医師が叫んだ、「この症例は決して珍しいものではないのですよ。ターナーさん、違うのです、これは前触れなどではないのです。そういうものではないのですよ。ボウヤー、君は信じてくれるだろうね。この子はとても神経質で、敏感なのです。明らかにこの子は、どこかで我らが愛しき友の絵を見たのですよ。そして彼女の話もどこかで聞き及んだに違いない――プレンティスあたりから誇張された話を聞かされたのかもしれないし、そうでないとしても、とにかく、みんなが噂をしていたわけですからね。それでこの子は非常に感受性の強い質《たち》で、健康状態も優れず、鉄分だとか、キニーネだとか、そういったものを絶えず必要としている子なのです。こういう症例をこれまで私は何百と見てきました」医師は叫んだ、「いいえ、何千に上《のぼ》るかもしれません。ところが、こうしてこのご婦人方が変に大騒ぎをするものですから、とんでもない話に膨れ上がってしまうのですよ」

医師はかなり興奮してこの長広舌を振るったのだが、まともに聴いていた者はほとんどいなかった。ボウヤー夫人はメアリを腕に抱きしめ、短い叫び声や噎び声を上げながら、助けを求めるような視線を夫に送っていた。牧師の方は、判決を下さなければならないのだが、何を言っていいのか皆目見当がつかない、といった風情でへたへたと椅子に坐り込んでしまった。メアリは、無意識のうちに友人の抱擁から逃れると、身震いしながらも一種の挑戦的な態度で一同を見回した。そしてターナー夫人は不安げな様子でこう言い続けていた――「いいえ、いいえ、コニーは刺激を受けやすい質なんかじゃありませんし、神経過敏でもないんです。妄想なんてものとは無縁の子なんですよ」

「どうも妙な話だ……」牧師は言った。

「ああ、ボウヤーさん」メアリは叫んだ、「いったいわたしはどうしたらよいのか、どうか教えてくださいまし！　もしあのお方が何か煩悶を抱えていらして、安らかにお眠りになることができないのだとしたら……誰に対してもあんなにご親切で、人が苦しんでいるのを黙って見ていることができなかったあのお方が……ああ、お教えくださいまし、どうかお教えくださいまし、このわたしはどうしたらよいのでしょうか！　こんなことになりましたのも、あなた方がみなああだこうだとおっしゃるから、お心を乱されたからに違いないのです。ああ、いったいどうしたらよいのでしょうか、あのお方に安らかな眠りを与えて差し上げるためには……」

「メアリ、メアリ、何てことを！」驚きの程度は様々であったが、みなが異口同音にこう叫んだ。そしてしばらくはそれ以上誰も何も言えなかった。自然な流れとして、この沈黙を耐えがたく思ったボウヤー夫人が何か言ったのだが、彼女自身もほかの者も、何を言ったのかはよくわからなかった。乞われたからには何か答えなければならないのが道理であったので、みな黙って牧師の言葉を待った。しかし、何かしらの審判を下すことが求められる場面ではあったものの、何を言ってよいのか相変わらず彼にはわからなかった。

「メアリ」いくぶん声を震わせながら彼は言った、「君が私に訊ねるのはごく自然なことだ。しかし、私にはどう答えてよいのかわからないのだよ……しかし、そう、こういうことに一番よく通じているのはお医者なのだから、やはり先生に訊くのが——」

「いえいえ、私はだめですよ。私が心得ているのは肉体に関することだけで、その他の分野は——その他の分野なんてものがあればの話ですが——それはあなたの領分でしょう」

「いや、一番良く通じているのはやはりお医者ですよ」ボウヤー氏は繰り返した、「だってよく言うでしょう、精神は肉体に従属するとね。だから、やはり先生のおっしゃる通りなのだと思いますよ。神経質な子供が、絵という与えられたデータを基に、想像を膨らませたというだけのことでしょう。そう、それに今君も言ったとおり、我々がみなああだこうだと言ったものだから——」

「でも、フランシス、わたしたちが何を言ったにせよ、子供にそれがわかるわけないじゃありませんか」

「コニーは人の話など聞いてはいませんわ。それに絵なんてものもどこにもありませんよ」

「いや、奥さん、今先生がおっしゃったことをお聞きになられたでしょう。しかし、もしほんとうに絵もなくて、この子が何も聞いていないのだとしたら、先生、あなたの前提は崩れてしまうことになり、そうなれば結論だって崩れてしまいますよ」

「前提か何か知りませんけど、それが何だというの?」牧師の細君が言った。「今ここでは恐ろしいことが起きているのよ。想像力だの何だのと、何て馬鹿げた戯言《たわごと》でしょう。子供に想像力なんてものはありませんよ。そう、恐ろしいことが起きたんだわ。ああ、どうかお願いよ、フランシス、この子にどうしたらよいのか教えて差し上げて」

「おいおい」牧師が言い返した、「君は私に煉獄を信じろというのか?――君が言っているのはそういうことなのだぞ。君は私に、教会の教えを否定しろというのか? さあ、メアリ、どうか落ち着いて。今のこの興奮が冷めるのを待たなくてはいけないよ」

「ええ、そうですとも。目を見ればわかります、彼女は昨晩ろくに寝ていないのですよ」医師はほっとした口調で言った。「気をつけないと、彼女までもが幻を見たと言い出しかねませんよ」

「いいかい、メアリ」牧師は言った、「こんなことを考え続けるのはね、尊厳を傷つけることになるのだよ、その――亡くなった愛しい我らが友たちの尊厳をね。だって、考えてもごらん、神の祝福を受けた者が、天国から舞い戻ってきて、去っていったばかりの自分の屋敷を徘徊し、しかも、自分を見たこともない子供の前に姿を現すなんて、そんなことあり得るはずがないだろう?」

「そう、あり得ませんね」医師は言った。「さっき言ったでしょう、あの子は赤の他人なのです。あの方のことを何も知らず、何のつながりもないのですよ――」

「これがたとえば」牧師はいくぶん声を震わせて言った、「私であるとか、あるいは、ここにいる友人知人の前に姿を現すというのであれば――まあ、そんなことが許されるのであれば、の話だけれど――まだ話はわかるがね」

「そうね、それはもっともだわ」ボウヤー夫人は言った。「ねえ、メアリ、あなたもそうは思わない？　あの方が、わたしたちのうちの誰かのところへか、あるいは、あなた自身のところへやってきたというのであれば、わたしだって驚かなかったわ、ああいうことがあった後ですからね。でもこの小さな子の前に現れるというのは――」

「そうです、それに引き換え、この子が幻影を見たというのは大いにあり得ることで、科学の教えにもより合致することなのですよ。ですからね、そもそもあなたはこんな話を聴くべきではなかったのです。ええ、絶対に聴くべきではなかったんだ――」

「その通りだね」牧師は言った。「それに、この思い出の詰まった屋敷に戻ってくるというだけでさぞ辛かったに違いない。ねえお前、やはり我々はこの子をここから連れ出した方がいい。ターナーさんが親切なのは確かだろうが、でもメアリにとっては、ここにいるのがいいことであるはずはないからね」

「そうですとも！　いいはずはありませんわ」ボウヤー夫人は言った。「わたしは決して――ターナーさん、あなたのお気持ちにはわたしたちも感謝いたしますわ。これからはぜひお近づきになって、よいお友達になりましょう。でも、メアリは――これは彼女が初めて経験する悲しみであったのです、わかっていただけますか？」牧師の細君は目に涙を浮かべながら言った。「これまでずっと、大事に育てられてきたのです。それが突然こんなことになってしまったのですから！　あなたの親切なお心遣いを曲解しているなどとはお思いにならないでくださいね。でもこれは、彼女には耐え難いことであるのです。よく考えもせずに慌てて決めてしまったのです。彼女を連れていっても悪くお思いにならないでね」

このやり取りが続いていた間、ターナー夫人はみなを見比べていたが、今彼女はこう言った。やや傷ついた様子であった。

「この人に優しくしてあげたいという気持ちだけのつもりだったのですが、もしかすると、やはり自分の子供のことを一番に考えていたのかもしれませんわね……どうぞ、ミス・ヴィヴィアンが一番よいと思われるようになさってください……」

「みなさんのご親切、ほんとうに痛み入ります」メアリは叫んだ。「でも、どうか、もう何もおっしゃらないで……。ターナーさんが出て行けとおっしゃらない限り、これがいったいどういうことなのか、それがはっきりするまでは、ここに留まるのがわたしの役目なのです」

9

あの日の午後、ボウヤー夫人が誰か訪ねて来たのではないかと思った時、牧師館にやって来ていたのはレイディ・メアリであった。最近では実にいろいろなところを徘徊するようになっていた彼女であったが、それでも、最後は決まってかつて暮らした場所に戻ってきた。彼女の仕事は、もし果たせるとしたら、そこでしか為し遂げることができなかったのだ。牧師館に入っていった彼女は、自分がいかに迂闊《うかつ》で思慮のない人間であったか、という話を聞かされる羽目となり、自分のお気に入りの娘がほかの女の胸に抱かれて慰められるという様を目の当たりにすることになった。もうこの頃にはこういうことにはすっかり慣れてしまっていた彼女ではあったが、しかし、慣れたとはいえ、自分の存在が無であるというのは辛いものである。相手には自分の言葉は聞こえないのだとわかってはいたものの、彼女は叫ばずにはいられなかった、「ああ、どうかお慈悲を！」と。その苦悩があまりに悲痛であったため、部屋の空気が揺らいだほどであった。自分の存在を知らしめんとする熱情が部屋の中に充満し、その叫びに対して空気がハープの弦のように打ち震えたのである。ボウヤー夫人はこの無生物界の軋みと疼きを耳にした。だが彼女は、誰かがひょっこりやって来たが、人情深いその人は、自分が泣いているのを耳にして何も言わずにそっと帰っていったのだろう、と思ってしまったのであった。

この老貴婦人を愛していた貧しい人々、そして、彼女を責めながらもその死に涙を流した女性たち——こうした人々にさえ存在を知らしめることができないのであれば、ほかの人々に、もしその姿を見たら幻覚だと思うであろう人々に、自分のことをわからせ、秘密を伝えることなどできようはずもなかった。しかし、この媼《おうな》はすべての人々を試してみた。そう、はるばる陸を越え海を越え、自分の財産の相続人であるあの伯爵の許にさえ赴《おもむ》き、何とかメアリに気を向けてくれるよう働きかけてみたのだ。こうした人々のところに出没する際、起きている時に働きかけても無駄なのはわかっていたので、彼女はいつも静かな夜の時間を選び、夢の中で働きかけようと試みた。もはやこの世の存在ではない者にとっては、眠りの中での方が姿を見てもらい、声を聞いてもらいやすかったのだ。生身の人間たちも、寝ている時には未知の世界との境界付近に佇むものなのであり、起きている時には感知できないものでも見たり聞いたりすることができるものなのである。しかし、ああ、せっかくこうして働きかけてみても、いったん目を覚ましてしまうと、彼女が夢の中で言ったことを彼らはみなすっかり忘れてしまうのであった。

だが、やがてメアリが元の屋敷へ、元の自分の部屋へ戻る運びとなり、それを知った嫗の胸には新たな希望が湧いてくることになった。それというのも、どれほど努めても、どんな方策を用いても、愛する人に自分の存在を知らしめ、自分の姿を見てもらうことは叶わない、などというのはおよそ信じ難いことなのであって、とても納得できることではなかったからである。レイディ・メアリは、存在の仕方こそ大きく変わってしまったものの、その性格はほとんど変わっていなかった。だから、きっかけさえ摑めれば、たちどころにすべてを明かし、理解してもらうことができるのだと、そうなおも信じていたのである。この新たな希望を強く胸に抱いて彼女はメアリの部屋へ赴いた。自分があの子のために美しく整えてやったこの安楽の場――これほどお互いを想い合っている心と心がこの部屋で一緒になって、それでもなおお互いに顔を合わせることができないのだとしたら、この世での絆などいったい何のためのものかわからなくなってしまうではないか。彼女は部屋の中に入ってゆき、深閑としたこの懐かしい場所で、まるで長い間離れ離れになっていた我が子を待つ母親のような心境でメアリが来るのを待った。心の表面ではかすかな疑いが打ち震えていたが、同時にその奥底では、自然の力に対する奇妙な信頼が喜々として息づいていた。ほんの二言三言でこと足りるだろう……そう、ほんの一瞬ですべてが解決するのだ……そしてその暁には、生きた人間にはこれまで決して語られることがなかった事柄をあの子にそっと教えてやり、自分の方は、宿願を果たして誇らしげに、幸せいっぱいの気分であちらの世界へ帰ってゆくことになるのだ……

メアリがやって来た。蠟燭を手にした彼女は中に入るとドアを閉め、外の世界をすべて閉め出した。切ない気持ちで周囲を見渡した彼女は、これまで何度か経験してきたあの奇妙な感覚をおぼえた。部屋の中に誰かいるような気がしたのだ。もう一方は彼女のすぐそばに立っていたので、触れずに動くことはできないほどであった。老貴婦人はこの愛する娘に向かって懇願するように手を上げると、

「メアリ、メアリ！」と呼びかけ、両手を肩に置き、彼女の顔をじっと見つめた。苦悩に満ちたその真剣な眼差しは、夜空の星々を引き寄せんとするかのごとく強烈であった。メアリは奇妙な胸騒ぎをおぼえた。目を開いた盲人のごとく、虚《うつ》ろな様子であたりを見回したが何も見ることはできず、聾唖《ろうあ》者《しゃ》のごとく耳を研ぎ澄ましたが、何も聞こえてはこなかった。彼女の周囲にはただ沈黙と虚ろな空間があるだけであった。小さなテーブルに腰掛けると彼女は深い溜息をついた。

「あの子には見えるというのに、わたしのところへは来てくださらないのね……」そう言ってメアリは涙を流した。

　絶望で胸がいっぱいになったレイディ・メアリはその場を去った。足早に屋敷を後にし、夜の闇に飛び出していった。この失望は身が切られるほどに辛く、耐え難かった。彼女はこの世界に戻る前にあの地で言われたことを思い起こした。どうか辛抱してください、そして待つのです……。ああ、辛抱して待ってさえいたなら！　彼女はへたへたと地面にしゃがみ込んだ。生者にあらずしてこの世に籍も持たず、居場所のない世界で彷徨う一人ぼっちの魂……。月は輝いていたが、彼女の影はなかった。雨が降っても濡れはせず、夜風も彼女を通り過ぎてゆく。彼女はひとりごちた。

「結局だめだった……みんなが不可能だと言ったことをやろうとしたなんて、いったい自分は何様のつもりであったのか……そう、プライドがわたしを駆り立てたのだ、何しろ、生きている時分は何でも思い通りにやってきたものだから……だけど、今のわたしにはこの地上で何ひとつ思い通りになるものはなく、居場所さえもない……わたしが伝えなければならないことは誰にも聞いてもらえない……ああ、かわいいメアリが、自分の屋敷の使用人に成り下がるなんて……たったひと言でこの惨めな状況を正すことができるというのに、あの子にはそのひと言を聞くことが永遠にできないとは……いいえ、『永遠に』というのは間違いだわ、だって、あの子が天国に来たなら知ることができるのだから……あの子はこのわたしのように老醜をさらすことはないでしょう……もっと早く天に昇り、そして知ることになるでしょう……ああ、でも、このわたしはいったいどうなってしまうの……この世界ではもはやわたしは存在せず、かといって自分の今の住処に戻ることもできないのだから……」

漆黒の夜の闇の中で突然呻《うめ》くような風が立ち上り、迷子の噎び泣きのようなもの悲しい音色を寝静まるお屋敷の窓辺に運んでいった。子供たちはみな目を覚ました。メアリもまた暗闇の中ではっと目を開け、今度こそ幻影が姿を現すのではないかと思った。だが、彼女に見えなかっただけで幻影はすでに現れていたのであり、もう戻ってくることはなかったのである。

10

しかしその一方で、その「幻影」については、厳かさや畏敬の念といったものとは無縁の卑俗な噂が立ち始めていた。お屋敷で「コニーの幽霊」と呼ばれていたものが、俗っぽい形で様々な影響を及ぼし始めたのである。メイドの一人が半狂乱になり、自分もその貴婦人を見たと言い立て、その姿形を説明した。その説明はコニーの話をさらに大袈裟にしたようなものであったが、家中の者が、そのメイドはコニーの話は聞いていないはずだと主張した。コニーが見た貴婦人はただ通り過ぎていっただけであったが、その貴婦人が真夜中にベッツィーの部屋に入って来たのだという。そして、虚ろで恐ろしげな声で自分は成仏できないのだと告げ、そのほかいろいろなことを伝えたのだというが、その話を聴いていると、この調子でいけば、じきにあの世の秘密がすべて明らかになるのは必定、といった趣であった。この出来事のあと、お屋敷は一種のパニック状態に陥った。あちこちで妙な物音が聞かれ、廊下を歩き回る足音や、長いローブが床を引きずる音が聞こえたという報告が相次いだ。コニーの話を聞いて、みなあのレイディ・メアリ独特の衣装や髪飾りのことを思い起こしたのであったが、そうした衣装や髪飾りも、従僕やキッチンメイドの粗雑な手にかかると突拍子もない代物に変容してしまうのであった。特別な計らいでお屋敷に残ることになったプレンティス夫人は、自分のかつてのご主人様がこのような扱いを受けるのを目の当たりにして憤激した。怒りの涙を目に浮かべながら彼女はメアリに訴えた。

「もしわたしにその権限があったら、あんなあばずれは即刻お払い箱にしてやりますよ」彼女は叫んだ。「でもね、ミス・メアリ、つくづく思いますけど、誰が本物の淑女で誰がそうでないかはすぐにわかりますわよね。ターナーさんは女中頭を雇っているというのが自慢のようですけど、実際にはどんな些細なことにもすぐに口を挟んでくるのですよ」

「まあ、プレンティスさん、ターナー夫人は淑女ではないなどと言ってはなりませんわ。その辺の淑女の方々よりもずっと細やかな心遣いをなさる人ですもの」メアリは叫んだ。

「ええ、ええ、ミス・メアリ、確かにあの人、あなたにはとても親切で、それはこのわたしだって認めますわよ。でもね、そもそも、あなたに意地悪ができる人なんていないのではないかしら。それに奥方様のことを――ええ、確かに欠点もおありになったかもしれませんけど、こんな言われようをされる筋合いは断じてありませんよ。それなのに、寄ってたかって騒ぎ立てて、わかりもしないくせにお召物がどうとかこうとか……。おまけに、あのお方がベッツィー・バーンズ風情にご自分の心を打ち明けられるだなんて！　こんな思いをさせられるくらいなら、いっそのことここを辞めてしまいたいくらいですわ、ミス・メアリ」涙ながらにプレンティスは言った。

「まあ、プレンティス、辞めるなんて……わたしを置いてきぼりにしないでくださいな」思わずうろたえながらメアリは言った。

「いいえ、あなたがそうおっしゃるのならば……」そう言った女中頭は、心配そうな顔をしてメアリに近づき、「あなたはご覧になってはいないのですか？」と訊ねた。「あなたにすべてを話しにやってこられたのなら、不自然なことは何もありませんですわ。あのお方が安らかに眠ることがおできにならないということ、わたしにはよくわかりますもの……」

「プレンティス、やめてちょうだい」メアリは叫んだ。「そんなことを言うのであれば、わたしとあなたとの間もこれですべておしまいにするわ。これまでにも余計なことが言われ過ぎてきたというのに――ああ、わたしにとってはほんとうに余計なこと、まるでわたしがあの方を愛したのは、遺してくれるお金のためだけだったと言わんばかりに……」

「いいえ、そういうつもりでは……」プレンティスは言った、「でも――」

「でも糸瓜《へちま》もないのです。あの方がなさったことはすべて正しいことだったのです」激しい口調でこう言った娘は熱く悲痛な涙を流したが、それは、周囲の人々みなが亡きレイディ・メアリに加えた侮辱に対する涙であった。

「わたしはこれでよかったと思っているわ」一人になった彼女は言った。その口調には若さゆえの猛進という趣があった。「そう、よかったのよ。だって、あの方に対する私の愛情が純粋なものであったということが、これではっきりした訳ですもの……」

だが、お屋敷の中はこうした噂や作り話のおかげでごった返していた。コニーの姉アリスは、自分の部屋がお化けの出る部屋と呼ばれ始めたため、もうあの部屋で寝るのはいやだと言い出した。さらに彼女自身も、暗くなると、何だかよくわからないものが部屋を出ていくのが見えるような気がするし、廊下で溜息や呻き声が聞こえるような気がする、などと言い始めた。使用人たちはみな辞めたがり、村人たちは、夜になると誰もお屋敷に近づこうとはしなくなった。そしてこうした連中のおかげで、あの屋敷は幽霊屋敷だという噂が至るところに広がってしまったのである。

11

その間、コニー自身は沈黙を守り、例の貴婦人についてはあれ以上は何も言わなかった。メアリに対する彼女の愛情は、小さな女の子が年上の若い女性に対して抱きがちな、あの夢心地の情熱と呼べるものへと募っていった。この「家庭教師」の行くところはどこへでもついてゆき、縋れる時には腕に縋り、腕がふさがっている時は服にしがみつき、とにかく、まるで影のように彼女に纏わりつくようになっていたのである。メアリがシティ上がりの一家の雇われ人となったことに対し、当初牧師館ではやっかみ半分で不快感を示し、近隣の人々もみな憤慨し、ターナー夫人が好人物であることをなかなか認めようとはしなかったのだが、それに加え、この子供がどこへ行ってもメアリを一人占めしようとする姿を見るに及んで、みな一斉に強い嫌悪感を露にしたものであった。だが、こうした激しい感情も、やがて自然な成り行きとして徐々に収まってゆくこととなり、人々が唯一ほんとうに心を痛めたのは、こうした騒動の中でメアリの容色がめっきり衰えてしまったということであった。今の状況に対する不満が収まることのなかった医師は、メアリを静かに見守り続けていたが、彼の見るところでは、彼女はすっかり元気がなくなり、顔色も悪くなっていた。そこで彼は、同情と情報を求めてボウヤー夫人を訪れた。

「あんなに衰えてしまった娘をかつてご覧になったことがおありですか？」

「衰えたですって？　あの子は日ごとにかわいらしくなっていますよ」

「ああ！」いかにもじれったそうに医師は叫んだ、「あなたがたご婦人たちは、何かというと、かわいい、かわいいとおっしゃるが、私はかわいらしさなどということを言っているのではないのですよ。あの屋敷に戻って以来、彼女は一ストーン▼5は痩せましたよ。ええ、ええ、お笑いになるのは結構ですけどね」医師は押し殺した怒りで顔を赤くしながら付け加えた、「目方の増減こそが真の目安になるのですよ。あのコニー・ターナーは今ではすっかり元気になりました。あの子は自分の神経症をすっかりメアリ・ヴィヴィアンに肩代わりさせてしまったのです。ところで、あなたは話をお聞きになることはおありですかな？」

「話って、誰からです？　コニーから？」

「違いますよ、ミス・ヴィヴィアンからに決まってるじゃないですか。村中がお屋敷の幽霊の話で持ちきりなのはご存じでしょう？」

「ああ、そのことね。もちろん知ってますわ。でも、妙な話ですわねえ、先生。わたしとしては――」

「いや、それについて議論するのはやめておきましょう。もちろん私はそんな馬鹿げた話、一瞬たりとも信じたことはありませんよ。しかし若いお嬢さん方というのは想像力が旺盛ですからなあ。私が知りたいのはね、あの人もまた何かが見えるなどと思い込んだりしてはいまいか、ということなのですよ。何だかそんな様子なのでね。いや、たとえ今はまだ大丈夫だとしても、早いうちに手を打っておかないと、きっとそうなってしまうと思うのです」

「それじゃあ、あなたも、何かが現れるのだと、そうお思いなのね！」両手を組み合わせながらボウヤー夫人は言った。「わたしもかねがねそう思ってきたのですよ。だって、こんなに自然なことないじゃありませんか――」

「あの偉大なる貴婦人、レイディ・メアリが、下働きの女中ベッツィー・バーンズの前に姿を現す、ということがですかな？」医師は皮肉な笑みを浮かべて言った。

「いいえ、先生、そういうことではなくて……。でも、もし哀れなあのお方がお墓の中で安眠できないのであれば――」

「何だって？」牧師は言った、「そうするとおまえは、我らが友レイディ・メアリは、気が若かっただけではなくて、まだ生きたまま暗い墓穴に眠っているとでも言うつもりなのかね？」

「あなたったら、またそんなことを！　あなた方とはまともに話もできやしないわ。わたしが言いたいのはね、お墓の中にせよ、どこにせよ、もしあのお方が、メアリを文無しのまま放り出してしまったということで安眠できないでいるのだとしたら、それはごく自然なことだと、そういうことなんですよ。そして、もしほんとうにそうなら、わたしはあの方を改めて見直しますわ！」ボウヤー夫人は叫んだ。

妻の心の混乱ぶりに牧師はいかにも聖職者らしい穏やかな微笑みを浮かべた。しかし医師は問題をより深刻に受け止めていた。

「レイディ・メアリはきちんとした手続きを経て手厚く葬られました。私はあの方のことを考えているわけではないのです」彼は言った。「私が考えているのはメアリ・ヴィヴィアンの精神状態のことで、このままではそう長くは持たないのではないかと案じているのです。何かを見たというようなことがないかどうか、何とか彼女から訊き出してくれませんか。もしそういう状態になっているとしたら、彼女が何を言おうと、あの屋敷から連れ出さなければなりません」

しかし、次にこのメンバーが集まった席で、ボウヤー夫人は何も報告することはなかった。メアリは何かを見たというようなことは一切認めようとはしなかったのだ。日ごとに顔が蒼ざめてゆき、目が落ち窪《くぼ》んでいったが、何も告白はしなかった。コニーの方はすくすくと成長していった。もう階段で老婦人に出くわしたりすることもなくなっていた。

12

月日は過ぎてゆき、この小さな物語の中で新しい出来事は何も起こらなかった。やがて爽《さわ》やかで青々とした夏が巡ってきた。あの古いお屋敷の周囲では見るものすべてが麗《うるわ》しく、その美しい部屋部屋で過ごす長い昼間と穏やかで短い夜はかつてないほど心地よいものであった。伯爵が戻って来て自分たちは追い出されてしまうのではないか——ターナー家の人々はそんな心配をし始めたが、しかしメアリほどそれを恐れた者はいなかった。この屋敷に対し、彼女はかつてなかったほどの執着をおぼえるようになっていたのだ。ほかの誰にも姿を見せない秘密の存在が、目には見えなくとも絶えず自分の近くにいるのではないか——彼女はそういう印象を払拭することができないでいたのであり、この幻想的な二重生活が彼女の健康をひどく損ねていたのであった。

こうした状況にあったある穏やかな雨降りの日、一家の者たちはみな外出せずに屋敷の中にいた。コニーは午前中に遊びの手立てはすべてやり尽くしてしまっていた。午後になって、相変わらず何も起こらない退屈な時間が続くと、彼女としては、もう、自分だけが甘えることのできるミス・ヴィヴィアンに縋りつくしかやることがなかった。メアリの部屋にやって来た彼女は、その部屋の奇妙な静けさを打ち破り、そこにある装身具や装飾品を次から次へと見て回った。メアリにとって、それらはみな名付け親の思い出に満ちた品々であった。喪に服していたためメアリが着用していなかった腕輪やブローチを身につけ、コニーは色々なことを訊ねた。それらに対する返答の中で、「それはわたしの名付け親の方からいただいたものなの」という言葉が何度も繰り返されたので、しまいにはコニーも思わずこう叫んだ、「お姉さまの名付け親の方って、とってもお姉さまのことがお好きだったのね！　何でもくださったみたい――」

「ええ、ほんとうにすべてをくださったわ……」胸をいっぱいにしてメアリは言った。

「だけど、みんなの話では、その方は親切ではなかったということだわ」コニーは言った――「でも、それってどういうことなのかしら。だってお姉さまは、亡くなってもまだその方のことがお好きなのでしょう。人って、死んでしまった人でも、まだ好きでいられるものなのかしら？」

「ええ、もちろんよ。いいえ、もっと好きになるのだわ」メアリは言った。「というのもね、その人のことがどんなに好きか、自分にとってどれだけ大切な存在であるか、そういうことはね、その人がいなくなってしまうまではわからないことが多いものなのよ」

コニーは家庭教師に抱きついて言った。

「ねえ、お姉さま、どうしてその方はお姉さまにお金を遺してくださらなかったのかしら？　みんな言ってるわ、それはひどい、あんまりだって――」

「ねえ、いいこと」メアリは叫んだ、「無知な人たちが言っていることなど相手にしてはだめ。だって間違っているのだから」

「でもお姉さま、ママがそう言ってるのよ」

「お母さまはご存じないのよ、コニー。もうそんなことは言ってはだめ。あなたのお母さまにも、言わないよう申し上げるわ。だって、わたしが一番よく知っているのですもの――みんな間違っているの――」

「でもね」コニーは叫んだ、「その方がお墓の中で安らかに眠れないのはそのためだって、そうみんな言ってるわ。お姉さまだってお聞きになったでしょう。おかわいそうに、やっぱり成仏できないのね、何しろ――」

メアリはコニーの両腕をぐっと摑んだ。あまり強く摑んだため痛いほどだった。

「だめ、それ以上言ってはだめ！」彼女は一種のパニック状態に陥って叫んだ。誰かが聞いているとでも思ったのだろうか？　彼女は慌ててコニーにキスをし、顔をそむけて部屋の中の何もない空間を見回した。

「それはみんなでたらめなの、でたらめなのよ！」興奮した様子で、そして恐怖心を露にして彼女は、まるで傷口の悪化を抑えようとするかのように叫んだ。

「あの方はいつもお優しくて、わたしには天使のような方だったの。そして今は天使たちと一緒にいらっしゃるの、神様と一緒にいらっしゃるの。あの方が安らかに眠れないなどということは絶対にあり得ないの！　ああ、もう何も言ってはだめ、考えることも、想像することもよしましょう！」メアリは叫んだ。彼女の頰は真っ赤に染まり、目には涙が溢れていた。何だか部屋の中に苦悩と狼狽の気が満ちているように感じられたのだ――何か目には見えない存在が、誹謗中傷され、心の底まで傷ついた、とでもいうような……

きつく腕を摑まれていたコニーは少しもがきながら言った。

「まあ、お姉さま、怖がっていらっしゃるの？　どうして怖がっていらっしゃるの？　誰も聞いたりしてないわ。それから、もしお姉さまがそんなにおいやでしたら、わたしもう二度とこのことは言わないわ」

「ええ、もう二度と言わないでちょうだい。わたし、これほどいやなことはないの」メアリは言った。

「まあ！」コニーはいささか驚いて言った。メアリの手が少し緩んだので、彼女は両腕を大好きな先生の首に巻きつけた。

「お姉さまがいやがってらっしゃるって、わたしみんなに言っておくわ。もうそういうことは言わないよう――あっ！」コニーは再び叫んで、メアリの首にしがみついた。先ほどのお返しといわんばかりにきつくしがみつき、空いている片手でドアを指差した。

「あのお婆さん！　あのお婆さんよ！　見て、出ていくわ！」コニーは叫んだ。

メアリは、コニーが興奮のあまり自分を椅子から持ち上げたのではないかと思った。そして、まるで自分の意志とは関係なく、勝手に体がコニーと一緒に突進してゆくかのように感じられた。頭に血がのぼり、背筋が燃え盛っているかのように熱く鼓動した。スカートにしがみついていたコニーは彼女を前へ前へと押し進め、廊下に出ると、今は誰も使っていないレイディ・メアリの部屋のドアに向かって走っていった。「ほら、ほら、見えませんか？　中に入っていくわ！」そう叫んだコニーは、しがみついていたメアリをなおも引っ張っていった。その淡い色の髪はなびき、白いドレスも波打っていた。

レイディ・メアリの部屋は今は使われてはおらず、冷え冷えとしていた。夏ではあったが、使われていない部屋に特有の冷たさが宿っていた。窓には鎧戸《よろいど》が下ろされ、誰も立ち入らない部屋の中には白っぽい灰色の虚空が澱《よど》んでいた。コニーは興奮した様子で中に飛び込んでゆき、「見て！　見て！」

と叫びながら、小さな頭を左右に向けた。メアリは、まるで自分の意志に反して動いている夢遊病者のような足取りで後に続いた。言われるがままに、コニーが指差す方向に機械的に目を向けたが、何も見えなかった。この空虚さはひどく胸にこたえた。彼女はもはやコニーのことも、幻影のことも考えてはいなかった。がらんとした部屋は、かつて感じたことがないほどの荒涼感をおぼえさせた。彼女はいくぶん苛立ったような様子で縋りついている子供の手をふりほどいた。それまでの生活と深く結び付いていたこの部屋へ、何か月もの間、彼女は一度も足を踏み入れたことがなかった。コニーも、彼女の叫び声も警告を発する声も、小鳥か蝿の羽音のように頭の中から消えていった。メアリは死んでしまった老貴婦人と二人きりでいるかのように感じた。生きていた頃の時間の中で、もう二度と戻ってこない時間の中で、二人きりでいるかのように……。自分で何をしているかの意識もなく、ゆっくりと彼女は跪いた。荒涼感で頭が真っ白になった状態で、見えざる天に向かって顔を上げた。見えざる！　そう、何をしようともわたしたちには見えないのだ！　天にましますわれらの父、わたしたちの許から旅立っていった人々、そして彼らを召されたお方、彼らを救ってくださったお方、彼らの、我らの唯一の希望――でも、それらすべてがわたしたちには見えない、見えないのです、あの鈍い色の天井のように、青い空がすべてを隠してしまう……。彼女の心は痛み、未知の存在にこう叫びかけた。

「ああ、神様、あの方がどこにいらっしゃるかわたしは存じません。でもあなた様はどこにでもいらっしゃる。ですから、どうかあの方にお伝えください、わたしはあの方を責めたことなど一度もありません、と。こうであったら、ああであったら、などと思ったことも一度もありません、いつまでもあの方を愛し、感謝し、賛美しているのでございます。ああ、神様！　神様！」メアリはまるでそれが人の名であるかのように切実な思いを込めて叫んだ。そしてその次の瞬間、跪いていた彼女は意識を失った。目は飛び出さんばかりに輝き、唇は大きく開かれ、その顔はまるで大理石のようであった……

13

「それでね、その間ずっとあの人はそこに立っていたのよ」メアリが運ばれていった後、コニーは興奮してその時の様子をみなに語った。「あの飾り箪笥に手をかけて、ずうっとこっちを見ていたの、まるで何かを言いたくてたまらないのだけど、どうしても言えないっていうような様子で。でも、ママ、どうして言えなかったのかしら？　ボウヤーさん、あんなに言いたそうだったのに、どうして何も言えなかったのかしら？　どうして神様は言わせてあげなかったのかしら？」

14

メアリは長い間病の床に臥《ふ》し、生死の境をさまよった。その間、熱に浮かされながら、自分を見つめたという人物のことを繰り返し口にし続けた。

「少しだけお時間を……ほんの少しでいいのです」彼女は叫んだものだった、「ああ、でも、ほんとうにほんの少しでした、あんなにいろいろと申し上げたいことがあったというのに……」

しかし、やがて快方に向かうと、彼女が見たというこの顔のことについては、彼女の前では誰も何も言わなかった。それは、熱に浮かされて見たただの夢に過ぎなかったのかもしれないのだ。彼女は然るべき場所に移されたが、回復するには長い時間がかかった。その間、ターナー家の人々は、排水溝の具合がどうも思わしくないので、徹底した修理をすべきだと主張した。そして、伯爵が屋敷を見にやって来た。すっかり屋敷が気に入った彼は、売却はせず、自分の手元に残しておくことに決めた。彼は友好的な人物であったが、部屋の装飾という点では祖母とはまったく考えを異にしていた。古い家具は、人に譲り渡したり売り払ったりして、すべて処分してしまった。

譲り渡された家具の中に、牧師殿が以前からとても気に入っていた、あのイタリア製の飾り箪笥も含まれていた。そして自然な流れとして、この箪笥が牧師館へ運ばれてから丸一日も経たないうちに、子供たちが秘密の引出しを開ける手立てを見つけ出してしまった。かくしてあの書類がごく自然な形で発見されることになった。何の手間もかからず、謎めいたことも何もなかった。

15

放浪者が戻ってきたということで、その姿を一目見ようと一同が勢揃いした。彼女は出ていった時とはすっかり様子が変っていた。あれほど呑気で屈託のなかった顔には苦労の跡が深く刻み込まれており、目には口に出しては言えない事柄が重く深く宿っていた。その皺《しわ》は、年齢ではなく、知見と憐れみが刻んだ皺であった。彼の地《か》では、通常の経路ではない路を通ってやってきた者を目にするのはたいへん稀なことであった。彼女は戻ることを許可してくれたあの大役人に出迎えられ、最初に彼女を迎え入れてくれた人々も、興味津々の様子で、話を聞こうと群がってきた。それというのも、自分の意志で地上に戻っていった人々がこの地に帰ってくるのは、目的を達成した時か、あるいは、これ以上下界に留まっていても何も為し得ないと上が判断した時か、そのいずれかの場合に限られていたからだ。したがって、集まってきた者たちは口々にこう訊ねた、「どうです、うまくいきましたか？——目的は為し遂げられましたか？」と。

「ああ」両手を差し延べながら彼女は言った、「やっと自分の場所へ戻れました……自分の居場所があるところはなんと良いものでしょうか……地上では、苦難や悲しみを嫌というほど見て参りました……それでほんとうに心が痛んで……死にそうになったこともあったのです……」

「でも、それはあり得ませんよ」かつて彼女を愛した男は言った。

「もしあり得ないことではなかったなら、きっと死んでしまっていたことでしょう」彼女は言った。「わたしは、かつてわたしを愛してくれた人々の許へ戻っていきました。でも誰もわたしの姿が見えず、わたしがいることもわからず、わたしの声すら聞こえなかったのです。わたしは完全に除け者《もの》でした、誰ともつながりがなかったのです。みなさんがほんとうに恋しかった……そしてわたしの心は挫《くじ》けてしまいました。ああ、一人ふらふらと彷徨って、誰にも自分の存在をわかってもらえないというのは、何と淋しいことでしょう……」

「あらかじめ申し上げておきました」権限を持つ男が言った、「死ぬより辛い思いをなさいますよ、とね」

「でも、死とはいったい何なのでしょう？」彼女は言った。誰も答える者はなかった。また、目的は達したのかと訊ねる者ももういなかった。しかし、やがて、自分の住処と定められた場所の温かさが徐々に彼女の心の周囲の氷を溶かし始めた。再び微笑みながら彼女は口を開いた。

「でも小さな子供たちにはわたしがわかったのですよ。あの子たちはわたしを怖がりませんでした。腕を差し延べてきたのです。ああ、あの無邪気な子供たちに神のご加護がありますよう――」彼女は涙を拭った。地上で流した氷の涙のあとでは、実に心地よい涙であった。すると、他の者たちよりも大胆な一人の人物が、改めてこう訊ねた。

「あなたは目的を達することができたのですか？」

この時までには彼女は立ち直っていた。その顔からは暗い皺は解け去っていった。

「わたしは許されたのです」幸せそうな嗚咽を漏らしながら彼女は言った。「わたしがひどいことをしてしまったあの子は、わたしを愛し、祝福してくれたのです。わたしたちは向き合い、お互いを見つめ合いました。それ以上のことは何も覚えていません……」

「ああ、それだけでいいのですよ」みなが口を揃えて言った。そう、愛と許し――その中にすべてが含まれているのだから……

訳註

「狂気のマンクトン」（'Mad Monkton'）

＊初出は*Fraser's Magazine*（1855）. 'The Monktons of Wincot Abbey' という題名で十一月号・十二月号の二度に亙《わた》って連載され、「ウィルキー・コリンズ編」という体裁をとった。その後短篇集 *The Queen of Hearts*（1859）に 'Brother Griffith's Story of Mad Monkton' というタイトルで収録された。

＊翻訳の底本には、ノーマン・ペイジ編のオックスフォード・ワールズ・クラシックス版（Norman Page ed., *Mad Monkton and Other Stories*, Oxford University Press, 1998）を用い、ジュリアン・トンプソン編の『ウィルキー・コリンズ短篇全集』（Julian Thompson ed., *Wilkie Collins: The Complete Shorter Fiction*, Carroll & Graf, 1995）を随時参照した。

▼1　ナポリのキアイア地区の海岸沿いに長く伸びた庭園で、時のナポリ国王フェルディナンド四世の命により一七八〇年代に造園された。王室庭園であったため、当時は、祝祭日などを除いて、王侯貴族以外の入園は制限されていたが、アルフレッド・マンクトンはイギリスの名門の当主として、「私」の友人は大使館員として、特権を有していたと思われる。なお、庭園は一八六九年より一般に公開され、現在は市民公園（ヴィラ・コムナーレ）となっている。

▼2　アビー（abbey）とは「修道院」の意。十六世紀前半、時の国王ヘンリー八世（在位一五〇九―四七）はローマ・カトリック教会と決別して英国国教会を設立したが、その際、国内の修道院を解散し、その広大な土地・財産を没収した。その後没収された土地や建物は次々に売却され、購入した地元の有力者たちの多くは僧院を自分たちの私邸として利用した。ウィンコット・アビーも元は僧院で、修道院解散の時代にマンクトン家の祖先がその建物を購入して一族の私邸としたのである。

「剝がれたベール」（'The Lifted Veil'）

＊初出は*Blackwood's Edinburgh Magazine*（July 1859）。後にジョージ・エリオットの全集Cabinet Edition（1878）に収録された。なお、扉ページの題辞は初出誌にはなく、一八七三年、この作品を読み返した折にエリオットが作詩し、キャビネット版にエピグラフとして付された。

＊翻訳の底本には、ヘレン・スモール編のオックスフォード・ワールズ・クラシックス版（Helen Small ed., *The Lifted Veil / Brother Jacob*, Oxford University Press, 1999）を用い、サリー・シャトルワース編のペンギン・クラシックス版（Sally Shuttleworth ed., *The Lifted Veil* and *Brother Jacob*, Penguin Books, 2001）を随時参照した。訳註の作成にあたってはこの両版の註釈を参照した。

▶1　ジョナサン・スウィフトの墓石に刻まれた墓碑銘の一節。原文はラテン語で、ubi sœva indignatio ulterius cor lacerare nequit.

▶2　ロンドン西郊バークシャー州イートンにある名門パブリック・スクール。男子全寮制で、創立は一四四〇年。各界に多数の著名人を輩出している。

▶3　Robert Potter, *The Tragedies of Æschylus*（1777）および Revd Philip Francis, *Poetical Translation of the Works of Horace*（1747）は注釈付きの英訳で、学校等で広くテキストとして用いられていた。

▶4　ギリシャの伝記作家・歴史家（一世紀頃に活躍）。『英雄伝』で有名。

▶5　ジャン＝ジャック・ルソー（一七一二―七八）。『孤独な散歩者の夢想』（一七八二）および『告白』（一七八一―八八）の中で湖でボートを漕いだ経験が綴《つづ》られている。

▶6　預言者エリヤの「火の車」。旧約聖書「列王紀略下」第二章第十一節に「彼ら進みながら語れる時火の車と火の馬あらはれて二人を隔てたりエリヤは大風にのりて天に昇れり」とある。

▶7　プラハの街の中央を流れるモルダウ川（ブルタバ川）に架けられた「カレル橋」。一三五七年に建設が始まり、一四〇二年に完成した。橋の両側には三十の聖者の彫像が並んでいる。

▶8　モルダウ川西岸フラッチャーニ地域に聳《そび》えるプラハ城。

▼9　十九世紀初頭に考案された幻灯の一種。二つの映写機からスクリーンに画像を映し、一つの画像が別の画像に「融解」していくように見える仕組みになっていた。

▼10　それぞれ、ホメロス『イーリアス』（前九―前八世紀頃）、ダンテ『神曲』（一三〇七頃―二一）、ミルトン『失楽園』（一六六七）への言及。

▼11　本名フリードリヒ・フォン・ハルデンベルク（一七七二―一八〇一）。ドイツ・ロマン派の詩人、小説家。二十九歳の若さで肺患のために死んだ。代表作に『青い花』（一八〇二）がある。

▼12　ジョバンニ・カナレット（一六九七―一七六八）。イタリアの画家、版画家。精細なヴェニスの風景画で知られる。

▼13　原文はWater-Nixie. ドイツの民間伝承に伝わる水の精で、人間を誘い込んで死に至らしめる邪悪な精とされた。

▼14　十八世紀中頃から十九世紀初頭にかけてのドイツ・ロマン派の抒情詩。

▼15　Hôtel des Bergues. ジュネーブの一流ホテル。

▼16　ジョージ・エリオットの記憶違いで、正しい名称はリヒテンシュタイン宮殿（Liechtenstein Palace）。

▼17　ジョージ・エリオット自身、ベルヴェデーレ・ギャラリーを訪れた際、この絵に強い印象を受けたという。当時のガイドブックには、この絵はジョルジョーネ（一四七七―一五一〇、イタリアのヴェネツィア派の画家）の作であると記されていたが、後にこれは誤りであることが判明した。現在この絵は、ロンドンのナショナル・ギャラリーに所蔵されているロレンツォ・ロットーの*A Lady as Lucretia*（一五五三年頃）という絵の複写であったと考えられている。

▼18　ウィーンのベルヴェデーレ宮殿内に当時設置されていた絵画の展示場。

▼19　ドイツのファウスト伝説。この伝説を題材とした文学作品に、クリストファー・マーロウの『フォースタス博士』（一六〇四）、ゲーテの『ファウスト』（一八〇八―三二）などがある。

▼20　トルクワアート・タッソー（一五四四―九五）。イタリア・バロック期最大の詩人。長篇叙事詩『解放されたエルサレム』（一五七五）等、数多くの傑作を残すが、三十代から精神に異常をきたし始め、精神病院に幽閉されるなどの艱難《かんなん》を味わった。ゲーテ、バイロン、シェリーなどが心酔し、suffering artistとし

てタッソーはロマン派の時代に崇拝の対象となった。

「クライトン・アビー」（'At Chrighton Abbey'）

＊初出は月刊誌*Belgravia*（May 1871）. 後に短篇集*Milly Darrell, and Other Tales*（3 vols, 1873）に収録された。

＊翻訳の底本にはブリティッシュ・ライブラリー版（Mary Elizabeth Braddon, *The Face in the Glass and Other Gothic Tales*, British Library, 2014）を用い、オックスフォード版『ヴィクトリア朝幽霊譚』（Michael Cox & R. A. Gilbert ed., *Victorian Ghost Stories: An Oxford Anthology*, Oxford University Press, 1991）を随時参照した。

▼1　「スクワイア」（squire）は、中世では見習い段階の騎士（knight）を意味していたが、その後、貴族ではない地方の大地主に対する敬称として用いられるようになった。

▼2　スティーヴン王はノルマン王朝第四代国王（在位一一三五—五四）。ウィリアム征服王の孫にあたるが、直系ではなかったため、先王ヘンリー一世の娘マチルダと王位継承をめぐって争いとなり、内乱が続いたその治世は無政府状態に陥った。ただし、この時代、修道院はむしろ隆盛期にあり、新しい僧院も次々に建てられ、一一五〇年にはその数は五百に達したという。「狂気のマンクトン」註2で触れたように、修道院が解散させられるのは十六世紀のヘンリー八世の時代になってからのことで、この時代にアビーがどういう経路でクライトン一族の手に渡ったのかは定かではない。

▼3　十六世紀後半。エリザベス女王はテューダー王朝最後の君主で（在位一五五八—一六〇三）、この時代、イギリスはスペインの無敵艦隊を撃破するなど、急速に国力を高めた。また、シェイクスピアらが活躍したイギリス演劇の黄金時代でもあった。

▼4　十八世紀初頭。アン女王はステュアート王朝最後の君主（在位一七〇二—一四）。

▼5　「剝がれたベール」註2参照。

▼6　原文はhe almost brought the tears 'up from my heart into my eyes'. 松岡光治氏が指摘しているよう

に（『ヴィクトリア朝幽霊物語』アティーナ・プレス、二〇一三、三二〇ページ）、これはアルフレッド・テニスン（一八〇九—九二）の*Juvenilia*（1830）に収められた'The Ballad of Oriana'という詩の中の次の一節から一部文言を変えて引用したもの。

I feel the tears of blood arise
Up from my heart unto my eyes,
Oriana.（ll. 77-79）

▼7　十八世紀中葉。ジョージ二世はハノーヴァー王朝第二代国王（在位一七二七—六〇）。

▼8　一ポンド金貨。

▼9　オックスフォード大学のカレッジの一つ。

▼10　ドイツの作曲家カール・マリア・フォン・ウェーバー（一七八六—一八二六）作曲のオペラで、初演は一八二一年。

▼11　ロンドンの中心部メリルボーン地区にある通りの名。

「老貴婦人」（'Old Lady Mary'）

＊初出は*Blackwood's Edinburgh Magazine*（January 1884）. 翌八五年、'The Open Door'と併せて*Two Stories of the Seen and the Unseen*というタイトルで単行本として刊行された。

＊翻訳の底本にはメリン・ウィリアムズ編のワールズ・クラシックス版（Merryn Wiliams ed., *A Beleaguered City and Other Stories*, Oxford University Press, 1988）を用い、同じくウィリアムズ編のオリファント選集（Merryn Wiliams ed., *The Selected Works of Margaret Oliphant*, Vol. 12, *Supernatural Tales*, Pickering & Chatto, 2013）を随時参照した。

▼1　クリスチャン・ネームに「レイディ」の称号が付せられるのは伯爵以上の貴族の令嬢に限られるので、

レイディ・メアリの父親は、公爵、侯爵、伯爵のいずれかの爵位の持ち主であったはずである。また、彼女の孫息子が伯爵であるということなので（二四〇、二四四ページ）、彼女の夫も伯爵であったと思われる。

▼2　イングランド北部に古くから伝わるバラード'Lyke-Wake Dirge'の一節。Lyke-Wakeとは「死者の見守り」の意で、死者が煉獄にたどり着くまでの旅を詠《うた》った挽歌である。この歌は古いヨークシャー方言で書かれており、引用箇所の原文は以下の通り。

If hosen and shoon thou gavest nane,
The whins shall prick thee intill the bane.
（If you never gave socks and shoes, the winds will prick you to the bone）

▼3　ロンドンのほぼ中央に位置する金融・商業の中心地。商いを生業《なりわい》としたシティの住人たちは、伝統的に、不労所得で優雅な暮らしを送る地主階級と比べ、金のために齷齪《あくせく》働く卑しい階級と見なされ、アパークラスの人々から蔑《さげす》まれてきた。

▼4　国教会（The Church of England）に属さないプロテスタント宗派の信徒の総称。非国教徒（dissenters）は社会的に様々な不利益を被った。

▼5　ストーンは重さの単位で、体重のときには一ストーンは通例十四ポンド（約六・三五キログラム）。

解題

三馬志伸

イギリスにおいて、十八世紀中葉、文学の一ジャンルとして確立された小説は、その後、文芸雑誌の興隆と、それに伴う読者大衆の出現に歩調を合わせるようにしてますます繁栄してゆき、十九世紀後半のヴィクトリア朝にはその最盛期を迎えることになる。チャールズ・ディケンズ、ウィリアム・メイクピース・サッカレー、ブロンテ姉妹、ジョージ・エリオット、トマス・ハーディーなど、才能溢れる作家たちが競うようにして傑作を生み出していったが、文学史を彩るそうした作家のほかにも、娯楽性を追求した大衆文学の分野も大いに活況を呈した。一八六〇年代には、いわゆる「センセーション小説」と呼ばれる一群の小説が大流行し、今日のミステリやスリラー小説の源流になったと目される作品が次々と出版され、また、怪奇小説、恐怖小説の分野で優れた作品が数多く発表されたのもこの時代であった。

当時小説は娯楽の王様ともいえる存在で、そのため、読者を長い間に亙《わた》って楽しませるということが求められ、センセーション小説の場合も、週刊あるいは月刊の雑誌に一年以上に亙って連載される長篇がほとんどであった。一方、内容的に長い話にはしにくかった恐怖小説は中短篇が主体で、特にクリスマスの時期になると、各雑誌が競って幽霊物語を掲載し、当時の文壇の大御所であったディケンズやブルワー・リットン、あるいはギャスケル夫人などといった作家も好んで幽霊譚を寄稿した。しかし、雑誌に発表されたそうした物語のうち、公刊されたのはその一度限り、という作品も珍しくはなく、すっかり忘れ去られてしまったという幽霊物語も多い。この時代の作品で、今日まで読み継がれているのは、ディケンズなどの有名作家の作品を除けば、怪奇小説のアンソロジーに収録されてきた作品で、ブルワー・リットンの「幽霊屋敷」（一八五九）、ジョウゼフ・シェリダン・レ・ファニュの「緑茶」（一八六九）、W・W・ジェイコブズの「猿の手」（一九〇二）などは、どれもたいがいの選集に収録され、怪奇小説の古典的存在になっている。その一方で、比較的長い物語の場合、優れた作品でありながら、選集に収録するには長すぎるし、かといって、それ一作を単行本として刊行するには短かすぎる、ということで、あまり日の目を見ずにきたという作品もかなりある。本書では、そうした長めの怪異譚の中から、読み応えのある力作で、かつ、日本の読者にはあまり馴染《なじ》みがない作品を四篇選び、これまでにない趣《おもむき》のアンソロジーの編纂を試みた。以下、この四作の作者と作品を簡潔に紹介してみたい。

ウィルキー・コリンズと「狂気のマンクトン」

『白衣の女』、『月長石』の作者としてわが国でも古くから親しまれてきたウィルキー・コリンズは、一八二四年、著名な風景画家ウィリアム・コリンズの長男としてロンドンに生まれた。父親の影響を受け、少年期には絵画に勤《いそ》しんだ時期もあったが、結局絵の道に進むことはなかった。教育の手ほどきは母親から受け、十一歳の時に寄宿学校へ入った。しかし間もなくそこをやめ、一八三六年から三八年にかけて、両親に連れられてイタリア周遊旅行に出かけた。イタリアでの体験はコリンズ少年に多大なる刺激を与えたようで、後に二十六歳の時に出版した最初の小説『アントニーナ』は古代ローマを題材とした歴史小説であったし、また本作「狂気のマンクトン」の主要な舞台もまたイタリアに置かれている。

一八四一年、十七歳のコリンズは紅茶の貿易商に住み込みの事務員として就職した。しかし、やがて彼は法律の道を志すようになり、一八四六年、二十二歳の時にロンドンの法学院リンカンズ・インに入った。五年後の一八五一年には弁護士の資格を取得するが、実際に弁護士の活動をしたことは一度もなかったという（ただし、この間に得た法律の知識は後の作品の中で大いに活用されることになる）。

コリンズにとって、この頃は自分の進む道を決めかねていた時期であったといえようが、文筆活動に手を染め始めたのもこの時期である。リンカンズ・インに入る前の一八四四年から四五年にかけてタヒチを舞台とした『イオラーニ』という小説を書き、出版社に送ったが、この時はあえなく出版を拒絶されてしまった（この作品はその後長らく行方不明となっていたが、一九九一年に原稿が発見され、一九九九年にプリンストン大学出版局から出版された）。コリンズにとって転機となったのは、一八四七年の父親の死であった。彼は自ら筆を執って父親の伝記を書き上げ、翌年に出版されたこの伝記は好評を博することになったのである。さらに、一八四六年から書き始めていた『アントニーナ』を完成させ、一八五〇年に出版したが、この作品もまた各書評で好意的に取り上げられた。こうした文筆活動の成功によってコリンズは作家として立つ決意を固めたのであった。

しかし、彼の人生に決定的ともいえる影響を与えたのは、一八五一年、二十七歳の時にディケンズと知り合ったことであった。当時すでに自他共に認める大家であったディケンズはこの一回り年下の若者の才能を高く評価した。そして励ましを受けたコリンズは、ディケンズが主宰する『ハウスホールド・ワーズ』誌に「恐怖のベッド」（一八五二）を始めとするミステリタッチの短篇小説を次々に発表してゆくことになる。長篇小説としては、五二年に『バジル』、五四年に『ハイド・アンド・シーク』、五七年に『デッド・シークレット』を発表し、それなりの評判を取ったが、コリンズの名を一躍有名にしたのは『白衣の女』の大成功であった。『ハウスホールド・ワーズ』誌を引き継いでディケンズが発刊した『オール・ザ・イヤー・ラウンド』誌に一八五九年十一月から一八六〇年八月まで連載されたこの作品は、連載中から大きな評判となり、連載終了後英米で単行本として出版され、いずれもベストセラーとなった。

『白衣の女』の大成功は、エレン・ウッドの『イースト・リン』(一八六一)やメアリ・エリザベス・ブラッドンの『レイディ・オードリーの秘密』(一八六二)など、犯罪や陰謀などを扱った同じようなタイプの作品を誘発することになり、いわゆる「センセーション小説」の大流行をもたらすことになったが、コリンズ自身も他の作家に負けてはおらず、続いて発表された『ノー・ネーム』(一八六二)、『アーマデイル』(一八六六)、および世界最初の長篇推理小説といわれる『月長石』(一八六八)は、いずれも『白衣の女』に勝るとも劣らぬミステリの傑作で、作家としてのコリンズの名望は揺るぎないものとなった。七〇年代以降になると、結婚に関する法制度に異議を投げかけた『夫と妻』(一八七〇)など、社会問題を取り上げた作品が目立つようになるが、内容的に六〇年代の傑作群を凌《しの》ぐ作品を生み出すことはできず、晩年はリウマチ性の痛風に苦しみ、一八八九年、六十五歳でこの世を去った。

さて、こうして長篇ミステリの大家として後世に名を残すことになったコリンズであるが、彼はまた短篇小説の名手でもあった。一八六〇年代、『白衣の女』から『月長石』に至る力作を次々に発表していった時期には短篇を手掛ける余裕はなかったようだが、それ以前の一八五〇年代、そして一八七〇年代以降にはかなりの数の中短篇を発表しており、ジュリアン・トンプソンが編集した『ウィルキー・コリンズ短篇全集』（一九九五）には四十八の短篇が収録されている。今回取り上げた「狂気のマンクトン」はごく初期に書かれた作品で、『ハウスホールド・ワーズ』誌への掲載を見込んで一八五二年の二月に執筆された。しかし、「遺伝性の狂気」という問題を扱った内容は一般家庭の読者向きではないというディケンズの判断によりこの作品の掲載は見合わされてしまった。その後この作品は一八五五年に「ウィンコット・アビーのマンクトン一族」というタイトルで『フレイザーズ・マガジン』誌に掲載され、さらに一八五九年、「ブラザー・グリフィスが語る狂気のマンクトンの話」として短篇集『ハートのクイーン』の中に収録されることになった。

　このように「狂気のマンクトン」はコリンズがディケンズと知り合ってからほどない時期に書かれたいわば習作期の作品であるわけだが、遺伝性の狂気に祟《たた》られた青年が一族にまつわる古《いにしえ》の予言を信じ込み、イタリアで客死した叔父の亡骸《なきがら》の探索に乗り出すという奇抜な物語をサスペンスあふれるタッチで展開させるコリンズの筆力は後年の大作を髣髴《ほうふつ》とさせるものがあり、作家として名を成そうという野心に燃えた若きコリンズの意気込みがひしひしと伝わってくる作品である。特に、語り手である「私」が、修道院の外の納屋でスティーヴン・マンクトンの屍《しかばね》を発見する場面のインパクトは強烈で、今回の翻訳の底本として用いたワールズ・クラシックス版コリンズ選集のイントロダクションにおいて、ノーマン・ペイジは、この場面を「あらゆるヴィクトリア朝小説の中で、紛れもなく最も衝撃的な場面のひとつ」と評している。[1] そして、このショッキングな場面の直後に「私」と老修道僧とのコミカルなやり取りの場面が続くのだが、この陰と陽の対比は絶妙で、陰惨な物語の中でも喜劇的な要素を忘れないコリンズの姿勢は、後年の『白衣の女』や『月長石』などにもしっかりと受け継がれている。

　コリンズの短篇では、「夢の女」や「恐怖のベッド」などが英米の怪奇小説の選集によく取り上げられてきたが、「狂気のマンクトン」がアンソロジーに収められたことはほとんどなかった。事情は日本でも同じで、読み応えのある優れた作品でありながら、やはり短篇集に収録するには長すぎるという理由からであろうか、怪談集はもちろんのこと、これまで何度か刊行されてきたコリンズの短篇選集にも「マンクトン」が収められたことはなく、今回が本邦初訳ということになる。

ジョージ・エリオットと「剝がれたベール」

日本流に言えば「純文学」と「大衆文学」という具合に分類される区別立てが、イギリスにおいて、書く側においても読む側においても意識され始めたのはヴィクトリア朝になってからのことであったが、同時に、いわゆるジャンルという概念がまださほど明確ではなかった当時にあっては、それぞれのジャンルを分ける境界線もまた明確ではなく、「文学的」な作品に通俗小説の枠組みが用いられるということも決して珍しいことではなかった。たとえば読者大衆の好みというものに敏感であったディケンズなどは、当時流行していた犯罪小説や恐怖小説などから、一般受けのする要素を自らの作品にふんだんに取り入れたのである。このような状況の中で、ジョージ・エリオットは、いわば「純文学」の王道を邁進したともいえる作家であった。初期の傑作『アダム・ビード』から、晩年の大作『ミドルマーチ』や『ダニエル・デロンダ』に至るまで、重厚なリアリズムと生真面目な人間探求の姿勢にはいささかの揺るぎもなく、その姿勢は、ルネサンス期のフィレンツェを舞台にした歴史小説『ロモラ』においても基本的には変わるところはなかった。まさにヴィクトリア朝中期の文壇を代表する存在であったジョージ・エリオットだが、しかしその彼女にあって、一作だけ奇妙な例外といえる作品がある。それが「剝がれたベール」である。

後に筆名ジョージ・エリオットを名乗ることになるメアリ・アン（または、メアリアン）・エヴァンズは、一八一九年、イングランド中部ウォリック州で生まれた。父親のロバート・エヴァンズは土地差配人で、勤勉な実務家であった。少女期にいくつかの寄宿学校で教育を受けるが、特に十三歳の時にコヴェントリーのミス・フランクリンという女性の経営する学校に移ってから学業に精進し、音楽、作文、近代語など、あらゆる学科で首位を占めたという。十六歳でこの学校を去った後もメアリ・アンの向学心は衰えず、ひたすら読書と勉強に打ち込んだ。彼女の読書は広範に及び、イギリスの文学のみならずドイツ文学にも幅広く親しみ、また哲学、神学の本も読み耽《ふけ》った。語学では、イタリア語とドイツ語を習得したほか、ギリシャ語ラテン語の勉強にも励んだという。

一八四一年、二十一歳になったメアリ・アンは父と共にコヴェントリー郊外に移り住むが、そこで彼女は進歩的な思想家チャールズ・ブレイ一家と親しくなり、その影響の下に新たな知的探求の道に踏み出した。宗教に深い関心を抱いていた彼女は、知人の勧めでドイツの神学者シュトラウスの『イエス伝』の翻訳を試み（一八四六年完成）、さらには、シュトラウスと同じ流れに属するドイツの哲学者フォイエルバッハの『キリスト教の本質』の翻訳に従事した（一八五四年出版）。

一八四九年に父親を亡くし、ブレイ家の人々に誘われて大陸旅行に出かけたメアリ・アンは、「剝がれたベール」の舞台ともなるジュネーブに半年ほど滞在した。大陸から戻った彼女は、ロンドンに出て、急進的な雑誌『ウエストミンスター・レヴュー』の編集に携わり、また、自らペンを執ってこの雑誌に多くの評論を寄稿した。この雑誌編集の仕事を通してハーバート・スペンサーなど多くの知識人と知り合い、そして、そのうちの一人であった著述家のG・H・ルイスと同棲生活を始めることになる。ルイスにはすでに妻があり、別居状態ではあったが離婚することができず、メアリ・アンと彼は正式な結婚ができなかったのであった。いわば内縁の妻となったメアリ・アンは、因習に支配された当時の社会からは白眼視されることになるが、同時に、ルイスの存在は作家ジョージ・エリオット誕生の大きな力となるのである。

小説家としての活動は三十代の後半になってからのことで、『ブラックウッズ・マガジン』誌に続けて三作の中短篇小説が掲載され、それらが『牧師館物語』というタイトルのもとに単行本として刊行されたのが一八五八年、作者三十八歳の時だった。この三つの中短篇の執筆、出版にあたっては夫のルイスが大きな寄与をなした。また、これらを発表する時にペンネームGeorge Eliotが用いられ、以後小説の筆名はこの名で通すことになる。

『牧師館物語』はそこそこの評判をとったが、作者の名を広く世間に印象づけるまでには至らなかった。しかし、翌五九年に刊行された次作『アダム・ビード』は発売と同時にベストセラーとなり、ジョージ・エリオットの作家としての名声は確固たるものとなる。以後、自伝的要素の濃い『フロス河の水車場』(一八六〇)、日本でも馴染みの深い『サイラス・マーナー』(一八六一)、歴史小説『ロモラ』(一八六三)などを次々と発表し、さらに『革新主義者フィーリックス・ホウルト』(一八六六)を経て、一八七一年から七二年にかけては最高傑作といわれる『ミドルマーチ』を発表した。この頃にはすでに五十を超えていたエリオットは、最後の作品となった『ダニエル・デロンダ』(一八七六)を発表後、創作力の減退を感じ、また、肉体的にも衰えが忍び寄っていた。一八七八年に長年連れ添った夫のルイスを亡くしたエリオットは、一八八〇年、二十五歳年下の銀行家ジョン・クロスと結婚するが、その年が暮れる前にこの世を去ることになる。享年六十一だった。

先に触れたように、エリオットの作品は地道なリアリズムがその根底をなしているのだが、一八五九年、『アダム・ビード』の成功の後を受けて書かれた短篇「剝がれたベール」においては、予知能力と読心能力を持つという人物が主人公に据えられており、しかも、殺人未遂、死者の蘇生などの

「扇情的」要素も取り入れられたこの小編は、エリオットとしては異色の作品である。『牧師館物語』と『アダム・ビード』の出版を手掛けたジョン・ブラックウッドは、この新作の奇妙な内容に戸惑いを隠せず、最終的には自分の雑誌に掲載することを承知したものの、掲載にあたり、この作品に作者ジョージ・エリオットの名を付すことは拒否したのであった。そして、その後もこの短篇はさしたる注目を集めることもなく、二十世紀に入っても、テクストを入手するのも困難という状況が長く続き、つい最近までは、エリオットの研究家からもほとんど無視されるというような有様だった。

しかし、近年この作品はエリオット研究の中でも俄然注目を集める存在となっており、そのきっかけとなったのは、一九八二年に発表されたB・M・グレイの論文である。[2] この論文の中でグレイは、エリオットが、当時話題を呼んでいた骨相学や催眠術、およびそれらに関連した「千里眼」や読心術など、今日で言うところの「似非科学」に深い関心を抱いていたこと、そして、「剝がれたベール」に登場する予知の場面（特にプラハの幻影のくだり）などが、そうしたものを扱った当時の文献の中の一節に酷似しているということを示したのである。このグレイの指摘を受けて、エリオットとヴィクトリア朝の科学というものの関連が近年盛んに論じられるようになってきたのだが、ここではなはだ興味深いのは、千里眼や読心術といったものに、エリオット自身がどれほどの信を置いていたのか、という問題である。ヴィクトリア朝は科学が急速に進歩した時代で、知識人たちの関心も高く、エリオットの周囲でも、夫のルイスを筆頭に、科学に深い関心を寄せる者が多かった。そして、いわば科学の黎明期であった当時は、科学というものに対する期待もまたそれだけ高かったといえるのである。したがって、たとえば、科学の力をもってすれば未来を予知することも可能である、というような、現代からすれば過剰とも思える科学への期待が生じても決して不思議なことではなかった。

こうして見ると、「剝がれたベール」の中で扱われている「未来の予知」や「読心能力」などといった一見「超自然的」と思えるような要素も、あながち荒唐無稽な絵空事とばかりはいえなくなる。エリオット自身は、「剝がれたベール」を執筆する頃までにはこうした問題に多少懐疑的になっていたらしいのだが、しかし、彼女にとってそれらが充分現実味を帯びた事柄の範疇に入っていたのは確かなことで、少なくとも彼女には、現実離れした奇抜な題材を用いて大衆受けを狙う、というような意識はなかったはずである。実際のところ、この作品の一番の読みどころとなるのは、このような設定を用いた上での人間の心理の分析にあるのであり、それが、コリンズやブラッドンに勝るとも劣らぬ緊迫感ある物語展開と相俟《あいま》って、一読忘れ難い印象を読者に与えることになるのである。

「剝がれたベール」は、英米では、折に触れて怪談のアンソロジーに収められてきたが、日本では、世界文学全集中のジョージ・エリオットの巻、あるいはジョージ・エリオット全集などの中には収録されてきたものの、怪奇小説の選集に取り上げられたことはほとんどない。『フロス河の水車場』『ミドルマーチ』などのエリオットの長篇は、その晦渋な文章もあって、読み通すにはかなりの根気を要すが、その点、エリオット流の人間観察が凝縮され、かつサスペンス溢れる物語の展開で結末まで一気に読者を引っ張ってゆく「剝がれたベール」は、長篇とは一味違った異色の快作で、ジョージ・エリオットでなければ書けないダーク・ファンタジーの傑作としても、「怪異譚」に収録する価値は充分にある作品といえるだろう。

メアリ・エリザベス・ブラッドンと「クライトン・アビー」

ウィルキー・コリンズと並び、一八六〇年代のセンセーション小説の流行を支えたのが、エレン・ウッド、メアリ・エリザベス・ブラッドン、フローレンス・マリヤット、ローダ・ブラウトンといった女流作家たちであったが、特にブラッドンの『レイディ・オードリーの秘密』は、発表当時から『白衣の女』に勝るとも劣らぬ評判を取り、このジャンルの流行の礎《いしずえ》となった。ブラッドンについては、この『レイディ・オードリーの秘密』の拙訳に付した「訳者解題」で詳しく紹介したので、その一部を抄記しながら彼女の経歴をたどってみたい。

メアリ・エリザベス・ブラッドンは一八三五年十月、ロンドンに生まれた。ブラッドン一家の社会的な地位は当時としては決して低くはなかったが、その家庭環境は必ずしも円満なものではなかった。父親のヘンリーはコーンウォールの立派な家の出であったものの、軽佻浮薄な質《たち》であったらしく、実家が斡旋してくれたロンドンの弁護士事務所での事務弁護士としての仕事も長続きしなかった。その後は競馬関係の雑誌に雑文を寄稿したりしていたが、やがて女性との不品行が明らかになり、母親ファニーは子供を連れて夫の許《もと》を去ることになる。メアリはこの時わずか四歳であった。以後彼女は母親の手で育てられ、教育も主に母親から授かった。文学の素養があった母親の影響で幼少時から本好きであったメアリは、やがて自らペンを執るようになり、まだ十歳にもならないうちから物語を書き始めたという。

しかし、父親が不在の親子の暮らしは苦しく、一八五二年、十七歳のメアリは、一家を養うという目的で旅回りの劇団に加わり、以後一八六〇年の初めまでの約八年間、メアリ・シートンという芸名で舞台に立った。一座の公演はサウサンプトンやウィンチェスターといった地方の都市が主であったが、ロンドンの舞台に立ったこともあった。役柄は喜劇の脇役を演じることが多かったという。

一八六〇年、舞台を離れたブラッドンは文筆活動に乗り出す。女優時代から詩や戯曲の創作を試みていたが、新聞に発表された彼女の詩を読んだヨークシャーの印刷業者から小説の執筆を勧められ、この年の二月から分冊出版という形式で『死ぬのは三度、あるいはヒースの秘密』という作品を発表した。これは後のブラッドンの作品を髣髴とさせる煽情的な要素にあふれた小説であったが、売れ行きは芳《かんば》しくなかった。同じ年の四月にアイルランド生まれの出版業者ジョン・マックスウェルという人物と知り合い、彼の出していた雑誌に短篇小説を発表し始めた。このマックスウェルとの出会いは公私に渡ってメアリの人生に大きな影響を及ぼすことになる。

翌一八六一年、ブラッドンは職業作家として本格的に始動する。この年の三月、マックスウェルは前年に分冊出版された『死ぬのは三度』を『悪蛇の道』というタイトルで単行本として出版するが、今回は発売後一週間で初刷の千部を売りつくすという成功を収めることになった。さらに七月、マックスウェルが創刊した『ロビン・グッドフェロー』という週刊雑誌で『レイディ・オードリーの秘密』の連載が始まった。この雑誌は同年九月、物語が第十八章まで進行したところで廃刊の憂き目に遭うが、人気を博していた『レイディ・オードリー』は、翌一八六二年の一月からマックスウェルが買収した別の月刊雑誌『シックスペニー・マガジン』に改めて最初から連載し直されることになる。そして連載が終了する前の一八六二年十月、『レイディ・オードリー』は三巻の単行本として出版された。雑誌連載時から好評を博していたこの作品は、同年の十二月までに八版を重ねるというベストセラーとなり、この時二十七歳であったブラッドンは一躍流行作家の仲間入りをすることになる。そしてこの作品に続き、『オーロラ・フロイド』(一八六三)、『ジョン・マーチモントの遺産』(一八六三)、『エリナの勝利』(一八六三)、『ヘンリー・ダンバー』(一八六四)、『猛禽』(一八六七)、そしてその続篇の『シャーロットへの遺産』(一八六八)など、『レイディ・オードリー』と軌を一にするミステリタッチの小説を次々に発表していったブラッドンは、コリンズと共に、一八六〇年代のセンセーション小説の流行の一翼を担うことになったのである。

一八六一年以降、ブラッドンは『レイディ・オードリー』の連載を手掛けたジョン・マックスウェルと同棲し、彼との間に六人の子供を儲けることになる。ただ、マックスウェルには別居した妻がおり（精神病を患っていたと言われている）、この先妻が亡くなる一八七四年まで二人は正式に結婚することはできなかった。しかも、同棲を始めたばかりのころは、先妻との間にできた五人の子供の面倒まで見なければならず、生活費を稼ぐ必要に迫られた彼女は、先に挙げた作品のほか、労働者階級を対象とした、通常一部一ペニーの安価な雑誌に別名あるいは匿名で作品を発表した。そうした雑誌に掲載された小説は俗に「ペニー・ドレッドフル」と呼ばれ、センセーション小説よりさらに一段と煽情的な要素の強い俗悪な作品が多かったが、『レイディ・オードリー』や『オーロラ・フロイド』を連載しながら、ブラッドンはそうした安手の小説も並行して書き飛ばしていたのである。ただ、ブラッドン自身、そうしたペニー・ドレッドフルの作品と、本名を冠した中流階級向けの作品とをはっきり区別していたのであり、それは、たとえば『ヘンリー・ダンバー』の創作過程などによく表れている。この作品は、もともと一八六三年から六四年にかけて、『除け者《のけもの》』、あるいは社会の烙印』というタイトルで労働者階級向けの雑誌に連載されたが、この作品から度が強い煽情的な要素を削除し、中流階級の読者に受け入れられやすい形に書き直して出版したのが『ヘンリー・ダンバー』なのであった。

しかし、その一方でブラッドンは、より芸術性の高いリアリズム小説を書きたいという野心も抱いていたのであり、一八六〇年代では、『医者の妻』（一八六四）や、『レイディズ・マイル』（一八六六）などが、リアリズム色の強いノン・センセーションの作品として知られている。『レイディ・オードリー』の中でもロバート・オードリーのお気に入りとしてフランスの小説が盛んに言及されているが、ブラッドンは、デュマ、バルザック、フローベールといった作家に代表される当時のフランス文学にたいへん造詣が深く、『医者の妻』は、フローベールの『ボヴァリー夫人』（一八五七）の物語を骨子とした、いわば翻案小説である。また、七〇年代以降では、『ジョシュア・ハガードの娘』（一八七六）

の評価が高く、ブラッドンの伝記を手掛けたロバート・リー・ウルフは、この作品を、トマス・ハーディーの『カスターブリッジの市長』（一八八六）や『ダーバヴィル家のテス』（一八九一）に比肩しうる傑作だと主張している。

さて、こうしてブラッドンは一九一五年に没するまで精力的に作家活動を続け、生涯で八十作以上の小説を書き上げたが、そうした長篇小説の執筆の合間を縫うようにしてかなりの数の幽霊物語も発表しており、今回翻訳の底本に用いたブリティッシュ・ライブラリー版の選集には、「クライトン・アビー」を含め、合計十五篇の怪奇短篇が収められている。

「クライトン・アビー」を読んでみると、「狂気のマンクトン」と類似点が多いことに気づく。第三者的な立場の人物が語り手になっている点も共通するし、何より、先々代の当主の亡霊が現れた時、クライトン一族に必ず禍《わざわい》が訪れる、という「クライトン・アビー」の不気味な言い伝えは、一族の死者が館の墓所に埋葬されない時、一族の血は絶えることになる、という、「マンクトン」のあのおどろおどろしい予言に一脈通じるところがあり、そしてどちらの物語でも、その予言あるいは言い伝えは現実のものとなってしまうのである。『レイディ・オードリーの秘密』の中には「狂気のマンクトン」への言及があり（第Ⅲ巻第7章）、「クライトン・アビー」を書くにあたり、ブラッドンが「マンクトン」を念頭に置いていたことはまず間違いないだろうと思われる。ブラッドンの工夫は、エドワード・クライトンの婚約者ジュリア・トレメインの人物像で、彼女は「マンクトン」のエイダ・エルムズリーに相当する役回りであるが、ミス・エルムズリーの方は直接の出番がほとんどないのに対し、ミス・トレメインの方は物語の中でたいへん重要な役割を演じており、気位も高いが情も深いという彼女の人物像は読者に強烈な印象を残す。であるからして、結末部では、彼女についての後日談が当然最後に語られるべきであった。もしそうなっていたなら、余韻がより深いものになっていたはずで、なぜ作者はそうしなかったのか、返す返すも残念でならないという思いである（最後の部分を訳しながら、ジュリア・トレメインの後日談とクライトン夫人の後日談の順番を入れ替えてしまおうという誘惑に駆られたが、訳者としての良心がそれを許さなかった）。

なお、「クライトン・アビー」はそれほど長い作品ではないので、英米のアンソロジーではしばしば取り上げられてきたし、日本でも、松岡光治編訳の『ヴィクトリア朝幽霊物語』（アティーナ・プレス、二〇一三）という選集に収録されている。

マーガレット・オリファントと「老貴婦人」

作品を量産する作家が多かったヴィクトリア時代にあって、マーガレット・オリファントはとりわけ多作な作家として知られ、小説だけでも九十作以上を発表し、人気作家として長らく活躍した。日本でも、明治期、同時代の作家として、オリファントはある程度読まれていたようで、たとえば、徳田秋聲が明治三十五年（一九〇二）に文芸誌に発表した短篇「肖像画」は、オリファントの'The Portrait'（1885）という短篇の翻案である。▼3 しかし、やがてオリファントはほとんど顧みられなくなってしまい、邦訳も皆無に近く、現在では一般読者にとっては未知の作家といってもよい存在である。

スコットランド出身のオリファントは、一八二八年、エディンバラ郊外のウォリフォードに生まれた。税関の小役人であった父親フランシス・ウィルソンの仕事の関係で一家はその後あちこちに転居し、同じくエディンバラ郊外の町ラスウェード、グラスゴー、そしてリヴァプールで少女期を過ごした。教育は主に母親から授かったようで、文学作品への手ほどきも母親から受け、七、八歳の頃にはすっかり小説に耽溺するようになっていたという。また、一家は設立されたばかりのスコットランド自由教会の熱烈な信徒で、家族間で宗教的な議論も盛んに交わされたというが、一家のこうした宗教的な情熱は、後のオリファントの作品にも大きな影響を及ぼした。大人になってからは大半をロンドンで過ごすことになるオリファントであるが、終生スコットランド人気質を失うことはなかった。

母親は十代のうちから娘に創作を勧めたと言われ、デビュー作となったのは、二十一歳の時に発表した『マーガレット・メイトランドの半生記』(一八四九)で、以後コンスタントに作品を発表してゆく。一九五二年、母方の従兄《いとこ》で、ステンドグラス職人のフランク・オリファントと結婚するが、その後生まれたばかりの子供を続けて失うという悲しみを味わい、さらに一八五九年には、その夫をも病気で失ってしまう。これ以後、三人の子供を一人で養ってゆかねばならなくなり、さらには、その後兄の子供たちまでも扶養しなければならなくなったオリファントは、自分の筆一本でこの重責を担ってゆくことになる。そして、小説はもちろんのこと、そのほかに文芸評論や伝記、歴史といった分野にまで手を広げていった彼女は、一八九七年に六十九歳で亡くなるまで精力的に執筆を続け、膨大な量の著作を残した。

同時代には大いに人気を博した作家であったが、二十世紀に入ると本国のイギリスでも次第に忘れ去られてゆき、一時は作品のテクストを入手するのも困難なほどになった。近年、主要なペーパーバック叢書で一部の作品が復刊されたり、ピッカリング・アンド・チャットー社から選集が刊行されるなど、徐々にオリファント再評価の機運は高まりつつあるが、彼女の作品が読まれなくなってしまった理由のひとつとして、作品の数があまりにも多かったため、代表作と呼べるような作品が定まらなかった、ということが挙げられるだろう。サッカレーなら『虚栄の市』、シャーロット・ブロンテなら『ジェイン・エア』といった具合に、作家には通例代表作と呼べる作品があるものだが、オリファントにはそれがなく、後世の人々がオリファントを読もうとしても、その膨大な作品群の中から何を読んでよいかわからず、結局誰も手をつけぬまま次第に忘れ去られていってしまったのだった。そうした中、オリファントの作品の中で比較的知名度が高いといえるのが「カーリングフォード年代記」と呼ばれる一群の小説である。
療養中の夫をローマで亡くしたオリファントは、帰国後、一八六一年から架空の町カーリングフォードを舞台とした一連の物語を発表し始める。これらは、最後の作品を除いて、いずれもまず『ブラックウッズ・マガジン』に掲載され、その後単行本として刊行された。以下にこのシリーズの作品リストを掲げておく（最初の短篇は雑誌への発表年を、その他は単行本の出版年を記した）。

'The Executor'（1861）
The Rector and The Doctor's Family（1863）
Salem Chapel（1863）
The Perpetual Curate（1864）
Miss Marjoribanks（1866）
Phoebe, Junior: A Last Chronicle of Carlingford（1876）

「遺言執行人」は単行本未収録で、『「教区牧師」および「医者の家族」』には二つの中短篇が収められているが、その他は長篇の作品である。一つの町を舞台にした物語群という着想は、架空の大聖堂町を舞台とし、当時ベストセラーになっていたアンソニー・トロロープの「バーセットシャー・ノヴェルズ」にヒントを得たものであったが、このシリーズも大いに評判を取り、経済的に苦境に立たされていたオリファントを救うことになった。シリーズの中では、ジェイン・オースティンの『エマ』

（一八一五）から示唆を受けたといわれ、町の社交界を仕切ろうと試みる医者の娘をコミカルに描いた『ミス・マーチバンクス』（Marjoribanksはこう発音する）を一番の傑作に推す声が高い。

オリファントはまた「センセーション小説」を痛烈に批判したことでも知られており、『ブラックウッズ・マガジン』に掲載された匿名の評論では、特に、ブラッドンをはじめとする女流作家たちが、女性の欲望や性的衝動を生々しく描いたことを手厳しく批判している。オリファントはそうした作品が若い多感な読者に与える悪影響を憂慮したのであったが、その一方で、コリンズの『白衣の女』には、良質のエンターテインメントとして惜しみない賛辞を呈しているのであり、実際、『セイラム・チャペル』では、自ら「センセーション」的な要素をプロットの中に巧みに取り入れているのである。

オリファントの作品はリアリズムを基調とし、市井の人々の生き様を時にはコミカルに、時には重厚な筆致をもって描いたが、五十を過ぎたころから、そうした作品と並行して、超自然的なテーマの物語を発表し始めるようになった。ジョージ・エリオットの項でも触れたように、ヴィクトリア朝は科学万能主義が浸透していった時代であったが、オリファントはそうした風潮には強い懐疑心を抱いていたのであり、この世の中には科学では説明しきれぬことが多々あることを、多様な経験を積んだ一人の人間として実感していたのだった。また、五人の子供のうち三人を亡くす（二人は生後間もなく、一人は十歳の時）という辛い経験をしていた彼女は、死後の世界というものに強い関心を抱いていた。今回の翻訳の底本として用いたワールズ・クラシックス版選集のイントロダクションにおいて、メリン・ウィリアムズは、オリファントは確かに何らかの形の来世というものを信じていたが、疑り深い大人の読者に対してそれを直接主張することはせず、その代わりに、それまでの作品で扱ってきたテーマを幽霊譚という形を用いて探求した、という趣旨のことを述べているが、[4]「老貴婦人」という作品で作者が試みたことはまさにそれであった。利己主義はオリファントが好んで取り上げたテーマで、レイディ・メアリの場合も、決して悪い人間ではないものの、上流婦人特有の自己中心的でお気楽な姿勢ゆえに大事な責務をぞんざいに扱い、煉獄と思われる場所（そこはハムレットの父親が苦しむ業火の境とは全く趣を異にする）で自分の犯した「罪」に直面することを余儀なくされ、痛切な後悔に苛《さいな》まれることになる。作者としては、この老貴婦人の物語を通して死後の世界の存在を訴えたかったのかもしれないが、それはさておき、特筆すべきは、そうした超自然的な設定が実に効果的に用いられているという点で、読者はこの死んだはずの老媼《ろうおう》に対して知らず知らずのうちに感情移入してしまい、その懊悩煩悶《おうのうはんもん》を共にし、結末の部分では思わずほろりとさせられてしまうのだ。冥界を扱った空想物語でありながら、リアリズム小説を凌ぐほどの心を揺さぶる人間ドラマが展開されるのである。

オリファント自身が「見えるもの、見えざるものの物語」（Stories of the Seen and the Unseen）と呼んでいた幽霊譚は合計十九篇にのぼり、本作のほか、「包攻された街」（'A Beleaguered City', 1879）、「闇の世界」（'The Land of Darkness', 1887）、「図書館の窓」（'The Library Window', 1896）、そして前述の「肖像画」といった作品の評価が高く、中でも「開いた扉」（'The Open Door', 1882）は英米の怪奇小説のアンソロジーにたびたび収録されてきた秀篇で、ことによると、オリファントの全作中最も知られた作品といえるかもしれない。日本でも、江戸川乱歩が『幻影城』（一九五一年刊）所収の「怪談入門」というエッセイの中で「開いた扉」をたいへん好意的に紹介しており、その後同作は恐怖小説選集にも取り上げられている。▼5 それに比べると、「老貴婦人」の方は、やはりかなり長いということもあって、英米でもアンソロジーに取り上げられることはほとんどなく、いわば埋もれた名作といってもよい作品で、この逸品を紹介できるのは訳者としても大きな喜びである。乱歩推奨の「開いた扉」以外に邦訳がないオリファントは、日本の読者にはほとんど馴染みのない作家といえようが、「老貴婦人」という作品は、レイディ・メアリを取り巻く人々の思惑や、新参の成り上がり一家がもたらす波紋などを軽妙に描いた社会喜劇という一面も併せ持っており、その意味で、この上質の中篇は、オリファントの幽霊譚のみならず、それ以外の小説への恰好の入門書ともなるのではないかと思う。

註

▼1 Norman Page ed., *Mad Monkton and Other Stories* (Oxford University Press, 1998), xv.

▼2 B. M. Gray, 'Pseudoscience and George Eliot's "The Lifted Veil"', *Nineteenth-Century Fiction*, 36 (1982): 407-23.

▼3 明治三十年代の秋聲の初期の作品には翻訳・翻案が多いことは以前から指摘されてきたが、「肖像画」が 'The Portrait' の翻案であることについては伝記等でも触れられておらず、また、全集（一九九七—二〇〇六年刊）の解題や著作目録にもその旨の注記はなく、二〇一五年に亀井麻美氏がネット上で指摘するまでは知られていなかったのではないかと思われる。しかし、両作品を読み比べてみれば、秋聲の「借用」は一目瞭然である。

▼4 Merryn Williams ed., *A Beleaguered City and Other Stories* (Oxford University Press, 1988), viii.

▼5 'The Open Door' は、一九八五年に出版された『真夜中のミサ——恐怖の一世紀1』（ソノラマ文庫）という選集に「廃屋の霊魂」という題で収められ、その後『乱歩の選んだベスト・ホラー』（ちくま文庫、二〇〇〇）に再録された。

【著者・編訳者略歴】

ウィルキー・コリンズ（Wilkie Collins）

1824年ロンドン生まれ。法律家修業を経て、20代後半から作家活動に入る。30代半ばで発表した『白衣の女』によって一躍脚光を浴び、1860年代に大流行したセンセーション小説の礎を築いた。代表作は、『白衣の女』の他、『ノー・ネーム』『月長石』などで、後者は世界最初の長篇推理小説としても有名。1889年没。

ジョージ・エリオット（George Eliot）

1819年イングランド中部ウォリック州生まれ。本名メアリ・アン・エヴァンズ。神学書の翻訳や評論活動を経て30代後半から創作活動に入り、『アダム・ビード』で成功を収めた後、『フロス河の水車場』や『ミドルマーチ』など、英文学史上に残る傑作を次々に発表した。邦訳も多数。1880年没。

メアリ・エリザベス・ブラッドン（Mary Elizabeth Braddon）

1835年ロンドン生まれ。一家を養うため、17歳からの約8年間、旅回りの劇団で舞台に立つ。1860年から文筆活動を開始。翌年に連載が始まった『レイディ・オードリーの秘密』のヒットにより、コリンズらと共にセンセーション小説の流行を支え、その後80作以上の小説を発表した。1915年没。

マーガレット・オリファント（Margaret Oliphant）

1828年エディンバラ郊外に生まれる。21歳の時に作家デビューし、以後90作以上の小説を発表する。「カーリングフォード年代記」と総称される一連の作品が有名だが、50歳を過ぎてから書き始めた超自然物語にも優れた作品が多く、'The Open Door' は江戸川乱歩によって高く評価された。1897年没。

三馬志伸（みんま・しのぶ）

1959年千葉県生まれ。慶應義塾大学文学部卒業。同大学大学院文学研究科博士課程単位取得満期退学（文学修士）。玉川大学文学部教授。著書に、*Jane Austen In and Out of Context*（慶應義塾大学出版会、2012）、訳書に、メアリ・エリザベス・ブラッドン『レイディ・オードリーの秘密』（近代文藝社、2014）などがある。

【装画】

ジョン・ウィリアム・ウォーターハウス

「水晶玉」（表1）、「シャロットの姫」（表4）

ヴィクトリア朝怪異譚

2018年8月25日初版第1刷印刷
2018年8月30日初版第1刷発行

著　者　ウィルキー・コリンズ
　　　　ジョージ・エリオット
　　　　メアリ・エリザベス・ブラッドン
　　　　マーガレット・オリファント
編訳者　三馬志伸
発行者　和田肇
発行所　株式会社作品社
　　　　〒102-0072東京都千代田区飯田橋2-7-4
　　　　TEL.03-3262-9753　FAX.03-3262-9757
　　　　http://www.sakuhinsha.com
　　　　振替口座00160-3-27183

編集担当　青木誠也
装　幀　水崎真奈美（BOTANICA）
本文組版　前田奈々
印刷・製本　シナノ印刷株式会社

ISBN978-4-86182-711-2 C0097

【作品社の本】

誕生日

カルロス・フエンテス著　八重樫克彦、八重樫由貴子訳

過去でありながら、未来でもある混沌の現在＝螺旋状の時間。家であり、町であり、一つの世界である場所＝流転する空間。自分自身であり、同時に他の誰もである存在＝互換しうる私。

目眩《めくる》めく迷宮の小説！　『アウラ』をも凌駕する、メキシコの文豪による神妙の傑作。


ISBN978-4-86182-403-6

悪い娘《こ》の悪戯《いたずら》

マリオ・バルガス＝リョサ著　八重樫克彦、八重樫由貴子訳

50年代ペルー、60年代パリ、70年代ロンドン、80年代マドリッド、そして東京……。

世界各地の大都市を舞台に、ひとりの男がひとりの女に捧げた、40年に及ぶ濃密かつ凄絶な愛の軌跡。ノーベル文学賞受賞作家が描き出す、あまりにも壮大な恋愛小説。　ISBN978-4-86182-361-9

チボの狂宴

マリオ・バルガス＝リョサ著　八重樫克彦、八重樫由貴子訳

1961年5月、ドミニカ共和国。

31年に及ぶ圧政を敷いた稀代の独裁者、トゥルヒーリョの身に迫る暗殺計画。恐怖政治時代からその瞬間に至るまで、さらにその後の混乱する共和国の姿を、待ち伏せる暗殺者たち、トゥルヒーリョの腹心ら、排除された元腹心の娘、そしてトゥルヒーリョ自身など、さまざまな視点から複眼的に描き出す、圧倒的な大長篇小説！　ISBN978-4-86182-311-4

無慈悲な昼食

エベリオ・ロセーロ著　八重樫克彦、八重樫由貴子訳

「タンクレド君、頼みがある。ボトルを持ってきてくれ」地区の人々に昼食を施す教会に、風変わりな飲んべえ神父が突如現われ、表向き穏やかだった日々は風雲急。誰もが本性をむき出しにして、上を下への大騒ぎ！　神父は乱酔して歌い続け、賄い役の老婆らは泥棒猫に復讐を、聖具室係の養女は平修女の服を脱ぎ捨てて絶叫！　ガルシア＝マルケスの再来との呼び声高いコロンビアの俊英による、リズミカルでシニカルな傑作小説。　ISBN978-4-86182-372-5

【作品社の本】

顔のない軍隊

エベリオ・ロセーロ著　八重樫克彦、八重樫由貴子訳

ガルシア＝マルケスの再来と謳われるコロンビアの俊英が、母国の僻村を舞台に、今なお止むことのない武力紛争に翻弄される庶民の姿を哀しいユーモアを交えて描き出す、傑作長篇小説。

スペイン・トゥスケツ小説賞受賞！　英国「インデペンデント」外国小説賞受賞！

ISBN978-4-86182-316-9

逆さの十字架

マルコス・アギニス著　八重樫克彦、八重樫由貴子訳

アルゼンチン軍事独裁政権下で警察権力の暴虐と教会の硬直化を激しく批判して発禁処分、しかしスペインでラテンアメリカ出身作家として初めてプラネータ賞を受賞。

欧州・南米を震撼させた、アルゼンチン現代文学の巨人マルコス・アギニスのデビュー作にして最大のベストセラー、待望の邦訳！

ISBN978-4-86182-332-9

天啓を受けた者ども

マルコス・アギニス著　八重樫克彦、八重樫由貴子訳

合衆国南部のキリスト教原理主義組織と、中南米一円にはびこる麻薬ビジネスの陰謀。

アメリカ政府と手を結んだ、南米軍事政権の恐怖。アルゼンチン現代文学の巨人マルコス・アギニスの圧倒的大長篇。野谷文昭氏激賞！

ISBN978-4-86182-272-8

マラーノの武勲

マルコス・アギニス著　八重樫克彦、八重樫由貴子訳

「感動を呼び起こす自由への賛歌」——マリオ・バルガス＝リョサ絶賛！

16〜17世紀、南米大陸におけるあまりにも苛烈なキリスト教会の異端審問と、命を賭してそれに抗したあるユダヤ教徒の生涯を、壮大無比のスケールで描き出す。アルゼンチン現代文学の巨匠アギニスの大長篇、本邦初訳！

ISBN978-4-86182-233-9

【作品社の本】

ボルジア家

アレクサンドル・デュマ著　田房直子訳

教皇の座を手にし、アレクサンドル六世となるロドリーゴ、その息子にして大司教／枢機卿、武芸百般に秀でたチェーザレ、フェラーラ公妃となった奔放な娘ルクレツィア。

一族の野望のためにイタリア全土を戦火の巷にたたき込んだ、ボルジア家の権謀と栄華と凋落の歳月を、文豪大デュマが描き出す！　ISBN978-4-86182-579-8

メアリー・スチュアート

アレクサンドル・デュマ著　田房直子訳

三度の不幸な結婚とたび重なる政争、十九年に及ぶ監禁生活の果てに、エリザベス一世に処刑されたスコットランド女王メアリー。悲劇の運命とカトリックの教えに殉じた、孤高の生と死。文豪大デュマの知られざる初期作品、本邦初訳。　ISBN978-4-86182-198-1

心は燃える

J・M・G・ル・クレジオ著　中地義和・鈴木雅生訳

幼き日々を懐かしみ、愛する妹との絆の回復を望む判事の女と、その思いを拒絶して、乱脈な生活の果てに恋人に裏切られる妹。先人の足跡を追い、ペトラの町の遺跡へ辿り着く冒険家の男と、名も知らぬ西欧の女性に憧れて、夢想の母と重ね合わせる少年。

ノーベル文学賞作家による珠玉の一冊！　ISBN978-4-86182-642-9

嵐

J・M・G・ル・クレジオ著　中地義和訳

韓国南部の小島、過去の幻影に縛られる初老の男と少女の交流。

ガーナからパリへ、アイデンティティーを剝奪された娘の流転。ル・クレジオ文学の本源に直結した、ふたつの精妙な中篇小説。ノーベル文学賞作家の最新刊！　ISBN978-4-86182-557-6

【作品社の本】

ウールフ、黒い湖　ヘラ・S・ハーセ著　國森由美子訳

ウールフは、ぼくの友だちだった――オランダ領東インド。
農園の支配人を務める植民者の息子である主人公「ぼく」と、現地人の少年「ウールフ」の友情と別離、そしてインドネシア独立への機運を丹念に描き出し、一大ベストセラーとなった〈オランダ文学界のグランド・オールド・レディー〉による不朽の名作、待望の本邦初訳！

ISBN978-4-86182-668-9

ゴーストタウン　ロバート・クーヴァー著　上岡伸雄、馬籠清子訳

辺境の町に流れ着き、保安官となったカウボーイ。酒場の女性歌手に知らぬうちに求婚するが、町の荒くれ者たちをいつの間にやら敵に回して、命からがら町を出たものの――。書き割りのような西部劇の神話的世界を目まぐるしく飛び回り、力ずくで解体してその裏面を暴き出す、ポストモダン文学の巨人による空前絶後のパロディ！

ISBN978-4-86182-623-8

ようこそ、映画館へ　ロバート・クーヴァー著　越川芳明訳

西部劇、ミュージカル、チャップリン喜劇、『カサブランカ』、フィルム・ノワール、カートゥーン……。あらゆるジャンル映画を俎上に載せ、解体し、魅惑的に再構築する！　ポストモダン文学の巨人がラブレー顔負けの過激なブラックユーモアでおくる、映画館での一夜の連続上映と、ひとりの映写技師、そして観客の少女の奇妙な体験！

ISBN978-4-86182-587-3

ノワール　ロバート・クーヴァー著　上岡伸雄訳

“夜を連れて”現われたベール姿の魔性の女《ファム・ファタール》「未亡人」とは何者か!?
彼女に調査を依頼された街の大立者「ミスター・ビッグ」の正体は!?
そして「君」と名指される探偵フィリップ・M・ノワールの運命やいかに!?
ポストモダン文学の巨人による、フィルム・ノワール／ハードボイルド探偵小説の、アイロニカルで周到なパロディ！

ISBN978-4-86182-499-9

老ピノッキオ、ヴェネツィアに帰る

ロバート・クーヴァー著　斎藤兆史、上岡伸雄訳

晴れて人間となり、学問を修めて老境を迎えたピノッキオが、故郷ヴェネツィアでまたしても巻き起こす大騒動！　原作のオールスター・キャストでポストモダン文学の巨人が放つ、諧謔と知的刺激に満ち満ちた傑作長篇パロディ小説！

ISBN978-4-86182-399-2

【作品社の本】

分解する

リディア・デイヴィス著　岸本佐知子訳
リディア・デイヴィスの記念すべき処女作品集！
「アメリカ文学の静かな巨人」のユニークな小説世界はここから始まった。
ISBN978-4-86182-582-8

サミュエル・ジョンソンが怒っている

リディア・デイヴィス著　岸本佐知子訳
これぞリディア・デイヴィスの真骨頂！
強靭な知性と鋭敏な感覚が生み出す、摩訶不思議な56の短編。
ISBN978-4-86182-548-4

話の終わり

リディア・デイヴィス著　岸本佐知子訳
年下の男との失われた愛の記憶を呼びさまし、それを小説に綴ろうとする女の情念を精緻きわまりない文章で描く。「アメリカ文学の静かな巨人」による傑作。待望の長編！
ISBN978-4-86182-305-3

蝶たちの時代

フリア・アルバレス著　青柳伸子訳
ドミニカ共和国反政府運動の象徴、ミラバル姉妹の生涯！　時の独裁者トルヒーリョへの抵抗運動の中心となり、命を落とした長女パトリア、三女ミネルバ、四女マリア・テレサと、ただひとり生き残った次女デデの四姉妹それぞれの視点から、その生い立ち、家族の絆、恋愛と結婚、そして闘いの行方までを濃密に描き出す、傑作長篇小説。全米批評家協会賞候補作、アメリカ国立芸術基金全国読書推進プログラム作品。
ISBN978-4-86182-405-0

被害者の娘

ロブリー・ウィルソン著　あいだひなの訳
同窓会出席のため、久しぶりに戻った郷里で遭遇した父親の殺人事件。元兵士の夫を自殺で喪った過去を持つ女を翻弄する、苛烈な運命。田舎町の因習と警察署長の陰謀の壁に阻まれて、迷走する捜査。十五年の時を経て再会した男たちの愛憎の桎梏に、絡めとられる女。亡き父の知られざる真の姿とは？　そして、像を結ばぬ犯人の正体は？
ISBN978-4-86182-214-8

【作品社の本】

老首長の国　ドリス・レッシング アフリカ小説集

ドリス・レッシング著　青柳伸子訳

自らが五歳から三十歳までを過ごしたアフリカの大地を舞台に、入植者と現地人との葛藤、古い入植者と新しい入植者の相克、巨大な自然を前にした人間の無力を、重厚な筆致で濃密に描き出す。ノーベル文学賞受賞作家の傑作小説集！

ISBN978-4-86182-180-6

ヤングスキンズ　コリン・バレット著　田栗美奈子・下林悠治訳

経済が崩壊し、人心が鬱屈したアイルランドの地方都市に暮らす無軌道な若者たちを、繊細かつ暴力的な筆致で描きだす、ニューウェイブ文学の傑作。世界が注目する新星のデビュー作！　ガーディアン・ファーストブック賞、ルーニー賞、フランク・オコナー国際短編賞受賞！

ISBN978-4-86182-647-4

孤児列車　クリスティナ・ベイカー・クライン著　田栗美奈子訳

91歳の老婦人が、17歳の不良少女に語った、あまりにも数奇な人生の物語。火事による一家の死、孤児としての過酷な少女時代、ようやく見つけた自分の居場所、長いあいだ想いつづけた相手との奇跡的な再会、そしてその結末……。すべてを知ったとき、少女モリーが老婦人ヴィヴィアンのために取った行動とは——。

感動の輪が世界中に広がりつづけている、全米100万部突破の大ベストセラー小説！

ISBN978-4-86182-520-0

名もなき人たちのテーブル

マイケル・オンダーチェ著　田栗美奈子訳

わたしたちみんな、おとなになるまえに、おとなになったの——11歳の少年の、故国からイギリスへの3週間の船旅。それは彼らの人生を、大きく変えるものだった。仲間たちや個性豊かな同船客との交わり、従姉への淡い恋心、そして波瀾に満ちた航海の終わりを不穏に彩る謎の事件。映画『イングリッシュ・ペイシェント』原作作家が描き出す、せつなくも美しい冒険譚。

ISBN978-4-86182-449-4

ハニー・トラップ探偵社

ラナ・シトロン著　田栗美奈子訳

「エロかわ毒舌キュート！　ドジっ子女探偵の泣き笑い人生から目が離せません（しかもコブつき）」——岸本佐知子さん推薦。スリルとサスペンス、ユーモアとロマンス——一粒で何度もおいしい、ハチャメチャだけど心温まる、とびっきりハッピーなエンターテインメント。

ISBN978-4-86182-348-0

【作品社の本】

ねみみにみみず

東江一紀著　越前敏弥編

翻訳家の日常、翻訳の裏側。迫りくる締切地獄で七転八倒しながらも、言葉とパチンコと競馬に真摯に向き合い、200冊を超える訳書を生んだ翻訳の巨人。知られざる生態と翻訳哲学が明かされる、おもしろうてやがていとしきエッセイ集。　ISBN978-4-86182-697-9

ブッチャーズ・クロッシング

ジョン・ウィリアムズ著　布施由紀子訳

『ストーナー』で世界中に静かな熱狂を巻き起こした著者が描く、十九世紀後半アメリカ西部の大自然。バッファロー狩りに挑んだ四人の男は、峻厳な冬山に帰路を閉ざされる。彼らを待つのは生か、死か。人間への透徹した眼差しと精妙な描写が肺腑を衝く、巻措く能わざる傑作長篇小説。

ISBN978-4-86182-685-6

ストーナー

ジョン・ウィリアムズ著　東江一紀訳

これはただ、ひとりの男が大学に進んで教師になる物語にすぎない。
しかし、これほど魅力にあふれた作品は誰も読んだことがないだろう。――トム・ハンクス
半世紀前に刊行された小説が、いま、世界中に静かな熱狂を巻き起こしている。
名翻訳家が命を賭して最期に訳した、“完璧に美しい小説”
第一回日本翻訳大賞「読者賞」受賞　ISBN978-4-86182-500-2

黄《よ》泉《み》の河にて

ピーター・マシーセン著　東江一紀訳

「マシーセンの十の面が光る、十の周密な短編」――青山南氏推薦！
「われらが最高の書き手による名人芸の逸品」――ドン・デリーロ氏激賞！
半世紀余にわたりアメリカ文学を牽引した作家／ナチュラリストによる、唯一の自選ベスト作品集。

ISBN978-4-86182-491-3

ビガイルド　欲望のめざめ

トーマス・カリナン著　青柳伸子訳

女だけの閉ざされた学園に、傷ついた兵士がひとり。心かき乱され、本能が露わになる、女たちの愛憎劇。ソフィア・コッポラ監督、ニコール・キッドマン主演、カンヌ国際映画祭監督賞受賞作原作小説！　ISBN978-4-86182-676-4